HAR

Harlan Coben est né et a grandi dans le New-Jersey, où il vit actuellement avec sa femme et ses quatre enfants. Après avoir obtenu un diplôme en sciences politiques au Amherst College, il a travaillé dans l'industrie du voyage avant de se consacrer à plein temps à l'écriture.

Il est le premier auteur à avoir reçu l'Edgar Award, le Shamus Award et l'Anthony Award, trois prix majeurs de la littérature policière aux Etats-Unis. Il est l'auteur de *Ne le dis à personne...* (Belfond, 2002) – Prix des Lectrices de *Elle* 2003, *Disparu à jamais* (2003), *Une chance de trop* (2004), *Juste un regard* (2005) et *Innocent* (2006) ainsi que de la série des aventures de l'agent Myron Bolitar : *Rupture de contrat* (Fleuve Noir, 2003), *Balle de match* (2004), *Faux rebond* (2005) et *Du sang sur le green* (2006).

HARLAN COBEN

FAUX REBOND

HARLAN COBEN

FAUX REBOND

*Traduit de l'anglais
par Martine Leconte*

FLEUVE NOIR

Titre original :
FADE AWAY

Publié par Dell Publishing, a division of
Bantam Doubleday Dell Publishing Group, Inc.

© 1996 by Harlan Coben
© 2005, éditions Fleuve Noir, département d'Univers Poche,
pour la traduction française.
ISBN : 2-266-15278-5

1

— Arrête, Myron !

— Quoi ? Qu'est-ce que j'ai encore fait ?

Myron Bolitar suivait docilement Calvin Johnson – nouveau manager des Dragons du New Jersey – le long des sombres coulisses du stade de Meadowlands. Les talons de leurs chaussures de ville résonnaient de façon incongrue sur le sol carrelé, tandis qu'ils passaient devant les stands désertés des marchands du temple – hot dogs, ice-creams, souvenirs & Co. Il régnait en cet endroit l'odeur propre aux événements sportifs. Mélange de sueur, de désinfectant, de caoutchouc, de talc et de fast-food. Délicieux arôme, pour qui est accro. Subtile nostalgie, pour Myron. Les lieux étaient si calmes, presque lugubres. A part les cimetières, il n'y a rien de plus déprimant qu'un stade sans athlètes.

Calvin Johnson s'arrêta devant un box réservé aux VIP.

— Ça peut vous paraître bizarre, dit-il, mais je vous demande de me faire confiance. D'accord ?

— D'accord.

Calvin posa la main sur la poignée de la porte et inspira profondément.

7

— Vous allez rencontrer Clip Arnstein, le propriétaire des Dragons.

— J'en tremble d'avance ! fit Myron.

— Je ne plaisante pas.

— Moi non plus. La preuve : j'ai mis une cravate, des pompes correctes et tout le bazar.

Calvin ouvrit la porte. Le box de luxe – ou la loge, comme on aurait dit au théâtre – offrait une vue imprenable sur le milieu du terrain. Quelques ouvriers s'affairaient encore, recouvrant l'ex-patinoire de hockey de lames de simili-bois prévues à cet effet, qui s'emboîtaient parfaitement pour former un plancher digne du palais de Versailles. Les Devils avaient joué le soir précédent, c'était maintenant le tour des Dragons. L'endroit était confortable : vingt-quatre sièges capitonnés, deux écrans de télé, grand format. A droite, un buffet : poulet rôti, salade de pommes de terre, sandwichs végétariens, canapés divers. A gauche, le bar : bière et vin au tonneau, plus mini-frigo pour les cocktails plus sophistiqués. Au fond, il y avait aussi des toilettes, pour que les huiles ne se voient pas contraintes d'aller uriner avec le commun des mortels.

Clip Arnstein les attendait, debout. Il arborait un costume bleu marine et une cravate rouge. Chauve, avec une touffe grise au-dessus de chaque oreille. Dans les soixante-dix ans. Imposant. De larges mains ornées de taches brunes, avec des veines grosses comme des tuyaux d'arrosage. Personne ne pipa mot ni n'osa bouger un cil. Le roi Arnstein toisa Myron durant quelques secondes, l'examina de la tête aux pieds.

— Ma cravate vous plaît ? demanda Myron. Je vous file l'adresse, si vous voulez.

Calvin Johnson le fusilla du regard.

Le patriarche demeura impassible. Puis :

— Quel âge avez-vous, jeune homme ?

Intéressant, comme entrée en matière.

— Trente-deux ans et toutes mes dents.

— Vous jouez encore ?

— De temps en temps.

— Vous vous maintenez en forme ?

— Vous voulez une démo ? Quelques pompes, peut-être ?

— Non, ce ne sera pas nécessaire.

Personne ne proposa à Myron de s'asseoir. En fait, tous restèrent debout, le petit doigt sur la couture du pantalon. Ce n'étaient pourtant pas les sièges qui manquaient. Etonnante entrevue. Quand on se voit pour parler business, on s'assied, non ? Et si possible devant un verre, entre gens civilisés. Myron commençait à avoir des fourmis dans les jambes et ne savait plus quoi faire de ses mains. Il les fourra dans ses poches et s'appuya contre un pilier. Très cool.

— Myron, nous avons une proposition à vous faire, dit enfin Clip Arnstein.

— Une proposition ?

(En cas de doute, toujours renvoyer la question.)

— Oui. C'est moi qui vous ai recruté, autrefois.

— Je m'en souviens.

— C'était il y a dix ou onze ans. Quand je m'occupais des Celtics.

— Exact.

— A leurs débuts.

— Je n'ai pas oublié, monsieur Arnstein. Je ne suis pas encore atteint d'Alzheimer.

— Vous étiez l'un de nos meilleurs espoirs, Myron. Intelligent. Très doué. Bourré de talent.

— Ouais, on peut dire ça comme ça, dit Myron, poing sur la hanche, mâchouillant un chewing-gum imaginaire. Je touchais ma bille, à l'époque.

Arnstein fronça les sourcils. Mimique célèbre, qu'il avait perfectionnée durant plus de cinquante ans de pratique dans le monde du basket professionnel. D'abord en tant que joueur vedette des Rochester Royals, dans les années 40. Puis en qualité de coach des Boston Celtics, qu'il avait menés au sommet. Par la suite, son froncement de sourcils était devenu une sorte d'image de marque, synonyme de succès, utilisé malgré lui par les publicitaires dans de nombreux clips – d'où son surnom, « Clip ». Trois ans plus tôt, il était devenu l'actionnaire majoritaire – et le président – des Dragons du New Jersey. Incontournable. Omnipotent. De quoi hérisser Myron, juste pour le principe.

— Tu te prends pour qui, mon garçon, pour oser me parler sur ce ton ?

— Vous n'avez pas reconnu Brando ? C'est vrai, je n'ai ni le T-shirt, ni la gueule, ni la moto. Sinon c'était pas mal imité, non ?

Clip Arnstein se radoucit. Il hocha la tête et considéra Myron d'un air grave, presque paternel.

— Tu fais le fier mais je sais ce que tu ressens, fiston.

— Et que puis-je pour vous, docteur Freud ?

— Tu n'as jamais joué en tant que professionnel, n'est-ce pas ?

— Vous savez très bien que non.

— En effet, acquiesça le vieil homme. Je me souviens de ton dernier match de présélection. Ça marchait comme sur des roulettes, tu avais déjà dix-huit points à ton actif. Pas mal pour un petit jeune. Et c'est là que le destin a frappé.

Le destin, tu parles ! Sous la forme de Burt Wesson, un mastodonte des Washington Bullets. Collision, bang ! Douleur fulgurante au genou, et puis le trou noir.

— Ce fut terrible, dit Clip.

— Oui, convint Myron.

— Tu sais, j'ai été désolé de ce qui t'est arrivé. Quel gâchis !

Myron risqua un œil vers Calvin Johnson. Lequel

regardait ailleurs, bras croisés, visage aussi figé qu'une statue de sel, option ébène.

— Oui, répéta bêtement Myron.

— C'est pourquoi je voudrais t'accorder une seconde chance, dit Arnstein.

Myron crut avoir mal entendu.

— Pardon ?

— Il nous manque un joueur dans l'équipe. J'aimerais signer avec toi.

Myron attendit trois secondes, regarda Clip, puis Calvin Johnson. Aucun des deux n'avait l'air de plaisanter.

— Où l'avez-vous cachée ? demanda Myron.

— Quoi donc ?

— La caméra. C'est pour la télé, n'est-ce pas ? D'accord, les gars, c'est drôle, mais…

— Non, Myron, c'est sérieux.

— Ça suffit, monsieur Arnstein. J'aime bien les plaisanteries, comme tout le monde, mais là je n'apprécie qu'à moitié. Ça fait dix ans que je n'ai pas touché à un ballon. Et j'ai un genou niqué à vie, je vous rappelle. Alors retourner le couteau dans la plaie, ce n'est pas franchement sympa, même pour amuser la galerie.

— Je ne plaisante pas. Cette blessure date de dix ans, tu viens de le dire. Et je sais que tu as été en rééducation.

— Vous savez donc aussi que j'ai tenté un come-back, il y a sept ans. Mon genou n'a pas tenu le coup.

— C'était prématuré, dit Clip. Depuis, tu as rejoué.

— En amateur, les week-ends. Rien à voir avec les matchs de la NBA.

Clip Arnstein balaya l'argument d'un revers de main.

— Tu es en pleine forme. Tu viens même de te porter volontaire pour quelques pompes, afin de le prouver.

Perplexe, Myron interrogea Calvin Johnson du regard, puis reporta son attention sur Clip. L'expression des deux hommes était indéchiffrable.

— C'est bizarre, dit-il, mais j'ai l'impression d'avoir raté quelque chose, là. Vous pourriez me repasser le film au ralenti ?

Clip se fendit d'un sourire et se tourna vers Calvin, lequel se détendit à son tour – enfin, en apparence.

— Peut-être devrais-je être moins… (Il marqua une pause, semblant chercher ses mots.) Moins… opaque, conclut-il enfin.

— Oui, ça m'aiderait sûrement.

— Je te veux dans l'équipe, point barre. Peu m'importe que tu joues ou non.

Myron attendit la suite. En vain. Comme ses deux interlocuteurs demeuraient silencieux, il revint à la charge :

— Excusez-moi, mais c'est toujours aussi « opaque ».

Exhalant un long soupir, Clip se dirigea vers le mini-bar et en sortit la boisson favorite de Myron (un Yoo-Hoo, à base de cacao). Visiblement, il avait préparé son dossier.

— Tu es toujours accro à cet infâme breuvage ?

— Oui, avoua Myron.

Clip lui lança la canette, remplit deux verres de scotch pour Calvin et lui-même, puis les invita à s'asseoir près de la baie vitrée. Vue imprenable sur le théâtre des opérations. Plein de place pour allonger ses jambes, en plus. Ils se retrouvèrent tous les trois confortablement assis côte à côte, regardant dans la même direction, sans pouvoir s'affronter. Inhabituel, pour un rendez-vous d'affaires. D'habitude, on prend place de part et d'autre d'une table ou d'un bureau, face à face. Au lieu de cela, ils étaient installés épaule contre épaule, les yeux rivés sur l'équipe de maintenance qui préparait le terrain.

— Santé ! dit Clip en levant son verre de whisky avant d'en avaler une gorgée.

Calvin l'imita, du bout des lèvres. Myron se contenta de faire sauter la languette de son soda et d'écouter le

« pschitt » ainsi produit, qui tomba comme un cheveu sur la soupe.

— D'après ce qu'on m'a dit, tu es avocat, à présent ? s'enquit Clip Arnstein.

— Je suis membre du barreau, en effet. Mais je n'exerce pas vraiment.

— Oui, c'est ce qu'on m'a dit aussi. Tu sévis plutôt en tant qu'agent sportif, n'est-ce pas ?

— On ne peut rien vous cacher.

— Sale engeance.

— Je suis d'accord.

— Pour la plupart, ce ne sont que des sangsues.

— Nous préférons le qualificatif de « parasites ». C'est plus politiquement correct.

Clip se pencha vers Myron et plongea son regard dans le sien, tel un poignard.

— Comment savoir si je puis te faire confiance ?

— Regardez-moi : une vraie gueule d'ange. On me donnerait le bon Dieu sans confession, non ?

Clip ne semblait pas d'humeur à plaisanter. Se penchant davantage, il poursuivit :

— Ce que je vais te dire est strictement confidentiel.

— Pas de problème.

— Tu dois me jurer que cette conversation ne sortira pas de ces quatre murs.

— Personnellement, je n'en vois que trois. Mais O.K., vos confidences ne franchiront pas cette baie vitrée, à moins que quelqu'un ne puisse lire sur vos lèvres.

Clip hésita, lança un rapide coup d'œil à Calvin Johnson, se trémoussa sur son siège puis se décida enfin.

— Tu connais Greg Downing, n'est-ce pas ?

Quelle question ! Myron et Greg avaient grandi ensemble. Voisins et rivaux depuis la maternelle. Puis, quand ils atteignirent l'âge d'entrer au collège, les parents de Greg déménagèrent, M. Downing ne supportant pas l'idée que Myron puisse ravir la vedette à son fiston dans l'équipe de basket. La rivalité entre gamins prit alors des proportions plutôt ridicules. Ils disputèrent huit matchs l'un contre l'autre, chaque équipe en gagnant quatre… Myron et Greg devinrent alors des joueurs mythiques, adulés ou hués selon que l'on habitait d'un côté ou de l'autre de la mythique frontière qui séparait leurs deux petites villes au beau milieu du New Jersey. Par la suite, les deux garçons grandirent mais conservèrent leur fan-club respectif. Myron fut admis à Duke et Greg à l'université de Caroline du Nord. La rivalité ne cessa point.

Au cours de leurs années d'études supérieures, ils firent tous deux la couverture de *Sports Illustrated* (mais pas ensemble). Gagnèrent quelques illustres championnats (chacun de son côté) et obtinrent leur diplôme la même année. Les équipes de Duke et de la Caroline du Nord s'étaient affrontées douze fois. Huit fois en faveur de Duke, dont Myron était le capitaine. Quand la NBA vint fourrer son nez dans le vivier universitaire pour sélectionner les meilleurs éléments, Myron et Greg étaient en lice, une fois de plus.

Hélas, la rivalité s'arrêta là.

La carrière de Myron prit fin le jour où Burt Wesson, alias « le Mastodonte », le mit au tapis avec une rotule en mille morceaux. Greg Downing – qui n'y était pour rien – profita de l'aubaine et devint la star des Dragons du New Jersey. Et de la NBA (faute d'adversaires…). En dix ans, il était devenu la coqueluche de ces dames et des médias. En couverture de tous les magazines people et le compte en banque à l'avenant.

— Oui, je connais Greg, confirma Myron.

— Tu es resté en contact avec lui ? demanda Clip.

— Pas vraiment.

— Quand lui as-tu parlé pour la dernière fois ?

— Aucune idée.

— Pas récemment ?

— Non, franchement non. Ça doit remonter à plusieurs années.

— Bien, dit Clip en reprenant une gorgée de scotch. Mais je suppose que tu es au courant, à propos de sa blessure ?

— Oui, bien sûr. Je lis les journaux, comme tout le monde. Il s'est pété la cheville. Je suis désolé pour lui, mais en quoi ça me regarde ?

Clip hocha la tête.

— C'est ce qu'on a dit aux médias. En vérité, c'est un peu plus compliqué.

— Ah bon ?

— Greg n'est pas blessé, poursuivit Clip. En fait, il a disparu.

— Pardon ?

— Oui, tu as bien entendu. Greg a disparu.

Myron s'octroya une lampée de Yoo-Hoo et faillit s'étrangler. Puis reprit ses esprits.

— Disparu ? Depuis quand ?

— Cinq jours.

— Sacré scoop ! Vous êtes sûr ?

Coup d'œil à Calvin. Aucun indice de ce côté. De marbre, le Calvin. Du temps de sa splendeur, en tant que joueur, on l'avait surnommé l'« Homme de Glace », tellement il était émotif. Apparemment, il était resté fidèle à sa réputation. Néanmoins, Myron doutait encore d'avoir bien entendu.

— Quand vous prétendez que Greg a disparu, ôtez-moi d'un doute. Ça veut simplement dire que vous ne savez pas où il est, n'est-ce pas ? Bof, il a dû vouloir prendre quelques jours de vacances avec une nana. Je ne vois pas où est le problème.

— Non, tu ne comprends pas. Greg a disparu du jour au lendemain. Il s'est… volatilisé. Malgré ses gardes du corps.

— Vous avez appelé la police ?

15

— Bien sûr que non !

— Et pourquoi pas ?

Clip, une fois de plus, le renvoya dans ses buts d'un geste désinvolte.

— Tu connais Greg. Pas très conventionnel…

Tu parles ! Complètement givré, oui ! Un petit vélo dans la tête et une grosse cylindrée dans le slip ! Un vrai danger public.

— Greg est imprévisible et incontrôlable, reprit Clip. Il déteste la célébrité. Ce n'est pas la première fois qu'il disparaît ainsi, sans prévenir. Mais il ne nous avait encore jamais joué un tour pareil à la veille d'un grand match. Il a toujours été très professionnel.

— Et alors ?

— Alors, ça veut sans doute dire qu'il nous fait un caprice. Greg est capable d'envoyer la balle dans tous les paniers du monde, mais soyons réalistes : il n'est pas fiable. Tu sais ce qu'il fait après un match ?

— Ben… non, mais je sens que vous allez me le dire.

— Il conduit un taxi dans New York ! Il se glisse derrière le volant d'un taxi jaune et il emmène les gens là où ils veulent. Il dit que ça le relaxe. Que ça le rapproche du peuple. Non mais je rêve ! Ce garçon gagne des millions de dollars et il se paie les embouteillages rien que pour le plaisir. Il refuse les interviews, les cocktails, les soirées caritatives, quand tous les photographes n'attendent que lui. Il s'habille comme un plouc, on dirait qu'il sort d'une sitcom des années 70. Le showbiz, quel métier !

— Moyennant quoi Greg est très populaire, intervint Myron. Ce qui vous rapporte pas mal de millions de dollars.

— Oui, bon… Mais là n'est pas la question. Si nous faisons appel à la police, tu imagines le cirque ?

— Un sacré bordel, je vous l'accorde.

— C'est vrai. Peut-être que Greg a tout simplement

16

décidé d'aller se payer un peu de bon temps. Une petite virée incognito au beau milieu de nulle part avec une jolie blonde. D'un autre côté, imaginons qu'il ait pété les plombs.

— Quels plombs ? demanda Myron.

— Oh, arrête ! Tu sais très bien ce que je veux dire. Je n'ai pas besoin d'un scandale, surtout en ce moment.

En ce moment ? Myron aurait pu creuser la question mais décida de la jouer cool :

— Qui d'autre est au courant ?

— Personne, à part nous trois.

Les mecs de la maintenance avaient pratiquement fini leur boulot et transformé la patinoire de la veille en plancher impeccablement balisé, avec les paniers à chaque extrémité et les tableaux géants où s'inscriraient les scores. A présent, ils dépliaient les rangées de chaises supplémentaires. Il y a toujours plus de spectateurs pour le basket que pour le hockey, alors à Meadowlands on fait comme ailleurs : on tasse un peu, beaucoup, et tant pis pour les normes de sécurité…

Sortant de sa rêverie, Myron s'aperçut que Clip et Calvin attendaient une réaction de sa part.

— Euh… c'est bien joli, mais je ne vois pas ce que je viens faire là-dedans.

Clip semblait mal à l'aise. Enfin, il se lança :

— Je… J'ai obtenu quelques renseignements à propos de tes états de service au sein du FBI. Non sans mal. Mais il semble que tu aies fait tes preuves dans ce domaine. Alors je n'irai pas par quatre chemins, Myron. J'ai besoin de toi pour retrouver Greg. Sans faire de vagues.

Myron en resta coi. Ah bravo ! Apparemment, son passage soi-disant secret chez les fédéraux faisait désormais partie du domaine public !

Clip éclusa son whisky d'un trait, lorgna Calvin, puis Myron.

— Greg vient de divorcer, annonça-t-il. Il est très seul,

quoi qu'on en pense. Il n'a pratiquement pas d'amis, en dehors de l'équipe. Le basket, c'est sa famille, si tu vois ce que je veux dire. Et si quelqu'un sait où il se cache, si quelqu'un l'aide à se cacher, c'est forcément un membre des Dragons. Je vais être honnête avec toi : ces gars-là me gonflent, ils se croient tous sortis de la cuisse de Jupiter, pensent qu'on doit s'écraser devant eux. Ils ont tous un truc en commun : ils détestent leurs managers, crachent dans la soupe, mordent la main qui les nourrit. A moins d'être un joueur, on n'est pour eux qu'un buveur de sang – pardon, un parasite, pour rester politiquement correct.

— Bref, dit Myron, vous voulez que j'infiltre l'équipe pour leur tirer les vers du nez.

Il avait espéré parler calmement, sans la moindre émotion. Pourtant, même lui fut conscient de la frustration qui pointait dans sa voix. Clip et Calvin la perçurent également. Il en rougit de honte.

Clip posa une main sur son épaule.

— Je maintiens ce que j'ai dit, Myron. Tu avais l'étoffe d'un champion, tu serais devenu l'un des plus grands.

Myron s'enfila une grande giclée de Yoo-Hoo, une énorme giclée. Après tout, y en a qui avalent des couleuvres et n'en meurent pas pour autant… Il déglutit comme il put et réussit à répondre au lieu d'éructer :

— Désolé, monsieur Arnstein. Je ne peux rien pour vous.

Froncement de sourcils.

— Quoi ?

— Je suis agent sportif et j'ai des clients. Je ne peux pas les laisser tomber pour vous faire plaisir.

— Je t'offre deux cent mille dollars plus tes frais. Pour deux semaines.

— Non, merci. De toute façon, vous vous êtes trompé d'adresse. Je ne suis pas détective privé.

— Mais il faut que nous retrouvions Greg. Il est peut-être en danger.

— Désolé. La réponse est non.

Clip sourit.

— Je vois. Et si j'ajoutais un petit bonus ?

— Non.

— Cinquante mille de plus ?

— Non, désolé.

— Disons, cinquante billets en liquide, même si Greg réapparaît demain matin. Plus un pourcentage sur ses prochains gains.

— Inutile d'insister. C'est toujours non.

Clip Arnstein se rassit, contempla son verre vide, joua avec les deux glaçons qui achevaient de s'y morfondre.

— Tu es agent sportif, si j'ai bien compris ?

— Oui, c'est mon métier.

— Il se trouve que je compte, parmi mes amis, les parents de trois jeunes futurs champions qui seront mis aux enchères – pardonne-moi l'expression – lors des sélections nationales. Tu le savais, évidemment ?

— Je l'ignorais, monsieur.

— Parfait. Maintenant, imaginons que je fasse en sorte que l'un d'eux signe avec toi.

Soudain, le cœur de Myron se mit à battre beaucoup trop vite. La chance de sa vie ! C'était trop tentant. Il réussit néanmoins à se maîtriser et répondit d'un ton neutre :

— Comment le pourriez-vous ?

— Ça, c'est mon problème et pas le tien, fiston.

— Je suis désolé, monsieur, mais ça ne me paraît pas très honnête.

— Arrête de jouer les enfants de chœur, Myron. Surtout avec moi. Cartes sur table : tu acceptes le job avec Greg et en échange MB Sports devient l'agent exclusif du futur Magic Johnson.

MB Sports... La petite agence de Myron, fondée par lui-même, avec ses deux ou trois neurones et ses quatre sous. Son bébé, sa fierté, sa liberté. *MB* pour *M*yron *B*olitar (quelle imagination !). MB qui battait de l'aile

19

(financièrement) et ne risquait pas de trouver le champion du siècle sur Internet.

— Et si on disait plutôt cent mille dollars pour une semaine, proposa Myron. Plus les frais, bien sûr.

Arnstein ne put s'empêcher de rire.

— Soixante-quinze tout compris, et c'est mon dernier mot. Inutile de marchander, c'est un bon deal et tu le sais. C'est pas un ouistiti comme toi qui va apprendre les grimaces à un gorille tel que moi.

Une poignée de main suffit à sceller le marché.

— J'aurais tout de même deux ou trois questions à vous poser, à propos de la disparition de Greg.

Prenant appui sur les deux accoudoirs de son fauteuil, le vieil homme se leva et se pencha vers Myron.

— Pour les détails, adresse-toi à Calvin. Il est parfaitement compétent. Quant à moi, j'ai d'autres chats à fouetter.

— D'accord. Mais… juste un dernier point. Quand suis-je censé commencer l'entraînement ?

Clip Arnstein parut surpris.

— Quel entraînement ?

— Ben oui, quoi. Quand a lieu le prochain match ?

— Ce soir, mon garçon.

— Quoi ?

— Oui, ce soir. Contre les Celtics. De vieux amis à toi, tu ne seras pas dépaysé. Calvin s'occupe de ton maillot. Ah, j'allais oublier : conférence de presse à dix-huit heures. On annoncera ton arrivée dans l'équipe des Dragons. Ne sois pas en retard.

Clip se dirigea vers la porte, puis se retourna et ajouta :

— A propos, pour les journalistes, garde cette cravate. Je la trouve parfaite.

— Ce soir ? protesta Myron. Mais je…

Trop tard. Clip Arnstein avait déjà disparu.

2

Après le départ de son patron, Calvin Johnson se permit l'ombre d'un sourire.

— Je vous avais prévenu que ce serait bizarre, dit-il.

— Bizarre ? Vous avez dit bizarre ?

— Vous avez fini votre boisson chocolatée survitaminée ?

Myron lança sa canette de Yoo-Hoo dans la poubelle.

— Ça va, les sarcasmes. J'ai fait le plein pour la journée.

— Bon. Alors on va pouvoir passer aux choses sérieuses. La « première » d'un ancien débutant, si je puis me permettre.

Calvin Johnson semblait à l'aise. Démarche féline, mais dos parfaitement droit. Il était grand – un mètre quatre-vingt-dix, à vue de nez. Mince mais admirablement proportionné. Costume sombre de bonne coupe, cravate discrète, chaussures bien cirées, d'un noir d'ébène. Tout comme sa peau. Calvitie naissante et bilatérale, qui formait sur son front deux golfes glabres autour desquels ses cheveux crépus et taillés court évoquaient un combat perdu d'avance. Un front de penseur. A l'époque où Myron était accepté à Duke, Calvin obtenait son diplôme à l'université de Caroline du Nord. Il

21

devait donc avoir dans les trente-cinq ans mais faisait plus que son âge. Après une belle carrière de pro durant onze saisons, il avait pris sa retraite, voilà trois ans. Tout le monde savait alors qu'il saurait se reconvertir. Ce qu'il fit, avec brio. Assistant de divers entraîneurs (mais non des moindres), puis coach à part entière, il avait récemment été promu au rang de vice-président et directeur général des Dragons du New Jersey. Mais ces titres, aussi ronflants fussent-ils, ne voulaient pas dire grand-chose. Le vrai patron, c'était Clip Arnstein.

— J'espère que ça va aller, dit Calvin.
— Et pourquoi ça n'irait pas ?
Calvin haussa les épaules.
— J'ai joué contre vous, Myron. Autrefois.
— Oui, et alors ?
— Vous étiez le pire des adversaires que j'aie jamais eu à affronter. Vous auriez marché sur la tête de votre propre mère pour marquer un point. Et maintenant, vous êtes censé rester tranquillement assis sur le banc des remplaçants ! Vous croyez pouvoir tenir ?
— C'est un job comme un autre.
— Mouais…
— J'ai mûri, vous savez. J'ai mis de l'eau dans mon vin.
— Je demande à voir.
— C'est tout vu.
— On parie ? Vous croyez que vous avez changé ? Que vous avez réussi à extirper le basket de votre cerveau ?
— Oui. Non seulement je le crois, mais j'en suis sûr.
Calvin sourit.
— Ah, ah ! Mais regardez-vous ! D'accord, quand votre carrière est tombée à l'eau, vous vous êtes relevé et avez réagi. Vous êtes retourné à la fac – à Harvard très cher ! Et vous avez fondé votre propre boîte. Mais toujours dans le domaine du sport, comme par hasard

Au fait, vous êtes encore avec cette fille qui écrit des bouquins ?

Calvin faisait allusion à Jessica, bien sûr. Pourquoi fallait-il que cette histoire revienne sur le tapis ? Myron, le prince consort. Le pauvre raté qui sort avec un écrivain de plus en plus célèbre… Étaient-ils « ensemble » ? Sujet épineux, et plutôt douloureux. D'habitude, Myron préférait éluder la question. Cette fois, il y répondit. Par bravade, pour conjurer le sort ?

— Oui.

— Alors tout va bien, mon frère ! T'as l'éducation, le job et la superwoman ! Ouais, rien à dire, t'es « in ». Heureux, en un mot.

— Oui. On peut dire ça comme ça.

Calvin secoua la tête.

— Ça suffit, Myron. Cessez de vous mentir à vous-même.

Décidément, ils se prennent tous pour des psys ! Non mais de quel droit ? Myron se ressaisit et décida de réagir.

— Ce n'est pas moi qui ai demandé à faire partie de l'équipe.

— Certes, mais vous n'avez pas résisté longtemps. Vous ne vous êtes battu que pour le fric.

— Je suis agent. Le fric, c'est mon boulot.

Calvin ignora la provocation et regarda Myron droit dans les yeux :

— Croyez-vous que vous avez réellement besoin de faire partie de l'équipe pour retrouver Greg ?

— Clip semblait le penser.

— M. Arnstein est un homme très intelligent, dit Calvin. Il sait ce qu'il veut, et il l'obtient toujours. Enfin, presque toujours.

— Ce qui veut dire ?

Ils étaient arrivés devant l'ascenseur. Les portes coulissèrent avec un bruit feutré. Ils pénétrèrent dans la

23

cabine et Calvin appuya sur le bouton du rez-de-chaussée. Durant la descente, il répondit enfin :

— Myron, regardez-moi et dites-moi, les yeux dans les yeux, que jamais vous n'avez rêvé de jouer à nouveau.

— Mais quel joueur n'a pas rêvé de cela ? Qui n'a jamais souhaité retrouver ses vingt ans ?

— Non, je ne parle pas de cette bonne vieille nostalgie mais de votre come-back. Avouez-le, quand vous regardez un match à la télé, vous vibrez, vous y êtes. Quand vous voyez Greg sur l'écran, je suis sûr que vous jouez à sa place, et vous savez que vous êtes meilleur que lui. Parce que c'est vrai. Greg est très bon, l'un des dix meilleurs de la Ligue. Mais vous étiez plus fort que lui, Myron, et nous le savons tous les deux.

— Ça remonte à loin, soupira Myron.

— C'est vrai. Et c'est là que je veux en venir.

— Vous pourriez préciser ?

— Vous êtes ici pour retrouver Greg, n'est-ce pas ?

— En principe.

— Donc, dès que vous l'aurez localisé, vous ne servirez plus à rien. Exit Myron Bolitar. C'est ce que vous voulez, me direz-vous.

— Vous m'ôtez les mots de la bouche.

— Mais avez-vous songé une seconde aux répercussions ? L'annonce de votre arrivée chez les Dragons ne risque pas de passer inaperçue – que vous jouiez ou non. A votre avis, pourquoi Clip a-t-il organisé une conférence de presse ?

Myron jeta un coup d'œil à sa montre. Merde, la fameuse conférence ! *Garde cette cravate… Ne sois pas en retard…*

— C'est donc ça qu'il veut ? Juste un coup de pub ?

— Vous ne voyez pas qu'il vous manipule ? Quoi qu'il arrive, il aura toujours le beau rôle. Il vous aura donné une seconde chance mais vous n'aurez pas été à la hauteur. Parce que si jamais vous jouez – ce qui est peu probable, vous n'interviendrez qu'en tant que bouche-trou. Et vous ne serez pas bon, parce que avec vous c'est tout ou rien. Vous avez besoin d'émulation, de challenge. Il faut que l'issue du match dépende de vous pour que vous donniez le meilleur de vous-même.

— Je comprends, dit Myron.

— Il serait temps !

Calvin leva les yeux vers le panneau où s'affichaient les étages. Les chiffres se reflétaient dans ses yeux noirs.

— Les rêves ne meurent jamais, dit-il. Parfois on croit les avoir perdus mais ils ne sont qu'endormis, comme un vieil ours qui hiberne. Et si l'ours est resté longtemps dans sa tanière, il en ressort affamé et dangereux.

— Vous devriez écrire des contes pour enfants.

— Ce n'était qu'un conseil d'ami.

— J'apprécie. Mais pour parler d'autre chose, que pensez-vous de la disparition de Greg ?

L'ascenseur s'arrêta, Calvin en sortit le premier.

— Il n'y a pas grand-chose à dire. On a joué contre les Sixers à Philadelphie. Après le match, Greg est monté dans le car avec le reste de l'équipe. Ensuite, il a pris sa voiture. On ne l'a pas revu depuis.

— Il avait l'air perturbé ?

— Non. Il s'est surpassé, ce soir-là. Il a marqué vingt-sept points.

— Et sur un plan plus personnel ?

Calvin réfléchit un instant.

— Je n'ai rien remarqué.

— Aucun fait nouveau dans sa vie ?

— Comme quoi ?

— Je ne sais pas, moi. Ses amis, sa famille…

— Eh bien, son divorce ne se passe pas très bien. D'après ce que j'ai compris, Emily est plutôt coriace.

Calvin s'arrêta et esquissa un sourire. Enigmatique, à la façon du chat d'*Alice au pays des merveilles*.

— Quoi ? Ça veut dire quoi, ce sourire ?

— Est-ce qu'Emily et vous n'étiez pas ensemble, à une époque ?

— Ça remonte aux calendes grecques, maugréa Myron.

— Elle a été votre petite amie quand vous étiez tous deux à la fac, si mes souvenirs sont exacts.

— C'est bien ce que je disais : il y a prescription.

— Sacré Myron ! Meilleur que Greg même avec les filles !

Myron préféra ignorer ce dernier commentaire.

— Clip est-il au courant de mon « histoire » avec Emily ?

— Il a d'excellents indics.

— C'est donc pour ça qu'il m'a choisi.

— En partie seulement.

— Ah bon ?

— Greg est à couteaux tirés avec Emily. C'est bien la dernière à qui il irait se confier. Mais depuis qu'a commencé cette sordide bataille à propos de la pension alimentaire, il a beaucoup changé.

— Dans quel sens ?

— Tout d'abord, il a signé avec Forte. Le principal concurrent de Nike...

— Greg fait dans la pub, maintenant ?

— Ça reste entre nous, d'accord ? dit Calvin. Ça ne sera officiel qu'à la fin du mois, juste avant les sélections.

Myron n'en revenait toujours pas.

— Ils ont dû lui promettre un sacré paquet, pour qu'il accepte.

— Un paquet plus les poignées et le porteur en prime, d'après ce que je sais. Plus de dix millions par an.

— Normal, dit Myron. Un joueur aussi médiatique

que Greg, qui depuis dix ans refuse de sponsoriser quoi que ce soit... Sacré bonus, pour Forte. Ils sont bons en tennis et en athlétisme, mais totalement inconnus dans le basket. Avec Greg, ils s'offrent un nouveau marché.

— Je veux !

— Mais pourquoi Greg a-t-il changé d'avis, d'un seul coup, après toutes ces années ?

Calvin haussa les épaules.

— Qui sait ? Peut-être qu'il s'est rendu compte qu'il ne rajeunissait pas. Peut-être qu'il avait besoin de cash, avec cette histoire de divorce. Quand on se prend un bon coup sur la tronche, on devient raisonnable, parfois...

— Justement, depuis son divorce, où habite-t-il ?

— Dans sa maison de Ridgewood. C'est dans le comté de Bergen.

— Oui, je connais, dit Myron. Et Emily ?

— Elle et les enfants sont allés chez sa mère, je crois. Près des lacs Franklin.

— Vous avez fait les recherches d'usage ? Cartes de crédit, retraits bancaires et tout le bazar ?

Calvin secoua la tête.

— Clip n'était pas d'accord. Il ne voulait pas faire appel à n'importe quel détective à la con. C'est pourquoi il a pensé à vous. Je suis passé devant la maison de Greg deux ou trois fois, j'ai même frappé à la porte. Sa voiture n'était pas là et toutes les lumières étaient éteintes.

— Mais aucun de vous n'est entré ?

— Non.

— Et s'il s'était tout simplement cogné la tête dans sa baignoire ?

— Oui, c'est ça. Quand vous prenez un bain, vous éteignez la lumière, vous ?

— Un point pour vous, admit Myron.

— Tu parles d'un détective !

— Faut le temps que je mette en route...

Ils étaient arrivés devant la salle des vestiaires.

— Attendez-moi ici, dit Calvin.

— Je peux passer un coup de fil ?

— Je vous en prie.

Myron sortit son portable.

— Allô, Jessica ?

— Oui ?

— Ecoute, je suis désolé, mais pour ce soir c'est râpé.

— T'as intérêt à avoir une bonne excuse, dit-elle.

— Tu ne devineras jamais ! Je joue en tant que professionnel ! Avec les Dragons !

— Oui, et moi je dîne avec le pape. Amuse-toi bien, chéri.

— Non, attends, je ne plaisante pas ! Je fais partie de l'équipe, pour le match de ce soir ! Je te jure que c'est vrai. Enfin, je ne vais pas vraiment jouer, mais disons que… je suis censé être des leurs. Les Dragons du New Jersey, tu te rends compte ?

— T'es sûr que tu vas bien, Myron ? Qu'est-ce que t'as fumé, récemment ?

— Ce serait trop long à te raconter mais, bref, je suis maintenant un joueur de basket professionnel.

Silence.

— Je n'ai jamais craché sur les joueurs professionnels, dit Jessica. Je vais me la jouer façon Madonna !

— *Like a virgin…*

— Dis donc, ça date un peu, comme référence !

— Que veux-tu, y a des fans des sixties, moi j'ai toujours été un nostalgique des années 80.

— Donc, Mister Nostalgie, vas-tu enfin me dire ce qui se passe ?

— Pas le temps maintenant. Viens me rejoindre après le match. Je laisserai un billet pour toi au guichet.

Calvin pointa son nez dans l'entrebâillement de la porte.

— Qu'est-ce que vous faites, comme taille ? Je veux dire, comme tour de taille.

— Du 42. Ou du 44. Ça dépend des marques.

— O.K. Je reviens dans deux minutes.

Myron en profita pour appeler Win – son ami et associé – sur sa ligne privée. Windsor Horne Lockwood, troisième du nom, président de la Lock-Horne, l'un des plus prestigieux cabinets de courtage de Wall Street. Win décrocha dès la deuxième sonnerie et interrompit Myron au bout de trois secondes :

— Articule !

— Articule ?

— Je t'ai demandé de parler clairement, pas de répéter.

— On a une nouvelle affaire.

— Bigre ! s'exclama Win avec son accent des beaux quartiers. Tu m'en vois littéralement enchanté. Positivement ravi. Mais avant de me pâmer, j'aimerais te poser une question.

— Vas-y.

— Est-ce que cette affaire fait partie de tes habituelles croisades en faveur de la veuve et de l'orphelin ?

— Branle-toi tant que tu veux, la réponse est non.

— Quoi ? Notre brave Myron renonce aux œuvres caritatives et se lance dans le vrai business ?

— Ça te la coupe, hein ? Mais cette fois c'est du sérieux.

— Diantre ! Allez, ne me fais pas languir plus longtemps !

— Greg Downing a disparu. Et c'est à nous de le retrouver.

— Montant des honoraires ?

— Au moins soixante-quinze plaques cash plus une sacrée pub. Après ça, les clients vont se bousculer, mon vieux.

Myron jugea prématuré de rencarder Win à propos de

sa fulgurante et temporaire promotion en tant que basketteur professionnel. Chaque chose en son temps.

— Eh bien, voilà qui me paraît de bon augure, conclut Win. Par quoi commençons-nous ?

Myron lui donna l'adresse de Greg à Ridgewood.

— On se retrouve là-bas dans deux heures. D'accord ?

— J'enfile mon costume de Batman et j'arrive.

A cet instant, Calvin revint, un short et un maillot à la main. Violet et vert pâle. L'uniforme des Dragons.

— Essayez ça.

Les bras ballants, la gorge nouée, Myron fixa le maillot sans un mot. Enfin, il se ressaisit :

— Le 34 ?

— Oui, dit Calvin. Votre numéro dans l'équipe de l'université de Duke. Je m'en suis souvenu. J'ai pensé que ça vous rappellerait le bon vieux temps.

Silence ému.

Puis Calvin brisa le sortilège.

— Allez, essayez-le !

Myron secoua la tête, luttant contre les larmes qui lui venaient aux yeux.

— Pas la peine. Je suis sûr que c'est la bonne taille.

3

Ridgewood est l'une de ces banlieues ultrarésiden-
tielles, petit paradis préservé qui se prend pour un village, où quatre-vingt-quinze pour cent des jeunes vont
à l'université et n'ont pas le droit de fréquenter les cinq
autres pour cent. Il y a, bien sûr, un petit lotissement de
pavillons préfabriqués, mais en périphérie. Ridgewood,
malgré tout, demeure un lieu privilégié où les villas
datent d'une époque soi-disant bénie.

Myron n'eut aucun mal à trouver la maison des
Downing. Style victorien. Vaste et cossue mais sans
ostentation. Deux étages, bardeaux de cèdre patinés
à souhait. A gauche, l'incontournable tourelle au toit
pointu. Tout autour, des vérandas, avec balancelle et roc-
king-chair, façon Alabama et Scarlett O'Hara. Une bicyclette d'enfant reposait négligemment le long d'un mur,
à côté d'une luge parfaitement incongrue – il n'avait
pas neigé depuis au moins six semaines. Au-dessus du
garage, l'inévitable panier de basket, un peu rouillé,
un peu mité. L'allée était bordée de vénérables chênes
postés telles des sentinelles un tantinet blasées veillant
depuis des siècles sur une forteresse de carton-pâte.

Win n'était pas encore arrivé. Myron se gara et abaissa
sa vitre. Mi-mars. Froid sec, ciel d'azur. Quelques

oiseaux pépiaient, annonçant le printemps. Myron tenta d'imaginer Emily dans ce décor. En vain. Ça ne collait pas. Il la voyait plutôt au quarantième étage d'une tour new-yorkaise, ou dans l'une de ces résidences de Long Island tapissées de faux marbre et de trop nombreux miroirs. D'un autre côté, ça faisait dix ans qu'il l'avait perdue de vue. Elle avait peut-être changé. Ou bien c'était lui qui l'avait mal jugée, à l'époque. En matière de psychologie féminine, il n'en était pas à son premier échec.

Ça lui faisait tout drôle, de se retrouver à Ridgewood après toutes ces années. Jessica avait grandi ici et refusait d'y remettre les pieds. Mais c'est curieux, la vie : les deux femmes qui avaient le plus compté pour lui – Jessica et Emily – avaient en commun Ridgewood, cet étrange microcosme. Ça et tout le reste, comme le fait d'avoir un jour rencontré Myron, de lui avoir tapé dans l'œil, d'être tombées amoureuses de lui, puis de lui avoir piétiné le cœur sous leurs talons aiguilles, comme une tomate bien mûre. Oui, ainsi va la vie.

Emily avait été son premier grand amour. Première année à la fac. Un peu tard pour perdre sa virginité, à en croire les copains. Mais s'il y avait effectivement eu une révolution sexuelle pour les teenagers américains à la fin des années 70, Myron était passé complètement à côté. Il avait du succès auprès des filles, là n'était pas le problème. Mais tandis que ses potes se vantaient de leurs exploits et racontaient dans les moindres détails leurs soirées orgiaques, Myron semblait toujours tomber sur des oiseaux rares, des jeunes filles bien qui disaient non. Encore eût-il fallu qu'il osât poser la question cruciale. Chez toi ou chez moi ?

Tout cela avait changé avec Emily.

La passion. Le mot est éculé mais ce fut vraiment cela, entre eux. Ou, du moins, le désir à l'état pur. Emily était le genre de fille dont les hommes ne disent pas qu'elle est belle, mais « bonne ». La beauté, on a envie de la peindre ou d'écrire un poème à sa gloire. Face à Emily, on n'avait qu'une envie : lui arracher ses fringues et se mettre à poil. Ce que fit Myron. Elle était un peu trop ronde selon les canons du campus, mais ses rondeurs étaient merveilleusement réparties. Ils n'avaient pas encore vingt ans, se trouvaient loin du giron familial pour la première fois, et doués tous deux d'une très grande créativité. L'alchimie fut immédiate et parfaite. En un mot, explosive.

Le téléphone de la voiture sonna. Myron décrocha.

— Je présume, dit Win, que tu comptes pénétrer dans la résidence Downing sans y être invité.

— On ne peut rien te cacher.

— Dans ce cas, je me permets de te signaler que stationner devant ladite résidence ne me paraît pas une bonne idée.

Myron jeta un coup d'œil alentour.

— Où es-tu ?

— Va jusqu'au prochain carrefour, tourne à gauche, puis prends la deuxième à droite. Je suis garé sur le parking, derrière l'immeuble de bureaux.

Myron raccrocha, mit le contact et suivit les instructions de son associé.

Nonchalamment appuyé contre sa Jaguar, bras croisés, Win semblait – comme toujours – tout droit sorti de la couverture d'un magazine de mode pour VIP. Front balayé d'une mèche blonde volontairement « rebelle », teint doré aux UVA, traits un peu trop parfaits. Il portait un pantalon kaki (à pinces), un blazer bleu marine, une cravate à rayures et des mocassins italiens (sans chaussettes). Il incarnait à merveille l'idée qu'on se fait d'un type qui s'appelle Windsor Horne Lockwood, troisième du nom : snob, narcissique, efféminé. En vérité, il revendiquait deux de ces épithètes.

L'immeuble abritait un mélange éclectique d'activités commerciales. Un cabinet de gynécologues. Une boîte d'informatique. Un diététicien. Un club de remise en forme réservé aux femmes – devant lequel Win s'était garé, naturellement.

— Comment as-tu deviné que je t'attendais devant la résidence ? lui demanda Myron.

Tout en gardant un œil sur l'entrée de l'immeuble, Win hocha la tête vers l'ouest.

— Du haut de cette colline, on peut surveiller tout le secteur, avec une paire de jumelles.

Une jeune femme sortit du club, un bébé dans les bras. Environ vingt-cinq ans, vêtue d'un body en Lycra noir, elle n'avait pas mis longtemps à retrouver une silhouette de sylphide. Win lui adressa un sourire dévastateur qu'elle lui rendit illico, et au centuple.

— J'adore les jeunes mères, dit Win.

— Tu adores surtout les nanas en Lycra, rectifia Myron.

— Ce n'est pas faux non plus. Mais, bon, si on passait aux choses sérieuses ? ajouta Win en chaussant ses lunettes noires.

— Tu crois que c'est possible, d'entrer chez les Downing sans se faire remarquer ?

Win prit son air offensé, du genre « Tu me prends pour un bleu ? ». Une autre femme sortit du club mais n'eut pas droit au sourire donjuanesque.

— Dis-moi tout ce que tu sais – et dégage, s'il te plaît. Tu bouches la vue. Je veux que tout le monde remarque la Jag.

Myron le briefa – ce qui lui prit environ cinq minutes, durant lesquelles huit femmes sortirent du club. Seules deux d'entre elles furent gratifiées du Sourire-qui-Tue. L'une arborait un caleçon léopard, plus moulant que ça tu meurs.

Myron avait l'impression de parler dans le vide. Même quand il osa enfin avouer qu'il avait accepté de jouer les remplaçants chez les Dragons, Win ne réagit pas, gardant les yeux rivés sur la sortie du club. Bof, pas de quoi s'inquiéter, Win était ainsi. Mister Cool…

— Bon, voilà, tu sais tout, conclut Myron. T'as des questions ?

— Tu crois que celle en léopard portait un string en dessous ?

— Aucune idée, et je m'en fous. En revanche, je peux t'assurer qu'elle portait une alliance.

Win haussa les épaules. Il ne croyait pas en l'amour ni en quoi que ce soit de sérieux entre hommes et femmes. D'aucuns pourraient taxer cela de sexisme. Ils auraient tort. Les femmes n'étaient pas des objets, aux yeux de Win : il avait du respect pour certains objets.

— Viens, suis-moi, ordonna-t-il.

Ils étaient à moins de huit cents mètres de la résidence Downing. Win avait déjà exploré le terrain et guida Myron à travers les buissons, le long d'un étroit chemin d'où ils ne risquaient pas d'être vus. Ils progressaient en silence, tels deux complices parfaitement rodés. Ce qu'ils étaient, en fait.

— Tu sais, dit Myron, finalement, y a tout de même un truc positif, dans toute cette histoire.

— Ah bon ?

— Tu te souviens d'Emily Shaeffer ?

— Pourquoi ? Je devrais ?

— Elle et moi, on a été ensemble pendant deux ans, à Duke.

Win et Myron s'étaient rencontrés à l'université de Duke. Ils avaient même partagé une chambre durant quatre ans, sur le campus. Room-mates. Copains de chambrée, sauf qu'il n'y avait que deux lits et qu'ils y étudiaient et y dormaient en parfaite harmonie, à tour de rôle et en tout bien tout honneur. C'est Win qui avait initié Myron aux arts martiaux, lui aussi qui l'avait convaincu de bosser pour le FBI. A présent, Win était l'unique héritier et heureux PDG de Lock-Horne, affaire familiale cotée en Bourse, top du top en matière d'investissements (juste après Bill Gates), et sise à Park Avenue. Myron, de son côté, avait fondé sa petite agence, MB Sports, et louait une centaine de mètres carrés dans les prestigieux locaux de la Lock-Horne. Il faut dire également que Win, en tant qu'associé, gérait la comptabilité de MB Sports. La tête et les jambes, en quelque sorte.

Win fronça les sourcils – signe, chez lui, d'intense réflexion.

— Attends, je vois. C'était celle qui poussait des petits cris de ouistiti quand elle jouissait ?

— Non.

— Alors c'était qui, celle qui poussait ces petits cris ?

— Aucune idée.

— Ah bon, t'es sûr ? Dans ce cas ça devait être une des miennes.

— Faut croire.

Win hocha la tête, perplexe.

— Oui, t'as sans doute raison. Mais bon, bref, c'est quoi, ton problème ?

— Emily s'est mariée avec Greg Downing.

— Et ils ont divorcé, bien sûr.

— Exact.

— Ah oui, ça me revient. Emily Shaeffer... Très beau châssis.

Myron ne put qu'approuver.

— Elle ne m'a jamais plu, cette gonzesse. Sauf pour les petits cris de ouistiti. C'était plutôt intéressant.

— Ce n'était pas elle.

Win sourit, indulgent.

— Les murs n'étaient pas très épais, souviens-toi.

— Et tu nous écoutais ?

— Seulement quand tu fermais la porte à clé pour

m'empêcher d'entrer. C'était aussi ma chambre, je te signale.

— Espèce de voyeur !

— Non, hélas ! Mais quand le son est bon, on peut se passer de l'image !

Ils étaient arrivés sur la pelouse bien tondue, juste devant la maison. Le truc pour passer inaperçu, c'est d'avoir l'air à l'aise. Deux mecs en costard-cravate qui rampent les genoux dans la boue et le nez au ras du gazon, c'est suspect. En revanche, si les deux mêmes se dirigent d'un pas ferme vers la porte d'entrée, ça ne choque personne.

Un minuscule voyant rouge brillait au-dessus de la serrure.

— Merde, ils ont un système d'alarme ! dit Myron.

— Rien que de la frime. Un gadget qu'ils ont dû acheter au supermarché. Au rayon jouets. Mon Dieu, on rentre là-dedans comme dans de la pâte à modeler !

— Oui, mais la serrure ? C'est une porte blindée.

— T'inquiète, fillette.

Win avait déjà sorti son passe-partout en celluloïd. Le coup des cartes de crédit, c'est dépassé : le plastique, c'est trop rigide, ça ne marche qu'une fois sur deux – dans le meilleur des cas. Rien ne vaut les matériaux d'antan pour contrer la technologie d'aujourd'hui. En moins de trois secondes, la porte était ouverte et ils pénétraient dans le hall. Le courrier avait été glissé dans la fente prévue à cet effet – à la mode anglo-saxonne – et était éparpillé sous leurs pieds. Myron y jeta un rapide coup d'œil. La dernière lettre datait de plus de cinq jours.

Le décor était « rustique », du genre cent pour cent imitation, fausses poutres, fleurs séchées et tout le bazar. Ça sentait le décorateur à plein nez et ça avait dû coûter un max. Win et Myron se partagèrent le travail. Win se chargea du bureau, au premier étage. Il alluma l'ordinateur et entreprit de copier toutes les données sur disquettes. De son côté, Myron investit le rez-de-chaussée, découvrit le répondeur dans une pièce qui avait dû autrefois servir d'étable. La charpente, magnifique, était restée intacte – le décorateur n'avait sans doute pas encore eu le temps de sévir... Myron rembobina la bande puis appuya sur la touche « Play ». L'appareil indiquait la date et l'heure de chaque message. Très pratique. Le premier appel avait été enregistré à 21 h 18 le soir où Greg avait disparu. Bingo ! Une voix de femme, très perturbée, disait : « C'est Carla. Je t'attends jusqu'à minuit. Dernière table, au coin à droite. »

Myron se repassa le message. Il y avait pas mal de bruit de fond – brouhaha de conversations, de musique, de verres qui s'entrechoquent. La dénommée Carla avait dû appeler d'un bar ou d'un restaurant. Qui était-ce ? Une petite amie ? Probablement. Qui d'autre aurait pu appeler à une heure aussi tardive pour fixer un rendez-vous encore plus tardif ? D'un autre côté, il ne s'agissait pas de n'importe quel soir. On avait perdu la trace de Greg Downing entre ce coup de fil et le lendemain matin.

Simple coïncidence ? Greg s'était-il rendu dans ce bar ? Et pourquoi cette Carla semblait-elle si bouleversée ?

Myron écouta le reste de la bande. Pas d'autre message de Carla. Si Greg ne s'était pas pointé au rendez-vous, elle aurait sûrement rappelé. Donc, on pouvait en déduire que Greg Downing avait vu une certaine Carla avant de s'évanouir dans la nature.

Un début de piste...

Martin Felder, l'agent de Greg, avait laissé quatre messages, d'abord impatients puis carrément furieux. Le dernier disait : « Bon sang, Greg, qu'est-ce que tu fous ? Ta cheville ne va pas mieux, ou quoi ? T'as pas intérêt à me lâcher alors qu'on est sur le point de signer avec Forte. Tu me rappelles, O.K. ? »

Il y avait aussi trois coups de fil d'un certain Chris Darby qui, apparemment, travaillait pour Forte Sports Inc. Il avait l'air paniqué. « Martin refuse de me dire où vous êtes, Greg. Je pense qu'il essaie de faire monter les enchères. Mais on avait un accord, n'est-ce pas ? Je vous laisse mon numéro perso. Appelez-moi, à n'importe quelle heure. Et cette blessure, c'est sérieux ? »

Ah, ces agents sportifs ! Son poulain était porté disparu et Martin Felder trouvait le moyen de tirer profit de la situation ! Myron ne put s'empêcher de sourire. Il appuya une dizaine de fois sur la touche « Fonction », plus ou moins au hasard. Enfin, le code d'interrogation à distance apparut sur le petit écran à cristaux liquides : 173. Dorénavant, Myron pourrait vérifier à tout moment les messages laissés sur le répondeur de Greg. On n'arrête pas le progrès. Ensuite, il pressa sur « Bis ». Encore un gadget bien pratique, qui évite aux paresseux d'avoir à recomposer un numéro, mais aussi à n'importe quelle femme jalouse de savoir qui son mari vient d'appeler. Parfois on se demande si le progrès est une si bonne chose. En l'occurrence, Myron remercia mentalement la technologie moderne. Au bout de deux sonneries, une voix suave annonça : « Kimmel Brothers à votre service. » Myron raccrocha et rejoignit Win à l'étage. Tandis que ce dernier copiait tous les fichiers, Myron examina le contenu des tiroirs. Rien de bien intéressant, à première vue.

Ensuite, ils passèrent à la chambre du maître. Le lit – king size – était fait. Les deux tables de chevet étaient encombrées de stylos, de clés et de divers papiers.

Les *deux* tables. Bizarre, pour un type censé vivre seul.

Myron balaya la pièce des yeux. Son regard s'arrêta sur un fauteuil où s'entassaient quelques chemises de Greg. Plutôt soigneux, ce garçon. Myron, quant à lui, était du genre à laisser tout traîner par terre. Un détail, cependant, attira son attention : un chemisier blanc et une jupe grise, sur un bras du fauteuil.

— La miss aux petits cris de ouistiti ? suggéra Win.

— Non. Emily ne vit plus ici depuis des mois.

Dans la salle de bains luxueuse – vaste baignoire, jacuzzi, cabine de douche façon thalasso, sauna –, ils découvrirent un autre indice intéressant. A côté d'une trousse de toilette au contenu typiquement masculin (bombe de mousse à raser, after-shave, déodorant en stick, rasoir triple lame), trônait un vanity-case indiscutablement féminin (fond de teint, mascara, crèmes hydratantes, parfum et tout le bazar).

— Il a une copine, dit Myron.

— Bravo, Sherlock Holmes ! C'est le scoop de l'année !

— Rigole toujours. N'empêche, quand un mec disparaît du jour au lendemain, tu ne crois pas que sa nana a tendance à s'inquiéter et à prévenir la police ?

— Sauf si elle s'est tirée avec lui, répliqua Win.

— T'as peut-être raison.

Myron lui parla alors du message laissé par la mystérieuse Carla. Win réfléchit deux ou trois secondes.

— Non, ça ne colle pas. S'ils avaient eu l'intention de partir ensemble, elle n'aurait pas eu besoin de lui préciser où il devait la rejoindre.

— Elle n'a pas dit où. Seulement qu'elle l'attendrait jusqu'à minuit, dans un endroit qu'il connaissait, de toute évidence.

Win n'était toujours pas convaincu.

— Ce n'est pas logique. Admettons que Carla et Greg aient décidé de se payer une petite escapade. Tu ne crois pas qu'ils auraient un peu mieux préparé leur coup ?

— Peut-être qu'il y a eu un imprévu et qu'elle a dû changer leur rendez-vous à la dernière minute.

— Ah oui ? Une table en terrasse plutôt qu'une banquette dans le fond de la salle ?

— Qu'est-ce que tu veux que je te dise ? Je n'en sais pas plus que toi.

Ils finirent d'explorer le premier étage. Rien à signaler. La chambre du fiston était tapissée de petites voitures de course et d'un poster géant de Greg en plein élan, bras tendus vers le panier. Celle de sa fille était pleine de poupées longilignes et de poneys à crinière rose. Où sont passés les nounours d'antan ?

La visite non guidée ne devint intéressante qu'au sous-sol. Dès qu'ils allumèrent la lumière, Myron sentit ses genoux fléchir.

L'endroit était aménagé en salle de jeu. Murs laqués de toutes les couleurs, sol jonché de dinosaures en plastique, de voitures de pompiers, de robots et de pokémons. Dans un coin trônait une fusée d'un mètre de haut, à côté d'un vaisseau spatial plus vrai que nature. On se serait cru au rayon jouets d'un grand magasin en plein mois de décembre. Il y avait aussi, bien sûr, un téléviseur, un magnétoscope et des montagnes de cassettes, de *Franklin la Tortue* au *Roi Lion*. Plus des objets destinés aux gamins quand ils seraient un peu plus grands : jukebox, flipper…

Mais sur les murs, une couleur dominait, qui ne devait rien au décorateur. Le rouge qui maculait la moquette n'était pas d'origine non plus.

Myron retint un haut-le-cœur. Il avait vu couler le sang plus d'une fois dans sa vie mais n'avait jamais pu s'y habituer. Win, en revanche, n'eut pas l'ombre d'un battement de cils. Il s'approcha des éclaboussures, y posa un index délicat, puis se pencha vers les flaques déjà sèches comme pour les renifler. Myron aurait pu jurer qu'il souriait.

— Eh bien, dit Win en se relevant, faut voir le bon côté des choses. On dirait que ton job de remplaçant chez les Dragons va durer plus longtemps que prévu.

4

Il n'y avait pas de cadavre. Seulement du sang.

Win dénicha des sachets en plastique dans la cuisine (ces petits sacs dans lesquels on emballe les restes destinés au congélateur) et y déposa quelques échantillons judicieusement prélevés sur le site. Dix minutes plus tard, ils étaient dehors. La serrure avait retrouvé son apparente virginité et le système d'alarme sa pseudo-efficacité. Ni vu ni connu.

Ils étaient sur le trottoir lorsqu'ils virent passer une Oldsmobile Delta 88 de couleur bleue, avec deux hommes à l'avant. Myron interrogea Win du regard.

— C'est la deuxième fois que je les vois.

— Et moi, la troisième, dit Win, imperturbable. Ils étaient déjà dans le secteur quand je suis arrivé.

— Ils ne sont pas tellement discrets. Ce ne sont sûrement pas des pros.

— Bien sûr que non. Pas autant que nous, en tout cas.

— T'as pu noter leur numéro ?

— Recherche en cours. Pareil pour Greg. Cartes de crédit et le reste.

Ils étaient arrivés devant la Jaguar. Win se glissa derrière le volant.

— Je t'appelle dès que j'ai du nouveau. D'ici deux ou trois heures.

— Tu repars direct au bureau ?

— Non. Je vais d'abord faire une petite pause chez Maître Kwon.

Maître Kwon était leur professeur d'arts martiaux. Myron et Win étaient tous deux ceinture noire de taekwondo. Sauf que Myron n'était que deuxième dan et Win sixième, l'un des plus hauts rangs jamais atteints par un non-Asiatique. Win était le combattant le plus impressionnant que Myron eût jamais vu. Jiu-jitsu brésilien, kung-fu, jeet kune do… il avait tâté de tout avec un égal succès. Win, docteur ès contradictions ! Dandy trop propre sur lui, fils à papa, chéri de sa maman, premier de la classe, chouchou de la maîtresse, tête à claques, et j'en passe. Win était tout cela, doublé d'un redoutable prédateur. Spécimen d'*Homo sapiens* apparemment normal, parfaitement adapté. Un authentique monstre, en réalité.

— Tu as quelque chose de prévu, ce soir ? demanda Myron.

— Pas vraiment.

— Je peux t'avoir des billets pour le match, si tu veux.

Pas de réponse.

— Ça te tente ?

— Non.

Sans un mot de plus, Win mit le contact et démarra plein pot. Surpris par cette réaction abrupte, Myron, les bras ballants, regarda s'éloigner la Jaguar. Bof, Win était comme ça, ce n'était pas à son âge qu'on le changerait !

Myron jeta un coup d'œil à sa montre. Il disposait de quelques heures avant la conférence de presse. Assez pour passer au bureau et mettre Esperanza au courant de la nouvelle orientation de sa carrière. Ça allait lui en boucher un coin !

Il prit la nationale 4, direction George Washington Bridge. Il n'y avait pas de queue au péage – preuve qu'il y a bien un Dieu pour les braves. Hélas, le pont Henry Hudson était fermé – erratum : il y a bien un Dieu, mais seulement pour les truands. Myron tourna près du Centre médical presbytérien de Columbia pour s'engager dans Riverside Drive. Les SDF, qui d'habitude se tenaient au feu rouge pour « nettoyer » votre pare-brise avec un mélange d'eau grasse, de Tabasco et d'urine, avaient disparu du paysage. Décision du maire Giuliani, probablement. Ils avaient été remplacés par des Hispaniques qui vendaient des fleurs à la sauvette et des trucs qui ressemblaient à des morceaux de papier peint. Un jour, il avait demandé ce que c'était et le gars lui avait répondu en espagnol. Myron avait vaguement compris que ça sentait très bon et que ça pouvait parfumer toute une maison. Le pot-pourri version récup. Pourquoi les riches seraient-ils les seuls à avoir droit aux gadgets domestiques ?

La circulation sur Riverside Drive était relativement fluide et, dix minutes plus tard, Myron confiait les clés de sa voiture à Mario, le fidèle gardien du parking Kinney, sur la 46e Rue. Mario ne gara pas la Ford Taurus à côté des Rolls, des Porsche et autres belles étrangères. Non. Comme d'habitude, il alla la cacher dans un coin discret qu'affectionnaient aussi les pigeons. Cas flagrant de discrimination automobile. La Ford de Myron n'était peut-être pas une beauté, mais c'était tout de même un peu vexant.

Le siège de la Lock-Horne occupait l'angle de Park Avenue et de la 46e, en face de la tour Helmsley. Dans ce quartier, le prix au mètre carré atteignait des sommets, tout comme les immeubles. Même au niveau du sol, tout évoquait la haute finance. Plusieurs limousines XXL étaient garées en double file devant l'entrée – en toute illégalité et parfaite impunité. L'immonde sculpture moderne montait la garde, tel un amas d'intestins figés sur place. Des hommes en costume trois-pièces et des femmes en tailleur, assis sur les marches, avalaient des sandwichs trop rapidement, perdus dans leurs pensées. Beaucoup se parlaient à eux-mêmes, répétant le laïus qu'ils devaient délivrer l'après-midi lors d'un meeting directorial, ou bien ressassant les erreurs commises le matin face à leur chef de service. Les cols blancs de Manhattan ont le chic pour se condamner à la solitude alors qu'ils sont entourés de congénères.

Myron entra dans le hall et appuya sur un bouton pour appeler l'ascenseur. Il salua les hôtesses de la Lock-Horne Securities, surnommées les Trois Geishas. Elles rêvaient toutes trois de devenir top model ou actrice et avaient été embauchées pour être belles, se taire et escorter les huiles jusqu'aux bureaux de la Lock-Horne. Win avait eu cette idée au retour d'un voyage en Orient. Myron demeurait convaincu qu'on pouvait difficilement trouver concept plus sexiste.

Esperanza Diaz, sa précieuse assistante et associée, leva le nez de son ordinateur :

— Salut, Myron. Où étiez-vous passé ?

— Il faut qu'on parle.

— Plus tard. Vous avez des tonnes de messages.

Esperanza portait un chemisier blanc qui faisait ressortir ses cheveux de jais, ses yeux de braise et sa peau mate qui resplendissait comme un coucher de soleil sur la Méditerranée. Elle avait été découverte par une agence de mannequins à dix-sept ans, mais sa carrière avait évolué de façon inattendue et elle s'était retrouvée championne de lutte professionnelle. Son nom de scène était Petite Pocahontas, joyau de la Fédération féminine de lutte. Elle se produisait en bikini de daim avec des franges sur le côté et tenait toujours le rôle de la « gentille » dans le scénario de cette fable moralisatrice qu'est la lutte professionnelle. Elle était petite, merveilleusement proportionnée, sexy en diable et, bien que d'origine hispanique, suffisamment basanée pour passer pour une Amérindienne. La FFL se fichait pas mal des appartenances ethniques : Madame Saddam Hussein, la « méchante » en voile noir, s'appelait en réalité Shari Weinberg.

Le téléphone sonna.

— MB Sports, annonça Esperanza. Que puis-je pour vous ? Ne quittez pas, je vais voir s'il est de retour.

Elle couvrit le combiné de sa main et dit à Myron :

— Perry McKinney. C'est la troisième fois qu'il appelle.

— Qu'est-ce qu'il veut ?

— Aucune idée. Certaines personnes refusent de s'adresser aux subalternes.

— Vous n'êtes pas une subalterne.

Elle se contenta de lui lancer un coup d'œil légèrement ironique.

— Alors, vous le prenez, ou non ?

Un agent sportif, c'est – pour employer la terminologie informatique – une configuration interface/multifonctions disponible d'un simple clic. Son job ne se résume pas à négocier des contrats. Il doit être à la fois comptable, financier, agent immobilier, voyagiste, coursier, baby-sitter, psychothérapeute, conseiller conjugal, lèche-bottes de service… j'en passe, et des meilleures. S'il n'est pas prêt à assumer tous ces rôles auprès de son client, il se fait doubler par ses concurrents.

Le seul moyen de ne pas se retrouver sur la touche, c'est de travailler en équipe. De ce côté-là, Myron ne s'était pas trop mal débrouillé. Son équipe, bien que réduite, était fort efficace. Win gérait les finances de leurs poulains. Il ouvrait un portefeuille pour chacun d'eux, les rencontrait au moins cinq fois par an, s'assurait qu'ils comprenaient où était placé leur argent et combien ça leur rapportait. Win était un atout essentiel pour Myron. Véritable légende dans le monde de la finance, il jouissait d'une réputation irréprochable (du moins dans ce domaine) et pouvait se targuer d'un palmarès inégalé. Sa collaboration conférait à MB Sports une crédibilité dans un milieu où, justement, une telle denrée faisait cruellement défaut.

Dans ce partenariat, Myron était le juriste, Win l'administrateur et Esperanza l'indispensable rouage grâce auquel la machine tournait rond. L'un dans l'autre, ça fonctionnait.

— Il faut qu'on parle, répéta Myron.

— D'accord, mais débarrassez-moi d'abord de McKinley.

Myron fila dans son bureau, qui donnait sur Park Avenue. Vue imprenable, dont il ne se lassait pas. L'un des murs était tapissé d'affiches de comédies musicales de Broadway. Sur l'autre, des photos de tournage de ses films favoris : les Marx Brothers, Woody Allen, Alfred Hitchcock et quelques autres grands classiques. Le troisième panneau était consacré à « ses champions » – galerie de portraits un peu trop clairsemée à son goût. Il rêvait de voir trôner un as de la NBA au milieu de ces jeunes espoirs. Oui, le trombinoscope aurait une autre allure. Enfin, patience, MB Sports finirait bien par tirer le bon numéro. En attendant, Myron décrocha le téléphone.

— Salut, Perry.

— Bon sang, Myron, j'ai essayé de vous joindre toute la journée !

— Merci, Perry, je vais bien. Et vous ?

— Ecoutez, je ne voudrais pas vous mettre la pression mais c'est important. Vous avez du nouveau, pour mon bateau ?

Perry McKinley, golfeur professionnel, avait plus ou moins remisé ses clubs. Il participait encore à quelques tournois et gagnait correctement sa vie mais son nom n'était plus connu que d'une poignée de nostalgiques. Passionné de navigation, il avait peu à peu abandonné le green au profit du Grand Bleu et cherchait un nouveau voilier.

— Oui, j'ai peut-être quelque chose, dit Myron.

— Quel constructeur ?

— Prince.

Perry n'eut pas l'air emballé.

— Leurs bateaux sont corrects, sans plus.

— Ils vous reprennent l'ancien et vous en filent un flambant neuf en échange de cinq prestations.

— Cinq ?

— Ouais.

— Pour un malheureux monocoque ? Vous plaisantez ?

— Au départ, ils en exigeaient dix. Maintenant, à vous de décider. C'est leur dernière offre.

Perry réfléchit – environ trois secondes.

— Bon, O.K. Mais je veux d'abord voir leur rafiot. Un dix-huit pieds, on est bien d'accord ?

— C'est ce qu'ils ont dit.

— Vendu ! Merci, Myron. Vous êtes le meilleur.

Fin de la communication. L'art du troc ! Un élément incontournable de la configuration multifonctions inhérente au job d'agent sportif. Dans ce business, personne n'achète quoi que ce soit. On s'échange des faveurs. Vous voulez une chemise griffée ? Vous l'avez gratis, à condition de la porter « ostensiblement ». Une nouvelle voiture ? Pas de problème, mais vous devrez vous laisser photographier au volant de l'engin par tous les journalistes de la presse people. Bien sûr, les stars du moment empochent le pactole contre une apparition de cinq secondes, mais les champions sur le déclin crachent rarement sur les subsides en nature.

Myron considéra d'un œil dubitatif la pile des messages auxquels il devait répondre et secoua la tête. Jouer pour les Dragons tout en maintenant MB Sports à flot… Etait-ce humainement possible ?

Il buzza Esperanza :

— Vous pouvez venir, s'il vous plaît ?

— Je suis en plein milieu de…

— Non. Je vous attends. *Immédiatement.*

Silence à l'autre bout du fil. Puis :

— Espèce de macho !

— Oh, ça va, Esperanza ! Lâchez-moi les baskets, hein ?

— A vos ordres, chef !

Elle laissa tomber le combiné, déboula dans le bureau de Myron, faussement apeurée et hors d'haleine, et se mit au garde-à-vous.

— Sergent Diaz au rapport.

— Rompez.

— Bon, alors, qu'est-ce qui se passe, Myron ? Y a le feu, ou quoi ?

Il lui fit part des derniers événements. Quand il en vint à son enrôlement dans l'équipe des Dragons, il fut surpris – une fois de plus – par son absence de réaction. Décidément, elle l'étonnerait toujours. C'était étrange, tout de même. D'abord Win, et maintenant Esperanza. Ses deux meilleurs amis. Il leur annonçait ce qui, pour lui, était le scoop du siècle et ils restaient de marbre. Au pis, ils auraient pu profiter de la situation pour le ridiculiser. Mais non. Même pas. Au fond, leur silence était humiliant.

— Vos clients ne vont pas aimer ça, dit simplement Esperanza.

— *Nos* clients, rectifia-t-il.

Elle eut une grimace plutôt comique.

— Comme vous voudrez, patron.

Ignorant le sarcasme, il poursuivit :

— Il faut tâcher de voir le côté positif des choses.

— Parce qu'il y en a un ?

— Eh bien… Ça va nous faire de la pub, non ? Et ce qui est bon pour nous, c'est aussi bon pour eux.

49

— Et vice versa. Oui, on peut dire ça comme ça. Mais, concrètement ?

— Je vais avoir de nouvelles ouvertures, rencontre des sponsors que je n'aurais jamais osé contacter. J ne serai plus démarcheur mais client. Ça change tou quand on est de l'autre côté de la barrière.

Esperanza sourit.

— C'est moi que vous espérez convaincre, ou vous même ?

— Pourquoi ça ne marcherait pas ?

— Parce que tout ça, c'est de la pure utopie. De vœux pieux d'étudiant en première année de science éco. Pendant que vous ferez le clown avec un ballon tou rond, qui s'occupera de « nos » clients ?

Elle marquait un point, dut admettre Myron. Mai il n'avait pas l'intention de s'avouer vaincu aussi facile ment.

— Je ne vois pas où est le problème. Le basket ne m prendra que quelques heures par jour. Le reste du temps je serai au bureau. Et vous pourrez me joindre à tou moment sur mon portable. Il suffit d'être ferme sur le prix, dès le départ. Il est hors de question que je laiss les Dragons empiéter sur MB Sports.

— Oui, c'est ça. Et moi je suis mère Teresa.

— Quoi ? Vous ne me croyez pas ?

Esperanza se contenta de hocher la tête.

— Allez, dites ce que vous avez sur le cœur ! Vou pensez que je suis dingue, n'est-ce pas ?

Elle le regarda droit dans les yeux.

— Qu'en dit la Reine des Glaces ?

C'est le surnom dont elle avait affublé Jessica.

— Si vous pouviez éviter de l'appeler ainsi… Vou parlez de la femme que j'aime, je vous signale.

Esperanza prit un air contrit. Ne protesta pas, contra rement à son habitude. Autrefois, il y a bien longtemps les deux jeunes femmes avaient fini par se tolérer. E puis, quand Jess avait quitté Myron, Esperanza était restée sur place pour constater les dégâts et ramasser les morceaux. Certaines personnes ont la rancune tenace. Esperanza était de celles-là. En outre, elle intériorisait. Depuis, Jessica était revenue mais Esperanza lui gardait toujours un chien de sa chienne, comme on dit – assez bizarrement, d'ailleurs.

— Alors, qu'en pense la femme de votre vie ? insista--elle.

— A quel propos ?

— On parlait de quoi, à votre avis ? De la paix au Moyen-Orient ? Je me demandais seulement si elle approuve le fait que vous soyez volontaire pour vous faire éclater l'autre genou.

— A vrai dire, je n'en sais rien. On n'a pas encore eu l'occasion d'en discuter. Pourquoi ?

Esperanza préféra changer de sujet.

— On va avoir besoin d'aide, côté logistique. Pour répondre au téléphone, taper le courrier, ce genre de truc.

— Vous avez quelqu'un à proposer ?

— Oui. Cyndie.

Myron n'en crut pas ses oreilles.

— La grosse Cyndie ?

— Elle ferait une bonne standardiste et pourrait nous rendre pas mal de petits services. Elle est très fiable.

— Je ne savais même pas qu'elle était capable de parler, dit Myron.

Big Cyndie était l'une des anciennes partenaires d'Esperanza au sein de la FFL. Plus connue sous le pseudonyme de Big Mama.

— Elle obéit au doigt et à l'œil. Ne rechigne pas à la tâche et fera n'importe quel boulot rien que pour me faire plaisir. C'est une perle, je vous assure.

Myron se pinça pour s'assurer qu'il ne rêvait pas.

— Je croyais qu'elle avait déjà un job. Videuse dans

51

une boîte de strip-tease. On parle bien de la même Cyndie ?

— C'est pas une boîte de strip, c'est un bar sado-maso.

— Oh, excusez-moi.

— Et elle n'est plus videuse, elle est barmaid.

— Ah, elle a eu une promotion ?

— Exact.

— Raison de plus. Je m'en voudrais de tuer dans l'œuf une carrière aussi prometteuse.

— Ne soyez pas ridicule, Myron. Elle travaille chez eux seulement la nuit.

— Quoi ? Vous voulez dire que le cuir et les menottes ça ne fait pas recette à l'heure de la pause déjeuner ?

— Sérieusement, je connais Cyndie mieux que personne. Je suis sûre que c'est elle qu'il nous faut.

— Elle est effrayante, protesta Myron. Elle me fou les jetons.

— On pourrait l'installer dans le petit bureau d'à côté. Personne n'aurait besoin de la voir.

— Ça reste à voir, justement…

Esperanza se leva, gracieuse, menue, jolie comme un cœur.

— C'est vous qui voyez, chef. Si vous avez une meilleure idée… Je veux dire, c'est vous le patron, moi je ne suis qu'une petite secrétaire. Jamais je n'oserai remettre en question la façon dont vous gérez les affaires de *nos* clients.

— Là c'est un coup bas, Esperanza.

Il se pencha en avant, posa ses coudes sur le bureau, laissa reposer son front dans ses mains et poussa un profond soupir.

— Bon, c'est d'accord. Donnons-lui sa chance. Mai à l'essai, hein ? Pas question de CDI.

Il attendit. Esperanza ne broncha pas. Puis, au bout de quelques secondes, elle sortit de son mutisme :

— C'est là que je suis censée sauter de joie ?

— Non. C'est là que je me dis que je suis le dernier des crétins et que je me tire. Faut que je voie Clip à propos de ces taches de sang, avant la conférence de presse.

— Bon courage !

Elle s'apprêtait à franchir la porte lorsque Myron la rappela.

— Vous avez cours, ce soir ?

Esperanza préparait une licence de droit, en tant qu'auditeur libre.

— Non, pourquoi ?

— Ça vous dirait, d'assister au match ?

Il hésita, s'éclaircit la gorge et précisa :

— Avec Lucy, bien sûr.

Lucy était la petite amie d'Esperanza. Enfin, la dernière en date. Auparavant, elle sortait avec un dénommé Max. Ses préférences sexuelles étaient assez fluctuantes.

— Lucy et moi, c'est fini, dit-elle, laconique.

— Oh, désolé, répondit Myron, faute de réplique plus appropriée. C'est récent ?

— La semaine dernière.

— Vous ne m'en avez rien dit.

— Peut-être parce que ça ne vous regardait pas.

Et toc ! Prends ça dans les gencives, Myron.

— Eh bien, vous êtes la bienvenue avec une… euh… un… enfin, avec la personne de votre choix. Ou seule, évidemment. On joue contre les Celtics.

— C'est gentil, mais une autre fois, si ça ne vous ennuie pas.

— Vous êtes sûre ?

Elle hocha la tête et quitta la pièce sans se retourner. Myron enfila sa veste et descendit jusqu'au parking. Mario lui lança ses clés de voiture sans lui prêter la moindre attention.

Après le Lincoln Tunnel, il prit la nationale 3. Ça roulait bien. Sur sa droite, il vit défiler les entrepôts d'une célèbre chaîne de magasins spécialisés dans les machines à laver et l'électronique. L'ensemble était surmonté d'une enseigne d'un goût exquis : un gigantesque nez clignotant, sous lequel on pouvait lire : « NE LAISSEZ PAS LA CHANCE VOUS PASSER SOUS LE NEZ ». Message subliminal ?

Myron n'était plus qu'à deux kilomètres de Meadowlands quand le téléphone sonna.

— J'ai une ou deux infos, annonça Win.

— Vas-y, je t'écoute.

— Aucune des cartes de crédit de Greg Downing n'a été utilisée depuis les cinq derniers jours.

— T'es sûr ?

— Absolument.

— Des virements ? Des retraits en liquide ?

— Non. Rien de rien. Nada.

— Et avant ça ? Il a peut-être vidé sa tirelire avant de disparaître.

— On y travaille. Je ne peux encore rien te dire pour l'instant.

Ça se présentait plutôt mal. Du sang partout dans le sous-sol. Aucun signe de Greg. Aucune transaction financière…

— T'as d'autres bonnes nouvelles ?

Win hésita.

— J'ai peut-être une idée de l'endroit où ton copain Greg a pris un pot avec la belle Carla.

— Où ça ?

— Je te le dirai après le match. J'ai encore deux ou trois détails à vérifier d'ici là.

5

— Le sport, c'est du folklore.

Face à une armada de journalistes, Clip Arnstein était dans son élément. Il attendit que sa phrase d'accroche produise son petit effet, puis poursuivit avec emphase :

— Oui, du folklore, au sens initial du terme, c'est-à-dire la légende des peuples. Ce qui nous fait rêver, ce qui nous fascine, ce n'est pas tant la victoire ou l'échec que l'histoire d'hommes et de femmes hors du commun. Une histoire faite de persévérance, de volonté farouche, de travail acharné. Ces athlètes que nous admirons tous ont un corps qui, hélas, les trahit parfois au sommet de leur gloire. Car le sport est un dieu qui réclame ses martyrs. En revanche, il sait aussi accomplir des miracles. Il existe en effet des êtres d'exception qui, frappés par le destin, renaissent de leurs cendres, tel le phénix…

Du haut de l'estrade, Clip adressa un regard ému et un sourire paternel à Myron. Lequel se tassa sur lui-même, affreusement gêné. Il aurait voulu disparaître dans un trou de souris.

Puis Clip se tourna de nouveau vers les reporters qui attendaient la suite en silence. Ménageant le suspense, il se racla la gorge à plusieurs reprises tandis que crépitaient les flashes. A la grande surprise de Myron, la salle était bondée. Plus une seule place assise. A croire que la presse n'avait rien d'autre à se mettre sous la dent ce soir-là.

L'œil humide, submergé par l'émotion, Clip se décida enfin à reprendre la parole.

— Voilà un peu plus de dix ans, j'ai recruté un garçon exceptionnel, un joueur promis à un brillant avenir. Il avait tout pour lui. Une fantastique détente, un sens inné du terrain et de la stratégie, une ténacité à toute épreuve. Mais, avant tout, il possédait des qualités humaines et un esprit d'équipe que chacun appréciait. Hélas, nous savons tous ce qui est arrivé à Myron Bolitar, ce soir fatal à Landover dans le Maryland. Inutile de revenir sur le passé. Cependant, comme je vous le disais tout à l'heure, le sport fait partie de l'histoire des hommes. Aujourd'hui les Dragons donnent à ce héros blessé une chance de se relever et d'incrire à nouveau son nom dans la légende du sport. Aujourd'hui les Dragons lui permettent de reprendre la place qui lui fut si soudainement et cruellement ravie il y a dix ans.

Myron devint écarlate, chercha des yeux un endroit où se cacher. En vain. Finalement, il opta pour la seule solution qui s'offrait à lui et sourit d'un air confus, fixant obstinément la verrue qui ornait la joue de Clip. Les médias n'en demandaient pas davantage, après tout.

— Le chemin sera semé d'embûches, poursuivit l'orateur, s'adressant cette fois directement à Myron (toujours hypnotisé par la verrue). Nous ne vous avons fait aucune promesse et je ne puis prédire l'avenir. Est-ce pour vous l'épilogue ou le début d'un nouveau chapitre ? Je l'ignore. Mais tous ceux d'entre nous qui vénérons le sport avons foi en vous. C'est dans notre nature. Dans la nature de tous les battants et de tous vos fans.

La voix de Clip Arnstein se brisa. Il marqua une pause puis reprit :

— La vie est imprévisible, Myron, vous le savez

mieux que quiconque. Néanmoins, quoi qu'il advienne, je vous souhaite la bienvenue au sein des Dragons du New Jersey, en mon nom et en celui de tous vos coéquipiers. Nous croisons les doigts pour vous, homme de courage et de loyauté. Nous savons que vous nous ferez honneur.

Il s'arrêta, survola l'assistance et conclut :

— Merci à vous tous, du fond du cœur.

Ensuite, il tendit la main au héros du jour. Myron joua le jeu, lui serra la paluche plus longtemps que nécessaire. Mais Clip était encore plus ambitieux que cela. Posant un bras autour des épaules de sa nouvelle recrue, il l'attira contre lui, façon mère poule. Les photographes s'en donnèrent à cœur joie, les mitraillant non-stop. Enfin, Clip jugea que le cirque avait assez duré. Il s'essuya les yeux, plus ému que ça tu meurs. Bigre, songea Myron, à côté de lui, Al Pacino et De Niro peuvent aller se rhabiller ! Clip poussa Myron vers le devant de l'estrade.

— Ça fait quoi, d'être de retour ? demanda un reporter.

— Euh… Ça fait peur.

— Pensez-vous réellement être encore au top niveau, après tant d'années ?

— Pas vraiment.

Cet aveu jeta un froid qui ne dura qu'une seconde : Clip s'esclaffa et tout le monde l'imita. Ah, elle est bien bonne ! Impayable, ce Myron ! Ils ne croyaient pas si bien dire.

— Et pour le lancer franc, vous êtes toujours à la hauteur ? lui balança un petit plaisantin.

— Pour ce qui est de lancer, oui. En tout cas, j'y vais franc du collier. Enfin… du panier.

On fait avec ce qu'on a. Les journalistes eurent le bon goût de rire.

— Pourquoi avoir attendu si longtemps, Myron ? s'enquit un autre petit curieux. Qu'est-ce qui a motivé ce come-back plutôt tardif ?

— J'ai répondu à une annonce sur le Net. L'ADN. L'Amicale des dingues néopsychiques.

Sentant que le débat lui échappait, Clip leva la main et réclama le silence.

— Bon, c'est tout pour aujourd'hui, mesdames et messieurs. Le devoir nous appelle, Myron doit se préparer pour le match de ce soir. Merci encore et… à très bientôt !

Docile, Myron suivit Clip jusqu'à son bureau. Calvin les y attendait. Clip referma la porte derrière lui et s'assit.

— Bon, je pourrais savoir à quoi on joue ?

Myron lui parla du sang dans le sous-sol de Greg. Clip blêmit. Calvin, fidèle à lui-même, demeura de glace. Seules ses phalanges, crispées sur les accoudoirs, semblèrent pâlir un tant soit peu. Un tour de force, pour un homme de couleur.

— Bon, s'exclama Clip, au comble de l'énervement. Où voulez-vous en venir ?

— Nulle part, répondit Myron.

— Je ne vous suis pas.

— C'est justement là le problème. Greg a disparu. Personne ne l'a vu depuis cinq jours. Il n'a pas utilisé sa carte de crédit, n'a pas tiré de chèques, n'a pas retiré de liquide à la banque. Et maintenant, il y a du sang partout dans son sous-sol.

— La salle de jeu des gamins, c'est bien ça ? Le sous-sol était réservé à ses enfants, d'après ce que vous m'avez dit ?

— Exact.

Clip interrogea Calvin du regard, puis leva les mains vers le ciel.

— Bon sang !

— Je ne vous le fais pas dire, répondit Myron.

— Bon, on se calme. Si Greg avait été assassiné, on aurait retrouvé son corps, non ? Admettons qu'ils l'aient

58

surpris dans la salle de jeu, en train de s'amuser tout seul avec le train électrique ou une poupée Barbie. Ils le tuent et ensuite ? Ils sortent le cadavre de la maison sans laisser la moindre trace ailleurs qu'au sous-sol ? Non, ça tient pas la route.

Myron avait déjà réfléchi au problème. Il risqua un coup d'œil vers Calvin – lequel, perdu dans ses pensées, ne lui fut pas d'une grande utilité.

— A mon avis, dit Clip, l'un des mômes de Greg s'est coupé en jouant.

— Sacrée coupure ! objecta Myron.

— Ou bien ils ont saigné du nez. C'est fréquent, chez les gamins. Ça pisse le sang comme ça mouille ses couches.

— Oui, c'est ça. Et ça égorge des poulets de temps en temps, histoire de rigoler.

— Ça va, Myron. C'était juste une suggestion.

— Merci, Clip. Ça nous aide beaucoup. A part ça, vous avez d'autres idées brillantes, ou vous comptez me mener en bateau encore longtemps ?

— Pardon ?

— Vous m'avez engagé pour retrouver Greg, n'est-ce pas ? Or je suis sur une piste plus que sérieuse et vous ne voulez pas m'écouter.

— C'est vrai, je refuse de croire que Greg se soit fourré tout seul dans un tel pétrin.

— Non, ce n'est pas ce que je voulais dire. Vous avez peur de quelque chose, Clip, et ça n'a rien à voir avec Greg. Je donnerais cher pour savoir ce que c'est.

Clip se tourna vers Calvin. Ce dernier hocha la tête, l'espace d'une nanoseconde. Clip se rassit et se mit à tambouriner des doigts sur son bureau. A l'autre bout de la pièce, une antique horloge lui faisait écho, son balancier de cuivre égrenant le temps avec obstination.

— Que ce soit bien clair entre nous, Myron : nous ne voulons que le bien de Greg. Sincèrement.

— Oui, et alors ?

— Vous avez déjà entendu parler des raiders ?

— Je n'habite pas sur Mars, je lis la presse économique, de temps en temps.

— Eh bien, je fais l'objet d'une OPA hostile.

— Je croyais que vous étiez majoritaire.

— Je n'ai que quarante pour cent. Aucun autre actionnaire ne possède plus de quinze pour cent mais quelques-uns se sont mis d'accord et tentent de m'évincer.

Clip serra les poings et les abattit sur son bureau avec rage.

— Ils pensent que je suis plus branché basket que business. D'après eux, je ne devrais m'occuper que des joueurs et ne pas me mêler de l'aspect financier. Le vote a lieu dans deux jours.

— Quel rapport avec Greg ?

— Le scrutin va être très serré. Si un scandale éclate maintenant, je suis cuit.

Myron regarda les deux hommes tour à tour, attendit un commentaire de Calvin, qui resta silencieux.

— Donc, vous voudriez que je m'écrase.

— Non, pas du tout, protesta Clip. Ce n'est pas ce que j'ai dit. Simplement, je n'ai pas envie que les journalistes commencent à s'exciter à propos d'un caprice de vedette. Je ne peux pas m'offrir le luxe de voir s'étaler en première page je ne sais quel ragot de mauvais goût.

— De mauvais goût ?

— Exactement.

— Tel que ?

— Qu'est-ce que j'en sais ?

— Mais Greg est peut-être mort !

— Si c'est le cas, un jour ou deux n'y changeront rien – sans vouloir être cynique. Et si quelque chose est arrivé à Greg, il y a peut-être une raison.

— Laquelle ?

Clip leva les mains, paumes vers le ciel.

60

— Quand on soulève un cadavre – ou tout simplement un lièvre –, il y a toujours des asticots qui grouillent dessous. Vous voyez ce que je veux dire ?

— Non.

Clip ignora le sarcasme et poursuivit, obsédé par son problème personnel :

— Je n'ai vraiment pas besoin de ça en ce moment, Myron. Pas avant le vote.

— Donc, c'est bien ce que je pensais. Vous me demandez de la boucler.

— Mais pas du tout ! Nous voulons seulement éviter toute panique inutile. Si Greg est mort, nous ne pouvons plus rien pour lui, de toute façon. Et s'il se cache quelque part, vous êtes sa meilleure chance d'échapper aux médias.

Myron demeurait convaincu que Clip ne lui disait pas tout, mais il préféra ne pas insister – du moins pour l'instant.

— Avez-vous une idée de qui pourrait vouloir surveiller sa maison ? demanda-t-il.

— Quelqu'un surveille la villa ?

Clip paraissait sincèrement surpris.

— J'en ai l'impression.

Clip se tourna vers Calvin.

— Une idée ?

— Pas la moindre.

— Moi non plus, Myron. Et vous ?

— Pas encore. Oh, une dernière question : est-ce que Greg a une maîtresse ?

De nouveau, Clip s'en remit à Calvin. Ce dernier haussa les épaules.

— Il sort avec pas mal de jeunes femmes mais je ne crois pas qu'il ait une liaison sérieuse en ce moment.

— Connaissez-vous certaines de ces filles ?

— Des fans, principalement. Elles se ressemblent toutes. Je serais incapable de citer un nom.

— Vous croyez qu'il a décidé de s'offrir un week-end avec une jolie blonde ? demanda Clip.

Myron se leva et se dirigea vers la sortie.

— Désolé, faut que j'y aille. Le match ne va pas tarder à commencer.

— Attendez !

Myron s'arrêta.

— Je vous en prie, Myron, ne croyez surtout pas que je me fiche de ce qui est arrivé à Greg. Je tiens beaucoup à ce garçon et j'espère de tout cœur qu'il va bien.

Il était pâle, ses rides semblaient soudain plus profondes. Il déglutit péniblement et reprit :

— Si vous pouvez me garantir en toute honnêteté que nous pouvons l'aider en révélant au public ce que nous savons, je suis d'accord. Peu importe ce que cela me coûtera. Il faut me croire, Myron, je ne songe qu'à défendre les intérêts de Greg. Tout comme les vôtres, d'ailleurs. Vous êtes exceptionnels, tous les deux. Et je n'oublie pas que je vous dois beaucoup.

Il y avait là comme un accent de sincérité, malgré les trémolos légèrement excessifs. Ne sachant plus trop si c'était du lard ou du cochon, Myron se contenta de hocher la tête, puis sortit et referma la porte derrière lui.

Il attendait l'ascenseur quand une voix familière et sexy l'interpella.

— Hé ! Ma parole, c'est le revenant ! Alors c'est vrai ? Bolitar est de retour, pour ne pas dire *sur* le retour !

Audrey Wilson. Elle arborait son intemporelle tenue de reporter sportif : blazer bleu marine, col roulé noir, jean délavé. Maquillage minimal, ongles au carré, sans vernis, cheveux noirs à la Jeanne d'Arc, avec frange rectiligne. La seule touche de couleur se situait au niveau du sol – baskets vert fluo, en l'occurrence: Ni canon ni thon, elle était… spéciale. Incontournable.

— Je sens d'ici le doux parfum de l'ironie, dit Myron.

Mais je ferais moins la fière, à ta place. Toi, c'est le retour d'âge qui te guette, ma grande.

Audrey ne put s'empêcher de rire.

— Tu crois vraiment que j'ai gobé cette histoire à dormir debout ?

— Quelle histoire ?

— Ton soudain désir de... (Elle prit son calepin et relut ses notes). De renaître de tes cendres, tel le phénix, et blablabla. Sacré Arnstein ! Faut reconnaître qu'il se pose là, côté baratin.

— Ecoute, Audrey, je serais ravi de bavarder avec toi, mais le devoir m'appelle. Faut que j'enfile le maillot avant de le mouiller.

— D'accord, mais promets-moi de m'accorder l'exclu sur ce coup-là.

— L'exclu ! Non mais quel vocabulaire ! Pourquoi ne pas parler de scoop, comme tout le monde ? Et ton canard est prêt à mettre combien ?

De nouveau elle éclata de rire – un rire franc et massif, authentique.

— Tu ne serais pas un peu sur la défensive, Myron chéri ?

— Moi ? Jamais !

— Alors que dirais-tu d'une toute petite déclaration entre deux portes ? Allez, sois sympa, je ne te demande pas la lune. Tu peux bien faire ça pour une vieille copine, non ? A charge de revanche.

Myron prit la pose, main sur le cœur, et lui offrit le scoop du siècle :

— « Un gagnant n'abandonne jamais. Un perdant non plus. La seule chose qui les différencie, c'est la victoire. »

— C'est de toi ?

— Non, hélas. Felix Unger. Dans *Drôle de couple*. Avec Howard Cosell en guest-star.

Sur ce, il tourna les talons, direction les vestiaires. Audrey lui emboîta le pas. Dans le monde du sport, elle était unique. Sans conteste, la seule femme reporter ayant atteint un tel niveau à l'échelon national. Elle couvrait la saison des Dragons pour les principaux quotidiens de la côte Est, animait une émission de radio en prime time, plus un talk-show le dimanche matin sur une chaîne de télé avec un audimat d'enfer. Pourtant, comme la plupart de ses collègues du sexe réputé faible, elle se heurtait au machisme inhérent à la profession et sa carrière fluctuait sans jamais atteindre les sommets auxquels elle aurait pu prétendre.

— Comment va Jessica ? demanda-t-elle.

— Bien, merci.

— Ça fait plus d'un mois que je ne l'ai pas eue au téléphone. J'ai honte. Faut que je l'appelle, absolument. Histoire de bavarder un peu, entre filles.

— Ça risque de ne pas être triste.

— Écoute, Myron, j'essaie seulement d'instaurer le dialogue. Y a un truc pas clair et je trouverai ce que c'est, tôt ou tard. Alors tu ferais aussi bien de cracher le morceau.

— Je ne vois pas de quoi tu parles.

— D'abord, Greg Downing quitte l'équipe pour des raisons plus ou moins mystérieuses.

— Une cheville niquée, tu trouves ça mystérieux ?

— Arrête ton char ! Il quitte l'arène et toi tu sors de nulle part pour reprendre le flambeau ? Après plus de dix ans ? A qui tu espères vendre ta salade ?

Super, songea Myron. Sur le job depuis à peine cinq minutes et déjà suspect. Myron Bolitar, roi de la couverture découverte.

— Écoute, Audrey, on discutera de ça plus tard. Après le match, si ça ne t'ennuie pas. Pour l'instant, j'ai d'autres chats à fouetter.

— Compte sur moi, dit-elle avec un charmant sourire, un brin moqueur. Bonne chance, Myron. Mets-leur la pâtée.

Il hocha la tête, prit une profonde inspiration et ouvrit la porte des vestiaires.

6

Aucun comité d'accueil. En fait, l'entrée de Myron passa inaperçue. Personne ne leva le nez. Dans les westerns, tout le monde se tait lorsque le shérif franchit la porte du saloon, étoile sur la poitrine et colt sur la hanche. C'était peut-être ça, le problème. Myron n'avait ni étoile ni flingue, et la porte à simple battant ne grinçait pas sur ses gonds.

Ses nouveaux coéquipiers étaient répandus un peu partout, telles des chaussettes sales sur le sol d'un dortoir d'étudiants. Trois d'entre eux gisaient sur les bancs, à demi endormis. Deux autres étaient étendus par terre et se faisaient masser les mollets ou les cuisses. Quelques-uns s'amusaient à dribbler, histoire de tuer le temps, tandis que leurs collègues finissaient de lacer leurs baskets avec une minutie de dentellière. Pratiquement tous mâchaient du chewing-gum et avaient un baladeur vissé aux oreilles, volume à fond. Une vraie cacophonie silencieuse.

Myron trouva son casier sans problème : tous les autres étaient ornés d'une plaque en laiton sur laquelle était gravé le nom du joueur. Pour la nouvelle recrue, l'intendance s'était contentée de coller un morceau de ruban adhésif et d'y inscrire « M. BOLITAR » au feutre noir. Très motivant. C'est toujours sympa de sentir qu'on est le bienvenu.

Myron survola la pièce du regard dans l'espoir de trouver quelqu'un à qui parler. Hélas, les baladeurs sont une merveilleuse invention. Ça coûte moins cher que des cloisons et ça remplit le même office. Chacun était cantonné dans son petit espace privé – bonjour l'esprit d'équipe ! Myron repéra Terry « TC » Collins, la superstar mélancolique, assis tout seul dans son coin. Récente coqueluche des médias, TC était l'archétype de l'athlète trop gâté, le surdoué qui gâche le métier. Superbe spécimen, il faut bien le dire. Près de deux mètres, tout en muscles mais plus vif qu'une anguille. Le bruit courait qu'il était noir, bien que cette hypothèse fût difficile à vérifier, compte tenu des tatouages qui recouvraient toutes les parties visibles de son épiderme. Ajoutez à cela une vraie passion pour le piercing, et vous obtenez une version en négatif (et cauchemardesque) de Monsieur Propre.

Myron réussit à capter son attention, sourit et esquissa un petit salut. TC le fusilla du regard et se détourna. Bon, excellente entrée en matière. De l'art de se faire des potes.

Son uniforme était prêt, accroché à un cintre. Sur le dos du maillot, « BOLITAR » était poché en lettres capitales. Rêveur, un peu ému, il considéra ce morceau de tissu durant quelques instants, puis l'enfila. Etrange sentiment de déjà-vu. La caresse légèrement rugueuse du coton sur la peau de son torse. La fine cordelette pour ajuster la ceinture de son short, la pression de la bande élastique autour de sa taille. Et puis le laçage rituel des pompes, jusqu'au-dessus de la cheville. Tout cela réveillait en lui tant de souvenirs. Il ferma les yeux, respira un bon coup, se ressaisit.

Il nota que la plupart des joueurs avaient renoncé aux bons vieux suspensoirs au profit de slips en Lycra bien serrés. Lui était resté de l'ancienne école. Ayant protégé les parties les plus vulnérables de son anatomie, il entreprit de bander son talon d'Achille – alias son genou. « Bander » était un euphémisme ; en l'occurrence, ça revenait à s'enfermer la rotule dans un étau de fer. Enfin, il enfila les jambières, équipées de Velcro pour être arrachées en trois secondes au cas où il serait appelé à quitter son banc de remplaçant pour se joindre à l'action.

— Salut, champion ! Ça roule ?

Myron se leva et serra la main de Kip Corovan, capitaine de l'équipe. Kip arborait une veste écossaise trois fois trop petite pour lui. Les manches s'arrêtaient au milieu de ses avant-bras, qu'il avait fort puissants et velus. Il avait l'air d'un fermier en goguette.

— On fait aller, monsieur Corovan.

— Super ! Et appelle-moi Kip. Ou Kipper, comme tout le monde. Maintenant assieds-toi, fiston. Relax !

— D'accord, euh… Kipper.

— Parfait. Heureux de t'avoir avec nous.

Saisissant une chaise qui traînait par là, ledit Kipper s'assit à califourchon, dossier face à Myron. L'entrejambe de son pantalon – aussi ajusté que sa veste – faillit ne pas résister à l'exercice.

— Je vais être honnête avec toi, Myron. Donny n'est pas fou de joie. Surtout, ne le prends pas mal, ça n'a rien de personnel. C'est juste que Donny aime bien choisir lui-même ses joueurs. Il apprécie pas tellement qu'on lui force la main. Bref, tu vois ce que je veux dire ?

Myron acquiesça d'un signe de tête. Donny Walsh était le sélectionneur et entraîneur officiel des Dragons.

— Super ! Note bien, Donny est un mec réglo. Il se souvient de toi, il sait que t'étais un bon. Sauf que maintenant, on a une équipe qui tient la route, et là, on joue gros. Avec un peu de chance, on remporte la coupe. Bon sang, ça a pas toujours été de la tarte, de former tous ces gars. Et avec Greg qui nous claque dans les doigts au dernier moment, je te dis pas. Sacré coup dur. Mais on a recollé les morceaux. Et voilà que tu te pointes, sorti de nulle part. Clip ne nous dit même pas pourquoi, il veut que tu fasses partie de l'équipe, point barre. O.K., c'est lui le grand chef, on n'a qu'à s'écraser. Mais c'est pas terrible pour le moral des troupes, tu vois ?

Entre la tarte, les morceaux à recoller, les Indiens et la stratégie militaire, il y avait pléthore de métaphores. Myron en avait le tournis.

— Je comprends, dit-il timidement. Je n'ai jamais voulu causer de problèmes.

— Je sais.

Kipper se leva, se débarrassa de sa chaise en la faisant pivoter sur un pied et valser à quelques mètres de là.

— T'es un bon gars, Myron. T'as toujours joué franc-jeu. Tous pour un, un pour tous. Pas vrai ?

— Oui. Bête et discipliné.

— Super ! Je n'en attendais pas moins de toi. Alors on compte sur toi, hein ? Pas de zèle ! De toute façon, tu ne risques pas de quitter le banc. C'était juste pour qu'on soit bien d'accord.

Sur ces bonnes paroles, Kipper quitta la pièce, rassuré et guilleret.

Trois minutes plus tard, il revenait pour sonner le rappel.

— Allez, en piste, bande de flemmards !

Personne ne lui prêta attention. Il passa alors de l'un à l'autre, tapant sur l'épaule des accros du baladeur. Il lui fallut plus de dix minutes pour rassembler sa douzaine de joueurs. Finalement, Donny Walsh en personne apparut, tout gonflé d'importance, et leur servit la soupe habituelle, le ramassis de clichés de rigueur. Pas plus mauvais qu'un autre, en tant qu'entraîneur. Bref, Donny tenta de galvaniser ses troupes. Mais, à raison d'une centaine de matchs par saison, est-il humainement possible de se renouveler chaque fois ? On finit forcément par sombrer dans le répétitif.

Le baratin s'éternisait. Certains des joueurs ne se donnèrent même pas la peine d'ôter leurs baladeurs. TC était très occupé à décrocher ses multiples anneaux et autres ornements de piercing, ce qui requérait toute son attention plus l'assistance de quelques techniciens hautement qualifiés. Encore deux ou trois minutes et la porte des vestiaires s'ouvrit. Soudain, le silence se fit et tous se rangèrent en file indienne, direction la sortie – ou plutôt l'entrée de l'arène.

Myron était le dernier. Il déglutit péniblement, sentit une surdose d'adrénaline lui monter à la tête. Tandis qu'ils gravissaient la rampe d'accès, il entendit une voix qui annonçait dans les haut-parleurs : « Et maintenant, voici les plus forts, les plus beaux, j'ai nommé... nos Dragons du New Jersey ! » Sur un formidable coup de cymbale, la fanfare se déchaîna.

L'équipe apparut dans l'enceinte, accueillie par un public proche de l'hystérie. Automatiquement, les joueurs se mirent en place pour les exercices d'échauffement. Myron avait vécu ces instants des millions de fois. Pourtant, ce soir, c'était différent. Il pensait à ce qu'il faisait au lieu d'agir par habitude. Quand on est star, l'échauffement, c'est cool – si l'on peut dire. Aucune pression, on a tout le match pour montrer ce dont on est capable. Pour les ringards, il y a deux options. Soit le gars en fait trop, histoire qu'on le remarque, ou bien il colle au train des champions et joue les larbins. Le talent par contagion.

Myron se positionna en première ligne. Un joueur lui passa le ballon. Lors de l'échauffement, chacun a l'impression que tous les yeux sont braqués sur lui alors qu'en fait la plupart des spectateurs sont en train de s'installer, de chercher leurs copains ou de se procurer du pop-corn et des bières. Myron dribbla puis se retrouva tout bête, sans trop savoir s'il devait viser le panier ou tenter une passe. Décidément, ce n'était pas dans la poche !

Cinq minutes plus tard, l'équipe changea d'exercice. Il s'agissait à présent de réussir des lancers francs. Myron jeta un œil vers les gradins dans l'espoir d'y voir Jessica. Elle n'était pas difficile à repérer : où qu'elle aille, elle crevait l'écran, comme si tous ceux qui l'entouraient n'étaient qu'une bande de figurants. Monna Lisa dans la cour des miracles. Elle lui sourit et il en fut tout réchauffé.

Il s'aperçut avec surprise que ce serait la première fois que Jessica le verrait jouer en tant que professionnel. Ils s'étaient rencontrés trois semaines après qu'il eut bousillé son genou. Cette pensée le laissa rêveur, le ramenant quelques années en arrière. La douleur et la culpabilité le submergèrent, aussi vivaces qu'autrefois. Le ballon qui venait de rebondir sur le panneau pour le frapper en plein front le fit immédiatement redescendre sur terre. Une idée lui trottait dans la tête, cependant : *Greg est en droit de m'en vouloir.*

Le buzzer retentit et les joueurs allèrent s'asseoir sur le banc. Le coach Walsh leur assena encore quelques conseils musclés, s'assurant que chacun avait bien compris son rôle. Ils hochèrent la tête, l'ayant à peine écouté. TC semblait absent, l'œil fixé sur la ligne bleue des Rocheuses. Pur cinéma, espéra Myron, mais il en doutait, hélas. Il surveillait aussi Leon White, le meilleur pote de Greg à la ville comme à la scène. Enfin, les joueurs des deux camps se rapprochèrent du centre du terrain, se serrèrent la main, se claquèrent les paumes façon rappeurs. Ils commencèrent à discuter entre eux, tâchant de se mettre d'accord sur une stratégie, vu qu'aucun d'eux n'avait écouté le coach trente secondes plus tôt. Lesdits coaches étaient debout, hurlant des consignes parfaitement inutiles, jusqu'à ce que le ballon couleur de brique jaillisse dans les airs.

En principe, le basket est un sport de suspense, où

tout peut encore se jouer jusqu'à la dernière minute. Ce soir-là, non. Les Dragons dominèrent dès le début, sans se fatiguer. Ils menaient par douze points après le premier quart-temps, vingt à la mi-temps, vingt-six à l'issue de la troisième période. Myron commença à se sentir nerveux : vu le score, le coach pouvait se permettre de lui donner sa chance – éventualité non prévue dans le scénario. Il pria en silence pour que les Celtics reprennent du poil de la bête afin que la partie se termine sans qu'il ait à bouger son cul. Peine perdue. Plus que quatre minutes avant le coup de sifflet final, et les Dragons menaient par vingt-huit points. Le coach Walsh jeta un œil vers le banc des remplaçants, puis murmura quelque chose à l'oreille de Kip. Ce dernier hocha la tête et vint se poster devant Myron.

— Le coach veut savoir si vous voulez y aller.

— C'est lui le chef, répondit Myron, tout en lançant des messages télépathiques du genre *Non ! Non ! Non !*

Mais il ne pouvait pas exprimer sa trouille à haute voix. Ce n'était pas dans sa nature. Myron était un bon petit soldat, capable de saisir à pleines mains une grenade dégoupillée pour la relancer vers l'ennemi et sauver les copains. Il avait toujours été comme ça. La vraie bonne pomme.

L'entraîneur des Celtics demanda un temps mort. Walsh considéra les quelques joueurs toujours assis.

— Gordon, Reilly, en piste ! Vous remplacez Collins et Johnson.

Myron retint un soupir de soulagement. Puis s'en voulut immédiatement. Tu parles d'un battant ! Faut vraiment n'avoir rien dans le ventre pour souhaiter rester planqué sur ce banc ! Puis, soudain, la réalité se rappela à lui, comme une gifle en pleine poire : il n'était pas là pour jouer au basket !

Bon sang, il avait failli se faire avoir. Il était là pour trouver Greg Downing. Le basket n'était qu'une

71

couverture. C'est pas parce qu'un flic s'infiltre dans un réseau de narcotrafiquants que ça fait de lui un dealer ou un junkie. Pareil pour lui : être censé faire partie des Dragons ne le métamorphoserait pas en joueur de basket professionnel. C'était la triste vérité.

Trente secondes plus tard, cependant, tout bascula. Une voix imbibée de bière s'éleva au-dessus des autres. Une voix rauque et provocante, agressive, moqueuse :

— Hé, Walsh ! Bolitar, il est là pour la déco ?

L'estomac de Myron se contracta, comme si un millier de chenilles venaient de s'y transformer en papillons. Il ne savait que trop bien ce qui allait se passer, pour avoir souvent assisté à ce genre de scène. Il aurait voulu disparaître à six pieds sous terre.

— Ouais ! hurla un autre fan. On veut voir le nouveau !

Bientôt, tous les gradins retentirent de clameurs excitées, de « Bolitar, à poil ! » à « Vas-y mon gars, montreleur que t'as des couilles ! ». Une foule en délire, y a rien de pire, à part une foule de supporters qui sait que son équipe a d'ores et déjà gagné et en veut encore un peu plus pour le même prix.

Quelques autres slogans individuels furent lancés, puis ce fut l'hystérie, façon fête de la bière à Munich, pieds et poings martelant en rythme le bois des gradins, voix scandant quatre syllabes à l'unisson : *On-veut-My-ron ! On-veut-My-ron !*

L'air détaché, l'intéressé feignit de ne pas entendre et se baissa pour renouer ses lacets qui n'en avaient nul besoin. L'incantation prit de l'ampleur et du tempo, pour finalement se transformer en un mot inlassablement répété :

— Myron ! Myron ! Myron !

Il fallait faire quelque chose, sinon on courait droit à l'émeute. Myron lança un coup d'œil vers l'horloge. Encore trois minutes de jeu. Il devait y aller. Ça ne résoudrait pas le problème mais ça calmerait cette bande de forcenés – du moins temporairement. Il fit un signe imperceptible en direction de Kip, qui transmit le message à Walsh, lequel se contenta d'aboyer :

— Bolitar remplace Cameron.

La gorge nouée, Myron se leva. La foule, déjà debout, explosa littéralement. Rires et sarcasmes fusèrent. Il y eut même quelques coups d'échangés.

Myron ôta son survêtement. Il se sentait raide, les muscles atrophiés, le moral dans les chaussettes. Il se dirigea vers l'arène comme un veau à l'abattoir. Cameron, en sortant, lui souffla un nom : « Kraven ». L'attaquant dont il était censé assurer les arrières.

L'arbitre siffla pour réclamer le silence ; le match allait reprendre. Dans le haut-parleur, une voix annonça :

— A la place de Bob Cameron, le numéro 34. Myron Bolitar !

Les spectateurs se mirent à ricaner, à vociférer, à se taper sur les cuisses et à se castagner. On aurait pu penser qu'au moins la moitié d'entre eux souhaitaient encourager le nouveau Dragon. En fait, pas vraiment. Ils accueillaient son entrée en scène comme les enfants applaudissent l'arrivée du clown de service. Ils n'avaient qu'une envie, le voir s'étaler le nez dans la sciure avec, en prime, un seau d'eau sur la tronche. Pour une fois qu'ils avaient l'occasion de rigoler !

Myron joua son rôle de Gugus avec beaucoup de sérieux. Après tout, se dit-il, c'était la première fois qu'il avait l'occasion de faire ses preuves au sein d'une équipe de la NBA.

Il toucha le ballon à cinq reprises avant la fin du match. Chaque fois, il fut acclamé et hué, à parts égales. Il ne marqua qu'une seule fois, et presque sans le vouloir. Il savait que, de toute façon, ça n'avait plus beaucoup d'importance. Il avait lancé la balle automatiquement, par pur réflexe. Elle heurta le cercle de métal avec un léger « bong », suivi de cette terrible valse hésitation qu'il connaissait si bien, pour enfin déflorer le filet. C'était trente secondes avant la fin. Pratiquement tous les spectateurs avaient déserté les gradins et se dirigeaient vers la sortie. Il eut droit à quelques maigres applaudissements, qui ressemblaient à une aumône. Qu'importe ! Durant ces brèves secondes, quand il sentit le ballon au bout de ses doigts, quand il plia les coudes puis tendit les bras pour le propulser pile-poil au milieu du panier, il connut de nouveau l'extase. Les yeux rivés sur cet anneau magique, il fut heureux. Certain que son geste était proche de la perfection. L'artiste a-t-il besoin d'un public ? Un beau sujet, pour les étudiants en philosophie…

Dans les vestiaires, l'ambiance était bien plus animée qu'avant le match. Myron eut l'occasion de discuter avec tous les joueurs, sauf TC et Leon White, qu'il tenait à voir plus que tous les autres. Coïncidence ? Bof, ce n'était que partie remise.

Son genou lui faisait un mal de chien, comme si l'on tirait sur ses tendons jusqu'à les faire claquer tels des élastiques. Il alla chercher une poche remplie de glaçons, qu'il fixa à l'aide d'une bande de contention bien serrée. Puis il prit une douche. Il était en train de se rhabiller quand, levant la tête, il s'aperçut que TC se tenait debout devant lui.

TC, orné de sa quincaillerie. Trois anneaux à une oreille, quatre à l'autre, plus un dans le nez. Pantalon de cuir noir, petit gilet en résille, avec vue imprenable sur ses piercings sur le téton gauche et le nombril. Quant aux tatouages, difficile de dire ce qu'ils représentaient exactement. Beaucoup de courbes. Inspiration Gaudi, façon Sagrada Familia. TC arborait aussi des lunettes de soleil très tendance, qui lui bouffaient la moitié du visage, y compris les oreilles.

— Ton bijoutier doit t'envoyer une carte de vœux tous les ans, lança Myron. Avec ses remerciements.

Pour toute réponse, TC, tel un garnement mal élevé, lui tira la langue, révélant un clou planté au beau milieu de cette excroissance peu appétissante.

— T'as raison, dit Myron, si j'avais un truc comme ça dans ma bouche, j'en voudrais pas non plus.

— T'es nouveau, toi ?

— En effet, dit Myron en lui tendant la main. Je m'appelle Myron Bolitar.

TC ignora le geste amical.

— Alors t'es bon pour la branlée.

— Pardon ?

— T'es nouveau. Donc bon pour la branlée.

Quelques joueurs, qui avaient regagné les vestiaires, se mirent à ricaner.

— La branlée ? répéta Myron, perplexe.

— Ouais. T'es le nouveau, oui ou non ?

— Euh… Oui.

— Alors t'y coupes pas.

Les autres s'esclaffèrent de plus belle.

— Eh bien, si ça peut vous faire plaisir…

— Allez, on y va, les gars, conclut TC.

Sur ces paroles sibyllines, il quitta la pièce.

Myron finit de se rhabiller. La branlée ?

Jessica l'attendait à l'extérieur des vestiaires. Elle lui sourit, l'enlaça, déposa un bref baiser sur ses lèvres. Il sentit le parfum de ses cheveux, envoûtant.

— C'est-y pas mignon !

La voix, un tantinet sarcastique, était celle d'Audrey Wilson.

— Ne lui réponds pas, dit Myron à Jessica. Cette femme est le diable en personne.

— Trop tard, dit Audrey en passant son bras sous celui de Jessica. Jess et moi avons prévu d'aller prendre un verre pour parler du bon vieux temps. Tu viens, ma grande ?

— Mon Dieu ! Surtout, Jess, ne lui dis rien ! En fait, elle est *pis* que le diable !

— Mais que veux-tu que je lui dise, mon amour, puisque je ne sais rien !

— C'est vrai. Bon, alors on va où ?

— *On* ne va nulle part, rectifia Jessica, pointant le pouce par-dessus son épaule. Ton pote, là, derrière, a dit que tu avais autre chose à faire.

Myron se retourna. Win se tenait à deux pas de là, nonchalamment appuyé contre le mur.

— Ah, je vois, dit Myron. Bon, alors amusez-vous bien, les filles !

Sans préambule, Win annonça la couleur :

— Le dernier retrait en liquide de Greg a été effectué dans un distributeur à 23 h 03 le soir de sa disparition.

— Où ?

— Manhattan. Une banque près de la 18e Rue, West Side.

— Logique, dit Myron. Greg reçoit un coup de fil de Carla à 21 h 18. Carla lui donne rendez-vous vers minuit dans ce bar. Donc il descend en ville et prend de l'argent avant de la rejoindre.

Win le regarda avec un soupçon de condescendance.

— Brillante analyse.

— Je t'en prie.

— Blague à part, il y a huit bars dans un rayon d'un kilomètre autour de ce distributeur. J'ai limité mes recherches à ce périmètre. Sur les huit, seuls deux d'entre eux ont ce qu'on pourrait qualifier de « petite table privée au fond à droite ». Tous les autres sont du genre « grand public ». Voici les adresses des deux qui nous intéressent.

Myron n'en était plus à se demander comment Win avait obtenu ces renseignements.

— Tu conduis, ou c'est moi ? demanda-t-il simplement.

— Tu y vas tout seul, dit Win.

— Pourquoi ?

— Je dois m'absenter durant quelques jours.

— Ah bon ? Et tu pars quand ?

— J'ai un avion qui m'attend dans une heure, à l'aéroport de Newark.

— Ça t'a pris comme ça ?

Win ne daigna pas répondre. Tous deux se dirigèrent en silence vers la sortie des joueurs. Cinq gamins se précipitèrent, en quête d'autographes. Myron s'exécuta de bonne grâce. L'un d'eux, qui devait avoir dans les dix ans, regarda la signature sur son programme et fit la grimace :

— Hé, man, c'est qui, çui-là ?

— Laisse tomber, dit son copain. C'est qu'un vieux.

— Laisse tomber toi-même, p'tit con ! lança Win.

— Merci, vieux frère, murmura Myron.

— Pas de quoi.

Le premier môme, qui tenait encore son autographe à la main, s'adressa alors à Win :

— Et toi, t'es qui, mec ?

— Dwight D. Eisenhower.

— Qui ?

Win baissa les bras en signe d'impuissance.

— Ah, bénie soit la jeunesse, future élite de la nation !

Puis il tourna les talons et s'éloigna. Win n'avait jamais été très doué quand il s'agissait de prendre congé. Myron regagna sa voiture. Alors qu'il ouvrait la portière, quelqu'un lui tapa sur l'épaule. TC. Qui pointa sur lui un index couvert de bagues à faire pâlir Liz Taylor après son dernier mariage – sauf que les diams de TC étaient faux.

— Oublie pas, dit-il.

— Hein ? Quoi ?

— La branlée.

Et il disparut. Apparemment, c'était un sentimental, lui aussi. Peu doué pour les adieux.

7

Le premier bar sur la liste de Win était le MacDougal's. La table du fond étant libre, Myron s'y installa. Il resta assis là un moment, espérant qu'une force supérieure lui dirait si c'était bien l'endroit où Greg et Carla s'étaient retrouvés. Il ne ressentit rien. Aucune onde positive ou négative. Peut-être qu'il aurait dû prévoir une séance de spiritisme.

La serveuse vint vers lui à contrecœur, comme si traverser la salle lui coûtait autant d'efforts que de progresser dans cinquante centimètres de poudreuse sans raquettes. Myron l'encouragea en lui dédiant l'un de ses sourires patentés – à la Antonio Banderas, à la fois charmeur et diabolique. A ne pas confondre avec son sourire à la Jack Nicholson, à la fois désarmant et satanique.

— Bonsoir, dit-il.

— Qu'est-ce que je vous sers ? demanda-t-elle d'un ton morne.

Les serveuses aimables sont une espèce en voie de disparition à Manhattan, à part dans les clubs privés – mais là ça ne compte pas vraiment puisque c'est inclus dans leur contrat de travail.

— Un Yoo-Hoo, s'il vous plaît.

— Un quoi ?

— Laissez tomber. Je prendrai une bière, finalement.

— Quelle marque ?

Bon, ça n'allait pas être de la tarte.

— Vous aimez le basket ?

Elle haussa les épaules.

— Vous savez qui est Greg Downing, tout de même ?

Hochement de tête.

— C'est lui qui m'a filé l'adresse, poursuivit Myron. Il est venu ici l'autre soir et il a trouvé l'endroit super.

La fille le regarda d'un œil éteint.

— Vous étiez de service, samedi soir ?

— Ouais.

— Alors vous avez dû le voir ?

— Non. Ecoutez, j'ai des clients qui attendent. Heineken, ça vous va ?

Myron consulta sa montre et feignit la surprise :

— Mon Dieu, vous avez vu l'heure ? s'exclama-t-il en posant deux billets d'un dollar sur la table. Désolé, faut que j'y aille. Merci pour votre accueil !

Le bar suivant s'appelait Au Chalet Suisse. Une autre catégorie. Deux ou trois degrés au-dessous, sur l'échelle du mauvais goût. Murs tapissés de papier peint imitation chêne. L'effet eût été plus réussi si le papier n'avait pas été décollé ou déchiré en maints endroits. Dans une cheminée se consumait une bûche électrique évoquant davantage Noël dans un pavillon de la banlieue londonienne qu'une station de ski dans les Alpes. Curieusement, l'une de ces sphères en miroir à multiples facettes était suspendue au plafond, comme dans une discothèque, mais il n'y avait ni piste de danse ni DJ. Juste la boule. Sans doute l'idée que se faisait le propriétaire d'un authentique chalet suisse, songea Myron. Dans la salle flottait une odeur un peu acide – bière éventée et relents de vomi –, typique de certains bouges et des foyers d'étudiants. Le genre de parfum qui s'insinue dans les murs et imbibe les lieux pour ne plus jamais disparaître.

Le juke-box marchait à fond. *Little Red Corvette*, un vieux tube de Prince qui datait de l'époque où ledit Prince méritait encore son pseudo.

Les clients ne se bousculaient pas, au Chalet Suisse. Au bar, un moustachu coiffé d'une casquette de base-ball aux armes des Astros de Houston s'ennuyait ferme. A une table située au centre de la salle, un couple se roulait des pelles dans l'indifférence générale (faute de public). Un peu plus loin, un type la jouait profil bas, comme s'il furetait dans le rayon porno d'un club de location vidéo et craignait d'être surpris par l'un de ses voisins.

Là encore, Myron alla s'installer au fond. Cette fois, il opta d'emblée pour le sourire à la Nicholson. Bien lui en prit : la jeune serveuse s'avéra fort réceptive. Quand il en vint au baratin à propos de Greg Downing qui lui avait recommandé l'endroit et blablabla, elle en resta baba :

— Mince, j'y crois pas ! Pourtant je l'ai vu ici qu'une seule fois !

Bingo.

— Je parie que c'était samedi dernier, non ?

Elle fronça les sourcils, en proie à une intense réflexion.

— Hé, Joe ! cria-t-elle au barman. C'est bien samedi qu'on a vu Downing ?

— Qu'est-ce qu'on en a à branler ? répliqua très élégamment Joe, posté derrière son comptoir.

Il avait un museau de fouine et des cheveux gris souris. Joli croisement.

— Oh, rien. Mon client et moi, on bavardait, c'est tout.

Joe-la-fouine leva vers eux ses petits yeux de belette, lesquels s'écarquillèrent.

— Ma parole, vous êtes le nouveau, pas vrai ? Chez

les Dragons ! J'vous ai vu à la télé ! Le mec avec un nom pas possible…

— Myron Bolitar.

— Ouais, c'est ça. Myron. Alors comme ça, les gars, vous allez venir au Chalet après les matchs ?

— Ça se pourrait.

— On a une clientèle plutôt chicos, dit Joe tout en essuyant son comptoir avec un torchon qui ressemblait au chiffon d'un mécano après une vidange et une révision complète. Sans me vanter. Vous savez qui on a eu ici, une fois ? Brucie. Le DJ.

— Désolé de l'avoir manqué, dit Myron.

— Ouais, et on a eu plein d'autres célébrités. Pas vrai, Bone ?

Le moustachu fan de base-ball opina de la casquette.

— Pour sûr. Comme ce gus qui ressemblait à Frank Sinatra. Sauf que c'était pas Frankie, juste un sosie.

— Quelle différence ?

— Vous connaissez Carla ? demanda Myron.

— Carla ?

— La copine de Greg.

— C'est comme ça qu'elle s'appelle ? Non, il nous l'a pas présentée. Pour dire de vrai, on a pas vraiment eu l'occasion de causer avec Greg non plus. Il s'est juste pointé en loucedé, un cognito, comme qui dirait. Alors on a pas voulu les déranger, lui et sa gonzesse, comprenez ?

Bombant le torse, il énonça sa profession de foi : « Au Chalet Suisse, on protège nos célébrités. » Puis il pointa son torchon crasseux vers Myron et ajouta :

— Faut le dire à vos potes, hein ?

— Je n'y manquerai pas, promit Myron.

— En fait, au début, on n'était même pas sûrs que c'était Greg Downing.

— Comme pour Frank Sinatra, susurra Bone.

— Toi, tu la fermes. Finalement, on a su que c'était lui.

— Ce mec ressemblait vraiment à Frankie. Sacré bon acteur. Et sacré bon chanteur, insista Bone.

— Il était déjà venu ici, auparavant ? demanda Myron.

— Frank Sinatra ?

Joe lança son torchon en direction de Bone.

— Mais non, Ducon ! Tu fais chier, avec ton Sinatra. Il est mort, de toute façon. Tu vois pas qu'il cause de Greg Downing ?

— Ah bon ? Et qu'est-ce que t'as contre Frankie ? Je te signale que…

— Messieurs, on se calme ! intervint Myron.

Joe leva une main pacifique.

— Désolé, Myron. D'habitude on n'est pas comme ça, au Chalet Suisse. C'est pas le genre de la maison. On est toujours très cool. Pas vrai, Bone ?

— Ouais. Pourquoi ? Je disais seulement que…

— Absolument. Et pour être honnête, Myron, je reconnais que Greg n'est pas encore l'un de nos habitués. C'était la première fois que nous avions l'honneur de l'accueillir.

— Pareil pour Brucie, dit Bone. Il est venu qu'une seule fois.

— Exact, mais il se plaisait chez nous, ça se voyait. D'ailleurs il a commandé un autre soda. S'il n'avait pas…

— Et Carla ? l'interrompit Myron.

— Qui ?

— La fille qui était avec Greg.

— Oui ? Qu'est-ce que vous voulez savoir ?

— Elle était déjà venue avant ?

— Moi je ne l'avais jamais vue. Et toi, Bone ?

— Nan. Je m'en souviendrais.

— Pourquoi ? s'étonna Myron.

Joe n'hésita pas une seconde :

— Un canon pareil, ça s'oublie pas.

Bone mit ses mains en coupe et les plaça sur son torse.

— Sacrée paire de nibards.

— Mais c'est pas qu'elle était plus jolie qu'une autre. Non, c'était autre chose.

— C'est vrai, confirma Bone. Elle était un peu trop usagée pour un jeune gars comme Greg.

— A quel point ?

— Trop vieille pour lui, c'est sûr. Je dirais, la quarantaine bien tassée.

— Ouais, mais elle avait une sacrée paire de nibards.

— Géants.

— Vraiment maousses.

— D'accord, je vois le topo, dit Myron. Quoi d'autre ? Les deux hommes le regardèrent, perplexes.

— Elle avait les yeux de quelle couleur ?

Joe se tourna vers Bone :

— T'as remarqué ses yeux ?

— L'aurait fallu que je lève les miens, mais z'étaient occupés un peu plus bas.

— Et les cheveux ? insista Myron.

— Bruns, dit Joe. Ou plutôt châtains.

— Non, ils étaient noirs, rectifia Bone.

— Ouais, t'as peut-être raison.

— Ou peut-être bien qu'ils avaient des reflets.

— En tout cas, ses nichons, ils étaient canon, conclut le barman.

— Les canons de Navarone, renchérit son pote avec enthousiasme.

— Est-ce que Greg et elle sont repartis ensemble ?

Joe consulta Bone, lequel haussa les épaules en signe d'ignorance.

— Je crois bien, dit finalement Joe.

— Vous vous rappelez à quelle heure ?

— Là, franchement, vous m'en demandez trop.

— Et vous, Bones ?

Le fan de base-ball ôta sa casquette et la brandit sous le nez de Myron.

— C'est Bone, sans « s » ! B-O-N-E, pas Bonès. Ah, elle est « bone », celle-là. T'as pigé, pauvre naze ?

Armé de son torchon-serpillière, Joe contre-attaqua :

— Je te permets pas d'insulter l'une de nos célébrités.

— Où tu vois une célébrité, Joe ? Ce gus est qu'un minable, un zéro pointé.

Puis, soudain, il se calma, sans raison apparente, et se tourna de nouveau vers Myron, l'air penaud. C'est souvent comme ça, chez les excités cyclothymiques. Joe en profita :

— Dites donc, Myron, z'auriez pas une photographie ? Ce serait sympa si vous pouviez la dédicacer à vos copains du Chalet Suisse. On la ferait encadrer et ça serait comme qui dirait le début de notre « mur des célébrités ». Ça serait vraiment cool, non ?

— Désolé, dit Myron, je n'ai pas de photos sur moi.

— Ah ! fit Joe, visiblement déçu. Mais peut-être que vous pouvez nous en envoyer une ? Avec votre autographe, hein ? Ou si vous préférez, vous nous l'apportez la prochaine fois que vous venez ?

— Euh… bonne idée. La prochaine fois.

Myron s'attarda encore quelques instants dans l'espoir de glaner quelques renseignements supplémentaires. En vain. Finalement, il décida de changer de crèmerie.

Quelques boutiques après le Chalet Suisse, il passa devant un restaurant chinois, dont la vitrine était ornée de canards morts suspendus à des crochets. De quoi vous ouvrir l'appétit, en effet. Il imagina Burger King exposant des carcasses de bœufs. Qui sait, ça pourrait attirer les ados tellement friands de viande hachée et de films gore…

Tout en remontant la rue, il tenta de réunir les pièces du puzzle. Carla appelle Greg et lui demande de la rejoindre au Chalet Suisse. Pourquoi ? Et pourquoi justement dans ce bouge invraisemblable ? Parce qu'ils ne veulent pas être vus ? Possible. Mais d'abord, d'où sort cette Carla ? A-t-elle quelque chose à voir avec la disparition de Greg ? Et que penser des taches de sang dans le sous-sol ? Sont-ils retournés ensemble chez Greg ou est-il rentré tout seul ? Carla est-elle la fille qui partage sa salle de bains ? Si oui, pourquoi lui avoir donné rendez-vous dans un endroit aussi improbable ?

Perdu dans ses supputations, Myron ne vit pas l'homme qui lui barrait le chemin et faillit le percuter. Si tant est que l'individu en question eût une quelconque ressemblance avec un représentant de l'espèce humaine. Parler d'armoire à glace relevait de l'euphémisme. T-shirt moulant sous une chemisette à fleurs déboutonnée, dent de requin se balançant au bout d'une chaîne en or entre des pectoraux hypertrophiés : la vraie bête – non pas de sexe mais de ring. Un concentré d'anabolisants. Myron opta pour le profil bas et tenta de se glisser sur la gauche, discrètement. Mister Testostérone fit un pas de côté, bloquant le passage. N'étant ni buté ni politiquement engagé, Myron visa l'échappée à droite. Le mastodonte se déplaça illico, non sans une certaine grâce. Myron recommença son manège, à tout hasard mais sans grand espoir.

— Ah, vous aussi, vous êtes un nostalgique du cha-cha-cha ? dit-il enfin. Ça tombe bien. M'accorderez-vous cette danse ?

L'armoire à glace demeura de glace, comme on pouvait s'y attendre. Il faut dire que l'entrée en matière de Myron n'était pas des plus subtiles, vu la taille et le style de son « partenaire ». Il cherchait une autre façon d'amadouer le gorille quand il entendit des pas derrière lui. Se retournant, il vit arriver un autre lascar, balèze lui aussi, mais à l'échelle humaine. Celui-là portait un pantalon façon treillis avec l'entrejambe au niveau des genoux, très tendance parmi les loubards des « quartiers », comme on dit depuis que le mot banlieue est devenu politiquement incorrect.

— Où est Greg ? demanda le déguisé d'une voix rogue.

Myron feignit la surprise.

— Pardon ? Oh, excusez-moi, je ne vous avais pas vu.

— Hein ?

— Désolé. Ça doit être ces motifs, sur votre pantalon. Vous vous fondez avec le paysage.

Mister Camouflage n'apprécia pas la plaisanterie.

— Où est Greg ? répéta-t-il.

— Greg ?

Drôlement gonflé, comme réplique. Mais, bon, faute d'inspiration…

— Ouais. Greg. Où qu'il est ?

— Greg qui ?

— Tu te crois drôle, Ducon ?

— Euh… Excusez-moi, je ne vois pas du tout à quoi vous faites allusion. Il doit y avoir erreur.

Le pseudo-para échangea un regard avec Monsieur Muscles, qui demeura parfaitement silencieux – ce qui n'avait rien de rassurant, bien au contraire. Myron savait qu'à défaut de joute verbale, il y avait là un risque d'affrontement au sens physique du terme. *Très* physique. Il savait aussi qu'il n'était pas mauvais à ce jeu-là. D'un autre côté, il était prêt à parier que ces deux débiles mentaux touchaient leur bille question castagne. N'en déplaise aux fans de Bruce Lee, il faut bien reconnaître qu'un mec tout seul face à deux brutes superentraînées, ça ne fait pas forcément le poids. Les pros ne sont pas aussi stupides qu'ils en ont l'air. Ils travaillent en équipe, chacun son tour. Malgré son QI au-dessus de la moyenne nationale, Myron n'avait pas la moindre chance et il en était conscient. C'est d'ailleurs là que réside toute la supériorité des détenteurs du fameux QI par rapport aux armoires à glace.

— Dites, les gars, une petite mousse, ça vous dirait ? suggéra Myron. C'est ma tournée. Histoire qu'on discute de tout ça calmement.

Le type en treillis renifla bruyamment, genre goguenard total mépris :

— Tu peux te brosser, mec. On a des gueules à discuter calmement ?

Fidèle au vieil adage (diviser pour mieux régner, c'est-à-dire gagner du temps), Myron désigna l'acolyte musclé.

— Lui, oui.

Il n'y a pas trente-six façons de sortir indemne de situations aussi délicates. Seulement trois. Premièrement, la fuite. En l'occurrence, avec un mec devant et un autre derrière, c'était exclu. Deuxièmement, faire en sorte que vos adversaires vous sous-estiment et, au dernier moment, les surprendre. Pas jouable là non plus : difficile de passer pour une mauviette quand on mesure plus d'un mètre quatre-vingt-dix, comme Myron. Troisième solution : attaquer le premier, profiter de l'effet de surprise et éliminer l'un des deux adversaires avant que l'autre ait le temps de réagir. Ça demande une certaine maîtrise de soi car c'est vrai, jusqu'au dernier moment, on peut encore espérer que la diplomatie l'emportera. En revanche, si l'on est pris de vitesse, c'est foutu. Win adorait l'option numéro trois – même quand il n'avait qu'un seul mec en face de lui.

Myron, quant à lui, n'eut pas le loisir de s'interroger. Avant qu'il ait choisi sa stratégie, le testostéroné lui enfonçait son poing dans les reins. Myron avait senti venir le coup et esquiva de justesse, évitant de sévères lésions. Sonné mais encore lucide, il réagit en un dixième de seconde, fit volte-face et envoya valser la pointe de son coude en plein sur le nez de son agresseur. Il entendit un délicieux craquement, un peu comme le bruit des coquilles que l'on casse sur le bord de la poêle avant de faire cuire des œufs au plat. Ou des branches de bois mort que l'on écrase sous ses semelles, quand on marche dans la forêt, en automne.

Sa victoire fut de courte durée, cependant. Comme il l'avait craint, les deux zozos n'étaient pas nés de la dernière giboulée. Le camouflé en treillis prit la relève et frappa là où son pote avait échoué. Une douleur fulgurante transperça l'épine dorsale de Myron, juste au-dessus du coccyx. Ses genoux fléchirent, il se plia en deux. Dans un dernier réflexe, il lança une jambe en arrière, tel un piston. Son pied rata son but et atterrit sur la cuisse de Monsieur Muscles, mais le coup fut assez violent pour déséquilibrer le colosse. Ce dernier, ivre de rage, saisit Myron par les cheveux et tira de toutes ses forces. Par pur réflexe, Myron lui attrapa la main et enfonça ses ongles entre les jointures. Un point d'acupuncture, un truc vicieux que lui avait enseigné Win. L'autre poussa un cri étonnamment aigu et lâcha prise. Mais son copain revint à la charge et flanqua un formidable direct du droit en plein dans l'estomac de Myron. Waouaouh! Un truc à vous couper le souffle. A vous en faire voir trente-six chandelles quand c'est même pas Noël. Myron comprit qu'il était mal barré. A genoux, il demanda mentalement pardon aux femmes de sa vie, à Jessica et à sa mère, et tenta le tout pour le tout : un bel uppercut dans les parties intimes de Mister Univers. Bingo! En plein dans le mille! Le type – faut croire qu'il était humain, après tout – s'écroula lamentablement, les mains crispées sur sa virilité salement amochée. Piqué au vif, comme s'il était lui-même victime de l'outrage, son pote en treillis voulut le venger et se mit à tabasser Myron, visant la tête, encore et encore. Myron se défendit comme un beau diable mais, sous la violence des coups, commença à sentir le sol se dérober sous lui. Non ! Il n'allait tout de même pas tomber dans les pommes et finir ainsi !

Il était à terre, à présent, le nez sur le bitume. Un dernier coup de pompes dans les côtes… Le monde était sur le point de basculer lorsqu'il entendit des voix, venues de très loin :

— Hé ! Qu'est-ce qui se passe ?

— Hé, arrêtez immédiatement, ou j'appelle les flics !

A demi inconscient, Myron reconnut néanmoins les voix de Joe et de Bone, du Chalet Suisse. Il tenta de se relever, songeant avant tout à sauver sa peau. Mais c'était inutile : Testostérone & Treillis s'étaient tirés vite fait.

— Ça va ? demanda Joe, réellement inquiet.

— Oui, je crois.

— Ah bon ! Alors on peut compter sur vous, pour la photo dédicacée ?

— Je vous en enverrai même deux, dit Myron. Promis, juré.

8

Myron réussit à convaincre Joe et Bone de ne pas appeler la police. Ce ne fut pas bien difficile : la plupart des gens sont réticents à l'idée d'avoir recours aux forces de l'ordre, même quand ils n'ont rien à se reprocher. Ils le mirent dans un taxi sans poser de questions.

Le chauffeur portait un turban et écoutait de la musique country. C'est ce qu'on appelle le multiculturalisme. Myron lui indiqua l'adresse de Jessica à Soho et s'effondra sur les coussins déchirés. Le chauffeur n'avait pas l'air d'avoir envie de faire la conversation. Tant mieux.

Myron compta mentalement ses abattis. Rien de cassé. Juste quelques côtes fêlées, il s'en remettrait. Quant à la tête, c'était une autre affaire. Du Tylenol associé à de la codéine le soulagerait pour ce soir. Demain matin, il passerait à quelque chose de plus fort. En cas de trauma crânien, le mieux est d'essayer de contrôler la douleur et de laisser faire le temps.

Jessica vint lui ouvrir la porte en peignoir – ce qui, comme d'habitude, fit grimper sa tension artérielle, malgré le piteux état dans lequel il se trouvait. S'abstenant de tout reproche, elle lui fit couler un bain, l'aida à se déshabiller puis le rejoignit dans la baignoire.

L'eau tiède sur sa peau était comme un baume. Il s'allongea contre elle et, tandis qu'elle appliquait un gant de toilette sur son front, laissa échapper un profond soupir de contentement.

— Tu ne m'avais pas dit que tu avais fait médecine !

— Ça va mieux ? murmura-t-elle en l'embrassant dans le cou.

— Oui, docteur. Infiniment mieux.

— Dis-moi ce qui s'est passé. Enfin, seulement si tu le souhaites…

Il le souhaitait. Elle l'écouta sans l'interrompre, tout en lui massant doucement les tempes. Ses doigts si légers endormaient peu à peu la douleur. S'il y avait dans la vie quelque chose de plus divin que d'être ainsi étendu dans une baignoire contre le corps de la femme aimée, Myron aurait bien voulu qu'on lui dise quoi.

— A ton avis, qui étaient ces deux types ? demanda Jess quand il eut terminé son récit.

— Aucune idée. Des hommes de main, mais payés par qui ?

— Et ils voulaient savoir où se trouve Greg ?

— Apparemment.

— Si deux gus comme ça s'intéressaient à moi, je pourrais également disparaître.

Myron y avait songé.

— Oui.

— Alors, l'étape suivante, c'est quoi ?

Il sourit et ferma les yeux.

— Quoi ? Pas de sermon ? Tu ne vas même pas me dire que ça devient trop dangereux, etc. ?

— Un peu « cliché », tu ne trouves pas ? De toute façon, il y a autre chose, là-dessous.

— Tu peux préciser ?

— Je sais très bien que tu ne me dis pas tout.

— Je…

91

Elle posa un doigt sur ses lèvres :

— Chut ! Dis-moi seulement ce que tu comptes faire, à présent.

Il se laissa aller contre elle. Effrayant, cette faculté qu'elle avait de lire dans ses pensées !

— Il faut que je contacte deux ou trois personnes.

— Ah bon ?

— L'agent de Greg. Et aussi son ex-colocataire, à la fac – un certain Leon White. Et Emily.

— Emily… Ta petite amie de l'époque, ou je me trompe ?

— Euh… Oui, on peut dire ça comme ça.

S'empressant de changer de sujet, il ajouta :

— Et ta soirée avec Audrey, c'était sympa ?

— Oui, très. On a beaucoup parlé de toi.

— De moi ?

Jessica se mit à effleurer son torse du bout des doigts. L'effet fut immédiat. Oubliée, la douleur. Ou plutôt, remplacée par une autre forme de torture, bien plus subtile. Peut-on dire que le violon souffre quand l'archet d'une virtuose caresse ses cordes ?

— Oh, Jess ! Waouhhhh…

Elle le fit taire d'un baiser. Puis :

— Oui, on a parlé de tes miches.

— Quoi ?

— De ton beau petit cul, si tu préfères.

Joignant le geste à la parole, elle glissa une main sous l'eau et empoigna sa fesse droite.

— Même Audrey a été obligée d'admettre que tes muscles fessiers sont à croquer, sous le short.

— Mais j'ai aussi un cerveau, protesta Myron. Et des sentiments !

Sa bouche glissa vers son oreille, dont elle mordilla le lobe.

— On s'en fout, chuchota-t-elle.

— Oh, Jess ! Non ! Je...

Sa main libre glissa des pectoraux vers les abdominaux, puis s'insinua plus bas.

— Sois beau et tais-toi, mec ! Laisse faire la doctoresse...

9

La sonnerie du téléphone lui perfora les tympans. Il ouvrit un œil, ahuri. Un insidieux rayon de soleil filtrait à travers les rideaux. A tâtons, Myron chercha la présence rassurante de Jessica à ses côtés. En vain. Les draps étaient froids et désespérément vides. Le téléphone, en revanche, insistait lourdement.

— Allô ?

— Ah, enfin ! C'est donc là que tu te cachais ?

Il ferma les yeux, essayant d'oublier le marteau-piqueur qui lui martyrisait les tempes.

— Oh ! C'est toi, maman ? Tu pourrais parler moins fort, s'il te plaît ?

— Comment ? Tu découches et c'est tout ce que tu trouves à dire à ta pauvre mère qui s'est fait un sang d'encre ?

Officiellement, Myron habitait toujours chez ses parents. Au sous-sol, où il s'était aménagé une sorte de garçonnière. C'était bien le mot qui convenait, car il était impensable d'y convier une représentante du beau sexe. Ces derniers temps, cependant, il dormait assez souvent chez Jessica. Une bonne chose, sans doute : après tout, il avait trente-deux ans, n'était pas gay, gagnait correctement sa vie. Trois raisons pour ne pas s'incruster chez papa et maman.

— Comment ça va, vous deux ? Ça se passe bien, les vacances ?

Ses parents s'offraient un voyage en Europe, en amoureux. L'un de ces périples en accéléré, douze capitales en quatre jours.

— Tu crois que je t'appelle du Hilton de Vienne pour te parler de nos vacances ?

— Euh... Peut-être pas, en effet. Y a un problème ?

— Tu sais combien ça coûte, un coup de fil d'Autriche vers les Etats-Unis ? C'est pas les mêmes tarifs que chez nous, tu sais. Avec toutes leurs taxes, et tout ça...

— Oui, j'imagine.

— J'ai les tarifs avec moi. Ne quitte pas. Al, qu'est-ce que tu as fait des tarifs ?

— Aucune importance, m'man.

— Al, où est leur fichue brochure ? Je l'avais sous le nez il y a une seconde ! Al ? Tu m'écoutes ? J'ai ton fils au bout du fil...

— Laisse tomber, suggéra Myron. Dis-moi plutôt quand vous avez l'intention de revenir, pour que je puisse compter les jours !

— Garde tes remarques acerbes pour tes copains, d'accord ? Tu sais très bien pourquoi je t'appelle.

— Ben non, justement.

— Alors je vais te le dire, mon grand. Parmi les gens qui font partie du groupe, il y a les Smeltman, figure-toi. Un couple absolument charmant. Il est dans la joaillerie. Son prénom, c'est Marvin, ou quelque chose comme ça. Ils ont une boutique à Montclair. On passait souvent devant, quand tu étais petit. C'est sur Bloomfield Avenue, près du cinéma. Tu t'en souviens ?

— Oui, bien sûr.

Myron n'avait pas la moindre idée de ce dont elle parlait, mais à quoi bon la contrarier ?

— Donc, les Smeltman ont eu leur fils au téléphone, hier soir. C'est lui qui les a appelés, Myron. Il connaissait leur itinéraire, et tout, et il a appelé ses parents juste pour savoir si tout allait bien, tu vois ?

— Oui, je vois.

Inutile de discuter. Mme Bolitar pouvait, en l'espace d'une seconde, passer du rôle de l'épouse rebelle à celui de la mama juive ou italienne. Dans ce dernier cas, mieux valait se taire.

— Toujours est-il que les Smeltman n'arrêtent pas de se vanter, à présent. Ils sont dans le même voyage organisé que les parents de Myron Bolitar ! Qu'est-ce que ça veut dire ? Plus personne ne te connaît, ça fait des années que tu as laissé tomber ! Mais les Smeltman sont des fans de basket. Et voilà que leur fils – Herb, ou Herbie, ou Ralph, je ne sais plus – leur raconte que tu rejoues en tant que pro ! Que tu as signé avec les Dragons ! Il prétend que tu fais un come-back, ou quelque chose comme ça. Ton père ne savait plus où se mettre. Non mais tu te rends compte ? Ce sont des étrangers qui viennent nous apprendre ça ! Et nous, tes propres parents, ta chair et ton sang, on n'était même pas au courant ! On a pensé que les Smeltman racontaient n'importe quoi.

— Ce n'est pas ce que tu crois, m'man.

— Comment ça, ce n'est pas ce que je crois ? Bon, que tu t'amuses encore un peu avec le panier au-dessus du garage, d'accord. Mais de là à repasser pro ! Tu rêves, mon garçon ! Tu sais ce qu'ont dit les médecins. Tu ne peux pas, avec ton genou. Qu'est-ce que tu as donc dans la tête ? Tu veux te retrouver en chaise roulante ? C'est ça que tu veux ?

— Non, m'man. Ce n'est pas du tout ce que tu penses. C'est un peu plus compliqué que ça.

— Ne mens pas à ta mère. Tu as marqué deux points, hier soir. Ton père s'est renseigné, figure-toi. Il a appelé

96

Sports Phone. Tu sais ce que ça coûte, d'appeler Sports Phone, depuis l'Autriche ?

— Ecoute, maman, là n'est pas la question. Il faut que tu saches que...

— Ça suffit, Myron. Tu connais ton père. Jamais il ne l'admettra, mais il est excité comme une puce. Il t'adore, tu le sais, et il n'arrête pas de sourire depuis qu'il a entendu la nouvelle. Il veut qu'on reprenne l'avion tout de suite.

— Non, surtout pas ! Surtout ne...

— Inutile de discuter, Myron. Il a toujours été plus têtu qu'une mule, tu le sais bien. Mais toi, tu peux bien me le dire, mon grand. Que se passe-t-il ?

— C'est une longue histoire, m'man.

— Mais c'est vrai ? Tu vas rejouer ?

— Oui. Provisoirement.

— Qu'est-ce que ça veut dire, *provisoirement* ?

Bip, bip, signal de double appel. Myron se souvint alors qu'il était sur la ligne de Jessica.

— Ecoute, maman, faut que je raccroche. Je suis désolé de ne pas t'en avoir parlé plus tôt.

— Quoi ? C'est tout ?

— Je te raconterai tout très bientôt. Je t'aime.

Curieusement, elle n'insista pas :

— Sois prudent, mon grand. Fais attention à ton genou.

— Promis.

Il bascula sur l'autre appel. C'était Esperanza, qui court-circuita les formalités d'usage :

— Ce n'est pas le sang de Greg, annonça-t-elle d'emblée.

— Quoi ?

— Le sang dans le sous-sol de Greg est du groupe AB positif. Greg est O négatif.

Pris au dépourvu, Myron réfléchit.

97

— Ah ? Alors peut-être que Clip avait raison. Ce serait le sang d'un des enfants ?

— Impossible, dit Esperanza.

— Pourquoi ?

— Vous faisiez quoi, pendant les cours de biologie, au lycée ?

— Je regardais les filles.

— Dommage. Sinon, vous sauriez que le groupe AB est plutôt rare. Pour ça, il faut que les deux géniteurs soient A et/ou B. En d'autres termes, si Greg est du groupe O, ses enfants ne peuvent pas être AB.

— Peut-être que les gosses avaient invité des copains ?

— Oui, bien sûr. Et, quand l'un d'eux s'est mis à saigner comme un agneau qu'on égorge, personne n'a songé à appeler les secours ni à nettoyer tout ce bordel ? En plus, c'est ce moment-là que choisit Greg pour disparaître ? Plausible, en effet.

Myron se mit à tripoter le cordon du téléphone.

— Donc, ce n'est pas le sang de Greg, répéta-t-il bêtement. Dans ce cas...

Esperanza ne daigna même pas répondre.

— Bordel, comment je peux mener une enquête tout en restant discret ? Il va bien falloir que je pose deux ou trois questions, non ? Et ça va faire jaser...

— Désolée, dit Esperanza d'un ton qui démentait ses paroles. Moi je vais bosser au bureau. Vous y serez ?

— Non. Avant, il faut que je voie Emily.

— Ah, la fameuse ex dont m'a parlé Win ?

— En effet.

— N'oubliez pas de vous protéger, Myron...

Et elle raccrocha.

Ce n'était pas le sang de Greg. Myron n'y comprenait plus rien. La nuit dernière, en s'endormant, il avait imaginé un scénario qui se tenait : les malfrats avaient voulu donner une bonne leçon à Greg, l'avaient tabassé et, pris de panique, il s'était enfui. Et maintenant, cette brillante théorie tombait à l'eau. Si des mecs avaient passé Greg à tabac dans son sous-sol, c'est son sang qu'on aurait retrouvé. Non, décidément, il y avait un truc qui clochait.

Myron avait besoin d'une bonne douche pour s'éclaircir les idées. Il laissa le jet – brûlant d'abord, puis glacé – lui fouetter les épaules et le torse. Très revigorant ! Avant de se rhabiller, il fut tenté d'aller rejoindre Jessica dans la pièce d'à côté mais elle avait le nez collé sur l'écran de l'ordinateur, or il avait appris depuis longtemps à ne jamais la déranger quand elle flirtait avec cette satanée machine. Il préféra donc lui laisser un mot et s'éclipser discrètement.

Il prit le train de banlieue jusqu'à Manhattan et marcha jusqu'à son parking sur la 46e Rue. Le nez plongé dans son journal, Mario lui lança les clés de sa voiture sans même lever les yeux. Au carrefour de la 62e, Myron prit Franklin D. Roosevelt vers le nord, puis bifurqua pour s'engager dans Harlem River Drive. Ça bouchonnait un peu en raison de travaux sur la file de droite mais il atteignit le George Washington Bridge sans trop de problèmes. Ensuite il rejoignit l'autoroute 4, via un endroit bizarre baptisé Paramus, sorte de gigantesque centre commercial pour automobilistes, mais qui prétendait être une agglomération.

Quand enfin il arriva devant la maison d'Emily, un sentiment de déjà-vu s'empara de lui, aussi agaçant que les mises en garde de son père quand il était adolescent, du genre : « Tu vois, fiston, je te l'avais bien dit ! » Il était déjà venu ici, bien sûr, quand Emily et lui étaient étudiants et sortaient ensemble. La villa, moderne et impressionnante, était située au fond d'une allée privée. Le terrain était clôturé. Autrefois il y avait une piscine, derrière la maison. Et aussi une sorte de petit belvédère, au milieu du parc. Avec des colonnes à la grecque et un toit pointu façon pagode. Myron se souvint avoir fait maladroitement l'amour avec Emily, sous cet étrange édifice, lui le pantalon en accordéon sur les chevilles et elle la jupe retroussée, tous deux en sueur et délicieusement coupables. Ah, que c'était effrayant et bon à la fois ! Ah, fugace jeunesse !

Il se gara, arrêta le moteur et resta assis, les mains sur le volant. Plus de dix ans qu'il n'avait pas vu Emily... Beaucoup d'eau avait coulé sous les ponts, depuis, mais il redoutait encore sa réaction. Il l'imagine venant ouvrir, toute guillerette. Et il est là, debout devant elle. « Ah ! Espèce de salaud ! » s'exclame-t-elle. Et elle lui claque la porte au nez. Scénario plus que probable, et c'est pourquoi il n'avait pas eu le courage d'appeler avant de se pointer, après tant d'années.

Myron regarda par la vitre ouverte de sa Ford Taurus. La rue était déserte. Il faut dire que le quartier n'était pas particulièrement surpeuplé, plutôt du genre une villa par hectare. Bon, comment se présenter ? Il réfléchit, en vain. Consulta sa montre, par pur réflexe. Soupira, ce qui ne l'aida pas davantage. Une chose était sûre : il ne pouvait pas rester assis là éternellement. Dans ce quartier résidentiel, tôt ou tard quelqu'un remarquerait sa présence et appellerait la police. Allez, Myron, bouge de là ! Il ouvrit la portière et sortit de sa voiture. L'environnement était tellement clean qu'il n'y avait pas le moindre buisson où se cacher. Rien que du gazon fraîchement tondu, pis qu'un crâne de skinhead.

Myron s'avança dans l'allée pavée de briques qui menait au perron de l'auguste demeure. Les paumes moites, il sonna à la porte d'entrée, aussi mal à l'aise qu'autrefois, quand il venait chercher Emily pour l'emmener au bal de fin d'année. Le carillon était le même. La porte s'ouvrit. Emily était là, devant lui.

— Eh bien, pour une surprise !

Le ton était ambigu. Sarcastique ? Emily avait changé. Elle était encore plus mince qu'autrefois. Ses joues s'étaient creusées, accentuant ses pommettes. Cheveux très courts, coupés à la dernière mode.

— Euh… Bonjour, Emily.

Myron Bolitar, le roi de l'entrée en matière.

— Tu viens me demander en mariage ? C'est un peu tard, tu ne crois pas ?

— Je suis désolé. Je…

— Pas tant que moi. Je pensais que tu étais sincère, à l'époque.

— Et maintenant ?

— Maintenant, je n'en ai plus rien à faire, répondit-elle en lui balançant un sourire éclatant.

— Tu es encore plus belle qu'autrefois, murmura-t-il.

Myron, le roi de la réplique originale.

— Toi aussi. Enfin, je veux dire, tu as l'air en forme. Mais ne compte pas sur moi.

— Compter sur toi ? Je ne comprends pas.

— Allez, entre, dit-elle avec une petite grimace comique.

Il la suivit à l'intérieur. Le hall était très haut de plafond, avec un peu de murs blancs entre tout plein de baies vitrées. Baigné de lumière, comme on dit. Le sol était dallé de marbre, évidemment. Emily guida Myron vers le salon. Il s'assit sur l'un des canapés immaculés. Plancher vitrifié, impeccable. Tout comme dix ans plus tôt. Ou bien ils faisaient refaire la pièce régulièrement, ou leurs invités étaient particulièrement bien élevés. Pas l'ombre d'une tache ou d'un grain de poussière, tout était nickel. Seul bémol : quelques journaux empilés dans un coin. Des tabloïds, apparemment. Sur le dessus, un exemplaire du *New York Post* titrait : « LE SCANDALE DU SIÈCLE ! » en énormes caractères gras.

Un vieux chien arthritique pénétra dans la pièce, tout raide sur ses pattes. Il avait l'air de vouloir remuer la queue mais le résultat n'était pas très convaincant. Il réussit néanmoins à s'approcher de Myron et lui lécha la main d'une langue aussi rêche que celle d'un chat.

— Tu te rends compte ? s'exclama Emily. Benny se souvient de toi !

— Quoi ? Ne me dis pas que c'est Benny !

— Eh oui ! Ce bon vieux Benny !

Les parents d'Emily avaient acheté ce chiot hyperactif pour son petit frère Todd, à l'époque où Myron et Emily avaient commencé à sortir ensemble. Myron était là quand ils avaient rapporté la minuscule boule de poils de chez l'éleveur. Le petit Benny, les yeux à peine ouverts, avait crapahuté et fait pipi sur ce même plancher. Personne ne l'avait grondé. Très vite, Benny avait charmé tout le monde. Il accueillait les invités avec enthousiasme, sans discrimination, avec cette espèce de foi en l'espèce humaine que seuls possèdent les chiens. A présent, Benny ne bondissait plus avec le même entrain qu'autrefois. Il avait l'air très vieux, quasiment une patte dans la tombe. Myron en éprouva une sincère et profonde tristesse.

— Je t'ai vu, hier soir, dit Emily. C'était chouette que tu rejoues. Bravo, tu t'es drôlement bien débrouillé.

— Merci.

— Tu as soif ? Une limonade, ça te dirait ? Comme dans une pièce de Tennessee Williams. Sauf qu'à l'époque d'Amanda Wingfield, c'était du vrai citron pressé, tandis que maintenant je n'ai qu'à décapsuler une bouteille de soda…

Avant qu'il n'ait le temps de répondre, elle avait disparu. Benny leva la tête vers lui et le fixa de ses bons yeux voilés de cataracte. Myron lui gratouilla l'arrière des oreilles et le vieux clebs fit un effort pour remuer la queue. Myron lui sourit. Benny se rapprocha, comme s'il comprenait et partageait sa nostalgie. Emily revint avec deux verres de limonade. Elle lui en tendit un et s'assit.

— Merci, dit Myron.

Il but une gorgée, un peu gêné.

— Alors, quels sont tes projets ?

— Mes projets ?

— Tu rempiles, à ce qu'on dit.

— Je ne comprends pas.

— Arrête ! D'abord tu remplaces Greg dans l'équipe. C'est quoi, la prochaine étape ? Tu comptes peut-être aussi le remplacer au lit ?

Myron faillit en avaler de travers mais se maîtrisa. C'était typique d'Emily, ce genre d'agression verbale.

— Très drôle.

— Si on ne peut plus plaisanter…

— Oui, je sais. On s'amuse comme on peut.

Elle posa un coude sur le dossier du canapé et releva la tête.

— Il paraît que tu sors avec Jessica Culver.

— En effet.

— J'aime bien ses bouquins.

— Je le lui dirai.

— Mais on connaît la vérité, toi et moi.

— C'est-à-dire ?

Se penchant en avant, elle saisit son verre et but un peu de limonade, lentement. Puis :

— L'amour avec elle, ça ne sera jamais aussi bien qu'avec moi, n'est-ce pas ?

Toujours très typique d'Emily.

— Qu'en sais-tu ?

— J'en suis sûre. Je ne doute pas que ta Miss Culver soit très douée, mais avec moi c'était autre chose. C'était nouveau, c'était la découverte. Torride. Ni toi ni moi ne pouvons retrouver une telle magie avec quelqu'un d'autre. C'est impossible. Il faudrait qu'on invente la machine à remonter le temps.

— Je ne suis pas certain de pouvoir soutenir la comparaison avec mes successeurs.

Elle pencha la tête de côté et sourit.

— Ne joue pas les modestes !

— Tu te racontes des histoires, Emily. Tu idéalises le passé.

— Allons, Myron, tu ne vas tout de même pas me servir le vieux couplet romantique ! Cette nana est la femme de ta vie et ça va bien au-delà du sexe ? Laisse-moi rire !

Myron ne sut quoi répondre. A vrai dire, la conversation prenait un tour qui le mettait plutôt mal à l'aise. Il préféra changer de sujet.

— Que voulais-tu dire, tout à l'heure ? Quand tu m'as annoncé que tu n'avais pas l'intention de m'aider.

— Je croyais avoir été claire.

— D'accord, tu refuses de m'aider, mais je ne t'ai rien demandé, je te signale !

Toujours ce sourire légèrement sarcastique.

— Tu me prends pour une idiote, Myron ?

— Certainement pas.

— Tu penses réellement que j'ai cru une seconde à ton histoire de come-back ? Ou même que Greg était au vert pour cause de blessure à la cheville ?

Elle avait mimé les guillemets avec l'index et le majeur de chaque main et conclut :

— Ta visite ne fait que confirmer mes soupçons.

— Quels soupçons ?

— Greg a disparu et tu le cherches.

— Qu'est-ce qui te fait penser qu'il a disparu ?

— Je t'en prie, Myron, ne joue pas à ce petit jeu avec moi. Je mérite mieux que ça.

Il réfléchit un instant, puis hocha la tête.

— Tu sais où il est ?

— Non. Mais j'espère que ce salaud est mort ou bien en train de pourrir dans un coin.

— Je ne te demande pas ce que tu penses de lui mais ce qui s'est passé, à ton avis.

Le sourire d'Emily n'avait pas disparu mais quelque

chose de pathétique s'y révélait, à présent. Myron en eut le cœur serré. Greg et Emily étaient tombés amoureux l'un de l'autre, ils s'étaient mariés, avaient eu deux enfants ensemble. Comment expliquer cette haine ? Un événement récent, ou bien y avait-il une vieille blessure susceptible d'expliquer l'échec de leur couple ?

— Quand as-tu vu Greg pour la dernière fois ? demanda Myron.

— Il y a environ un mois.

— Où ?

— Au tribunal. Pour le divorce.

— Vous êtes encore capables de dialoguer, ou c'est la rupture totale ?

— Je maintiens ce que je t'ai dit : je voudrais que cet enfoiré soit mort et enterré.

— Bon, d'accord, j'en conclus que vous n'étiez pas en excellents termes.

Emily haussa les épaules.

— On peut dire ça comme ça.

— S'il se cache quelque part, as-tu une idée de l'endroit qu'il aurait pu choisir ?

— Non.

— Une maison à la campagne, une cabane de pêcheur ?

— Non.

— Sais-tu s'il avait une maîtresse ?

— Non. Mais si c'est le cas, je plains la pauvre fille !

— Carla, ça te dit quelque chose ?

Elle hésita. Se mit à tapoter son genou du bout de l'index – geste qui lui était si familier que Myron eut l'impression de revenir des années en arrière.

— Je crois bien qu'il y avait une Carla qui logeait au même étage que moi, à l'université. Oui, Carla Anderson. En deuxième année. Une jolie fille.

— Rien de plus récent ?

— Non, je ne vois pas.

Elle se redressa, croisa les jambes.

— Comment va Win ?

— Fidèle à lui-même.

— Et à toi, apparemment. Il t'aime, tu sais. Je me demande s'il n'a pas toujours été homo sans le savoir.

— Deux mecs peuvent s'apprécier sans pour autant être gay, objecta Myron.

Elle leva un sourcil, visiblement sceptique.

— Tu crois vraiment à ce que tu dis ?

Il était en train de la laisser mener le débat, et c'était une erreur.

— Tu savais que Greg était sur le point de signer avec un sponsor ?

Elle parut soudain très intéressée.

— Tu plaisantes ?

— Pas du tout.

— Un gros contrat ?

— Enorme, pour ce que j'en sais. Avec Forte.

Emily serra les poings, tellement fort que ses ongles s'enfoncèrent dans ses paumes. Quand elle rouvrit les mains, il y avait une série de demi-cercles incrustés dans la chair.

— Quel fils de pute ! s'exclama-t-elle.

— Pardon ?

— Il se débrouille pour que le divorce soit prononcé alors qu'on est sur la paille et *ensuite* il signe ce foutu contrat ! Quel enfoiré !

— Mais qu'est-ce que tu racontes ? Vous n'étiez pas sur la paille, ni l'un ni l'autre !

— Détrompe-toi. Son agent a tout perdu. Enfin, c'est ce qu'il a prétendu.

— Martin Felder ?

— Ouais. Plus un rond. Pas l'ombre d'un dollar.

— Mais Greg travaille encore avec Felder. Pourquoi resterait-il avec un mec qui l'a fait plonger ?

— Je ne sais pas, Myron, dit-elle d'une voix cassée.

Peut-être qu'ils étaient de mèche. Ce ne serait pas la première fois que Greg me ferait un sale coup.

Myron attendit. Emily fixa ses yeux sur lui, tâchant de ravaler ses larmes. Puis elle se leva et se dirigea vers l'autre extrémité de la pièce. Lui tournant le dos, elle se posta devant la baie vitrée et se mit à contempler le parc. La piscine était recouverte d'une bâche, où demeuraient une poignée de brindilles et quelques feuilles mortes. Deux enfants firent irruption, un gamin d'une dizaine d'années poursuivant une fillette d'environ huit ans. Tous deux hilares et heureux de vivre, les joues roses d'excitation ou de froid. Le jeune garçon s'arrêta net dès qu'il aperçut sa mère. Il lui adressa un sourire fendu jusqu'aux oreilles et un petit signe de la main. Emily lui répondit puis serra ses bras autour de son torse, comme pour se protéger.

— Il veut me les prendre, dit-elle d'une voix étrangement calme. Il est prêt à n'importe quoi pour me les enlever.

— Comme quoi ?

— Comme la pire des choses qu'on puisse imaginer.

— Et c'est quoi, la pire des choses ?

— Ça ne te regarde pas.

Elle lui tournait toujours le dos, mais Myron pouvait voir ses épaules, secouées de sanglots.

— Tire-toi, dit-elle. Je t'en prie, Myron, va-t'en.

— Emily…

— Tu veux l'aider, n'est-ce pas ?

— Je veux le retrouver. Ce n'est pas la même chose.

Elle secoua la tête.

— Tu ne lui dois rien. Je sais bien que tu t'es senti coupable à l'époque, et j'ai su que rien n'avait changé dès que je t'ai ouvert la porte. Mais tu as tort, Myron. Tu n'as rien à te reprocher. Il ne l'a jamais su, je te le jure.

— Et ça devrait soulager ma conscience, d'après toi ?

Elle se retourna soudain et lui fit face :

— Je me fous totalement de ta soi-disant conscience, Myron. Je me fous totalement de toi. C'est moi qui me suis mariée avec lui. Et c'est moi qui l'ai trahi. Je n'arrive toujours pas à comprendre comment tu peux lui pardonner.

Myron ravala sa salive.

— Il est venu me voir à l'hôpital, après l'accident. Il s'est assis près de moi et on a parlé pendant des heures.

— Et ça fait de lui un héros ?

— Je ne sais pas. Peut-être est-ce à toi de le dire ?

— C'est de l'histoire ancienne, Myron. Ça remonte à plus de dix ans. Il faut que tu grandisses…

Silence.

Au bout d'un moment, il leva les yeux vers elle.

— Tu risques réellement de perdre tes enfants ?

— Oui.

— Jusqu'où irais-tu pour les récupérer ?

— Je ferais n'importe quoi.

— Tu irais jusqu'à tuer ?

— Sans hésiter.

— Et tu as tué Greg ?

— Non.

— Tu as une idée de qui aurait pu vouloir le tuer ?

— Non.

— As-tu engagé des types pour faire le boulot à ta place ?

— Si c'était le cas, je ne te le dirais pas. Mais s'il y a quelqu'un qui veut la peau de Greg, je ferai tout ce que je peux pour l'aider.

Myron reposa son verre de limonade.

— Bon, il faut que j'y aille.

Emily l'accompagna jusqu'à la sortie. Avant d'ouvrir la porte, elle posa la main sur son avant-bras. Ce contact eut sur lui l'effet d'un électrochoc.

— Pas de problème, dit-elle gentiment. Greg n'a jamais rien su, à propos de nous deux.

Myron se contenta de hocher la tête.

Emily prit une profonde inspiration puis sourit, comme si rien ne s'était passé.

— Je suis heureuse de t'avoir revu, Myron.

— Euh… Oui, moi aussi.

— Alors, à un de ces jours ?

Ton faussement désinvolte. Il n'était pas dupe : il la connaissait trop bien.

— On pourrait se faire un petit câlin, en souvenir du bon vieux temps. Après tout, tant que ça reste entre nous, ça ne peut faire de mal à personne…

Myron eut un mouvement de recul.

— C'est ce qu'on s'était dit la dernière fois, Emily. Et j'en ai encore honte.

10

— C'était la veille de leur mariage, commença Myron, de retour au bureau.

Assise en face de lui, Esperanza attendait la suite. Mais il ne la voyait pas. Carré dans son fauteuil, les mains jointes, il fixait le plafond, comme hypnotisé.

— Vous voulez les détails ? dit-il enfin.

— Pas spécialement. Mais allez-y, si ça peut vous soulager.

Il n'attendait que cela. Et il lui raconta tout. Comment Emily l'avait dragué. C'était elle qui était venue dans sa chambre. Ils avaient trop bu, tous les deux. Il avait lancé ce dernier argument comme une sorte d'excuse, mais Esperanza l'interrompit :

— Ça s'est passé quand, exactement ? Juste après la sélection ?

Myron sourit. A quoi bon lui mentir ? Elle était si futée, elle avait déjà tout compris.

— Donc, poursuivit-elle, j'imagine que ce... cet « épisode » a eu lieu entre la sélection des pros et votre blessure ?

— Oui.

— Bien. Maintenant, dites-moi si je me trompe : c'est votre dernière année à l'université. Votre équipe est en

110

finale pour les championnats nationaux – grâce à vous. Un point pour vous. Mais Emily vous quitte, annonce ses fiançailles avec Greg. Un point partout. Ensuite, Greg et vous êtes sélectionnés. Sauf qu'il est septième, et vous huitième. Un point pour lui.

Myron ferma les yeux.

— Et vous en déduisez que je voulais rattraper ce foutu point ?

— Ça me paraît évident.

— Vous ne m'aidez pas vraiment.

— Si c'est de l'aide que vous voulez, allez voir un psy. Si c'est la vérité, vous pouvez compter sur moi.

Elle avait raison. Il croisa les doigts, plaça ses mains derrière sa nuque et posa les pieds sur son bureau.

— Est-ce qu'elle vous a trompé avec lui ? demanda Esperanza.

— Non.

— Vous en êtes sûr ?

— Oui. On avait déjà rompu quand ils se sont rencontrés.

— Dommage. Ça vous aurait donné bonne conscience.

— Dommage, en effet.

— Donc, vous vous sentez coupable envers Greg pour avoir couché avec sa fiancée qui était votre ex-petite amie ?

— C'est plus compliqué que cela.

— Ah bon ?

— Vous allez sans doute trouver ça tordu, mais… il y a toujours eu un lien entre Greg et moi.

— Quel genre de lien ?

Le regard de Myron quitta le plafond pour se poser sur le mur décoré d'affiches de vieux films. Woody Allen et Diane Keaton dans *Annie Hall*, sur fond de Manhattan. Bogie et Bergman appuyés au piano de Sam à l'époque où Paris leur appartenait.

— Nous étions des rivaux comme on n'en a qu'une

111

fois dans sa vie. Et une telle rivalité crée une sorte de complicité. Un peu comme Magic Johnson et Larry Bird. Chacun permet à l'autre de trouver ses repères. C'était comme ça, entre Greg et moi. Une espèce d'accord tacite. Une sorte d'interdépendance.

Myron se tut. Esperanza attendit en silence.

— Quand j'ai été blessé, reprit-il, Greg est venu me voir à l'hôpital. Il s'est pointé dès le lendemain de l'accident. Je me suis réveillé, j'étais encore dans les vapes, et il était là, assis à mon chevet à côté de Win. J'ai tout de suite compris pourquoi. Et Win aussi, sinon il l'aurait fichu dehors.

Esperanza hocha la tête.

— Greg ne s'est pas contenté d'une visite de politesse, poursuivit Myron. Il a été présent tout au long de ma rééducation. C'est ça que je voulais dire, à propos du lien qui nous unit. En fait, c'est un peu comme s'il avait été blessé en même temps que moi. En perdant son unique vrai rival, il perdait une partie de lui-même. Il a tenté de m'expliquer ce qu'il ressentait, mais il n'a pas trouvé les mots. Peu importe. Je savais. Je savais pourquoi il avait besoin d'être là.

— Vous avez été mis hors service combien de temps après vous être payé sa dulcinée ?

— Environ un mois.

— Et le fait de le côtoyer pratiquement tous les jours, c'était pénible ?

— Oui.

Elle s'abstint de tout commentaire.

— Vous comprenez, à présent ? demanda-t-il. Vous voyez pourquoi je dois absolument poursuivre cette enquête et retrouver Greg ? Vous avez probablement raison : coucher avec Emily ce soir-là n'était sans doute qu'une façon de me venger parce qu'il était passé devant moi lors de la sélection. Toujours cette vieille rivalité. Mais ce mariage, ça démarrait plutôt mal, non ? Je n'ai pas été réglo avec Greg et je dois réparer. C'est aussi simple que ça.

— Non, dit Esperanza. Ce n'est pas aussi simple.

— Pourquoi ?

— Parce que votre passé est en train de vous rejaillir en pleine figure. D'abord, Jessica...

— Laissez-la en dehors de ça.

— Impossible.

Elle tentait de rester calme mais cela lui était difficile, dès lors qu'il s'agissait de Jessica.

— Je ne fais que constater. Jessica vous a démoli quand elle vous a quitté. Vous ne vous en êtes jamais remis.

— Mais elle est revenue.

— En effet.

— Alors ?

— Pareil pour le basket. Vous étiez à ramasser à la petite cuillère quand vous avez dû y renoncer.

— C'est faux. Je me suis recyclé.

Esperanza secoua la tête.

— D'abord vous avez consacré trois ans de votre vie pour essayer de réparer votre genou.

— J'ai juste fait ce qu'il fallait pour retrouver la forme. Vous n'allez tout de même pas m'en blâmer !

— Bien sûr que non. Mais durant toute cette période vous avez été franchement invivable. Vous avez rejeté Jessica. Non que je lui pardonne ce qu'elle vous a fait – vous ne méritiez pas qu'elle vous laisse tomber de cette façon. Cependant, vous avez votre part de responsabilité.

— Je peux savoir pourquoi vous remettez cette histoire sur le tapis ? Où voulez-vous en venir ?

— Ce n'est pas moi mais vous qui remuez le passé. Jessica, et maintenant le basket. Et vous espérez que je vais vous regarder replonger sans réagir ?

— Replonger dans quoi ?

Elle ne répondit pas. Ou, plutôt, elle répondit par une autre question :

— Voulez-vous que je vous dise pourquoi je ne suis pas allée vous voir jouer hier soir ?

Il n'osa pas la regarder en face. Il sentait le sang affluer à ses joues, comme un gosse pris en faute.

— Parce que, avec Jessica, au moins il y a une chance pour que vous vous en sortiez indemne. Il est possible que cette petite garce ait changé, après tout. Mais avec le basket, c'est couru d'avance. Vous allez droit dans le mur.

— Faux. Je maîtrise parfaitement la situation.

Qui espérait-il convaincre ? Esperanza ou lui-même ?

Ils restèrent silencieux un instant, chacun perdu dans ses pensées. Quand le téléphone sonna, aucun des deux ne songea à décrocher.

— Vous pensez que je devrais laisser tomber ? demanda Myron au bout d'un moment.

— Oui. Je suis d'accord avec Emily. C'est elle qui a trahi Greg. Vous n'avez été qu'un jouet entre ses mains. Si ce qui s'est passé entre elle et vous a fini par empoisonner leur relation, elle en est seule responsable. Ce fut sa décision. Vous ne devez rien à Greg Downing.

— Même si ce que vous dites est vrai, objecta Myron, je me sens toujours lié à lui.

— Foutaises. C'est juste un fantasme de macho. Plus rien ne vous lie, si tant est qu'il y ait eu quoi que ce soit au départ. Le basket a cessé de faire partie de votre vie il y a dix ans. La seule raison pour laquelle vous croyez encore à ce vieux mythe de la rivalité/complicité, c'est justement parce que vous êtes en train de replonger.

Myron n'eut pas le loisir de protester : quelqu'un frappait à la porte. Enfin, c'est un euphémisme. Quelqu'un menaçait littéralement de défoncer ladite porte.

— Mais que fait la réceptionniste ? s'exclama Myron. C'est une invasion, ou quoi ?

Esperanza sourit.

— Oh non ! Ne me dites pas que...

— C'est ouvert ! dit Esperanza, très cool.

La porte s'ouvrit. Myron ôta prestement ses pieds de la surface de son bureau, juste à temps pour accueillir Big Cyndie. Il avait beau l'avoir vue plus d'une fois auparavant, il en resta coi.

Il faut dire qu'elle était impressionnante. Un mètre quatre-vingts au bas mot, dans les cent kilos, T-shirt moulant dont les manches contenaient difficilement des biceps à faire pâlir d'envie Hulk en personne. Maquillage façon gore, cheveux violets, coupe punk option iroquoise. Un vrai cauchemar.

— Oh, euh… Salut, Cyndie, balbutia Myron.

La créature émit une sorte de grognement, pointa son majeur vers le plafond puis referma la porte derrière elle.

— Enchanté. Que me vaut le plaisir…

— Elle est en train de vous dire que le téléphone sonne, traduisit Esperanza. Vous devriez décrocher. Ligne 1.

— Ne me dites pas que vous l'avez engagée comme standardiste ! Son vocabulaire se résume à deux ou trois onomatopées !

— Elle a bien d'autres qualités.

— Seigneur !

— Arrêtez de geindre et décrochez ce foutu combiné.

Myron s'exécuta. C'était Lisa, leur contact à la compagnie des téléphones de New York. La plupart des gens pensent que seule la police peut fournir des renseignements à propos des communications personnelles. Erreur ! Même le plus ringard des détectives privés est en cheville avec une préposée de la compagnie locale des télécommunications. Suffit d'y mettre le prix. On peut obtenir le relevé mensuel de n'importe quel pékin pour une somme allant de mille à cinq mille dollars. Win et Myron avaient fait la connaissance de Lisa quand ils travaillaient tous deux pour le FBI. Elle ne réclamait pas d'argent mais ils lui renvoyaient toujours l'ascenseur, d'une façon ou d'une autre.

— J'ai le renseignement que cherchait Win, dit Lisa.

— Je t'écoute, ma belle.

— L'appel de 21 h 18 provenait d'une cabine publique proche d'un restaurant situé à l'angle de Dyckman Street et Broadway.

— C'est du côté de la 200ᵉ Rue, n'est-ce pas ?

— Oui. Tu veux le numéro ?

Ainsi, c'était de là que Carla avait appelé Greg. Intéressant…

— Oui, dis toujours !

Il nota le numéro, remercia Lisa.

— De rien. J'espère que ça pourra vous aider, Win et toi.

— Et comment ! T'es un ange, mon chou. A charge de revanche. Bises, à plus !

Il tendit le bout de papier à Esperanza :

— Bingo ! On a le début d'une vraie piste !

11

A dire vrai, le restaurant Parkview méritait bien son nom. Vue sur le parc… On avait effectivement une vue imprenable sur le « parc » dédié à un certain lieutenant William Tighe, de l'autre côté de la rue. Espace à peine vert et plus exigu qu'un jardinet de pavillon de banlieue, avec des herbes tellement folles qu'elles vous masquaient la perspective sur les parterres à la française qui, à n'en pas douter, s'étendaient au-delà du grillage pourri qui en interdisait l'accès. Enfin, on peut toujours rêver… Accrochées à cette clôture, ici et là, quelques pancartes artisanales indiquaient en lettres capitales : « NE PAS DONNER À MANGER AUX RATS ». Authentique. On trouvait les mêmes écriteaux un peu partout, en plus petit et en espagnol : « *No des comida a las ratas* ». Ces mises en garde semblaient émaner d'un groupe qui signait : MQVZ. Mouvement pour la qualité de la vie dans la zone. Pourquoi pas ? se dit Myron. New York était peut-être la seule ville au monde où l'on se posait un tel problème : dissuader les SDF de nourrir la vermine ! Il contempla de nouveau les affiches, puis l'entrée du Parkview. Faillit renoncer. Des rats ! De quoi vous ouvrir l'appétit !

Il traversa la rue. Deux étages au-dessus du restaurant, un chien hurlait sa colère à travers les barreaux de l'échelle d'incendie et aboyait, comme pour dissuader d'éventuels clients. Cerbère des temps modernes.

L'enseigne était à l'image de l'établissement : pratiquement illisible, elle pendait lamentablement, à tel point que l'on devait courber la tête pour entrer dans l'estaminet. Dans la vitrine trônait un énorme sandwich en carton-pâte, à côté d'une ardoise où était annoncé le plat du jour : aubergines farcies ou poulet du chef. Une affiche des services sanitaires de la ville de New York était collée sur la porte, attestant d'une récente inspection. Un peu comme les autocollants sur les pare-brises des voitures d'occasion.

Myron pénétra dans ce haut lieu de la restauration new-yorkaise et fut immédiatement assailli par une odeur familière. Il vous suffisait de respirer un bon coup pour voir monter en flèche votre taux de cholestérol. Une serveuse aux cheveux couleur de paille le guida vers une table. Il demanda à voir le patron. Se saisissant du crayon coincé derrière son oreille, elle désigna un type assis près du comptoir.

— Hector ? Il est là-bas.

Myron la remercia et se percha sur l'un des tabourets de bar. Envisagea de le faire tourner, puis décida que ça ne ferait pas très sérieux. A sa droite, un mec mal rasé, vêtu d'un pardessus élimé, hocha la tête et lui sourit. Myron lui rendit la politesse et l'autre replongea le nez dans son café, comme s'il avait peur qu'on ne le boive à sa place.

Myron saisit un menu plastifié, passablement jauni et écorné. Il l'ouvrit et parcourut d'un œil distrait les petites notes accrochées avec des trombones, qui vantaient les diverses spécialités de la maison. En fait, le Parkview méritait mieux que cette triste publicité. A y regarder de plus près, l'endroit n'était pas aussi sordide que ça. On pourrait même dire accueillant. Et propre, toutes proportions gardées. Le comptoir était nickel, ainsi que les verres et le percolateur. La plupart des clients lisaient tranquillement leur journal ou bavardaient comme s'ils étaient invités à dîner chez l'un ou l'autre. Ils connaissaient le prénom des serveuses, qui pourtant ne portaient pas de badge.

Hector était petit, mince, pantalon noir en polyester et tablier blanc, nez cassé, avant-bras secs et noueux. Il faisait cuire des hamburgers sur le gril. Il était presque quatorze heures – plus vraiment l'heure de pointe pour le déjeuner – mais les affaires marchaient encore très bien. Il aboya quelque chose en espagnol, sans quitter ses grillades des yeux. Puis il s'essuya les mains avec son torchon et se tourna vers Myron d'un air engageant.

— Excusez-moi, dit ce dernier, pourrais-je téléphoner ?

— Désolé, monsieur, ici ce n'est pas possible. Mais il y a une cabine publique juste au coin de la rue, sur votre gauche en sortant.

Accent hispanique assez prononcé mais pas caricatural : on sentait qu'Hector faisait des efforts pour s'intégrer.

Myron sortit de sa poche la carte où était inscrit le numéro indiqué par Lisa et le lut à voix haute. Hector avait déjà repris ses activités. Retournant les hamburgers, pliant une omelette, surveillant les frites, il avait également l'œil sur la caisse enregistreuse, les tables, le comptoir. Un vrai patron.

— Oh, ça ? C'est là-derrière, dans la cuisine.

— Un téléphone dans la cuisine ?

— Oui. C'est pour le personnel.

— Mais vous avez sûrement aussi un numéro professionnel, n'est-ce pas ?

— Evidemment ! répondit Hector d'un ton vexé. Beaucoup de nos clients se font livrer leur déjeuner. Et nous avons aussi un fax. Mais je ne veux pas que le personnel occupe la ligne. Si ça sonne occupé, les gens s'adressent ailleurs et je peux mettre la clé sous la porte. C'est pour ça que j'ai fait installer un appareil à pièces dans la cuisine.

— Je vois. Donc, ça veut dire qu'aucun de vos clients n'a accès à ce téléphone ?

— Eh bien… En principe, non. Mais si l'un d'eux insiste vraiment… Vous savez ce que c'est : chez nous, au Parkview, le client est roi…

— Et ça s'est déjà produit ?

— Non, monsieur. De toute façon, ils ne sont pas au courant.

— Pouvez-vous me dire qui a utilisé ce téléphone à 21 h 18, samedi dernier ?

Hector en resta bouche bée.

— Pardon ?

Myron allait répéter sa question mais Hector réagit, plus vite que prévu :

— Excusez-moi, monsieur, mais je peux savoir qui vous êtes ?

— Je m'appelle Bernie Worley, dit Myron. Inspecteur de la AT&T. Nous soupçonnons une fraude, et je suis chargé d'enquêter.

— Une fraude ?

— Un Y511.

— Un quoi ?

— Y511, répéta Myron. (Tant qu'à raconter des craques, autant y aller franco !) Il s'agit d'un gadget électronique fabriqué à Hong Kong. Ça vient de sortir, c'est illégal mais ça se vend comme des petits pains. Ça permet de téléphoner gratis. Quelqu'un s'en est servi sur votre appareil à 21 h 18, le 18 mars dernier. Ils ont appelé Kuala Lumpur et ont parlé pendant douze minutes. Coût de la communication : vingt-trois dollars et quatre-vingt-deux cents, plus l'amende, c'est-à-dire au moins sept cents dollars, sans compter une peine d'un an de prison, avec sursis, selon vos antécédents. Et, bien évidemment, nous devrons saisir l'appareil, en tant que pièce à conviction.

Hector blêmit. Mélange d'incompréhension et de pure panique.

— Quoi ? Por qué ? No soy…

Myron n'était pas tellement fier de ce qu'il venait de faire – effrayer un pauvre et honnête travailleur immigré –, mais il savait que le spectre des services d'immigration ou de la Mafia était le meilleur moyen de délier la langue du brave restaurateur. Lequel se tourna vers un adolescent qui lui ressemblait comme une jeune goutte d'eau ressemble à une vieille goutte d'eau, et lui lança un ordre en espagnol. Le gamin hocha la tête et vint s'occuper des hamburgers.

— Je ne comprends pas, monsieur Worley, dit Hector.

— Il s'agit d'un téléphone public. Or vous venez d'admettre que vous l'utilisez à des fins privées. En l'occurrence, pour vos employés, alors que vous en refusez l'accès à vos clients. Vous enfreignez la loi, article 1, paragraphe 24 B. S'il ne tenait qu'à moi, je fermerais les yeux, mais il se trouve que le Y511…

— Mais je ne sais même pas ce que c'est, votre Y511 !

— Justement. Nul n'est censé ignorer la loi, cher monsieur.

Myron s'y croyait presque. Face à l'administration, qui pouvait résister ? Il n'est pire obstacle que le regard obtus d'un bureaucrate zélé.

— Cet appareil téléphonique se trouve dans vos locaux, poursuivit-il d'une voix monocorde. Or, vous venez d'avouer qu'il n'est utilisé que par vos employés.

— Exactement ! s'exclama Hector. Par mes employés, et pas par moi !

— Mais vous êtes le propriétaire de cet établissement. Vous êtes donc responsable de toute infraction.

Myron balaya l'endroit d'un œil blasé.

— Bien entendu, il me faut les fiches de paie de votre personnel. Le coupable se trouve peut-être parmi eux. Ce qui vous dédouanerait, bien évidemment.

Hector en resta coi. Myron était sûr de son coup : il ne connaissait pas un seul restaurant de Manhattan qui n'employât pas au moins un ou deux travailleurs clandestins.

— Et tout ça parce que j'ai peut-être laissé un client se servir de ce téléphone ? protesta Hector. Juste pour rendre service ?

— Ce client, cher monsieur, a utilisé un dispositif électronique, le Y511, dont l'usage est parfaitement illégal. Vous êtes donc complice. En outre, refus de coopérer avec un agent assermenté, refus de...

— Mais pas du tout ! Ce n'est pas vrai, j'ai toujours été d'accord pour coopérer ! Je n'ai rien à cacher !

— Ce n'est pas l'impression que j'ai eue, dit Myron.

Hector baissa la tête et son ton poli se mit à frôler la servilité.

— Je veux coopérer, monsieur ! Je vous dirai tout ce que vous voulez savoir ! Je vous en prie, je suis un honnête commerçant !

Myron poussa un soupir, histoire de gagner du temps et de faire monter la pression. Dans la salle, les serveuses s'activaient. La caisse enregistreuse s'ouvrit avec un cling cristallin tandis que le client aux allures de SDF tendait quelques pièces d'une main crasseuse. Le gril grésillait, l'odeur des hamburgers se mêlait à celle de l'huile de friture sans que l'on pût dire laquelle des deux l'emportait. Hector était de plus en plus anxieux. Myron décida de mettre fin à son supplice.

— Hum... Pour commencer, vous allez me dire qui a utilisé ce téléphone à 21 h 18 samedi dernier.

Hector leva la main pour lui demander de patienter et cria quelque chose en espagnol à la femme

(Mme Hector, peut-être ?) qui tenait la caisse. Elle lui répondit, également en espagnol, referma le tiroir de la caisse enregistreuse et vint les rejoindre. Tandis qu'elle s'approchait, Myron nota qu'Hector le lorgnait d'un œil légèrement méfiant. Commençait-il à flairer la supercherie ? Possible. Myron arbora son air le plus autoritaire et le regarda sans ciller. Le brave homme détourna aussitôt la tête. Il avait peut-être des soupçons, mais pas assez pour oser braver un représentant de la toute-puissante bureaucratie.

Hector murmura quelques phrases à l'oreille de la femme, qui lui répondit en parlant à toute vitesse. Apparemment satisfait, il se tourna vers Myron :

— Evidemment !

— Pardon ?

— C'était Sally.

— Qui ?

— Ça devait être Sally. Ma femme l'a vue près du téléphone à peu près à cette heure-là. Mais elle dit qu'elle n'est restée en ligne qu'une minute ou deux.

— Et cette Sally, elle a un nom de famille ?

— Guerro.

— Elle est ici ?

— Non, monsieur. On ne l'a pas revue depuis samedi soir. C'est ce que je voulais dire, par « évidemment ». C'est toujours pareil, avec elle. Elle fiche la pagaille et elle se tire.

— Elle a appelé pour dire qu'elle était malade ?

— Oh non, c'est pas le genre de Sally ! Comme je vous le disais : un coup, elle vient, et le lendemain, y a plus personne.

— Vous avez son adresse ? demanda Myron.

— Euh… Oui, sûrement.

Il alla chercher sur une étagère à côté du comptoir un carton recyclé qui avait contenu des canettes de thé à la pêche et abritait à présent des chemises de différentes couleurs, rangées avec soin. Il en sortit une, l'ouvrit, feuilleta les papiers, trouva celui qu'il cherchait et fronça les sourcils.

— Eh bien ? s'impatienta Myron.

— Elle n'a pas donné d'adresse.

— Vous avez au moins un numéro de téléphone ?

— Non.

Il releva la tête et se frappa le front de l'index, comme si la mémoire lui revenait soudain :

— Elle a dit qu'elle avait pas le téléphone ! Ça doit être pour ça qu'elle utilisait si souvent l'appareil réservé aux employés.

— Pourriez-vous me décrire Mlle Guerro ?

Hector parut gêné. Il jeta un coup d'œil à sa femme et s'éclaircit la gorge.

— Euh… Brune. Environ un mètre soixante.

— Couleur des yeux ?

— Marron, je crois.

— Quel âge ?

Hector consulta sa fiche.

— Quarante-cinq, d'après ce qu'elle a déclaré. Ça me paraît correct.

— Pendant combien de temps l'avez-vous employée ?

— Deux mois.

Myron hocha la tête, se frotta vigoureusement le menton.

— Oui, ça correspond. Il pourrait bien s'agir d'une dénommée Carla.

— Carla ?

— Bien connue de nos services. Une spécialiste de la fraude téléphonique. Ça fait des mois que nous sommes sur sa piste.

Il jeta un bref coup d'œil à droite, puis à gauche, puis se pencha vers le couple et leur demanda avec un air de conspirateur :

— A-t-elle jamais prononcé le prénom de Carla

124

devant vous, ou avez-vous entendu quelqu'un l'appeler ainsi ?

Hector consulta sa femme du regard. Elle secoua la tête.

— Non.

— Est-ce qu'elle recevait des visites ? Des amis ?

De nouveau, Hector se tourna vers son épouse. Même réaction.

— Non, on n'a jamais vu personne. Elle n'était pas très liante, si vous voyez ce que je veux dire.

Myron décida de pousser le bouchon un peu plus loin, juste pour confirmer ce qu'il croyait déjà savoir. Qui ne tente rien n'a rien… Il se pencha vers Hector et sa femme, qui l'imitèrent instinctivement.

— Je sais bien que ma question va vous paraître un peu étrange, chuchota-t-il, mais c'est important pour l'enquête. Est-ce que cette Sally Guerro avait une poitrine très… développée ?

Le mari et l'épouse acquiescèrent comme un seul homme.

— Ah pour ça oui ! s'exclama Hector.

Soupçons confirmés.

Myron leur posa encore deux ou trois questions, pour la forme. De toute façon, il avait dorénavant tous les renseignements qu'il était venu drainer dans ces eaux de vaisselle un peu troubles. Avant de partir, il les rassura : il fermerait les yeux pour cette fois, mais attention : le prochain inspecteur ne se montrerait peut-être pas aussi compréhensif. (C'est vrai, quoi, on ne rigole pas avec l'article 1, paragraphe 24 B !). Hector, éperdu de reconnaissance, faillit lui baiser la main.

Malgré tout, Myron n'était pas très fier de lui-même. « *Qu'as-tu fait aujourd'hui, Batman ? — Ben, Robin, j'ai commencé par terroriser un pauvre immigré en lui racontant un tas de craques. — Bravo, Batman ! Mes compliments !* » Oui, pas très reluisant. Que faire, pour finir en beauté ? Lancer des bouteilles de bière vides sur le pauvre clébard qui montait la garde en bas de l'escalier de secours – et ne faisait que son métier ?

Ayant quitté le Parkview, Myron hésita. Traverser le parc, à pied, pour rejoindre la civilisation ? Oui, mais si une horde de rats affamés s'attaquait à lui ? Non. Courageux, mais pas téméraire. Il avait horreur de ces bestioles. Il opta pour le métro : la station, sur Dyckman Street, n'était pas si loin, après tout. Il avait à peine fait trois pas lorsqu'une voix, derrière lui, le fit s'arrêter net.

— Vous cherchez Sally ?

Myron fit volte-face, immédiatement sur la défensive. Puis poussa un soupir de soulagement. C'était le client SDF du Parkview, assis par terre, adossé au mur de brique. Il faisait la manche, un gobelet vide à la main.

— Vous la connaissez ? demanda Myron.

— Sally et moi… (clin d'œil coquin)… on était comme les deux doigts de la main.

Prenant appui sur le mur, l'homme se leva. Il n'était pas vraiment barbu, ni franchement chenu. Disons, poivre et sel, pas assez de poils pour un vrai clodo, et un peu trop pour la mode des faussement mal rasés qui sévissent dans le showbiz. En revanche, ses cheveux étaient très longs et avaient dû être noirs, autrefois.

— Mais Sally et moi, on a eu des mots à cause de mon téléphone, poursuivit-il.

— Votre téléphone ?

— Ouais. Elle s'en servait tout le temps. Ça me foutait les boules, je vous dis pas.

— Mais quel téléphone ?

— Celui qu'est là-derrière. Je crèche dans l'allée, alors j'entends tout, voyez ? C'est un peu comme qui dirait ma ligne privée, pour le business.

Quel âge pouvait-il bien avoir ? Difficile à dire. Malgré les traits ravagés, le visage avait quelque chose d'enfantin. Outrage des ans ou de la vie ? Il lui manquait deux incisives, ce qui le faisait ressembler à un gosse qui vient de perdre ses dents de lait. Il n'était pas repoussant mais plutôt touchant, quelque part.

— Avant j'avais un portable, reprit-il. J'en avais même deux, mais on me les a volés. Et puis, de toute façon, ces trucs-là sont pas vraiment fiables, surtout avec toutes ces tours en béton qu'on a autour de nous. Sans compter qu'avec les équipements modernes, n'importe qui peut vous écouter. Moi, voyez, je suis un agent secret. Et il y a des espions partout. Ils vous filent des tumeurs au cerveau. C'est dans les électrons. Des tumeurs aussi grosses qu'un ballon de foot.

— Oui, certainement, dit Myron, très conciliant.

— Et alors, donc, voilà que Sally se met à utiliser mon téléphone ! Non, mais, de quel droit ? Je suis un homme d'affaires, voyez ? Je reçois des coups de fil importants. Je ne peux pas accepter que ma ligne soit occupée pour un oui, pour un non. Vous me suivez ?

— Cinq sur cinq.

— Au fait, j'ai oublié de me présenter, reprit l'agent secret. Norman Lowenstein. Je suis scénariste à Hollywood.

Myron serra la main tendue et tenta de se remémorer le pseudo qu'il avait utilisé auprès d'Hector.

— Enchanté, monsieur Lowenstein. Moi c'est Bernie. Bernie Worley.

— Ravi de vous connaître, Bernie.

— Moi de même. Mais nous parlions de Sally Guerro. Vous savez où elle habite ?

— Pour sûr ! Moi et Sally, on était…

— … comme les deux doigts de la main. Mais savez-vous où elle habite ?

Norman Lowenstein fit la moue, puis se gratta la pointe du menton d'un air perplexe.

— Je ne suis pas très bon, côté adresses et tout le

bazar. Je n'ai pas la mémoire des chiffres, voyez-vous. Ni des noms. Mais je pourrais vous y emmener les yeux fermés.

Myron hésita un instant. Ça valait le coup, ou pas ? Bof, après tout, il avait déjà perdu tellement de temps avec ce pauvre demeuré…

— Oui, ce serait très gentil de votre part.

— Pas de problème. Allons-y !

— On va où ?

— On prend le métro. Et on descend à la 125ᵉ.

Ils marchèrent côte à côte jusqu'à la station de métro.

— Vous allez souvent au cinéma, n'est-ce pas, Bernie ? lui demanda Norman, à brûle-pourpoint.

— Euh… Oui. Enfin, comme tout le monde.

— Alors il faut que je vous dise quelque chose, à propos de l'industrie du cinéma. Ce n'est pas ce que vous croyez. Ce n'est pas seulement une histoire de glamour et de paillettes. Oh que non ! C'est une jungle impitoyable où l'homme est un loup pour l'homme, un miroir aux alouettes, une arène où l'on vous poignarde dans le dos. Tous ces dollars, toute cette gloire… ça rend les gens fous, voyez-vous. Tenez, en ce moment, je viens de vendre un scénario à la Paramount. Ils sont en pourparlers avec Bruce. Bruce Willis. Il est réellement intéressé.

— Eh bien, je croise les doigts pour vous, dit Myron.

— Merci, Bernie. Ça me va droit au cœur. C'est vrai, Bernie, ça me fait plaisir que vous me compreniez. Je voudrais pouvoir vous en dire plus, mais j'ai les mains liées, vous comprenez ? Motus et bouche cousue… C'est comme ça, à Hollywood. Il y a des espions partout, alors il faut savoir se taire.

— Oui, bien sûr, je comprends, chuchota Myron.

— Je vous fais confiance, Bernie. Là n'est pas la question. Mais les studios sont très stricts là-dessus. Ils protègent leurs intérêts et ils ont raison, n'est-ce pas ?

— Absolument.

— Tout ce que je peux vous dire, c'est qu'il s'agit d'un film d'action. Avec une intrigue policière mais aussi une histoire d'amour, voyez ? Harrison Ford a postulé, mais il est trop vieux. Je suppose que Willis pourrait faire l'affaire, bien que ce ne soit pas franchement mon premier choix. Mais, bon, qu'auriez-vous dit, à ma place ?

— Hum… Excusez-moi, Norman, ça demande réflexion…

La 125e, ce n'est pas franchement l'endroit où l'on a envie de se rendre en plein après-midi, même accompagné de trois gardes du corps. Alors en pleine nuit, avec un vrai handicapé des neurones… ça demandait réflexion, en effet. D'un côté, une petite voix disait à Myron qu'il ferait mieux de se tirer, vite fait. De l'autre, le poids du calibre qu'il réchauffait en son sein – ou plutôt sous son aisselle – lui conférait une espèce de sentiment d'invulnérabilité. Allez, on y va, ou pas ? Tu ne vas tout de même pas te dégonfler ?

— Bon, Norman, c'est d'accord ! Direction ?

— Downtown.

Super. Sud de Manhattan. Il n'y avait plus qu'à descendre jusqu'à Broadway. Norman avait oublié l'idée du métro et s'était lancé dans une rétrospective des coulisses hollywoodiennes. Les confidences d'alcôve. Les minables histoires de cul. Myron se contentait de marcher derrière lui, serrant les fesses la plupart du temps et hochant la tête de temps à autre. Plus ils allaient vers le sud, moins il avait la trouille. Enfin, ils passèrent devant les célèbres grilles de Columbia University. Norman tourna à gauche.

— On y est, annonça-t-il triomphalement. C'est juste après le prochain carrefour.

La rue était bordée de maisons de style victorien, probablement occupées par des professeurs de l'université et quelques étudiants huppés. Etrange, se dit Myron, qu'une serveuse habite dans ce quartier. Mais, après tout, pourquoi pas ? Tout semblait si bizarre, depuis quelque temps. A commencer par le plan de carrière de Bruce Willis.

Norman interrompit le cours de ses rêveries :

— Vous voulez l'aider, pas vrai ?

— Pardon ?

Norman s'immobilisa. Devint très sérieux, tout à coup.

— Toute cette histoire à propos de la compagnie du téléphone, c'était du pipeau, n'est-ce pas ?

Myron ne répondit pas. Norman posa une main sur son avant-bras.

— Ecoutez, Hector est un type super. Il est arrivé dans ce pays avec juste sa chemise sur le dos. Il bosse comme un dingue pour ce petit resto. Lui et sa femme et son fils, ils y consacrent leurs jours et leurs nuits. Avec, toujours, la peur qu'un connard de bureaucrate vienne ruiner tous leurs efforts. C'est plutôt moche, non ? Moi, j'vais vous dire, j'en ai plus rien à cirer. C'est bien pourquoi je peux me permettre de vous causer franchement. Vous voyez ce que je veux dire ?

Myron se contenta de hocher la tête.

Une étincelle s'alluma dans les prunelles de Norman, comme si un soupçon de réalité se faisait jour dans son esprit. Myron le détailla pour la première fois, au lieu de laisser son regard glisser sur lui sans remarquer son âge, ni sa taille, ni même son appartenance à l'espèce humaine. Et, soudain, il comprit que derrière le délire de ce pauvre bougre se cachaient les rêves, les espoirs, les désirs et les besoins qui sont le propre de l'homme.

— Je m'inquiète pour Sally, reprit Norman. Je sais qu'elle ne serait jamais partie pour de bon sans me dire au revoir. Non, Sally n'aurait jamais fait une chose pareille.

Il s'interrompit, fixa Myron droit dans les yeux.

130

— Vous ne travaillez pas pour la compagnie du téléphone, hein ?

— Non.

— Mais vous voulez aider Sally ?

— Oui. C'est pour ça que je suis là.

Satisfait, Norman pointa l'index vers le bâtiment adjacent au restaurant.

— Là. Appartement 2-E.

Myron gravit les quelques marches qui menaient à la porte d'entrée et appuya sur le bouton de l'interphone marqué 2-E tandis que Norman faisait le guet dans la rue. Pas de réponse. Il fallait s'y attendre. Il essaya de pousser la porte vitrée. En vain, naturellement.

— Vous restez ici, dit-il à Norman, lequel acquiesça en silence.

Ces interphones n'ont jamais découragé les cambrioleurs et servent surtout à éviter que des vagabonds ne viennent squatter les parties communes. Il suffisait de patienter. Tôt ou tard, un résident rentrerait ou sortirait. Myron n'aurait qu'à profiter de l'occasion. Qui se méfierait d'un jeune homme bien sous tous rapports ? En revanche, la présence de Norman à ses côtés risquait d'attirer l'attention.

Myron recula de deux marches. Quand il aperçut dans le hall deux jeunes femmes qui s'apprêtaient à quitter l'immeuble, il fit mine de chercher ses clés dans ses poches. Puis il s'avança d'un air décidé, sourit et attendit qu'elles ouvrent la porte. Il aurait pu s'épargner tout ce cinéma : les deux jeunes filles – des étudiantes, apparemment – poursuivirent leur conversation sans même lever les yeux sur lui. Myron en fut presque vexé. Il est vrai qu'elles n'avaient fait que le croiser et n'avaient pas eu la chance d'admirer son côté pile, encore plus sexy que le côté face…

Il se retourna vers Norman, qui lui fit signe de continuer sans lui.

Le hall était correct. Murs peints en beige clair, pas de graffitis. Sur un grand panneau en liège, des manifestes politiques de toutes tendances côtoyaient des affiches annonçant un grand bal sponsorisé par la Société Gay et Lesbienne des « Américains de souche » ou une lecture de poésies par un groupe qui se réclamait d'un certain Rush Limbaugh. Ah, les étudiants ! quel sens de l'éclectisme !

Myron s'engagea dans l'escalier, éclairé par deux ampoules nues. Il avait déjà fait pas mal de marche à pied aujourd'hui, et très vite son genou se rappela à lui. Les fichus ligaments croisés semblaient prêts à craquer. Traînant la patte, il s'aida de la rampe, tirant sur ses bras. Bon sang, s'il était dans cet état à trente ans, à quoi serait-il bon quand viendrait l'âge de l'arthrose ? Mieux valait ne pas y penser.

L'architecte qui avait conçu cet immeuble devait être allergique à la symétrie. Les portes palières semblaient disposées au hasard. Au bout d'un couloir plutôt tortueux, Myron finit par dénicher l'appartement 2-E. Eloigné de tous les autres, comme s'il avait été construit à la dernière minute, pour combler un trou. Myron frappa. Pas de réponse. Il jeta un coup d'œil dans le couloir. Personne en vue. Une bonne chose que Norman ne l'ait pas suivi : quand il pénétrait chez les gens par effraction, il aimait autant le faire sans témoins.

Le crochetage de serrures n'était pas son exercice favori. Il avait progressé au fil des années, mais ça restait pour lui un peu comme un jeu vidéo : il faut y consacrer un temps fou pour devenir un virtuose. En vérité, Myron manquait de pratique tout simplement parce que ce n'était pas son truc. Ça ne l'intéressait pas, point barre. De toute façon, pourquoi se forcer, quand il pouvait toujours compter sur Win pour ce genre de détail technique ? Comme Barney dans *Mission : Impossible*.

Il examina la porte et son moral chut au ras du plancher. Même pour New York, le système de blindage était impressionnant. Serrure six points, le top du top. Et l'installation était récente, à en juger par le brillant du métal et l'absence de rayures. Etonnant, tout de même. Sally/Carla était-elle parano, ou y avait-il une autre raison à cet excès de précautions ? Bonne question. Myron examina de plus près les points d'ancrage. Win aurait adoré le challenge. Myron, quant à lui, savait d'ores et déjà qu'il n'avait aucune chance de venir à bout de cette forteresse.

Frustré, il envisageait d'attaquer la porte à coups de pied – non pour l'ouvrir mais pour passer sa colère – quand il remarqua quelque chose d'insolite. En fait, en y regardant de plus près, les pênes n'étaient pas engagés dans leurs gâches respectives. Pourquoi investir dans un système aussi sophistiqué pour ne pas s'en servir ? Il actionna la poignée de la porte. Verrouillée, mais ça c'était de la rigolade. Un petit coup de carte plastique, et le tour serait joué. Travail de débutant.

Il sortit sa carte de crédit de son portefeuille. Quand l'avait-il utilisée pour la dernière fois ? Aucune idée. Jamais, peut-être. Il la fit glisser dans l'interstice. Raté. Il lui fallut cinq bonnes minutes et trois nouvelles tentatives pour que la serrure cède enfin.

Le battant était à peine entrouvert que la puanteur le prit à la gorge.

L'odeur fade et métallique du sang mêlée aux gaz émis par la viande en putréfaction envahit le palier. Myron sentit son estomac se soulever. Il mit une main devant sa bouche, ravalant le flot de bile qui l'étouffait. Il ne connaissait que trop bien cette odeur, inutile de lui faire un dessin. Il chercha un mouchoir dans sa poche – n'en trouva pas, évidemment. Alors il enfouit son nez et sa bouche dans le creux de son bras, comme Bela Lugosi dans *Dracula*. Il ne voulait pas pénétrer dans

133

cet appartement. Il n'était pas doué pour ce genre de découverte. Il savait que ce qu'il allait trouver derrière cette porte le hanterait nuit et jour durant des mois. Cette vision d'horreur ne le quitterait plus, viendrait lui taper sur l'épaule pour se rappeler à lui n'importe où, n'importe quand, exactement lorsqu'il se croirait enfin seul et en paix.

Au bout d'un moment, il réussit à se maîtriser et ouvrit la porte en grand. Après l'avoir percuté de plein fouet, l'épouvantable puanteur s'insinua en lui. Il s'efforça de respirer par la bouche, mais la simple idée de ce qu'il inhalait, d'une manière ou d'une autre, réveilla sa nausée.

Heureusement, il n'eut pas à aller très loin pour trouver d'où venait cette odeur de mort.

12

— Waouh, Bolitar ! Nouvel after-shave ?

— Très drôle, Dimonte.

L'inspecteur Roland Dimonte – NYPD, section homicides – secoua la tête.

— Putain, ça schlingue !

Il n'était pas en uniforme mais on aurait pu difficilement qualifier sa tenue de « civile ». Il arborait une chemise en soie verte et un jean trop serré et presque bleu marine, dont il avait rentré le bas dans des boots en peau de serpent d'un violet du plus bel effet. Les écailles accrochaient plus ou moins la lumière à chaque mouvement, comme ces posters psychédéliques de Jimmy Hendrix dans les années 60. Dimonte mâchouillait un cure-dent. Selon Myron, il avait dû s'exercer un jour devant sa glace et trouver que ça lui donnait l'air d'un dur.

— Vous avez touché à quelque chose ? demanda-t-il.

— Seulement la poignée de la porte.

Myron avait également examiné le reste de l'appartement pour s'assurer qu'aucune autre surprise grand-guignolesque ne l'y attendait. Ce n'était pas le cas.

— Comment êtes-vous entré ? voulut savoir Dimonte.

— La porte n'était pas verrouillée.

— Vous me prenez vraiment pour un con ! Ce genre de système se verrouille automatiquement dès qu'on referme le battant.

— Je voulais dire : la porte était entrebâillée.

— Ben voyons !

Dimonte mâchonna son cure-dent avec un regain d'énergie et se passa une main dans les cheveux. Quelques boucles graisseuses et récalcitrantes restèrent malgré tout collées à son front.

— Qui est la victime ? demanda-t-il.

— Je n'en sais rien.

La mâchoire de Dimonte se crispa, son visage se ferma, telle une huître privée d'eau. Il n'avait jamais été très subtil, côté expression corporelle.

— Il est un peu tôt pour que je sorte l'artillerie, pas vrai, Bolitar ? Alors ne m'y obligez pas.

— Je vous répète que j'ignore son nom. Ça pourrait être Sally Guerro. Ou bien une certaine Carla.

— Hum.

Masticage de cure-dent, pensif, puis :

— C'est bien vous que j'ai vu à la télé, hier soir ? Alors c'est vrai ? Vous avez repiqué au truc ?

— En effet.

L'arrivée du légiste mit fin à cette passionnante conversation. Le toubib était grand et mince, le nez chaussé de lunettes cerclées de métal qui semblaient trop grandes pour son visage tout en longueur.

— Elle est morte depuis un bout de temps, décréta-t-il. Au moins quatre jours.

— Cause du décès ?

— A première vue, quelqu'un lui a défoncé le crâne avec un objet contondant. J'en saurai plus après l'autopsie.

Il regarda le corps avec une indifférence toute professionnelle, puis se tourna vers Dimonte :

— Au fait, ce ne sont pas les siens.

— Quoi ?

Il fit un geste vers le torse de la victime.

— Ses seins. Ce sont des implants.

— Seigneur ! soupira Dimonte. On s'en tape ! Vous avez viré nécrophile ?

La face étroite du légiste s'allongea encore un peu plus, le faisant ressembler aux personnages peints par le Greco.

— Je ne vous permets pas de plaisanter avec ce genre de chose. Vous savez ce que de telles rumeurs pourraient signifier pour un homme qui exerce ma profession ?

— Une promotion ?

Le brave docteur n'apprécia guère la plaisanterie. Il lança un regard meurtri à Myron, puis à Dimonte.

— Vous trouvez ça drôle, peut-être ? Mon Dieu, c'est toute ma carrière que vous mettez en jeu !

— Eh, on se calme, Peretti ! intervint Dimonte. Je vous mettais en boîte, rien de plus !

— Une simple mise en boîte ? Et vous êtes fier de vous, sans doute ? Vous ne vous rendez même pas compte de ce que vous faites. Vous êtes débile, ou quoi ?

Dimonte l'examina de plus près, plissant les yeux, tel un prédateur qui flaire sa proie.

— Hé ! Mais on dirait que ça vous touche là où ça fait mal, mon cher Peretti ! Aurais-je soulevé un lièvre ?

— Mettez-vous à ma place, dit l'autre, sur la défensive.

— Je ne demande pas mieux.

— Que voulez-vous dire ? Je proteste !

— « M'est avis que la dame proteste un peu trop ».

— Quoi ?

— Shakespeare, nota Dimonte. C'est dans *Macbeth*.

— Non, *Hamlet*, corrigea Myron.

— Peu importe qui l'a dit, vous n'avez pas le droit de jouer avec la réputation d'un honnête homme ! Ça n'a plus rien de drôle, si vous voulez *mon* avis.

— Ah oui ? Eh bien je vais vous dire où vous pouvez vous le mettre, votre avis. A part ça, Peretti, vous n'avez rien d'autre à me signaler ?

— Euh... La victime portait une perruque.

— Une perruque ? Sans blague ! Donc l'affaire est simple. Quasiment résolue. Il nous suffit de trouver un tueur qui déteste les faux cheveux et les seins en silicone. Merci, Peretti. Et on peut connaître la marque de ses sous-vêtements ? Ou bien vous n'avez pas encore eu le temps de les renifler ?

— J'étais justement en train de...

— Accordez-moi une faveur, Peretti.

Dimonte se haussa sur les talonnettes de ses boots, remonta la ceinture de son jean et gonfla le poitrail, tel un coq de basse-cour. Toujours aussi subtil, côté expression corporelle.

— Dites-moi quand elle est morte. Comment elle est morte. Ensuite, on se penchera sur les chiffons, d'accord ?

Peretti leva la main en signe de reddition et reporta son attention sur le cadavre.

— Les implants mammaires et la perruque, c'est intéressant, dit Myron. Il a eu raison de vous en parler.

— Oui, je sais. C'est juste que ce mec a toujours eu le don de m'agacer. J'aime bien l'asticoter, ça me défoule.

— Vous devriez cesser de lire Shakespeare, suggéra Myron.

— Hum.

Dimonte cracha son cure-dent – de la vraie dentelle –, et en attaqua un tout neuf.

— Bon, vous allez me dire ce que vous savez, Bolitar, ou vous préférez que je vous emmène au poste ?

— Vous et moi, seuls tous les deux ? Chiche !

— Bon, ça va, Bolitar.

Myron préféra ne pas rétorquer. Il tourna la tête, et ne put éviter la vision du cadavre de Sally/Carla, qu'on n'avait pas encore enveloppé dans le sac plastique à fermeture Eclair. Alors qu'il venait à peine de s'habituer à l'odeur... son estomac se tordit, se révulsa. Peretti officiait déjà, incisant l'abdomen pour prélever un échantillon du foie. Myron ferma les yeux puis les rouvrit, tandis que l'équipe technique dirigée par John Jay prenait des photos, relevait les empreintes, etc. L'assistant de Dimonte, un jeunot répondant au doux nom de Krinsky, se promenait au milieu de tout cela et prenait des notes sur son calepin.

— Mais pourquoi les a-t-elle voulus si gros ? s'interrogea Myron à voix haute.

— Hein ?

— Ses seins. Je peux comprendre qu'une femme veuille les avoir un peu plus ronds. La mode, et tout ça. Mais à ce point ? C'est monstrueux. C'est carrément de l'hypertrophie.

— Vous rigolez ? s'insurgea Dimonte.

Ils n'eurent pas l'occasion de poursuivre le débat car Krinsky déboula, excité comme une puce, deux valises à la main.

— Toutes ses affaires sont là-dedans !

Myron avait déjà eu l'occasion de rencontrer Krinsky, à cinq ou six reprises. Le gamin n'avait rien d'un orateur. Aussi doué pour l'expression orale que Myron pour le forçage de serrures.

— Je crois bien qu'elle avait l'intention de se tirer ! conclut-il, très intelligemment.

— Tu as trouvé ses papiers ? demanda Dimonte.

— D'après la carte d'identité qu'il y avait dans son portefeuille, elle s'appelait Sally Guerro. Ça correspond aussi à l'un de ses passeports.

Myron et Dimonte attendirent la suite. Comme rien ne venait, Dimonte hurla :

— *L'un de ses passeports ?* Espèce de crétin ! Elle en avait combien ?

— Oh, seulement trois.

— Mais accouche, bordel !

— Ben… Y en a un au nom de Sally Guerro. Un autre où elle s'appelle Roberta Smith. Et un troisième… Attendez… Ah, voilà. Carla Whitney.

— File-moi tout ça !

Dimonte attrapa les trois passeports et les feuilleta. Myron, debout derrière lui, n'en perdit pas une miette. La même femme sur les trois photos, à part les cheveux (d'où la perruque). En revanche, les numéros de Sécu étaient tous différents. Et, à en juger par le nombre de visas, la dame avait beaucoup voyagé.

Dimonte en siffla d'admiration.

— Chapeau ! Des faux, mais plus vrais que nature ! On vient de tomber sur d'authentiques artistes !

Il se pencha de plus près sur les visas.

— Oh, mais voilà qui est très intéressant ! Colombie, Bolivie…

Il referma les passeports d'un geste sec et les empila.

— Eh bien, eh bien, eh bien ! Mes amis, je crois que nous avons mis le doigt sur un joli petit nid ! Cocaïne et héroïne. Le coup du siècle !

Myron ne dit rien. Histoire de drogue ? Pourquoi pas ? Si Sally/Carla/Roberta était dealer, tout devenait clair. C'était elle qui approvisionnait Greg Downing. D'où le rendez-vous de ce fameux samedi soir. Son job de serveuse au Parkview n'était qu'une couverture. Mais oui, bien sûr ! Voilà pourquoi elle se servait de ce téléphone public plutôt que d'utiliser un portable, comme tout le monde. Et ça expliquait aussi la porte blindée. C'était gros comme un camion tout neuf, juste sous son nez, et il n'avait rien vu. Evidemment, jamais on ne soupçonnerait Greg d'être accro. Mais il ne serait pas le premier champion à avoir roulé le monde dans la farine. Ou son nez dans la poudre, en l'occurrence.

— Alors, Krinsky, rien d'autre à signaler ? rugit Dimonte.

— Ben… euh… J'ai trouvé pas mal de cash dans le tiroir de la table de chevet.

— Combien ?

— Environ dix mille dollars.

— Rien que ça ! Et en liquide, hein ?

Dimonte jubilait littéralement.

— Fais-moi voir, ordonna-t-il.

Krinsky lui tendit son butin. Des dollars tout neufs, bien serrés sous leur bande plastique. Dimonte se mit à les feuilleter, à défaut de pouvoir les compter. Rien que des billets de cent, dont les numéros se suivaient. Myron nota l'un d'eux et se le grava au creux de la mémoire vive.

Ayant fini d'examiner le paquet de fric, Dimonte, toujours souriant, le rebalança vers Krinsky.

— Ouais, c'est clair. Trafic de drogue, bête et pas méchant. Travail de débutants. Y a qu'un seul truc qui cloche.

— Ah bon ? s'étonna Myron.

— Ce qui cloche, c'est toi, Bolitar.

— Je vous demande pardon ?

— Oui, c'est toi, Bolitar. Qu'est-ce que tu viens foutre dans cette histoire ?

Dimonte claqua des doigts puis se frappa le front du bout de l'index, façon Newton qui vient de voir tomber LA pomme.

— Bon sang, mais c'est bien sûr !

— Vous avez une idée, Rolly ? l'encouragea Myron. Allez, racontez-nous ! On vous écoute !

Roland Dimonte détestait que Myron l'appelle Rolly. Il l'ignora et se tourna vers le médecin légiste :

— Peretti !

L'homme en blouse blanche leva les yeux de son boulot.

— Oui ?

— Ces nichons en plastique, observa Dimonte. Ils sont vraiment très gros, n'est-ce pas ?

— Oui, en effet. Pourquoi ?

— Mais gros comment ?

— Comment quoi ?

— Je veux dire, plus que la normale ?

— Question de goût. Vous voulez connaître sa taille de soutien-gorge ?

— Oui.

— J'ai l'air d'un expert en lingerie féminine ? Comment voulez-vous que je le sache !

— Mais ces nibards sont hypertrophiés, pas vrai ?

— On peut dire ça comme ça.

— Réellement énormes ?

— Bon, ça suffit ! Vous avez des yeux pour voir, non ?

Myron suivait l'échange avec intérêt. Il voyait très bien où Dimonte voulait en venir. Pas si bête que ça, l'animal.

— Donc, poursuivit Dimonte, diriez-vous que ces seins étaient plus gros que les ballons qu'on remplit d'eau, quand on est gosse ?

Peretti haussa les épaules.

— Ça dépend des ballons. Et des gosses.

— Ne me dites pas que vous n'avez jamais joué à ça, quand vous étiez môme.

— Oui, bien sûr, admit Peretti. Mais je ne m'en souviens plus très bien. Quand on est gamin, tout vous semble tellement gigantesque. Récemment, je suis retourné dans ma ville natale et j'ai revu mon institutrice, Mme Tansmore, et mon école. Je vous jure, ça ressemblait à une maison de poupées. Alors que dans mon souvenir, c'était si effrayant, si…

— Oui, bon, ça va, l'interrompit Dimonte. On va essayer de la faire simple. Pensez-vous que ces faux seins auraient pu servir à transporter de la drogue ?

Silence. Chacun dans la pièce s'immobilisa, figé sur place. Myron se demanda s'il venait d'entendre l'hypothèse la plus géniale ou la plus stupide du siècle. Il se tourna vers Peretti. Lequel était resté bouche bée, prêt à gober les mouches.

— Eh bien, Peretti ? Qu'en dites-vous ?

— Que... Que quoi qu... ?

— Aurait-elle pu cacher de la dope dans ses nichons ? Passer la douane de cette façon ?

Le pauvre légiste lança un regard désespéré vers Myron, qui haussa les épaules. Alors Peretti se retourna vers Dimonte et prit ses responsabilités :

— Je n'en sais rien.

— Et comment pourrait-on le savoir ?

— Faudrait que je termine l'autopsie.

— Alors, qu'est-ce que vous attendez, bordel de merde ?

Peretti s'exécuta. Dimonte sourit à Myron. Petit sourire triomphant, avec froncement de sourcils. Très fier de lui, le brave Rolly !

— Ben non, conclut le légiste.

— Hein ? Quoi ?

— Non. Impossible. Pas le moindre tissu cicatriciel. Si elle avait dû transporter de la drogue là-dedans, il aurait fallu ouvrir, puis recoudre. Ce n'est pas le cas. Ces implants sont anciens.

— Vous en êtes sûr ?

— Absolument.

— Merde ! s'exclama Dimonte.

Puis il se tourna vers Myron et l'entraîna à l'écart.

— Maintenant, Bolitar, vous allez tout me dire. Tout ce que vous savez, sinon...

Myron avait toujours su que ce moment viendrait. L'instant crucial où il devrait choisir. En vérité, il n'avait pas tellement le choix : la disparition de Greg Downing n'était plus un secret pour la police, à présent, et il devait coopérer pour éviter que la nouvelle ne s'étale à la une des magazines people, puis de toute la presse.

Soudain, il se souvint que Norman Lowenstein l'attendait dehors.

— Ecoutez, j'ai un truc à faire, dit-il à Dimonte. Mais je reviens tout de suite, promis.

— Hé ! Mais où allez-vous ? Vous ne pouvez pas...

— Je reviens dans une seconde. Attendez-moi ici !

— C'est ça ! Compte là-dessus, mon gars !

Dimonte dévala l'escalier derrière Myron, jusque dans la rue. Mais Norman avait disparu. Myron jeta un coup d'œil à droite, à gauche. Personne. Il n'en fut pas surpris : Norman avait dû s'éclipser dès que les flics s'étaient pointés. Coupables ou non, les SDF apprennent très vite à s'évanouir dans la nature sitôt qu'apparaissent les girophares et les mecs en uniforme.

— Bon, alors ? s'enquit Dimonte.

— Non, rien. J'ai cru voir un fantôme.

— Ça suffit, Bolitar. Je vous écoute.

Myron lui raconta toute l'histoire, depuis le début jusqu'à la fin (à part quelques détails un peu trop intimes). Dimonte faillit en recracher son cure-dent. Il ne l'interrompit pas une seule fois, se contentant de pousser des « Seigneur ! » et des « mon Dieu ! » chaque fois que Myron marquait une pause pour reprendre sa respiration.

Quand Myron eut terminé son récit, Roland Dimonte se laissa choir sur l'une des marches du perron et demeura coi durant quelques secondes. Puis, lentement, il recouvra ses esprits :

— C'est... C'est in... incroyable !

Myron opina du chef, modestement.

— Vous voulez dire que personne ne sait où se trouve Greg Downing ?

— Ceux qui le savent ne sont pas très bavards, en tout cas.

— Alors il a disparu sans laisser de traces ?

— Faut croire.

— Et il y a du sang dans son sous-sol ?

144

— Oui.

Dimonte secoua la tête. Puis il se pencha et posa une main sur sa botte droite. Myron l'avait déjà vu se livrer à cet étrange rituel. Peut-être que le contact de la peau de serpent le rassurait. Lui rappelait sa vie intra-utérine et les origines reptiliennes de son cerveau, qui sait ?

— Donc, imaginons que Greg Downing ait tué cette femme et se soit enfui, dit-il.

— Encore faudrait-il le prouver.

— Mais ça se tient, non ?

— Oui et non.

— D'après ce que vous venez de me dire, Downing a été vu avec la victime ce soir-là. Or, je suis prêt à vous parier ma chemise que Peretti nous confirmera, après l'autopsie, que la mort remonte à ce samedi.

— Ce qui ne veut pas dire que c'est Greg qui l'a tuée.

Dimonte gratta sa botte en peau de serpent avec frénésie, tandis qu'un jeune type passait devant eux, à fond sur ses rollers, suivi par son chien hors d'haleine, langue pendante. La nouvelle mode : ne faites plus piquer votre fidèle compagnon, épuisez-le... Ah, le sport ! Que de crimes commis en ton nom !

— Ce fameux samedi soir, reprit Dimonte, Greg Downing et la victime se retrouvent dans un bar, downtown Manhattan. Ils en sortent ensemble vers vingt-trois heures. Ensuite, que savons-nous ? On la retrouve morte et il disparaît.

Comme pour appuyer sa thèse, Dimonte regarda Myron droit dans les yeux :

— Ça ne vous suffit pas ?

— Non, pas vraiment.

— Il l'a tuée et s'est tiré, c'est évident. Que vous faut-il de plus ?

— Des preuves. Parce que votre scénario peut s'interpréter autrement.

— Ah oui ? On peut savoir ?

— Peut-être que Greg a été témoin du meurtre, a pris peur et s'est enfui. Peut-être qu'il a été pris en otage. Et peut-être qu'il a été assassiné, lui aussi.

— Ben voyons ! Et où est le corps ?

— N'importe où.

— Mais pourquoi ne pas l'avoir laissé sur place, avec celui de la femme ?

— Parce qu'ils ont pu le tuer ailleurs. Ou alors ils se sont débarrassés du cadavre parce que Greg Downing n'est pas n'importe qui et qu'ils préféraient éviter la publicité.

— Vous délirez, Bolitar.

— Et vous, vous refusez de regarder la vérité en face, mon cher Rolly.

— Possible. Donc, on va faire ça dans les règles. Pour commencer, je lance un mandat d'arrêt contre Downing.

— Je ne pense pas que ce soit une bonne idée.

Dimonte regarda Myron comme il eût considéré un lambeau de papier toilette flottant encore dans la cuvette après qu'on a tiré la chasse.

— Ah, parce que vous avez la prétention de m'apprendre mon métier ?

— Loin de moi cette idée ! Je me permets simplement de vous rappeler que Downing est quasiment un héros national, l'idole de millions de jeunes sportifs.

— Et ça suffirait pour que je ferme les yeux ?

— Bien sûr que non, dit Myron, tout en cherchant désespérément quelques arguments convaincants. Mais imaginez ce qui va se passer dès que vous aurez lancé ce mandat d'arrêt. La presse va s'emparer de l'affaire, comme pour OJ Simpson. Sauf que là vous allez droit dans le mur. Vous n'avez pas de mobile, pas la moindre preuve. Votre dossier est vide.

— Pour l'instant ! Mais attendez un peu…

— C'est exactement ce que je vous demande. Et vous

avez intérêt à faire gaffe sur ce coup-là, parce que le monde entier vous attend au tournant. Alors dites à vos zozos de s'appliquer. Qu'ils passent l'endroit à la pince à épiler avec cassette vidéo et tout le bazar. Que personne ne pénètre sur les lieux après votre départ, des fois qu'on vous soupçonne d'avoir pollué la scène du crime. Et je vous conseille d'avoir un mandat de perquisition en bonne et due forme avant de vous pointer chez Greg. Bref, va falloir la jouer réglo.

— Pas de problème.

— Ecoutez, Rolly. Même si Greg Downing avait effectivement assassiné cette femme – pure hypothèse d'école –, vous aurez l'air de quoi, avec votre perquisition et votre avis de recherche ? Primo, vous avez le mauvais rôle, personne ne vous croit et il passe pour une victime. Deuzio, vous avez la presse sur le dos. Vous ne pouvez plus faire un pas sans qu'ils commentent le moindre de vos faits et gestes. Pas idéal, pour mener une enquête. Tertio, vous arrêtez Greg. Vous connaissez la suite…

Dimonte fit la grimace.

— Ouais. Une cohorte d'avocats de merde.

— Qui vont se jeter là-dessus comme des piranhas. Vous ne vous attaquez pas à un joueur mais à la vedette de toute une équipe – une « dream team », qui plus est. Alors vous n'aurez même pas le temps de vous retourner que votre suspect sera libéré sous caution. Ensuite ses avocats dénicheront une douzaine de vices de procédure et obtiendront un non-lieu. Vous savez très bien que j'ai raison, Rolly.

— Vous oubliez un truc, Bolitar.

Dimonte mâchouilla son cure-dent avec plus de conviction que jamais puis daigna s'expliquer :

— Après un tel scandale, vous pouvez dire adieu à votre petite enquête perso au sein de votre équipe de rêve. Vous n'êtes pas mieux loti que moi.

— Possible, admit Myron.

Dimonte le toisa, un étrange sourire aux lèvres. Pas vraiment triomphant.

— Ça ne veut pas dire que vous ayez tort à cent pour cent, convint-il à regret. Mais ne croyez surtout pas que je sois dupe. Je vois clair dans votre petit jeu, Bolitar.

— J'en suis parfaitement conscient, Rolly. Vous lisez en moi comme Vasco de Gama déchiffrait les cartes marines.

Dimonte le fusilla du regard. Myron résista à l'envie de lui retourner le compliment.

— Donc, reprit Dimonte, voilà ce que je vous propose. Vous restez dans l'équipe et poursuivez votre petit boulot de taupe. De mon côté, je garde pour moi ce que vous m'avez dit – tant que cela me sera utile, bien évidemment. Néanmoins, dès que j'ai de quoi coincer Downing, je lance ce foutu mandat d'arrêt. Et j'exige que vous me fassiez part de tout nouvel indice. Pas question que vous fassiez cavalier seul. Vous avez des questions ?

— Oui, dit Myron. Vous pourriez me dire où vous avez acheté vos boots ?

13

De retour dans sa voiture, Myron passa un coup de fil.

— Higgins à l'appareil.

— Fred ? C'est Myron Bolitar.

— C'est pas vrai ! Ben dis donc, ça fait un bail ! Qu'est-ce que tu deviens, mon vieux ?

— On fait aller, et toi ?

— Je m'éclate cinq jours par semaine. Ministère des Finances, tu imagines ? Je vais finir par avoir des escarres aux fesses à force de rester assis !

— Oui, je vois ça d'ici.

— Et Win ?

— Fidèle à lui-même.

— Ce mec m'a toujours fichu la trouille. Tu vois ce que je veux dire ?

— Oui, cinq sur cinq.

— Ça ne vous manque pas, de bosser pour les fédéraux ?

— En ce qui me concerne, pas vraiment, non. Et je ne pense pas que Win regrette cette époque-là non plus. Il n'y avait pas assez de liberté à son goût.

— Oui, je comprends. Mais dis-moi, j'ai lu dans la

presse que tu avais repiqué au truc. Alors c'est vrai, tu rejoues ?

— Ouais.

— A ton âge, et avec ton genou ? T'es vraiment givré !

— C'est une longue histoire, Fred.

— O.K., c'est toi que ça regarde. Au fait, vous venez jouer contre les Bullets la semaine prochaine. Tu pourrais m'avoir des billets ?

— Je vais voir ce que je peux faire.

— Super ! Merci d'avance. A part ça, qu'est-ce qui t'amène, mon vieux ?

— J'aurais besoin que tu me retrouves la trace de dix mille dollars en billets de cent. Les numéros se suivent. Série B028856011A.

— Tu veux ça pour quand ?

— Dès que possible.

— O.K., je m'en occupe. Fais attention à toi, Myron.

— Toi aussi, Fred.

A l'entraînement, Myron se donna à fond. C'était à la fois étrange et exaltant. A chaque lancer, il avait l'impression qu'une main invisible portait le ballon jusqu'au panier. Quand il dribblait, la balle devenait une extension de son bras. Ses sens étaient aiguisés comme ceux d'un fauve à l'affût dans la savane. Il lui semblait que dix ans venaient de s'effacer d'un seul coup et qu'il émergeait d'un trou noir pour disputer la finale de la NCAA. Même son genou avait rajeuni et ne lui faisait plus mal.

Myron mouillait le maillot comme un beau diable, recevant les passes les plus improbables, esquivant ses adversaires, forçant la ligne des géants dressés devant lui. Il marqua deux fois.

A certains moments, il en oublia complètement Greg Downing, le sous-sol maculé de sang, le corps massacré

150

de Carla/Sally/Roberta. Il en oublia même Jessica. Un flot d'adrénaline avait envahi ses veines, une excitation que connaissent bien les athlètes qui vont au bout de leurs limites. Cette fameuse endomorphine sécrétée par le cerveau, qui provoque un état d'euphorie et fait que l'effort devient une sorte de drogue. Myron savait à quel point un sportif de haut niveau peut devenir littéralement accro. Quand il se surpasse et sent qu'il joue bien, toutes les fibres de son corps réagissent, il est comme dans un état second. Après l'exploit, il est incapable de dormir et se repasse le film au ralenti, encore et encore. En revanche, si sa prestation a été médiocre, il peut déprimer pendant des jours, voire des semaines. Dans les deux cas, la réaction est vraiment disproportionnée par rapport à l'enjeu, quand on y songe. Pourquoi se mettre dans des états pareils à cause d'un ballon qu'on est censé lancer dans un cercle ou d'une petite balle sur laquelle on doit taper avec un bout de bois ? Quand un pro joue mal, il essaie de se convaincre que ce n'est qu'un jeu, après tout. Mais quand il joue bien, il a tendance à se prendre pour un dieu.

Tandis qu'il dribblait, feintait, réceptionnait, smashait – enfin, tandis qu'il jouait au basket, Myron luttait contre une idée qui, insidieusement, se frayait un chemin dans son cerveau. *Tu peux y arriver… Tu es à la hauteur… Tu peux jouer avec eux…*

A présent, le coach décida d'inverser les rôles. D'attaquant, Myron devint défenseur, avec pour partenaire Leon White, le compagnon de chambrée et meilleur ami de Greg. Myron et lui commencèrent par se la jouer cool, comme c'est souvent le cas entre coéquipiers – et même entre adversaires. Echange de blagues au creux de l'oreille lors d'une passe rapprochée, tape fraternelle sur l'épaule quand l'autre réussit un beau coup. Leon était un joueur réglo. Pas d'insultes, même quand Myron loupa en beauté un tir à trois points.

Sur un coup de sifflet du coach Donny Walsh, tous s'immobilisèrent.

— Ça va, les gars. Une minute de pause. Ensuite vous me faites vingt paniers chacun et vous rentrez chez vous.

Leon et Myron lancèrent leur paume l'une vers l'autre, geste à mi-chemin entre la poignée de main des adultes et le claquage de phalanges cher aux ados et aux sportifs (qui se prennent pour des adultes mais sont restés de grands enfants). Myron avait toujours aimé ce côté « copains de régiment », cette camaraderie qu'il n'avait plus connue depuis des années. Ça lui réchauffait le cœur. Les joueurs se dispersèrent et choisirent un partenaire – l'un pour le tir, l'autre pour le contrer. Chaque « couple » ainsi formé se dirigea vers les différents paniers. Myron se retrouva de nouveau avec Leon White. Ils attrapèrent une serviette et une bouteille d'eau minérale et passèrent devant les tribunes. Quelques journalistes s'y trouvaient. Dont Audrey, évidemment. Elle lança à Myron un regard plutôt amusé. Il résista à la tentation de lui tirer la langue – ou de lui présenter son postérieur. Calvin Johnson était là, lui aussi. En costard-cravate, appuyé contre le mur, comme s'il posait pour un magazine de mode. Myron décida de le surveiller du coin de l'œil. En vain : ce type était le frère jumeau du Sphinx. Ou le cousin de la Joconde. Elégamment énigmatique.

La séance de tirs commença. Les yeux rivés sur l'anneau, Myron tenta un smash à une main. Manque de chance, le ballon rebondit sur le métal.

— J'ai l'impression qu'on va partager la même chambre, dit Myron.

— Oui, c'est ce qu'on m'a dit, répondit Leon.

— Mais pas pour longtemps.

Myron avait récupéré le ballon et tenta un tir-crochet. Raté, là encore.

— A ton avis, quand est-ce que Greg va se décider à revenir ? insista-t-il lourdement.

D'un geste leste, Leon rattrapa la balle et la relança à Myron.

— Aucune idée.

— Mais il va bien ? Sa cheville ?

— J'en sais rien.

Distrait par ce dialogue, Myron réussit le prodige de rater un troisième tir alors qu'il avait quasiment le nez sous le panier. Dépité, il attrapa une serviette que lui tendait un gars depuis le banc de touche, s'épongea le front et poursuivit :

— Tu ne lui as pas parlé ?

— Non.

— C'est bizarre.

— Qu'est-ce qui est bizarre ?

Myron haussa les épaules, lui passa le ballon.

— Je croyais que vous étiez potes, tous les deux.

Leon eut une espèce de demi-sourire :

— Ah bon ? Qu'est-ce qui te fait dire ça ?

— Oh, rien. Juste des trucs que j'ai lus dans la presse. Des rumeurs, quoi.

— Tu devrais pas croire tout ce que racontent les journalistes.

— Pourquoi ?

Leon exécuta un tir renversé avec une aisance déconcertante.

— Parce qu'ils adorent faire monter le blanc en neige. Je veux dire, l'amitié entre un joueur blanc et un Noir, c'est du gâteau, pour eux. Ils rêvent tous de l'histoire Gale Sayers-Brian Piccolo.

— Tu veux dire que Greg et toi, vous n'êtes pas si proches que ça ?

— Eh bien, on se connaît depuis des années…

— Mais pas aussi intimement qu'on le dit ?

Leon devint tout à coup suspicieux :

— En quoi ça te regarde ?

— C'était juste pour parler. Greg est mon seul lien avec cette équipe.

— Ton seul lien, hein ?

Myron reprit le ballon et se mit à dribbler.

— Disons que… Lui et moi, on était rivaux.

— Vraiment ?

— Oui, et maintenant toi et moi on va faire équipe. Ça fait drôle, non ?

Leon regarda Myron.

— Et tu crois que Greg t'en veut encore pour une vieille histoire qui date de la fac ?

De toute évidence, Leon n'était pas dupe. Et Myron savait très bien qu'il n'était pas crédible.

— C'était un truc sérieux, dit-il. Enfin, à l'époque.

De pis en pis. Il n'osa pas lever les yeux vers Leon, se concentra sur le ballon puis sur le panier.

— Ecoute, Myron, je ne voudrais pas te faire de peine, mais ça fait huit ans que je partage une chambre avec Greg, et pas une seule fois il n'a mentionné ton nom. Pas même quand on parle du bon vieux temps, et tout ça.

Le ballon serré entre ses mains, Myron s'efforça de demeurer impassible. Mais, curieusement, il se sentait blessé.

— Allez, dit Leon, vas-y, tu lances, ou quoi ? J'ai pas envie de passer la nuit ici !

A cet instant, TC s'avança vers eux, un ballon de basket dans chaque main, jonglant avec eux comme avec deux pamplemousses. Il en laissa tomber un et claqua la paume de Leon selon le rituel. Puis il se tourna vers Myron et sourit jusqu'aux oreilles.

— Je sais, fit ce dernier. La branlée…

TC acquiesça.

— Mais ça veut dire quoi exactement ?

— Viens chez moi ce soir, dit TC, on fait la fête. On te mettra au parfum !

14

Dimonte attendait sur le parking de Meadowlands, au volant de sa Corvette rouge. Il fit signe à Myron de grimper à bord.

— Une Corvette rouge ! Elle vous va comme un gant, Rolly !

— Taisez-vous et montez, ordonna le policier.

Myron ouvrit la portière côté passager et se glissa dans le siège baquet en cuir noir. Le moteur ne tournait pas mais Dimonte, les mains crispées sur le volant, regardait droit devant lui. Il était livide, son fidèle cure-dent collé sur la lèvre inférieure. Il hocha la tête, l'air chagriné.

— Qu'est-ce qui vous tracasse, Rolly ?

— A quoi ressemble Greg Downing ?

— Pardon ?

— Vous êtes sourd ? A quoi ressemble Downing ?

— Je n'en sais rien. Ça fait des années que je ne l'ai pas vu.

— Mais vous l'avez bien connu, n'est-ce pas ? A la fac. C'était quel genre de gars, à l'époque ? Est-ce qu'il sortait avec des gens malsains ?

Myron le regarda, incrédule :

— Vous pouvez préciser ?

— Je vous ai posé une question, Bolitar. Contentez-vous de répondre.

— Je voudrais bien, mais je ne suis pas sûr de comprendre ce que vous voulez dire.

Dimonte mit le contact et le moteur rugit. Puis il donna quelques coups d'accélérateur, juste pour le plaisir d'entendre piaffer les chevaux qu'il avait sous le capot. La Corvette était boostée comme une Formule 1. Ah, mes aïeux, quel son impressionnant ! Mieux que le brame du cerf au fond des bois. Il n'y avait sûrement aucune femme dans les environs pour entendre cet appel déchirant du mâle vers la femelle, sinon elles seraient déjà toutes là en train de se déshabiller. Finalement, Dimonte passa la première.

— Où va-t-on ? demanda Myron.

Dimonte ne répondit pas et s'engagea sur la rampe qui mène au stade des Giants et à l'hippodrome.

— Oh, c'est l'un de ces rendez-vous surprise ? dit Myron. J'adore ça. J'espère que ma cavalière est canon !

— Arrêtez votre char et répondez à ma question.

— Quelle question ?

— Je veux tout savoir sur Downing.

— Vous avez frappé à la mauvaise porte, Rolly. Je le connais pas si bien que ça.

— Dites-moi simplement ce que vous savez.

Le ton était sans réplique. Mais, curieusement, moins macho et moins stupide que d'habitude. Il y avait commme une fêlure dans sa voix. Méfiance... se dit Myron.

— Greg a grandi dans le New Jersey. C'est un fantastique joueur de basket. Divorcé, deux enfants.

— Vous êtes sorti avec sa femme, n'est-ce pas ?

— C'était il y a longtemps.

— Diriez-vous qu'elle était de gauche ?

— Rolly, ça commence à bien faire ! Où voulez-vous en venir ?

— Contentez-vous de répondre à mes questions, bordel !

Il essayait de faire son petit numéro de flic impatient et furieux, mais Myron pouvait sentir la peur qui suintait derrière chaque mot.

— D'après vous, était-elle politiquement engagée à gauche ?

— Pas que je sache.

— Elle ne fréquentait pas de groupes perversifs ?

— Vous voulez dire subversifs, je suppose ?

Dimonte secoua la tête.

— Vous croyez que je suis d'humeur à supporter vos sarcasmes, Bolitar ?

— D'accord, d'accord, concéda Myron, levant les mains en signe de reddition. Et, non, Emily ne fréquentait pas de gens « perversifs », comme vous dites. Enfin, si j'ai bien compris ce que vous entendez par ce néologisme.

Ayant fait le tour de l'hippodrome, la Corvette reprit la rampe vers le stade. Myron en conclut qu'il avait droit à une visite guidée des nombreux parkings de Meadowlands.

— Revenons-en à Downing.

— Je viens de vous le dire : ça fait des années qu'on s'est perdus de vue.

— Mais vous avez enquêté sur lui, n'est-ce pas ? Vous en savez plus que vous ne voulez bien le dire.

Changement de vitesse, coup d'accélérateur, moteur qui s'emballe.

— Selon vous, a-t-il le profil d'un révolutionnaire ?

Myron n'en croyait pas ses oreilles.

— Non, monsieur le Juge.

— Connaissez-vous ses amis ?

— Pas vraiment. Apparemment, ses meilleurs potes sont les membres de l'équipe. Mais Leon White – avec lequel il partage une chambre lors des tournées – ne semble pas l'apprécier plus que ça. Oh, il y a un détail qui pourrait vous intéresser : après les matchs qui ont lieu ici, Greg fait le taxi.

Dimonte parut perplexe.

— Vous voulez dire qu'il prend des clients et leur fait payer la course ?

— Oui.

— Mais pourquoi, bon sang ?

— Eh bien, Greg est un peu... Comment dire ? Un peu marginal.

— Hum...

Dimonte se frotta le menton avec autant d'énergie que s'il avait poli les chromes de sa Corvette. Cela dura plusieurs secondes, durant lesquelles il en oublia de regarder devant lui. Heureusement, il se trouvait au beau milieu d'un parking désert.

— Vous pensez que ça lui donne l'impression d'être un gars comme tout le monde ? Une façon de se rapprocher des masses laborieuses, voyez ce que je veux dire ?

— Possible.

— Bon. Quoi d'autre ? Qu'est-ce qui l'intéresse dans la vie, à part le basket ? Il a des hobbies ?

— Il aime bien la nature. Pêche, chasse, randonnées, voile, ce genre de trucs.

— Je vois. Le genre écolo.

— Si on veut.

— Le genre hippie sur le retour, vie en communauté, etc. ?

— Non. Plutôt le genre retour à la nature, mais tout seul.

— Une idée de l'endroit où il pourrait se cacher ?

— Aucune.

Dimonte appuya sur le champignon et fit le tour du parking, pleins gaz, pour finalement piler à trois centimètres de la Ford Taurus de Myron.

— O.K., dit-il. Merci pour votre aide. On reparlera de tout ça.

— Hé, attendez ! protesta Myron. Je croyais qu'on devait collaborer sur cette affaire !

— Faut croire que vous aviez tort.

— Quoi ? Vous n'allez rien me dire ?

— Exact.

La voix de Dimonte, soudain, s'était faite très douce. Silence. Tous les autres joueurs étaient partis, à présent. La Ford de Myron était seule sur le parking, à côté de la Corvette.

— C'est si moche que ça ? demanda Myron.

Le silence de Dimonte avait quelque chose d'effrayant.

— Vous savez qui elle est, n'est-ce pas ? Vous l'avez identifiée ?

Dimonte se laissa aller le long de son dossier et se frotta de nouveau le menton, puis les joues, puis le front.

— Il faut me le dire, Rolly. Je vous en prie.

— Non. Je n'en ai pas le droit.

— Ça restera entre nous. Je vous jure de ne pas…

— Sortez de ma voiture, Bolitar.

Il se pencha pour ouvrir la portière côté passager et répéta :

— Sortez, Myron. Et ne posez plus de questions.

15

TC habitait dans une villa début de siècle, en briques rouges, entourée d'un mur de brique de deux mètres de haut, dans le quartier chic d'Englewood, New Jersey. Eddie Murphy était son plus proche voisin. Ainsi qu'une centaine de managers de multinationales et une poignée de banquiers japonais. L'entrée de cette zone privilégiée était filtrée par un vigile. Docile, Myron déclina son identité. Le gardien vérifia qu'il figurait bien sur la liste des invités.

— O.K. Garez-vous le long de l'allée, à droite. Ensuite, c'est tout au fond, vous n'aurez qu'à suivre les flèches.

L'homme leva la barrière et lui fit signe d'avancer. Myron se gara à côté d'une BM noire. Il y avait déjà là une douzaine de voitures, toutes rutilantes. Fraîchement lavées ou carrément neuves. Rien que du beau monde. Quelques Mercedes Benz et BMW, une Bentley, une Jaguar, une Rolls. La Ford de Myron faisait tache, façon vilain petit canard au milieu des cygnes.

Le gazon, devant la demeure, était impeccablement manucuré. Pas un brin de travers. Buissons rondement taillés, rosiers grimpant le long de la façade sans un pétale hors du rang… Contrastant avec ce cadre trop parfait, la musique était plutôt surprenante. Du rap à fond la caisse, diffusé via de puissantes enceintes dissimulées ici et là. Affreux. Même les fleurs courbaient la tête. Myron n'avait rien contre le rap – il avait entendu bien pis, John Tesh et Yanni, par exemple – et, très franchement, certains de ces gamins avaient des choses à dire. Mais il se sentait un peu trop vieux pour tout cela. Cette musique ne correspondait pas à sa génération. Il était passé à côté, et c'était dans l'ordre des choses. Chacun son truc…

La réception avait lieu près de la piscine, laquelle était illuminée. Une trentaine de personnes étaient agglutinées alentour et échangeaient des propos politiquement corrects.

Myron avait fait un effort : blazer bleu marine, chemise à rayures, cravate à fleurs, mocassins à la dernière mode. Win aurait été fier de lui. Mais il y avait quelque chose qui clochait : par rapport aux autres, il avait l'air d'un plouc. Au risque de paraître raciste, il devait bien admettre que les Noirs de l'équipe – il n'y avait jamais que deux autres Blancs à part lui – savaient s'habiller. Pas forcément du goût de Myron (ou manque de goût), mais avec classe. Tous arboraient des costumes super bien taillés, des chemises en soie boutonnées jusqu'au cou, sans cravate, et des souliers tellement bien cirés qu'on aurait pu se voir dedans.

TC était languissamment étendu au bord de la piscine, entouré d'une cour de jeunes étudiants blancs qui s'esclaffaient dès qu'il ouvrait la bouche. Myron eut le temps de voir que parmi eux figurait Audrey, la jeune journaliste. Elle s'était mis un collier de perles autour du cou – superbe couverture ! Myron n'eut même pas le temps de faire un pas vers eux : une femme – la trentaine, ou peut-être un peu plus – s'approcha de lui et lui dit :

— Bonsoir.

— Euh… Bonsoir.

Bolitar, roi de la repartie, seigneur de la drague !

— Vous devez être Myron. Moi c'est Maggie.

— Enchanté, Maggie.

Poignée de main, franche. Sourire, très franc lui aussi.

Elle était habillée plutôt classique : chemisier blanc, veste anthracite, jupe rouge, escarpins noirs. Savamment décoiffée, comme si elle venait d'enlever deux ou trois épingles de son chignon. Elle était mince et belle, parfaite pour jouer le rôle de l'avocate de la partie adverse dans *Ally McBeal*.

Elle lui sourit.

— Vous ne savez pas qui je suis, n'est-ce pas ?

— Euh… Non, en effet.

— On m'appelle la Branleuse.

— Ah ?

— TC ne vous a pas prévenu ?

— Il m'a parlé de branlée et m'a dit que ce soir je comprendrais. Enfin…

Toujours souriante, elle se colla contre lui. Il se laissa faire de bonne grâce, puis balbutia :

— Excusez-moi, mais… je suis un peu perdu.

— Te bile pas, mon chou. Je fais l'amour avec tous les gars de l'équipe. Tu es le petit nouveau, alors c'est ton tour.

Myron ouvrit la bouche, la referma. Les mots lui manquaient.

— Vous n'avez pourtant pas vraiment l'air d'une groupie, dit-il enfin, faute de mieux.

— « Groupie ? » Mon Dieu, quel vilain mot !

Myron respira à fond, tenta de se concentrer.

— Voyons si j'ai bien tout compris.

— Allez-y.

— Vous avez couché avec tous les gars de l'équipe ?

— En effet.

— Même avec ceux qui sont mariés ?

— Oui. Avec tous les Dragons, depuis 1993. Avant eux c'étaient les Giants, en 91.

— Attendez ! Ne me dites pas que vous êtes aussi une groupie des Giants ? Des footballeurs !

— Combien de fois devrai-je vous le répéter, Myron ? Je déteste le terme « groupie ».

— Oh, excusez-moi. Quel mot vous conviendrait mieux ?

Elle pencha la tête, toujours souriante.

— Ecoutez, jeune homme. Je dirige une banque d'investissements à Wall Street. Je travaille soixante-dix heures par semaine, voire davantage. Je prends des cours de cuisine et d'aérobic. L'un dans l'autre, je suis à peu près normale dans ce monde de fous. Je ne fais de mal à personne. Je ne suis pas à la recherche d'un mari, ni même d'un amant. Je n'ai que ce petit défaut, une sorte de fétichisme…

— Vous envoyer en l'air avec des sportifs professionnels.

— Vous avez mis le doigt dessus. Mais seulement avec les Giants ou les Dragons.

— C'est beau, l'esprit d'équipe, dit Myron. Surtout par les temps qui courent.

— Très drôle, Myron. Vous comprenez vite.

— Donc, vous avez couché avec tous les Giants ?

— Pratiquement. Après chaque match, je m'offre deux joueurs. Un défenseur et un attaquant.

— Comme ça, pas de jaloux !

— Exactement.

— Et que le meilleur gagne…

— En vérité, ils sont complémentaires. La fougue d'un côté, l'endurance de l'autre. Il faut de tout pour faire un monde.

Ils demeurèrent silencieux un instant, chacun observant l'autre.

— Et d'où vous vient votre surnom ? demanda-t-il enfin.

— Ce n'est pas du tout ce que vous pensez.

— Vous ignorez ce que je pense.

— Tout le monde est convaincu que c'est parce que je baise avec n'importe qui.

— Et ce n'est pas le cas ?

— Pas du tout.

Elle leva les yeux vers le plafond, cherchant l'inspiration.

— Comment vous expliquer la chose avec délicatesse ?

— Parce que vous faites dans la dentelle, à présent ?

Elle lui lança un regard teinté de reproche.

— Ne soyez pas comme ça !

— Comme quoi ?

— Comme un type de droite, coincé, à la Pat Buchanan, version néandertal. J'ai ma fierté, vous savez.

— Je n'en ai jamais douté.

— Non, mais c'est tout comme. Je le répète, je ne fais de mal à personne. Je suis honnête, franche et directe. Je sais parfaitement ce que je fais, et avec qui. Je suis heureuse.

— Et sans doute contagieuse.

Myron regretta aussitôt ce qu'il venait de dire. Les mots lui avaient échappé. Ça lui arrivait, parfois.

— Pardon ?

— Désolé, dit-il. Cette remarque était stupide.

— Pas du tout. Les hommes avec lesquels je fais l'amour se protègent toujours. Et je fais le test régulièrement. Je suis clean.

— Désolé. J'ai parlé sans réfléchir. Je ne voulais pas vous offenser.

Il avait dû toucher un point sensible car elle se crut obligée de poursuivre :

— De toute manière, je suis très sélective quant au choix de mes partenaires.

Cette fois, Myron jugea préférable de garder ses réflexions pour lui.

— Je suis désolé, répéta-t-il. Je ne pensais pas ce que j'ai dit. Je vous prie d'accepter mes excuses.

Elle soupira.

— D'accord, excuses acceptées.

Elle le regarda droit dans les yeux et ils se sourirent, un peu trop longtemps. Myron avait l'impression de faire partie d'une émission de télé-réalité. Heureusement, une question lui vint à l'esprit et mit fin à ce silence gênant :

— Avez-vous couché avec Greg Downing ?

— Oui, en 93. Il a été l'un de mes premiers Dragons.

Une distinction qui a dû lui aller droit au cœur ! songea Myron.

— Vous le voyez toujours ?

— Bien sûr. Nous sommes amis. Je suis restée en bons termes avec la plupart de mes ex. A quelques exceptions près.

— Vous vous parlez souvent ?

— De temps en temps.

— Récemment ?

— Pas depuis un mois ou deux.

— Savez-vous s'il sort avec quelqu'un en ce moment ?

Elle lui lança un regard suspicieux.

— En quoi cela vous concerne-t-il ?

Myron haussa les épaules.

— C'était juste histoire de faire la conversation.

Toujours aussi subtil, Bolitar...

— Drôle de sujet, dit-elle.

— C'est que je ne peux pas m'empêcher de penser à lui, ces derniers temps. Le fait que je rejoue dans son équipe... Ça réveille des souvenirs.

— Et du coup vous vous intéressez à sa vie amoureuse ?

A l'évidence, elle n'était pas dupe.

De nouveau, Myron haussa les épaules et marmonna quelques mots incompréhensibles même pour lui. Un éclat de rire résonna de l'autre côté de la piscine. Certains de ses nouveaux coéquipiers s'étaient regroupés et plaisantaient. Parmi eux, Leon White. Leurs regards se croisèrent et Leon salua Myron d'un geste de la main. Myron lui répondit. Soudain il prit conscience du fait que, même s'ils ne les dévisageaient pas ouvertement, tous savaient parfaitement pourquoi la Branleuse l'avait abordé. Il eut une fois de plus l'impression de se retrouver à l'université, dix ans plus tôt, mais toute nostalgie avait disparu, à présent.

Maggie le jaugeait de la tête aux pieds. Il tenta de prendre un air désinvolte, sans succès. Il avait le sentiment d'être un taureau dans une foire à bestiaux.

Soudain, elle croisa les bras et eut un sourire triomphant.

— Ça y est, j'ai compris, dit-elle.

— Quoi donc ?

— Oui, c'est évident !

— Qu'est-ce qui est évident ?

— Vous voulez vous venger.

— Mais de quoi ?

Le sourire s'accentua, puis s'effaça peu à peu.

— Greg vous a piqué Emily. Alors maintenant vous voulez lui rendre la monnaie de sa pièce.

— Il ne me l'a pas « piquée », comme vous dites.

Il avait rétorqué d'un ton trop vif, comme s'il était sur la défensive. Il précisa, plus calmement :

— Emily et moi avions déjà rompu quand ils ont commencé à sortir ensemble.

— Si vous le dites…

— C'est la vérité.

Quel sens de la repartie, Bolitar !

Elle eut un rire de gorge et posa une main sur son bras.

— Relax, Myron ! Je vous taquinais.

De nouveau, elle le fixa droit dans les yeux. Tous ces regards appuyés finissaient par lui donner mal à la tête. Il décida de se concentrer sur son nez, pour changer.

— Alors, on passe à l'acte ? suggéra-t-elle.

— Non.

— Si c'est le sida qui vous fait peur…

— Non, ça n'a rien à voir. Il se trouve que je ne suis pas libre, tout simplement.

— Je ne vois pas le rapport.

— Je suis fidèle.

— Et alors ? Je ne vous demande pas de la tromper. Je veux seulement m'envoyer en l'air avec vous.

— Et vous trouvez que les deux sont compatibles ?

— Evidemment ! Il ne s'agit que de sexe, et ça n'a rien à voir avec votre relation avec votre petite amie. Je n'ai pas l'intention de faire partie de votre vie. Il n'est même pas question d'intimité entre nous.

— Mon Dieu, vous êtes si romantique !

— Justement, ça n'a rien de romantique. Ce n'est qu'un acte purement physique. C'est agréable et convivial. Comme une poignée de main.

— Une poignée de main ? Vous devriez vous lancer dans la politique, Maggie. Vous êtes douée pour la langue de bois.

— Je ne fais que constater un fait avéré. Certaines anciennes civilisations – intellectuellement bien plus avancées que la nôtre – ont compris que le plaisir charnel n'est pas un péché. L'association de la sexualité et de la culpabilité est un concept moderne et absurde. L'idée de lier sexe et possession nous vient des puritains coincés qui voulaient garder le contrôle sur leur principal bien : leur femme.

Une historienne doublée d'une sociologue ! Intéressant.

— Où est-il écrit, reprit-elle, que deux personnes ne peuvent atteindre l'extase physique sans être amoureuses ? C'est ridicule. Totalement stupide, n'est-ce pas ?

— Si vous le dites... concéda Myron. Malgré tout, je passe mon tour, merci.

— Comme vous voudrez. Mais TC va être très déçu.

— Il s'en remettra.

Silence.

— Eh bien, conclut-elle en se frottant les mains comme pour les réchauffer, je crois que je vais aller me mêler à la foule. Ce fut un plaisir de bavarder avec vous, Myron.

— Pour moi aussi, Maggie. Une réelle expérience.

Myron se mêla à la foule, lui aussi. Il gravita quelque temps autour de Leon White, qui lui présenta son épouse, une bombe platine prénommée Fiona. Très playmate. Une voix si suggestive qu'un simple « bonsoir » ressemblait à une invitation pour la nuit. Le genre de fille tellement habituée à jouer de ses charmes qu'elle en avait oublié d'exister en tant qu'individu. Myron échangea quelques banalités avec eux puis prit congé.

Le barman l'informa qu'ils n'avaient pas de Yoo-Hoo, sa boisson favorite. A défaut, il se retrouva avec un verre d'Orangina à la main. Non pas un vulgaire soda à l'orange, mais un Orangina. Très européen ! Il en but une gorgée. Pas mauvais.

Une main lui lança une grande claque amicale dans le dos. TC. Pantalon de cuir blanc, veste idem. Pas de chemise. Lunettes noires.

— Ça va, mon grand ? Tu t'amuses ?

— C'est intéressant, dit Myron.

— Viens, je vais te montrer un truc.

Ils gravirent en silence une colline en pente douce.

Peu à peu, l'ascension se fit plus rude et les échos de la musique s'estompèrent. Le rap avait fait place aux Cranberries – Myron aimait bien ce groupe de filles. Dolores O'Riordan répétait pour la énième fois : « *In your head, in your head* », avant de s'en lasser pour chanter : « *Zombie, zombie* » une centaine d'autres fois. Bon, d'accord, les Cranberries avaient sans doute encore des progrès à faire côté paroles, mais la mélodie était belle. Du bon boulot.

TC et Myron progressaient dans l'obscurité, à présent, guidés seulement par la lueur de la piscine en contrebas. Quand ils parvinrent au sommet de la colline, TC s'arrêta et désigna la vue qui s'étalait à leurs pieds.

— Regarde.

Myron en eut le souffle coupé. Ils étaient suffisamment haut perchés pour dominer la ligne édentée des gratte-ciel de Manhattan. Une mer de lumière s'étendait sous leurs yeux, venant s'échouer sur des falaises de béton. Le George Washington Bridge semblait à portée de main, tel un jouet d'enfant. Ils restèrent silencieux un long moment.

— C'est sympa, non ? dit TC.

— C'est plus que ça, murmura Myron.

TC ôta ses lunettes de soleil.

— Je viens ici de temps en temps. Tout seul. Ça m'aide à réfléchir.

— Oui, j'imagine.

De nouveau, ils se turent pour mieux admirer la vue.

— La Branleuse t'a parlé ? demanda Myron au bout d'un moment.

TC acquiesça.

— T'es déçu ?

— Non. Je savais que tu refuserais.

— Ah bon ? Et pourquoi ?

— Oh, je m'en doutais, c'est tout. Mais je ne voudrais pas que tu la prennes pour ce qu'elle n'est pas. C'est une brave fille. Probablement la seule véritable amie que j'aie jamais eue.

— Mais tu as plein de potes, non ?

TC eut un sourire qui ressemblait à une grimace.

— Tu veux dire tous ces petits Blancs ?

— Euh…

— Ce ne sont pas des amis, mon frère. Si demain j'arrête le basket, ils seront les premiers à jurer que j'ai cambriolé la villa de leurs parents et violé leur frangine.

— Tu ne serais pas un peu parano, TC ?

— Seulement réaliste, mec. Et toi t'es comme moi. C'est la vie. Blanc ou Noir, peu importe. Les vautours me collent au train parce que je suis une star. Ils espèrent ramasser les miettes. C'est pas plus compliqué que ça.

— Et tu t'en fous ?

— Là n'est pas la question, dit TC. C'est comme ça, faut vivre avec. J'ai connu pis.

— Mais tu ne te sens pas un peu seul, parfois ?

— Avec tout ce monde autour de moi ?

— Arrête, tu sais ce que je veux dire.

— Oui, je sais.

TC secoua la tête comme il le faisait avant chaque match. Sa façon à lui de chasser les mauvais esprits ?

— Les gens parlent toujours du prix à payer pour la gloire. Mais tu veux savoir ce qu'elle coûte réellement, cette putain de gloire ? Bon, d'accord, t'as plus de vie privée. Je ne vais plus au cinoche. Mais c'est pas très grave, après tout. Là d'où je viens, on n'a pas les moyens d'y aller, de toute façon. Non, le vrai problème, c'est que tu n'existes plus en tant qu'individu. Tu deviens une chose, comme les belles bagnoles parquées devant la piscine. Mes frères de misère pensent que je suis un exemple, le premier échelon sur l'échelle de l'ascension sociale. D'un autre côté, les jeunes gens blancs et riches me prennent pour une sorte de mascotte. Question de quotas. Puisqu'il en faut, pourquoi pas celui-là ? Souviens-toi d'OJ Simpson. Un Noir soupçonné de meurtre. A ton avis, s'il n'avait pas été une star, il finissait comment ?

Myron se contenta de hocher la tête.

— Ecoute, vieux, je ne me plains pas. Mais je voudrais que tu me comprennes. Jouer au basket, c'est drôlement plus bandant que de bosser dans une station-service ou dans une mine de charbon ou je ne sais quoi. Mais y a un truc que je ne risque pas d'oublier : la seule chose qui fait la différence entre un petit négro délinquant et moi, c'est le basket. Un ballon et un cercle de métal. Je me pète un genou, comme toi, et adios, je me retrouve à la rue. Et ça, c'est gravé là-dedans, pigé ?

L'index pointé sur le front, il attendit que ses mots pénètrent le petit crâne de Myron. Puis, apparemment satisfait, il poursuivit :

— Alors quand une meuf me fait le grand jeu, je sais bien que c'est pas après moi qu'elle en a. Tu vois ce que je veux dire ? Tout ce qui l'intéresse, c'est la thune et ce qui va avec. Ils sont tous comme ça, mâles ou femelles.

— Donc, toi et moi, on ne pourrait jamais être amis ? demanda Myron.

— Réfléchis trois secondes, amigo. Tu me poserais la question si j'étais pompiste ?

— Peut-être.

— Ben voyons ! T'es vraiment trop mignon ! Les gens me trouvent arrogant, tu sais. Ils disent que je me conduis comme une prima donna. Mais la vérité, c'est qu'ils m'en veulent parce que je sais très bien ce qui se passe dans leurs petites têtes. Ils me prennent tous pour un pauvre nègre analphabète – tous autant qu'ils sont, les managers, les entraîneurs et les autres –, alors pourquoi devrais-je les respecter ? La seule raison pour laquelle ils daignent m'adresser la parole, c'est parce que je suis capable de balancer le ballon dans ce foutu panier. Je ne suis rien qu'un singe qui leur rapporte du pognon. Dès que j'arrête, finito ! Je redeviens un négro du ghetto qui n'a même pas le droit de poser son cul trop noir sur la cuvette très blanche de leurs toilettes.

Il se tut, un peu hors d'haleine. Puis posa son regard sur la ligne brisée des tours illuminées. Ce panorama sembla à la fois le calmer et lui donner une nouvelle vision des choses.

— Tu as déjà rencontré Isiah Thomas ? demanda-t-il.

— Le « Piston », de l'équipe de Detroit ? Oui, une fois.

— Un jour, je l'ai entendu qui répondait à un journaliste. Ça devait être quand les Pistons ont gagné la Coupe. Un journaliste lui a demandé ce qu'il aurait fait s'il n'avait pas été champion de basket. Tu sais ce qu'il a répondu ?

— Non.

— Il a dit qu'il aurait été sénateur !

TC s'esclaffa et son rire, haut perché, résonna dans la nuit silencieuse.

— J'veux dire, il est ouf ou quoi ? Il y croyait vraiment ? Isiah, sénateur des Etats-Unis d'Amérique ?

Il faillit s'étouffer tellement il riait, mais le cœur n'y était pas.

— Moi, je sais où je serais, si j'étais pas doué pour le basket. A l'usine, équipe de nuit. Ou alors en taule. Ou bien mort.

Il secoua la tête.

— Sénateur ! Mon cul !

— Mais tu aimes jouer, n'est-ce pas ? lui demanda Myron.

— Jouer ?

— Au basket.

TC parut amusé.

— Parce que pour toi c'est un jeu ? Oh, excuse-moi,

172

Myron. J'avais presque oublié qu'on n'est pas du même bord.

— Arrête, TC. Ne me dis pas que tu n'aimes pas le basket.

TC secoua la tête. La lune vint se refléter sur son crâne rasé et lui fit comme une auréole.

— Pour moi, c'est un gagne-pain. Ma seule chance de survie.

— Mais tu aimes ça, non ?

— Ouais. Au début, c'est sûr, j'adorais ça. Mais c'était pas tellement la compétition. Courir, sauter, et tout le bazar, c'était facile. Ce qui me plaisait, en fait, c'était d'être reconnu. Ailleurs, j'étais rien qu'un nul, un p'tit Black pas très doué à l'école. Mais dès que j'avais le ballon entre les mains, j'étais le roi. J'étais plus fort que les autres, j'existais enfin. Et ça, man, c'est incroyable. Tu vois ce que je veux dire ?

Myron voyait très bien.

— Je peux te poser une question ?

— Ouais, vas-y.

— Pourquoi tous ces tatouages et ces piercings ?

TC sourit jusqu'aux oreilles.

— Ça te dérange ?

— Pas vraiment. Je suis curieux, simplement.

— Et si je te dis que je les ai parce que j'aime ça, ça te va ?

— D'accord, dit Myron.

— Mais tu crois que je te raconte des craques, hein ?

— Plus ou moins.

— La vérité, c'est que ça me branche, sinon je l'aurais pas fait. Mais la vérité vraie, c'est que c'est du business.

— Du business ?

— Ouais, mec. A côté de ça, le basket c'est zéro. Ce qui compte, c'est l'image. Regarde Deon, et Rodman. Plus j'ai l'air ouf, plus je palpe.

— Alors tout ça c'est de la frime ?

173

— Ben ouais. Remarque, j'aime bien choquer les blaireaux, mais pas tant que ça. Le plus gros, c'est pour la presse. C'est un job, quoi.

— Mais tous les journalistes te descendent en flèche, objecta Myron.

— Et alors ? Plus ils parlent de moi, plus je me fais de la thune. C'est aussi simple que ça. Laisse-moi te dire une chose, Myron : la presse, c'est le truc le plus débile que les humains aient inventé. Et tu sais ce que je veux faire, plus tard ?

— Non, mais dis toujours, ça m'intéresse.

— Un de ces jours, je vais virer tous ces anneaux et ces piercings à la con, je vais m'habiller correct. Je vais me mettre à parler politiquement correct, avec des « Bonjour monsieur » et des « Merci madame ». Tout ce qu'ils veulent entendre, cette bande de cons. Et tu sais ce qui va se passer ? Je vais les niquer jusqu'à l'os. Parce qu'ils n'auront rien compris du tout. Je serai un miraculé de l'intégration. Sauf que dans ma tête rien n'aura changé. Tu vois ce que je veux dire ?

— Tu es un chef-d'œuvre à toi tout seul, répondit Myron.

TC lui tourna le dos et contempla l'océan. Myron l'observa en silence. Il n'était pas d'accord avec tout ce qu'il venait d'entendre. Ça demandait réflexion. TC était de bonne foi mais pas tout à fait honnête non plus – ou peut-être était-il incapable de regarder la vérité en face. Il souffrait. Il croyait sincèrement que personne ne pouvait l'aimer, et ça, ça fait mal, qui que vous soyez. Ça vous sape le moral, ça vous donne envie de vous cacher derrière un rempart que vous construisez vous-même. Le plus triste, c'est que TC avait raison, quelque part. Qui s'intéresserait à lui, s'il n'était pas un pro du basket ? Si personne n'avait détecté ce don quand il était gamin, où serait-il à présent ? TC était comme une jolie fille qui veut qu'on l'aime pour son âme, mais on ne voit que ses seins et sa chute de reins. Elle prie les bonnes fées, perd sa beauté… et il n'y a plus personne pour gratter la surface. Pareil pour TC.

Néanmoins, ce n'était pas aussi simple que cela, songeait Myron. Sans être psychologue, psychiatre ou psychanalyste, il était sûr que les tatouages et les piercings de TC n'étaient pas simplement alimentaires. Ils impliquaient une telle autodestruction. Pour quelle raison ? En tant qu'ex-athlète de haut niveau, Myron pouvait comprendre certaines de ses motivations. D'un autre côté, ils venaient tous deux de milieux si différents…

TC interrompit leur solitude commune.

— Y a une question que je voudrais te poser, Myron.

— Je t'écoute.

— Pourquoi t'es là ?

— Tu veux dire ici ? Dans ta maison ?

— Arrête, mec. Je t'ai vu jouer quand j'avais quinze ans, au lycée. T'étais super, d'accord. Mais c'était y a longtemps. Faut voir les choses en face : tu touches plus une bille. Tu t'es vu à l'entraînement ? Qu'est-ce que tu fous chez nous ?

Myron accusa le coup. Façon marteau sur le sommet du crâne qui sert d'enclume. TC et lui avaient-ils participé à la même séance d'entraînement ? Mais oui, bien sûr. Et TC avait raison. Myron avait-il oublié l'époque où il était la star de l'équipe ? L'époque où il était capable de court-circuiter cinq défenseurs pour marquer sans l'aide de ses propres attaquants ? Mais il n'était qu'un gamin, ne jouait que vingt-cinq matchs par saison. A présent, il était dans la cour des grands, une centaine de matchs contre les meilleurs de tout le pays.

Pour qui te prends-tu, Bolitar ? Arrête de rêver !

— Je suis là pour rendre service, dit-il. Ils ne comptent pas vraiment sur moi.

— Hum… Dis plutôt que t'arrives pas à décrocher !

Myron ne répondit pas. Qu'aurait-il pu dire sans se désavouer ?

Au bout d'un moment, TC rompit le silence :

— Au fait, j'allais oublier. Il paraît que tu es assez pote avec un ponte de la Lock-Horne Securities. C'est vrai ?

— Oui. Il s'appelle Win.

— Tu sais que la Branleuse travaille à Wall Street ?

— Oui, c'est ce qu'elle m'a dit.

— Elle en a marre, elle cherche un job. Tu pourrais la brancher sur ton pote ?

— Pourquoi pas ?

Win apprécierait sûrement une collaboratrice obsédée sexuelle et ethnologue.

— Je lui en parlerai. Elle travaille pour qui, actuellement ?

— Une petite boîte. Kimmel Brothers. Faut qu'elle évolue, tu comprends ? Ils refusent de l'associer, alors que c'est elle qui rapporte tout le pognon.

TC continua de vanter les mérites de la Branleuse, mais Myron ne l'écoutait plus. Kimmel Brothers. Ce nom avait fait tilt, immédiatement. Quand il avait appuyé sur la touche « Bis », chez Greg, une voix de femme avait annoncé : « Kimmel Brothers ». Pourtant, Maggie, alias la Branleuse, venait de dire à Myron qu'elle n'avait pas parlé à Greg depuis un mois ou deux.

Pure coïncidence ? Myron n'y croyait pas.

16

La Branleuse était partie.

— Elle n'était venue que pour toi, dit TC. Comme ça a foiré, elle s'est tirée. Elle travaille tôt demain matin.

Myron jeta un coup d'œil à sa montre. Vingt-trois heures trente. Rude journée. Il était sans doute temps pour lui aussi d'aller s'allonger dans les bras de Morphée. Il prit congé et se dirigea vers sa voiture. Audrey l'y attendait, appuyée contre le capot, jambes croisées, très cool.

— Tu vas chez Jessica ?

— Oui.

— Tu peux me ramener en ville ?

— Bien sûr.

Elle lui adressa le même sourire que lors de l'entraînement. Sur le moment, il avait cru qu'elle appréciait sa façon de jouer. A présent, il se demandait si elle avait souri tout simplement parce qu'elle l'avait trouvé ridicule. Il déverrouilla les portières en silence. Elle ôta son blazer bleu marine, le posa sur le siège arrière et s'assit. En dessous, elle portait un pull vert à col roulé. Elle tripota son col, dégrafa son collier de perles qu'elle fourra dans une poche de son jean. Myron mit le contact et démarra.

— Je commence à y voir plus clair, dit Audrey.

Myron n'aimait pas trop ce ton soudain autoritaire. Elle n'avait pas besoin de lui pour jouer les taxis. En fait, elle voulait lui parler en privé, et c'était bien la dernière chose dont il avait envie. Il se fendit d'un sourire bon enfant et attaqua le premier :

— Cette promenade en voiture n'a rien à voir avec mon beau petit cul, n'est-ce pas ?

— Pardon ?

— Jessica m'a dit que vous deux discutiez de mon anatomie.

Elle ne put s'empêcher de rire.

— Eh bien, ça m'ennuie de l'avouer, mais c'est vrai, tu as de très jolies fesses. Très appétissantes.

Myron fit de son mieux pour ne pas avoir l'air flatté.

— Donc, tu vas écrire un papier là-dessus.

— Sur la tonicité de tes muscles fessiers ?

— Oui. Quoi d'autre ?

— Evidemment. Je suis sûre que ça ferait un tabac. Pas toi ? Douterais-tu de ton principal atout ?

Pris au dépourvu, Myron se contenta d'émettre une sorte d'onomatopée.

— N'essaie pas de changer de sujet, dit Audrey.

— Ah bon ? Parce qu'il y avait un sujet ?

— Je venais de te dire que je commence à y voir plus clair.

— Et tu trouves que c'est un sujet de conversation ?

Myron se tourna vers elle. Elle était assise de guingois, genou gauche plié, tout le poids de son corps reposant sur sa cheville, de telle sorte qu'elle lui faisait face. Elle avait un visage rond, parsemé de taches de rousseur. Myron était prêt à parier qu'elle en avait encore bien plus quand elle était gamine. Vous savez, le garçon manqué qu'on a connu quand on avait six ou sept ans, et qu'on retrouve vingt ans plus tard, avec un peu moins de taches de rousseur et une paire de seins en plus. Audrey

178

n'était pas une beauté au sens classique du terme. Mais elle avait quelque chose. Du charme ? Du chien ? C'était le genre de fille qu'on a envie de prendre dans ses bras pour se rouler avec elle sur un tapis de feuilles mortes, un soir d'automne.

— Je me demande pourquoi j'ai mis si longtemps à piger, dit-elle. C'était gros comme un camion tout neuf.

— Et je suis censé comprendre ? Je peux savoir de quoi tu parles ?

— Non. Tu es censé jouer les demeurés pendant quelques minutes encore.

— Ça tombe bien, c'est ma spécialité.

— Parfait. Alors tu conduis et tu la fermes.

Elle gesticulait beaucoup, levant ou baissant les mains pour ponctuer chaque phrase.

— Tu vois, je me suis fait avoir par le côté à la fois poétique et ironique de l'histoire. C'est là-dessus que je m'étais concentrée. Mais votre rivalité en tant que mecs n'était que secondaire. Ce n'était pas aussi important que… disons, ton ancienne liaison avec Emily.

— Désolé, mais je ne vois vraiment pas de quoi tu parles.

— Tu n'as plus rien à voir avec le basket professionnel. Tu joues de temps en temps avec des gamins, dans des quartiers défavorisés. A part ça, tu es out. Ton truc, maintenant, c'est les arts martiaux, chez Maître Kwon, avec ton pote Win. Et ils ne s'amusent pas à lancer des ballons dans des paniers, que je sache.

— Oui, et alors ?

Elle leva les yeux au ciel et écarta les mains, paumes vers le plafond. Incrédulité totale.

— Tu as gaspillé ton talent. Tu n'as jamais joué là où Clip, Calvin ou Donny auraient pu te voir. Alors dis-moi pourquoi les Dragons voudraient de toi maintenant ? Ça ne rime à rien. Juste un coup de pub ? Ridicule. L'impact est minimum, et si tu te plantes – ce qui va se produire, soyons réalistes – ça va être le flop total. L'équipe n'a pas besoin de ça, on en est déjà à vendre les billets au marché noir. Donc, si tu débarques dans le paysage, c'est pour quelque chose de plus sérieux.

Elle s'interrompit, dégagea sa jambe gauche et s'assit plus confortablement.

— Parle-moi du timing.

— Quel timing ?

— Pourquoi débarques-tu juste maintenant ? C'est un peu tard, non ? La saison est presque terminée. Il n'y a qu'une seule explication.

— Ah oui ? Et laquelle ?

— La disparition de Downing.

— Il n'a pas disparu, corrigea Myron. Il est blessé. Au temps pour ton timing. Greg s'est niqué la cheville, il fallait quelqu'un pour le remplacer et c'est moi.

Audrey secoua la tête puis sourit.

— Bon, d'accord, tu persistes et signes. Alors on va dire que Downing est blessé et qu'on l'a mis au vert pour qu'il se refasse une santé. Le seul problème, Myron, c'est qu'on ne me la fait pas. Dans le genre fouille-merde, je suis plutôt bonne. J'ai mis tous mes contacts sur ce coup-là. Or, je n'arrive à rien. C'est bizarre, non ?

Myron se contenta de hausser les épaules.

— Tu vas me dire qu'il a besoin qu'on le laisse tranquille pour réparer sa cheville – mais blessée quand, où et comment ? Aucune trace sur les vidéos, c'est pas un peu bizarre, ça aussi ? Bref, si c'est juste une question médicale, pourquoi tant de mystère ?

— Justement pour lui éviter d'être importuné par des vautours tels que vous, chère amie.

— Bravo, Myron ! C'est dit avec une telle conviction ! On y croirait presque.

Il préféra ne pas répondre.

— Mais laisse-moi ajouter deux ou trois petites

choses, poursuivit Audrey. Ensuite, tu pourras cesser ton numéro de débile mental.

Elle compta sur ses doigts, dépourvus de bagues, aux ongles coupés au carré.

— Un, je sais que tu as travaillé pour le FBI. Ce qui te donne un léger avantage, côté investigation. Deux, je sais que Greg Downing a la fâcheuse habitude de s'évanouir dans la nature. Ce n'est pas la première fois qu'il nous fait le coup. Trois, je connais la situation de Clip Arnstein, par rapport aux autres membres du conseil d'administration. Or, le vote a lieu très bientôt. Et, pour finir, je sais aussi que tu es allé voir Emily hier. Je doute que tu lui aies rendu visite pour ranimer une ancienne flamme...

— Comment l'as-tu appris ?

Elle sourit et posa une main sur son bras.

— Tu es à la recherche de Greg. Il a disparu, une fois de plus. Mais cette fois, c'est sérieux, c'est le job de Clip qui est en jeu. Alors, aussi vrai que deux et deux font quatre, c'est lui qui t'a engagé pour le retrouver.

— Tu as beaucoup d'imagination, Audrey.

— Ce n'est pas faux, admit-elle. Mais je n'ai pas que cela, Dieu merci. Tu sais pertinemment que j'ai raison, alors jouons franc jeu. On partage le gâteau, d'accord ?

— Quel gâteau ? Je n'ai rien à voir avec toi ni avec la presse people !

— On se calme, Myron ! On a tout à y gagner, toi et moi. On ferait une superbe équipe. J'ai mes sources, je connais tous ces petits gars. Toi à l'intérieur et moi à l'extérieur, on a le Pulitzer, les doigts dans le nez !

— Et quel serait mon rôle, exactement ?

— Tu me racontes toute l'histoire. Où il est, pourquoi il s'est tiré, etc. En exclu, bien sûr. Il y a un paquet à la clé, Myron.

Des motels pourris et autant de stations-service défilaient sous leurs yeux, le long de la Route 4. Ah, le New

181

Jersey! Les motels s'affublent toujours de noms qui sont la négation même de ce qu'ils sont. Par exemple, ils venaient de passer devant le Courtesy Inn. L'auberge de la Courtoisie! L'établissement avait effectivement la courtoisie de vous annoncer la couleur : 19 dollars 82 l'heure. Pas vingt dollars, hein, seulement 19 dollars 82! Sans doute en souvenir de 1982, la dernière année où ils avaient changé les draps. Sur la droite, une autre enseigne : BIÈRE À GOGO. Et le gogo c'est qui? Au moins, chez eux, la publicité n'était pas totalement mensongère. L'auberge de la Courtoisie aurait pu en prendre de la graine.

— Toi et moi savons que je peux publier mon papier dès demain, dit Audrey. De toute façon, ça fait un scoop : Downing n'a jamais été blessé, tu es là pour enquêter sur sa disparition. Mais je suis d'accord pour attendre. Parce que je veux toute l'histoire.

Myron réfléchissait. Tout en cherchant de la monnaie pour le péage, il glissa un œil vers elle. Excitée comme une puce, prête à se battre bec et ongles pour défendre son point de vue.

— Tu dois me promettre une chose, dit-il.

— Quoi?

— Quoi qu'il arrive – et même si ça te paraît incroyable –, tu me fais confiance. Tu ne révèles rien à qui que ce soit. Pas un mot à tes patrons. D'accord?

Si elle n'avait pas été retenue par sa ceinture de sécurité, elle aurait sauté au plafond.

— Ça veut dire quoi, ça? Tu es contre la liberté de la presse?

— Bon, on oublie, Audrey. Raconte tout ce que tu veux. Après tout, j'en ai rien à cirer.

Elle réagit très vite.

— O.K., mea culpa. Je t'écoute.

— Tu promets?

— Oui. Promis, juré. Alors, qu'est-ce qui se passe?

Myron secoua la tête.

— Toi d'abord. A ton avis, pourquoi Greg se serait-il évanoui dans la nature ?

— Qui sait ? Il a toujours été bizarre.

— Que sais-tu, à propos de son divorce ?

— Ça s'est plutôt mal passé.

— C'est-à-dire ?

— Le truc classique. Ils se battent pour la garde des gosses ; chacun essaie de prouver que l'autre est un parent indigne.

— Tu as des détails, concernant la procédure ?

— Non. Ils ont évité toute publicité.

— Emily m'a dit que Greg n'avait pas été très réglo. Tu es au courant ?

Audrey se mordit la lèvre, hésita un moment.

— Il y a un bruit qui court. Je ne sais pas trop, ce n'est qu'une rumeur. Greg aurait engagé un privé pour la surveiller.

— Pourquoi ?

— Je l'ignore.

— Pour la photographier avec un autre homme ?

Audrey haussa les épaules.

— Tu connais le nom du détective ?

— Je te le répète, Myron, il ne s'agit que de rumeurs. Je ne bosse pas pour la presse people, le divorce d'un basketteur professionnel ne me passionne pas plus que ça. Je n'ai pas suivi l'affaire de près.

Myron nota mentalement de vérifier d'éventuels paiements de Greg à une agence de détectives.

— Ça se passait comment, entre Greg et Marty Felder ?

— Son agent ? Plutôt bien, je crois.

— D'après Emily, Felder lui aurait fait perdre des millions.

— Je n'en ai jamais entendu parler.

La circulation sur le Washington Bridge était relativement fluide. Ils restèrent sur la file de gauche et s'engagèrent sur Henry Hudson Parkway, plein sud. Sur leur droite, les eaux noires du fleuve étaient constellées de milliers de paillettes. De l'autre côté, Tom Brokaw étalait son sourire à la fois amical et déterminé sur un immense panneau. La légende disait : NBC NEWS : MAINTENANT PLUS QUE JAMAIS ! Très impressionnant. Mais c'était quoi exactement, le message ?

— Et côté vie personnelle ? reprit Myron. Greg avait quelqu'un ?

— Tu veux dire une maîtresse ?

— Oui.

Elle passa ses doigts dans ses cheveux bouclés puis se massa la nuque.

— Il y avait bien cette fille… Il ne voulait pas que ça se sache mais je crois qu'ils ont vécu ensemble un certain temps.

— Tu connais son nom ?

— Non. Je les ai vus ensemble dans un restaurant, un soir. Il a eu l'air gêné que je les aie surpris.

— Comment était-elle ?

— Rien à signaler. Brune. Elle était assise, alors je peux pas te dire si elle était grande. Ni même si elle était mince ou plutôt ronde.

— Quel âge ?

— La trentaine.

— Qu'est-ce qui t'a fait penser qu'ils vivaient ensemble ?

La question était simple mais elle hésita.

— Une remarque de Leon, dit-elle enfin.

— Laquelle ?

— Je ne sais plus. Quelque chose à propos de la petite amie. Et puis soudain il s'est refermé comme une huître.

— Ça s'est passé quand ?

— Oh, il y a trois ou quatre mois. Peut-être un peu plus.

184

— Leon affirme que Greg et lui n'ont jamais été aussi proches que le prétend la presse.

— Il est un peu tendu, mais je pense que c'est temporaire.

— Et d'où viendrait cette tension ?

— Aucune idée.

— Ça dure depuis longtemps ?

— Non. Deux semaines, peut-être.

— Tu as remarqué un sujet de désaccord entre eux, récemment ?

— Non. Ils sont amis depuis des années. Tous les amis se disputent de temps en temps. Je n'y ai pas prêté attention.

Myron en resta rêveur. Même les meilleurs copains du monde ne sont pas toujours d'accord, certes. Mais, en l'occurrence, le timing était intéressant.

— Tu connais Maggie Mason ? demanda-t-il.

— La Branleuse ? Bien sûr.

— Est-ce que Greg et elle étaient très liés ?

— Tu veux savoir s'ils baisaient ?

— Non, ce n'est pas ce que je voulais dire.

— Eh bien, pour répondre à la question qui n'était pas la tienne, oui, ils ont couché ensemble. Et ce n'est pas une rumeur. Mais, contrairement à ce qu'elle prétend, tous les gars de l'équipe ne sont pas passés dans son lit. Certains ont résisté à ses charmes. Peu d'entre eux, c'est vrai, mais quelques-uns. Et toi ? Tu as déjà eu droit au bizutage ?

— Il y a à peine quelques heures.

Elle sourit.

— Et je parie que tu as rejoint le club très privé des réfractaires ? Des rares et fiers non-branlés ?

— Pari gagné. Mais les histoires de cul, très sincèrement, je m'en tape. Ce qui m'intéresse, ce sont les relations entre Maggie et Greg. Je répète donc ma question : étaient-ils très proches ?

— Je dirais que oui, ils étaient plutôt potes. Mais en

fait, c'est TC qui la branche. Ces deux-là, c'est comme le pouce et l'index. Et ce n'est pas seulement sexuel. Comprends-moi, je ne dis pas qu'ils n'ont pas couché ensemble, ni même qu'ils ont cessé. Je suis sûre qu'ils s'envoient encore en l'air de temps en temps, à l'occasion. Mais entre eux, il y a autre chose. Ils sont comme frère et sœur. C'est étonnant.

— Et TC et Greg s'entendent bien ? demanda Myron.

— Pas trop mal, pour des idoles. Mais ce n'est pas le grand amour non plus.

— Tu peux développer ?

Elle ferma les yeux, fronça les sourcils, cherchant ses mots. Puis elle se lança :

— Ça fait maintenant cinq ans que TC et Downing se partagent la vedette. Je suppose qu'ils se respectent mutuellement, en tant qu'athlètes. Mais je ne crois pas que ça aille au-delà. Du moins pas jusqu'à l'amitié. Je ne dis pas qu'ils se détestent, mais le basket est un job comme un autre, après tout. On peut apprécier un collègue parce qu'il est compétent, sans pour autant avoir envie de le fréquenter en dehors du boulot.

Elle leva la tête et ajouta :

— Rabats-toi sur la file de droite et prends la prochaine sortie.

— Tu habites toujours sur la 81e ?

— Eh oui !

Myron obéit. Dès le premier feu rouge, sur Riverside Drive, elle passa à l'attaque :

— A ton tour de te mettre à table, Myron. Pourquoi t'ont-ils engagé ?

— Tu le sais déjà. Ils veulent que je retrouve Greg.

— Qu'as-tu découvert, jusqu'à présent ?

— Pas grand-chose.

— Dans ce cas, pourquoi étais-tu si nerveux à l'idée que j'écrive un article ?

Il hésita.

— Je t'ai juré de ne rien dire, lui rappela-t-elle. Tu as ma parole.

Curieusement, il la crut. Alors il lui raconta le sous-sol de Greg, avec tout ce sang répandu. Elle en resta muette. Quand il en vint à la découverte du cadavre de Sally/Carla, il la vit pâlir.

— Mon Dieu ! murmura-t-elle quand il eut fini. Tu penses que Downing l'a tuée ?

— Je n'ai pas dit ça.

Elle se laissa aller contre le dossier de son siège, la tête en arrière, comme si ses cervicales ne pouvaient plus supporter le poids de son crâne.

— Seigneur, quelle horreur !

— Mais pas question d'en dire un mot à qui que ce soit. Tu me l'as juré, ne l'oublie pas.

— Inutile de me le rappeler, dit-elle en se redressant. Mais tu penses pouvoir éviter les fuites pendant combien de temps ?

— Aussi longtemps que possible.

— Mais tu pourrais me filer toute l'histoire en exclu, non ?

— Pas pour l'instant, Audrey. C'est une marmite prête à exploser et mieux vaut laisser le couvercle dessus. Si je te laissais jouer avec, ce serait trop dangereux pour toi.

Pas du tout convaincue, elle fit la moue.

— Tu penses que Greg a tué cette femme et s'est enfui, n'est-ce pas ?

— Peu importe ce que je pense. Pour l'instant, il n'y a aucune preuve.

Il se gara devant son immeuble.

— Une dernière question, dit-il. Est-ce que Greg était impliqué dans des histoires louches ?

— Pardon ?

— Y avait-il une raison pour que des truands soient à ses trousses ?

Elle sursauta. Décidément, cette jeune femme était très sensible. Une vraie pile électrique.

— Je ne comprends pas. Quels truands ?

— Il y en avait deux qui surveillaient sa maison.

Elle devint écarlate.

— Des truands ? Tu veux dire des criminels ?

— Ou des tueurs professionnels, si tu préfères. Je n'en suis pas encore sûr. Essaie de réfléchir. Y a-t-il quelque chose dans la vie de Greg qui pourrait avoir un rapport quelconque avec la Mafia ? Et avec le meurtre de cette femme. La drogue, peut-être ?

Audrey secoua la tête immédiatement, et avec énergie.

— Non. Impossible. Rien à voir avec la drogue.

— Pourquoi en es-tu si certaine ?

— Downing est un fan de la vie saine. Jus de carotte et compagnie, il milite même contre le café et le thé.

— Et c'est une preuve, d'après toi ? Il ne serait pas le premier à avoir fauté.

— Non, je n'y crois pas une seconde. Greg n'a jamais touché à la drogue.

— Si tu le dis… Mais fais-moi plaisir, appelle-moi si un détail te revient.

— Promis.

— Et tâche d'être discrète !

— Compte sur moi.

Elle sortit de la voiture.

— Bonne nuit, Myron. Merci de m'avoir fait confiance.

— Comme si j'avais le choix !

Audrey claqua la portière derrière elle. Il la regarda s'éloigner vers l'entrée de son immeuble puis redémarra en direction de la 79e. Rejoignit l'autoroute, vers le sud, vers Jessica. Il allait saisir son téléphone cellulaire pour l'appeler mais fut pris de vitesse : l'engin se mit à sonner. Jessica, évidemment. Les grands esprits se rencontrent ! D'après l'horloge du tableau de bord, il était minuit et sept minutes.

— Allô, mon cœur ?

— Salut, ma poule, dit la voix de Win. Jette un coup d'œil derrière toi. Sur la file de droite. Il y a quelqu'un qui te colle au train.

17

— Quand es-tu revenu ? demanda Myron.

Win ne daigna pas répondre.

— C'est la voiture qu'on a vue devant chez Greg. D'après la plaque, elle est enregistrée au nom d'un entrepôt à Atlantic City. Aucune connection connue avec la Mafia mais je parie qu'en cherchant bien...

— Ça fait longtemps que tu me suis ?

De nouveau, Win ignora la question.

— Les deux types qui t'ont agressé l'autre soir, de quoi ils avaient l'air ?

— Plutôt balèzes. L'un des deux était carrément monstrueux.

— Les cheveux en brosse ?

— Oui.

— Il est assis côté passager.

Myron ne se donna pas la peine de lui demander comment il était au courant de cette agression. Ce n'était pas difficile à deviner.

— Ils sont pendus au téléphone, poursuivit Win. A mon avis, ils sont en train de combiner un truc avec un complice. Ça dure depuis que tu t'es arrêté sur la 81e. Attends, je te rappelle.

Il raccrocha. Myron vérifia dans son rétroviseur et

aperçut la voiture en question, exactement là où le lui avait indiqué Win, en quatrième position. Le téléphone sonna de nouveau.

— Oui ?

— Je viens d'avoir Jessica encore une fois.

— Comment ça, encore une fois ?

Win poussa un soupir exaspéré. Il détestait les explications superflues.

— S'ils ont l'intention de te coincer ce soir, on peut logiquement supposer qu'ils le feront près de chez elle.

— Exact.

— Donc, je l'ai appelée il y a dix minutes pour lui demander d'ouvrir l'œil.

— Et alors ?

— Une camionnette blanche s'est garée de l'autre côté de la rue. Personne n'en est sorti.

— Je vois. Ces messieurs vont encore frapper.

— On ne peut rien te cacher, dit Win. Tu veux que j'intervienne ?

— Comment ?

— Je peux neutraliser la voiture qui te suit.

— Non. Je préfère les laisser faire, pour voir où ça nous mène.

— Pardon ?

— Contente-toi de me couvrir. S'ils me chopent, ils me conduiront peut-être jusqu'à leur chef.

Win émit une sorte de grognement réprobateur.

— Quoi ? demanda Myron.

— Pourquoi faire simple quand on peut faire compliqué ? Laisse-moi m'occuper des deux zozos et je te garantis qu'ils cracheront le morceau.

— C'est justement cette dernière partie qui m'ennuie. Je sais comment tu fais cracher les gens !

— Oh, mille excuses pour mon manque d'éthique ! Evidemment, c'est bien plus intelligent de risquer ta vie plutôt que d'infliger un petit moment d'inconfort à deux tueurs.

Win avait l'art de présenter son point de vue sous un jour parfaitement raisonnable. Il avait sa propre logique, d'autant plus terrifiante qu'elle était convaincante.

— Ils sont payés pour ce job, dit Myron. Je suis sûr qu'ils ne savent rien.

Silence. Puis :

— Un point pour toi. Mais suppose qu'ils t'abattent froidement ?

— Aucun risque. La seule raison pour laquelle ils s'intéressent à moi, c'est parce qu'ils pensent que je sais où se trouve Greg.

— Et les cadavres ne parlent pas.

— Exactement. Ils veulent me faire parler. Donc, ils vont me mettre au vert quelque part pour me cuisiner.

— Et moi j'irai te chercher, conclut Win.

Myron n'en doutait pas une seconde. Malgré tout, ses mains se crispèrent sur le volant. Se faire tirer dessus, c'est facile à envisager, tant qu'il s'agit de pure théorie. Mais se garer dans une rue où vous guettent de vrais tueurs en chair et en os, c'est une autre histoire. Win serait là pour surveiller la camionnette, Myron était sur ses gardes. N'empêche… Si le canon d'une arme se pointait par la vitre ouverte avant la tête de son propriétaire…

Il sortit de l'autoroute. Les rues de Manhattan sont censées former un parfait quadrillage. Toutes perpendiculaires, du nord au sud et d'est en ouest, toutes numérotées, toutes rectilignes. Mais quand on arrive à Greenwich Village et à Soho, le quadrillage semble avoir été revu et corrigé par Gaudi. Plus de lignes droites, des rues en biais, avec des noms au lieu de numéros, et même des impasses tortueuses ! Comme si la vieille Europe était venue rappeler son bon souvenir à Manhattan.

Heureusement, Spring Street était à peu près droite.

Un cycliste dépassa Myron. A part lui, personne à l'horizon. La camionnette était bien là. Toute blanche, parfaitement anonyme, comme l'avait dit Jessica. Les vitres étaient teintées, si bien qu'on ne pouvait voir l'intérieur. Myron chercha des yeux la voiture de Win. En vain, naturellement. S'il l'avait aperçue, il aurait eu de quoi s'inquiéter. Il ralentit, comme un automobiliste qui cherche une place où se garer. Les autres mirent le contact. Myron exécuta un superbe créneau et inséra sa Taurus entre deux véhicules, à cent mètres de là. La camionnette déboîta.

Attention, le show va commencer !

Myron coupa le moteur, empocha les clés. La camionnette avançait lentement. Il glissa son revolver sous la banquette. Inutile de s'encombrer d'un tel objet : si ces types s'emparaient de lui, ils commenceraient par le fouiller. S'ils tiraient sans sommation, mieux valait compter sur Win pour résoudre le problème – d'une manière ou d'une autre.

Il tendit la main vers la poignée, la peur au ventre. Ouvrit la portière, descendit de la voiture. La rue était sombre. A Soho, les réverbères sont rares, et aussi efficaces que des mini-lampes de poche au fond d'une mine de charbon. Quant aux quelques fenêtres éclairées, elles diffusaient une vague lueur plus fantomatique que rassurante. Des sacs-poubelles en plastique – éventrés pour la plupart – jalonnaient le bord des trottoirs, répandant une odeur peu ragoûtante. La camionnette progressait toujours, lentement mais sûrement. Soudain, un homme surgit d'une porte cochère et se dirigea vers Myron sans la moindre hésitation. Il portait un pull à col roulé et un manteau noirs. Plus un fusil à canon scié – noir également – qu'il pointait sur Myron. La camionnette s'arrêta à leur hauteur, la porte latérale coulissa sans bruit.

— Allez, monte ! ordonna l'homme au fusil.

— C'est à moi que vous parlez, jeune homme ? s'enquit Myron d'un ton poli.

— Allez, tu la fermes et tu grimpes là-dedans.

— Dites-moi, c'est un col roulé que vous avez là, ou un préservatif ? Très seyant, en tout cas.

Le type enfonça son flingue dans les côtes de Myron.

— Avance, Ducon.

— Inutile de vous énerver, cher ami. Nous sommes entre gens civilisés, n'est-ce pas ? Vous devez absolument me donner l'adresse de votre styliste. J'adore votre look.

Quand Myron avait la trouille, il avait tendance à devenir prolixe. Win l'avait cent fois mis en garde contre ce dangereux défaut mais c'était plus fort que lui. La peur provoquait chez lui une sorte de diarrhée verbale. D'ailleurs ça porte un nom. La logorrhée. Phonétiquement assez hideux, faut bien le dire.

— Allez, avanti ! ordonna le col roulé.

Myron obéit, suivi de très près par son mentor armé. A part le conducteur, il y avait deux autres hommes à bord de la camionnette. Tous vêtus de noir, excepté celui qui semblait être le patron. Très chic, celui-là. Chemise blanche à fines rayures bleues (ou l'inverse, difficile à dire), cravate jaune nouée façon Windsor avec épingle en or. Pas vraiment le représentant de l'Amérique profonde et silencieuse. Ajoutez à cela de longs cheveux blonds décolorés et un bronzage permanent qui n'avait sans doute rien à voir avec le soleil. Il ressemblait davantage à un surfer nostalgique des années 70 qu'à un patron de la Mafia.

L'intérieur du véhicule avait été décoré par un designer un peu à côté de la plaque. Tous les sièges avaient été enlevés, sauf celui du conducteur. Tout au fond, une banquette en cuir, sur laquelle trônait Mister Chemise-à-rayures. Le reste était tapissé du sol au plafond d'une moquette vert mousse que même le King Elvis aurait trouvée de mauvais goût. Surtout la partie verticale, qui voulait évoquer du lierre, apparemment.

Chemise-à-rayures sourit. Les mains croisées sur les genoux, il semblait parfaitement à l'aise. La camionnette se mit en route. Très nerveux, Col-Roulé réagit aussitôt :

— Assis !

Myron ne se le fit pas dire deux fois. D'autant qu'il était déjà assis sur la moquette. Il passa sa main sur le revêtement, doux comme le dos d'un caniche bien toiletté.

— Très joli vert, dit-il. Mes compliments.

— Cent pour cent synthétique, répondit le chef. Sans compter que le vert et le rouge sont des couleurs complémentaires. C'est plus pratique, pour effacer les taches de sang.

— Oui, évidemment. Fallait y penser.

Myron avait la gorge sèche, mine de rien. Curieusement, sa légendaire logorrhée lui faisait défaut.

Chemise-à-rayures fit un signe au porte-flingue, lequel se mit immédiatement au garde-à-vous et débita son texte, comme s'il le lisait sur un prompteur :

— Voici M. Baron. Ici nous l'appelons tous Mister B.

Il marqua une pause, s'éclaircit la gorge, puis reprit :

— Mister B, parce que B comme « Boss », comme « Big Bang », « Boomerang » et « Boum » !

— Une vraie bombe. Je parie qu'il a un succès fou auprès des femmes, commenta Myron.

Mister B sourit de toutes ses fausses dents, plus étincelantes qu'à l'époque des pubs pour Pepsodent.

— Bon, il a eu sa chance, décréta-t-il. On va commencer par la jambe gauche.

Col-Roulé pressa le canon de son arme contre la tempe de Myron. Il enroula son autre bras autour de son cou, enfonçant son coude dans sa pomme d'Adam. Baissant la tête, il lui murmura à l'oreille :

— Alors, tête de nœud, il te plaît, mon préservatif ?

Puis il plaqua Myron au sol, s'installa à califourchon sur lui. Myron avait du mal à respirer. Il commençait à paniquer mais réussit à ne pas bouger d'un iota. Dans ces cas-là, mieux vaut adopter un profil bas. D'ailleurs il n'avait pas le choix, l'autre l'écrasait littéralement.

Mister B se leva lentement de sa banquette en cuir, sans quitter des yeux le genou de Myron. Il souriait, l'animal, telle une hyène prête à bouffer les restes d'une proie terrassée par une lionne.

— D'abord, je vais appuyer sur le fémur. De l'autre main, je vais peser sur le tibia, expliqua-t-il d'un ton docte, tel un chirurgien devant ses internes. Sous la pression de mes pouces, la rotule va exploser.

Il regarda Myron droit dans les yeux.

— Comme vous le savez, ça va bousiller tous les ligaments. C'est très douloureux, et les dommages sont irréversibles.

Myron chercha désespérément un jeu de mots, une repartie à la hauteur de la situation, mais dut s'avouer vaincu.

— Non ! Attendez ! Pourquoi tant de haine ? On peut discuter, non ?

Mister B sourit, puis haussa les épaules.

— Ah oui ? Et au nom de quoi ?

Myron avait la nausée, la peur lui nouait les tripes.

— Au nom de rien du tout, dit-il. Interrogez-moi, je vous dirai tout ce que vous voulez.

— Bien sûr. Nous le savons depuis le début. Mais nous savons aussi que vous allez nous mener en bateau, avant de nous dire la vérité.

— Non. Je vous le jure. Je vous dirai tout ce que je sais.

— Ne m'interrompez pas. C'est très impoli.

Il ne souriait plus, à présent.

— Bon, où en étais-je ?

— Il nous raconte des craques, lui rappela le conducteur.

— Ah oui. Exact.

Le boss se retourna vers Myron :

— Tout d'abord, on vous tient, on vous garde. Et on a les moyens de vous faire chanter ! Deuzio, vous comptez sur votre pote pour vous sortir de là, n'est-ce pas ?

— Quel pote ?

— Win. Vous deux, vous êtes toujours comme cul et chemise, ou je me trompe ?

Ainsi, ce type avait entendu parler de Win. Pas très bon signe.

— Win qui ?

— Allez, ça suffit.

Big Boss se rapprocha de Myron. Lequel commença à gigoter, mais comment faire bonne figure, quand on a le canon d'un revolver dans la bouche ? Ça a tendance à vous couper la parole. Sans compter l'appétit. C'est froid et ça vous a un petit goût métallique, pas terrible.

— Bon, je plaisantais. En fait, on va commencer par un genou. Ensuite, on pourra causer.

Le larbin de service ôta le flingue de la bouche de Myron pour le poser contre sa tempe. Soulagement de brève durée ! Simultanément, Mister B empoigna son genou et serra de toutes ses forces, enfonçant ses ongles dans la chair, telles les serres d'un oiseau de proie.

— Non ! hurla Myron. Attendez !

— Non ?

Myron était au bord de l'évanouissement. En fait, il souhaitait tomber dans les pommes pour oublier la douleur. Mais, toujours conscient, il saisit un crochet qui traînait sur le sol. Le genre de truc qui sert à arrimer les paquets. Arme dérisoire. Il ferma les yeux, s'apprêtant à mourir. Il n'eut pas à attendre longtemps.

L'impact fut terrible. Toutes les vitres volèrent en éclats. Il y eut un bruit horrible de métal déchiré, pis qu'un tremblement de terre. Instinctivement, Myron se roula en boule et s'éjecta hors de l'habitacle. Il y eut des cris, une portière s'ouvrit. Au milieu d'une indescriptible cacophonie, le conducteur de la camionnette s'extirpa de sa prison de fer. Puis Mister B, les poils en aigrette et la cravate de travers. Enfin Col-Roulé, indemne lui aussi. Un peu sonné, Myron leva les yeux juste à temps pour le voir ramasser son arme.

— Laisse tomber, dit Win.

L'autre, pauvre imbécile, ne prit pas la menace au sérieux et se ramassa une balle entre les deux yeux, aussi sec. Ce qui fit réfléchir son collègue.

— Bon, alors toi, pareil. Tu poses ton flingue et tu lèves les bras, d'accord ?

L'homme obtempéra illico. Win sourit.

— Parfait. On apprend vite, à ce que je vois.

Tout en surveillant ses arrières, Win s'approcha de sa seule cible à portée de tir, le conducteur et Mister B s'étant prudemment évanouis dans la nature.

— Bon, j'écoute.

— Je sais rien du tout, balbutia la proie agonisante.

— Non, faudra trouver mieux que ça, dit-il d'un ton parfaitement calme, plus effrayant que n'importe quelle manifestation de colère. Ecoute, mon petit bonhomme. Si tu ne sais rien, tu ne me sers à rien et tu finis comme ton pote…

Il eut un geste méprisant vers le corps inerte qui gisait à ses pieds.

Le survivant, les yeux écarquillés, leva les mains comme pour se protéger.

— Non ! Je vous en supplie ! Ne tirez pas ! Je vais tout vous dire, d'accord ? C'est pas un secret. Votre copain, là, il connaît le nom du patron. C'est Baron. Mais tout le monde l'appelle Mister B.

— Tu as raison, ce n'est pas un scoop, dit Win. Ce parrain nous vient de Chicago. Mais ce qui m'intéresse, ce sont ses tontons, ici, sur la côte Est.

198

— J'en sais rien, j'le jure sur la tête de ma pauvre mère.

— Ben voyons ! Plus ça va et plus ta cote baisse, mon pauvre ami.

— C'est la vérité vraie. Mister B est arrivé par avion hier soir, et c'est tout ce que je sais.

— Hier soir, hein ? Et pourquoi ?

— Un truc à voir avec Greg Downing, mais je suis pas au courant des détails, je vous l'jure.

— Downing leur doit combien ?

— J'en sais rien.

Win se rapprocha de lui, posa le canon de son arme entre ses deux yeux.

— Je te signale que je rate rarement ma cible à cette distance.

Le pauvre garçon tomba à genoux. Win suivit le mouvement, revolver toujours braqué sur son front.

— Je vous en prie ! Je ne sais rien de plus.

Il y avait des larmes dans ses yeux, et dans sa voix.

— Je le jure devant Dieu, je vous ai dit tout ce que je sais.

— Je te crois, dit Win.

— Win, attends ! intervint Myron.

Sans quitter l'homme des yeux, Win répondit :

— Détends-toi, mon grand. Je voulais juste m'assurer que notre ami ici présent nous a bien raconté tout ce qu'il a sur le cœur. La confession, c'est bon pour le salut de l'âme, non ?

Le pénitent s'empressa d'acquiescer.

— Avez-vous avoué tous vos péchés, mon fils ?

— Oui, oui.

— Vous en êtes sûr ?

Mort de peur, l'homme hocha la tête. Win baissa son arme.

— Bien. Allez en paix. Et vite, avant que je ne change d'avis.

Le malfrat ne se le fit pas dire deux fois.

18

Win jeta un œil sur le cadavre comme s'il s'agissait d'un vulgaire sac de pommes de terre pourries.

— Bon, on s'en va, dit-il simplement.

Myron acquiesça d'un signe de tête et éteignit le portable dans sa poche. Très pratiques, ces nouveaux téléphones. Ni Win ni lui n'avaient raccroché après leur conversation en voiture. Ainsi, Win avait pu entendre tout ce qui se passait dans la camionnette. Ça marchait aussi bien qu'un talkie-walkie.

Ils s'éloignèrent dans la fraîcheur de la nuit. Ils étaient sur Washington Street. De jour, l'endroit grouillait de camions de livraison mais était parfaitement désert à cette heure tardive. Quelqu'un aurait une drôle de surprise, le lendemain matin.

Win avait délaissé sa fidèle Jaguar au profit d'une Chevy Nova de 1983. Vu la violence de l'impact avec la camionnette blanche, la pauvre Chevrolet était réduite à l'état d'épave. Ça n'avait pas la moindre importance : Win avait une réserve de véhicules de ce genre, qu'il utilisait pour les filatures et les activités pas tout à fait licites. La voiture était impossible à identifier. Les plaques d'immatriculation et les papiers étaient faux, le numéro de série limé. Jamais on ne pourrait remonter jusqu'à lui.

— Un homme de ta classe au volant d'une Chevy Nova ! dit Myron d'un ton désapprobateur.

— Je sais. Le simple fait de m'asseoir dedans m'a presque donné de l'urticaire.

— Imagine, si un membre de ton club t'avait vu !

— Ne m'en parle pas ! J'en serais mort de honte.

Myron avait encore les jambes comme de la gélatine. A l'instant précis où Mister B visait son genou, il n'avait pas douté que Win interviendrait à temps. C'était seulement maintenant que ses nerfs le lâchaient. La pensée qu'il avait bien failli se retrouver infirme pour le restant de ses jours lui tétanisait les muscles des mollets et des cuisses. Il n'arrêtait pas de se baisser pour toucher son genou comme pour s'assurer qu'il était toujours là. Quand il regarda Win, il avait les yeux humides. Win s'en aperçut et détourna la tête.

— Alors dis-moi, comment se fait-il que tu connaisses ce type ?

— Il dirige un réseau dans le Middle West. C'est aussi un as des arts martiaux. On s'est rencontrés une fois, à Tokyo.

— Quel genre de réseau ?

— L'assortiment classique. Jeu, drogue, racket, extorsion de fonds. Proxénétisme, accessoirement.

— Et qu'est-ce qu'il est venu faire ici ?

— Apparemment, Greg Downing lui doit de l'argent. Dette de jeu, probablement. C'est la spécialité de Mister B.

— On a besoin de spécialistes dans tous les métiers, commenta Myron.

— En effet. Et les bons artisans se font rares. Je suppose que ton copain Greg leur doit un sacré paquet. Ce qui est plutôt une bonne nouvelle.

— Ah, tu trouves ?

— Evidemment. Ça veut dire que Downing s'est tiré et qu'il n'est pas mort. Mister B n'est pas idiot, il n'éliminerait jamais un type qui a une grosse ardoise.

— Les morts ne parlent pas et ne paient pas non plus leurs dettes.

— Arrête, avec tes clichés ! Ce qui compte, c'est que s'il avait tué Downing, il ne serait pas à sa recherche et n'aurait pas besoin de toi pour le retrouver.

— Tu sais que t'es pas bête, toi ? En plus, ça colle avec ce que m'a dit Emily. Selon elle, Greg est fauché. Le jeu, ça expliquerait tout.

— Maintenant, tu vas me briefer sur tout ce qui s'est passé en mon absence. Jessica m'a parlé d'une femme assassinée.

Myron lui raconta toute l'histoire. Au fur et à mesure qu'il avançait dans son récit, de nouvelles hypothèses germaient dans son esprit. Il s'efforça de les trier, en éliminant certaines pour en privilégier d'autres. Quand il eut terminé son récapitulatif, il en revint à la première :

— Supposons que Downing doive une fortune à Mister B. Du coup, il signe un contrat pour une pub, parce qu'il a besoin de blé.

— Continue, dit Win.

— Et puisque, d'après toi, Mister Big Boss n'est pas stupide, il ne va pas démolir sa seule chance de récupérer son fric. Donc, il décide d'intimider Greg en s'attaquant à quelqu'un qui lui est proche. A titre d'avertissement.

— Ça se tient, dit Win.

— Maintenant, imaginons qu'ils l'aient suivi. Ils le voient avec Carla. Ils en déduisent que c'est sa chérie. Tu ne trouves pas que la tuer, c'est un sacré avertissement ?

Win ne sembla pas totalement convaincu.

— Ça me paraît un peu définitif. Ils auraient pu se contenter de la tabasser.

— Mais tu oublies que Big Boss n'était pas encore là. Il n'est arrivé qu'hier soir. On ne peut jamais faire confiance au petit personnel : quand ils ne sont pas nuls ils sont parfois trop zélés. Le meurtre de Carla pourrait n'être qu'une bavure.

Win demeurait sceptique.

— Je n'y crois pas. En admettant que tu aies raison et que la dénommée Carla ait été tuée pour donner une leçon à Downing, où est-il, à présent ?

— Tu l'as dit toi-même, il se cache quelque part.

— Parce qu'il a peur pour sa vie ?

— Oui.

— Donc, il s'est tiré dès qu'il a appris que Carla était morte ? Samedi dernier, c'est bien ça ?

— C'est logique, non ? A sa place, j'aurais eu la trouille, moi aussi.

— Selon toi, c'est ce meurtre qui l'a poussé à disparaître de la circulation ?

— Ben... oui.

Win s'arrêta, se retourna pour faire face à Myron et sourit.

— Quoi ?

— Explique-moi, mon grand, comment ton pote a pu décider de se tirer dès samedi, alors que le corps de Carla n'a été découvert qu'aujourd'hui ?

Myron se sentit tout bête, d'un seul coup.

— Pour que ta théorie tienne debout, poursuivit Win, il faudrait que Greg Downing ait fait l'une de ces trois choses, au choix : 1) il a assisté au meurtre. 2) il est arrivé juste après le massacre. 3) c'est lui qui l'a tuée. Pour corser le tout, la police a trouvé chez elle une grosse somme en liquide. Etonnant, non ? Pour rembourser Mister B, peut-être ? Auquel cas, pourquoi les « tueurs » ne l'ont-ils pas récupérée ? D'un autre côté, pourquoi Downing aurait-il craché sur une telle aubaine, s'il était sur place ?

— Je n'y comprends rien, avoua Myron. Il y a trop de trous dans la tapisserie. D'abord, on ne sait toujours pas

203

qui est cette Carla, ou Sally, ou je ne sais qui, ni quels étaient ses rapports avec Greg.

Ils marchèrent en silence, chacun réfléchissant de son côté.

— Au fait, dit Myron au bout d'un moment, tu crois que la Mafia tuerait une femme simplement parce qu'elle se trouvait par hasard dans un bar à côté de Greg ?

— Possible, mais j'en doute. Ils n'ont pas que ça à faire.

— Donc, ma théorie tombe à l'eau ?

— Au fond du puits.

Ils marchaient toujours, côte à côte, fixant le macadam.

— Evidemment, dit Win au bout d'un moment, on pourrait imaginer que Carla ait travaillé pour Mister B.

Myron sentit un frisson glacé lui couler le long de la colonne vertébrale. Il voyait très bien où Win voulait en venir. Néanmoins, il joua les innocents :

— Que veux-tu dire ?

— Peut-être que cette Carla était le contact de Mister B. Une indic. Elle sortait avec Downing pour lui tirer les vers du nez et le faire chanter. Greg s'en aperçoit, se sent piégé et décide de l'éliminer. Ensuite, il n'a plus tellement le choix : il disparaît.

Silence. Myron ravala sa salive, mais sa gorge était bloquée, comme tapissée de carton. Au fond, c'était bien, de pouvoir discuter comme ça avec Win. Il avait toujours les jambes qui tremblaient, mais ce qui l'embêtait le plus, c'était d'avoir effacé si vite de sa mémoire la vision de cet homme mort dans la camionnette. Certes, ce n'était qu'un abruti. Bien sûr, ce fils de pute lui avait fourré le canon d'un revolver dans la bouche. Et, bien évidemment, la planète tournerait bien plus rond sans lui. Autrefois, Myron aurait ressenti du remords et de la compassion à l'égard de cet individu qui avait, malgré tout, fait partie de l'espèce humaine. Aujourd'hui, il n'avait qu'un regret : celui de n'en éprouver aucun.

Bon, assez d'auto-analyse. Myron redescendit sur terre.

— Y a un truc qui cloche avec ce nouveau scénario, dit-il.

— Ah bon ?

— Pourquoi Greg l'aurait-il tuée ? Il n'avait qu'à disparaître juste avant leur rendez-vous dans ce bouge minable.

Win réfléchit.

— Oui. Sauf si quelque chose s'est passé durant leur entrevue. Quelque chose qui l'aurait fait changer d'avis.

— Comme quoi ?

Win haussa les épaules.

— On en revient à cette Carla, dit Myron. Elle n'est pas claire du tout. Je veux dire, elle n'a pas le profil d'une dealeuse. C'est trop beau pour être vrai, quoi ! Une serveuse qui cache chez elle des billets de cent dont les numéros se suivent, qui porte des perruques et possède trois ou quatre faux passeports. Ça sent le coup monté, non ? Trop c'est trop. Dimonte n'avait pas l'air très à l'aise dans ses boots, je t'assure.

— Tu as contacté Higgins, aux Finances ?

— Oui. Il enquête, à propos des billets numérotés.

— Bien. Ça pourrait être le début d'une piste.

— Faudrait aussi qu'on mette la main sur tous les coups de fil passés depuis le Parkview Diner. Pour savoir qui Carla a appelé.

Ils se turent et continuèrent de marcher. Il était hors de question de héler un taxi, si près de l'incident. Ou de la « scène du crime », en l'occurrence.

— Win…

— Oui ?

— Pourquoi tu n'as pas voulu assister au match, l'autre soir ?

Win ne ralentit pas. Myron trottait derrière lui, s'efforçant de garder le rythme. Au bout d'un moment, Win dit, sans s'arrêter :

— Tu n'as jamais revisionné la cassette, n'est-ce pas ?

Myron ne savait que trop bien qu'il parlait de ce dernier match qui lui avait bousillé un genou et mit un point final à sa carrière.

— Non.

— Pourquoi ?

— A quoi bon ?

— Ça vaudrait le coup.

— Ah oui ? T'es pour le couteau dans la plaie, hein ? Je te remercie, Win. Je croyais que tu étais mon ami.

— Je le suis, justement. Tu ne pourras jamais t'en sortir tant que tu n'auras pas regardé les choses en face.

— Foutaises. J'ai un genou niqué et basta.

— Je sais.

— Et toi tu as regardé la cassette des centaines de fois, dit Myron. Comme si c'était ton propre genou ! C'était supersympa de ta part mais c'est de l'histoire ancienne. Alors lâche-moi, tu veux ?

— Si j'ai visionné cette cassette, Myron, c'est que j'avais une raison.

— Oui. La vengeance !

— Non. Je voulais voir si Burt Wesson t'avait blessé volontairement.

— C'est bien ce que je disais. Tu voulais ME venger !

— Tu aurais dû me laisser faire. Comme ça, tu aurais oublié cette histoire. Tu aurais pu tout recommencer, repartir de zéro.

Myron secoua la tête.

— Je te plains, Win ! La violence, pour toi, c'est la seule réponse ?

Win fronça les sourcils.

— Tu donnes dans le mélo, Bolitar. Et tu es tellement naïf ! Un homme a failli te tuer, sans que tu saches pourquoi. Tu parles de vengeance. Tu as tout faux. Il s'agit d'équilibre. J'ai des tueurs en face de moi, je tire. Ce n'est pas plus compliqué que ça. C'était eux ou bien toi et moi. Tu comprends ?

— Non, pas vraiment. Enfin, si, et je te remercie. Mais ça me laisse perplexe. J'ai toujours été pour le dialogue…

— Donc tu n'as jamais visionné cette cassette ? insista Win.

— Qu'est-ce que ça aurait changé ? Mon genou était foutu, de toute façon.

Win ne dit rien.

— Je ne te comprends pas, continua Myron. Après cet accident, je me suis battu pour m'en sortir, n'est-ce pas ? Et je ne me suis jamais plaint.

— Jamais, en effet.

— Je ne me suis pas apitoyé sur mon sort, n'ai jamais accusé qui que ce soit, pas même le destin.

— C'est vrai, admit Win. Tu n'as jamais été un fardeau pour aucun de nous.

— Alors, pourquoi voudrais-tu que je revive ces instants qui furent les plus pénibles de ma vie ?

— Tu viens de te poser la question, Myron. Mais sans doute n'as-tu pas envie d'entendre la réponse.

— Oh, arrête tes sermons, Kung-fu de mes deux ! Pourquoi tu n'es pas venu au match ?

Win s'éloigna.

— Visionne la cassette ! dit-il sans se retourner.

19

Myron n'eut pas besoin de regarder son passé sur vidéo : il s'écroula sur son lit et en rêva, une fois de plus.

Il vit Burt Wesson qui fonçait sur lui. Il vit ce rictus qui déformait le visage de son adversaire, qui se rapprochait, de plus en plus. Dans ce rêve récurrent, Myron avait largement le temps d'éviter l'impact. Mais cette fois, c'était l'autre version. Le cauchemar. Myron était paralysé. Ses jambes ne répondaient plus. Ses pieds étaient emprisonnés dans des sables mouvants, tandis qu'il voyait Burt se ruer vers lui.

En réalité, Myron n'avait pas vu arriver Burt Wesson. Ça s'était passé tellement vite, sans préavis. Il pivotait sur sa jambe droite quand l'autre lui était tombé dessus. Sur le moment, il n'avait même pas eu mal. Il avait juste entendu une espèce de craquement. Les yeux écarquillés, il était resté là, un peu sonné. Une demi-seconde, peut-être. Totalement figé, un peu comme un cliché pris « sur le vif », comme on dit, justement quand le sujet ne sait pas qu'on le photographie. Ensuite vint la douleur. Fulgurante, intolérable.

Dans son rêve, Burt Wesson était pratiquement sur lui, à présent. C'était un attaquant du genre bulldozer, tout en muscles, que l'on aurait mieux imaginé dans une équipe de hockey. Il n'avait pas énormément de talent mais une force inouïe dont il savait se servir. Ça l'avait mené assez loin, sauf que maintenant il avait affaire à des pros. Il serait d'ailleurs éliminé avant le début de la saison. Plutôt ironique, quand on y pense : en fin de compte, ni lui ni Myron n'auraient la chance de jouer un seul match en tant que professionnels.

Myron regardait Burt s'approcher de lui sans réagir. Quelque part dans son subconscient, il savait qu'il se réveillerait avant la collision, comme toujours. Il flotta un instant dans cet étrange état second où, encore endormi, on sait qu'on est en train de rêver et, bien que terrifié, on veut que ça continue pour connaître la fin de l'histoire – parce que quelque chose vous dit que ce n'est pas réel et que vous ne risquez rien. Mais cette petite fenêtre ne restait jamais ouverte très longtemps. Chaque fois que Myron émergeait de ce demi-sommeil, il devait se rendre à l'évidence : quelle que soit la réponse, il ne la trouverait pas en revivant le même scénario nocturne, encore et encore.

— Téléphone ! C'est pour toi, dit Jessica.

Il cligna des yeux, roula sur le dos. Elle était déjà habillée.

— Quelle heure est-il ?

— Neuf heures.

— Quoi ? Pourquoi tu ne m'as pas réveillé ?

— Tu avais besoin de dormir.

Elle lui tendit le combiné.

— C'est Esperanza.

— Allô ? marmonna-t-il.

— Bon sang, Myron, ça vous arrive de passer la nuit dans votre propre lit ?

Il n'était pas d'humeur à plaisanter.

— Qu'est-ce qu'il y a encore ?

— J'ai Fred Higgins en ligne. J'ai pensé que vous voudriez le prendre.

— Passez-le-moi.

Click.

— Fred ?

— Salut, Myron, ça roule ?

— Ça va, merci. Du nouveau, à propos de cette série de billets ?

Brève hésitation au bout du fil.

— Tu as mis les pieds dans un sacré merdier, Myron. Oui, un sacré foutu sac de nœuds.

— J'écoute.

— Le dossier est plutôt du genre patate chaude et top secret. J'ai dû tirer pas mal de ficelles.

— A charge de revanche.

— Bon. Ce fric vient d'Arizona. De la First City National Bank de Tucson. Attaque à main armée.

Myron se redressa comme si son oreiller était muni d'un ressort.

— Quand ?

— Il y a deux mois.

Le braquage avait fait la une des journaux. Myron sentit un frisson lui parcourir l'échine.

— La Brigade Raven, n'est-ce pas ?

— Exact. Win et toi avez trempé là-dedans quand vous bossiez pour le FBI ?

— Non.

Mais Win et lui avaient travaillé sur des cas similaires. Une collaboration un peu… spéciale. Ils avaient le profil parfait pour infiltrer de tels groupes : qui aurait pu soupçonner une ex-star du basket et un golden boy d'être des taupes ? Ils n'avaient même pas besoin de s'inventer une couverture : ils étaient très demandés, dans tous les milieux. Surtout Win, le dandy aux cheveux blonds, la coqueluche de ces dames. Myron faisait un peu office de faire-valoir, le sportif de service, pas très futé mais décoratif. A eux deux, ils avaient un succès fou.

La Brigade Raven n'avait jamais fait partie de leurs objectifs, mais quiconque s'était plus ou moins intéressé à la mouvance extrémiste des sixties avait entendu parler d'eux. Leur leader, Cole Whiteman, était un personnage très charismatique. S'inspirant des groupes anarchistes tels que la fameuse Armée de Libération qui avait enlevé Patty Hearst, la Brigade Raven s'était elle aussi lancée dans le kidnapping médiatisé. Sauf qu'en l'occurrence, l'otage avait été exécuté. La bande avait alors renoncé à toute publicité et était passée underground. Malgré les efforts du FBI, les quatre principaux membres étaient encore en liberté, un quart de siècle plus tard. Il faut dire que Cole Whiteman, avec ses cheveux blonds et son éducation de WASP, n'avait pas le profil type du révolutionnaire. En fait, à une génération près, il aurait pu être le frère jumeau de Win.

A présent, Myron comprenait pourquoi Dimonte lui avait posé ces questions bizarres à propos d'Emily et de ses éventuelles fréquentations « perversives » !

— La victime faisait partie de la Brigade, n'est-ce pas ?

— Je n'ai pas le droit de te le dire.

— Inutile. C'était Liz Gorman.

Une fois encore, Fred hésita. Puis :

— Et comment tu sais ça ?

— Les implants mammaires.

— Quoi ?

Liz Gorman, une rousse flamboyante, avait été l'un des membres fondateurs de la Brigade Raven. Au cours de leur première « mission » – ils avaient tenté de brûler un laboratoire de chimie dans une université et avaient lamentablement échoué –, la police avait décrypté son nom de code en scannant le disque dur de leur ordinateur : RdB. On découvrit par la suite que ça voulait dire

« Rêve du Boulanger ». Ses camarades de la Brigade l'avaient surnommée ainsi parce qu'elle était « plate comme une planche à pain mais plus facile à fourrer qu'un petit pain au chocolat ». En dépit de leurs idées prétendument progressistes, il n'y avait pas plus macho que les gauchistes des années 60. A présent, Myron commençait à y voir plus clair. Tous ceux qu'il avait interrogés à propos de « Carla » avaient été frappés par une chose en particulier : la taille de ses seins. Liz Gorman étant réputée pour sa poitrine minimaliste, quel meilleur déguisement que des implants à la Pamela Anderson ?

— Le FBI et la police sont sur le coup, dit Higgins. Ils n'ont pas envie que la presse s'en mêle pour l'instant.

— Pourquoi ?

— Ils surveillent son appartement et espèrent choper l'un des trois membres qui sont encore dans la nature.

Myron était abasourdi. Lui qui voulait en apprendre plus sur la mystérieuse inconnue, il était servi ! Il ne manquait pas d'imagination mais jamais il n'aurait pensé à Liz Gorman, la célèbre gauchiste que l'on n'avait plus revue depuis 1975. Les déguisements, les faux passeports, les seins en silicone… tout s'expliquait. Elle ne dealait pas, elle était en cavale.

Il avait espéré que la véritable identité de Carla le mettrait sur la piste de Greg Downing. Hélas, il en était pour ses frais. Quel rapport pouvait-il y avoir entre un joueur de basket professionnel et une extrémiste qui était entrée dans la clandestinité à l'époque où Greg était encore tout gamin ? Cela n'avait aucun sens.

— Combien le braquage leur a-t-il rapporté ?

— Difficile à dire, répondit Higgins. Environ quinze mille dollars en liquide, mais ils ont aussi fait sauter la salle des coffres. Les clients de la banque ont déclaré des pertes de plus d'un demi-million mais c'est bidon, pour une grande part. Un type se fait vider son coffre et d'un seul coup il avait dix Rolex dedans au lieu d'une. L'arnaque à l'assurance. Réflexe classique.

— D'un autre côté, dit Myron, tous ceux qui avaient des dollars pas très propres ne s'en sont pas vanté. Donc, le butin pourrait aussi bien être plus élevé.

— Exact.

— Tu as d'autres infos ?

— Non. Les gars ne sont pas bavards sur cette affaire, et je ne suis pas dans le circuit. J'ai eu un mal fou à obtenir ce que je viens de te dire. J'espère que tu me renverras l'ascenseur, Myron.

— Je t'ai déjà promis des billets, Fred.

— Au premier rang ?

— Je ferai ce que je pourrai.

Jessica revint dans la chambre. En voyant l'expression de Myron, elle s'arrêta net et l'interrogea du regard. Il raccrocha et lui résuma la situation. Tandis qu'elle l'écoutait, il songea à la remarque sarcastique d'Esperanza et se rendit compte que c'était la quatrième nuit de suite qu'il passait chez Jessica. Un record, depuis qu'ils avaient renoué. Ça le préoccupait. Certes, il adorait dormir chez elle. Il ne craignait pas non plus de s'engager – bien au contraire, il en brûlait d'envie. Mais une partie de lui avait peur de souffrir à nouveau. Le syndrome de la vieille blessure pas tout à fait refermée…

Myron avait tendance à trop se dévoiler, il le savait. Avec Win ou Esperanza, cela n'avait pas d'importance : il avait en eux une confiance absolue. Avec Jessica, c'était différent. Il était fou amoureux d'elle mais elle l'avait déjà plaqué une fois et il n'en était pas sorti indemne. Chat échaudé… Il aurait voulu rester sur ses gardes, ne pas se livrer totalement. Hélas, on ne se refait pas ! Du moins pas Myron. Deux forces contradictoires s'affrontaient en lui : sa nature profonde le poussait à tout donner dès qu'il s'agissait d'amour, tandis que la peur de souffrir lui dictait la prudence.

— C'est dingue ! dit Jessica.

La veille, ils avaient à peine parlé. Il lui avait simplement assuré que tout allait bien.

— Je crois que je te dois un grand merci, conclut-il.

— Pourquoi ?

— Pour avoir appelé Win.

— J'ai trouvé que ce n'était pas une mauvaise idée, quand j'ai su que tu avais été agressé.

— Mais je croyais que tu ne voulais pas t'en mêler ?

— Faux. J'ai dit que je ne t'empêcherais pas de n'en faire qu'à ta tête. Ce n'est pas la même chose.

— Exact.

Jessica portait un jean et un sweat de l'université de Duke trois fois trop grand pour elle. Elle venait de prendre une douche et ses cheveux étaient encore mouillés. Elle se mit à mordiller sa lèvre inférieure – signe, chez elle, d'une intense réflexion.

— Je pense que tu devrais t'installer ici, dit-elle.

Myron en resta baba.

— Quoi ?

— Je ne voulais pas te le proposer aussi abruptement, mais je n'ai jamais été douée pour les préliminaires.

— Ça c'est mon rayon, de toute façon.

— Tu as vraiment le chic pour sortir des allusions graveleuses au mauvais moment !

— Désolé.

— Ecoute, Myron, les grandes déclarations, ce n'est pas mon style, tu le sais.

Il hocha la tête. Il ne le savait que trop bien.

Elle haussa les épaules, sourit nerveusement.

— C'est juste que j'aime bien t'avoir ici. Tu vas bien avec le décor.

Venant de Jessica, cet aveu frisait le sentimentalisme. Myron sentit son cœur s'affoler, sans trop savoir laquelle des deux émotions l'emportait, de la joie ou de la peur.

— Euh... C'est une sacrée décision.

— Pas vraiment. Tu habites déjà pratiquement ici. Et je t'aime.

Ça y est ! Elle l'avait enfin dit !

— Je t'aime, moi aussi.

Il y eut un silence qui, à force de s'éterniser, menaçait de devenir gênant. Jessica s'y engouffra :

— Ne réponds pas maintenant. Je veux que tu y réfléchisses. C'était stupide de ma part de t'en parler maintenant, avec tout ce qui se passe. Mais peut-être que c'est justement pour ça que je me suis décidée, je ne sais pas. Ne dis rien. Je veux seulement que tu y penses. Ne m'appelle pas aujourd'hui. Ni ce soir. Je vais assister à ton match, mais ensuite j'emmène Audrey prendre un verre – c'est son anniversaire. Toi, tu iras dormir chez toi. Et on en reparlera demain, d'accord ? Demain.

— D'accord, dit Myron.

20

Big Cyndie était assise derrière le bureau de la réception. Enfin, façon de parler. Disons plutôt que le bureau semblait assis sur les genoux de Cyndie. Son gobelet de café avait l'air très fragile, perdu tel un dé à coudre dans sa main d'ogresse. Ses cheveux – coupés court, façon hérisson – étaient roses, aujourd'hui. Quant au maquillage, on aurait dit l'œuvre collective d'une classe d'école maternelle ayant libre accès aux crayons de couleur en l'absence de la maîtresse. Seul le rouge à lèvres était blanc, évoquant irrésistiblement une pub pour un bonbon à la menthe. Son T-shirt xxx-l arborait le slogan : PARTAGE TON SODA OU TA NANA, MAIS PAS TON SIDA. A peine politiquement correct, mais on ne pouvait qu'adhérer.

Habituellemment, elle faisait la grimace dès qu'elle apercevait Myron, mais cette fois elle lui sourit et battit des cils. Le spectacle était encore plus effrayant, un peu comme Bette Davis dans *Qu'est-il arrivé à Baby Jane*, les stéroïdes en prime. Big Cyndie brandit le majeur de sa main droite vers le plafond.

— Un appel sur la ligne 1 ? demanda Myron à tout hasard.

Elle secoua la tête, remua son doigt de bas en haut avec une énergie redoublée et leva les yeux au ciel.

— Je ne vois pas, dit Myron.

— Win vous attend dans son bureau, annonça-t-elle enfin.

C'était la première fois que Myron entendait le son de sa voix. Il en resta stupéfait : caressante, sexy en diable, elle aurait fait un tabac sur le téléphone rose !

— Où est Esperanza ? demanda-t-il.

— Win est vraiment craquant.

— Je vous ai posé une question. Où est…

— Win avait l'air pressé de vous voir.

— Je voudrais juste…

— Vous n'allez tout de même pas faire poireauter votre précieux associé !

— Ecoutez, je veux seulement savoir où…

— … où se trouve le bureau de Win ? Deux étages au-dessus.

Elle avala une gorgée de café, déglutissant avec un son étrange, assez comparable à la clameur qu'émet le caribou en rut. Myron préféra laisser tomber.

— Dites à Esperanza que je reviens.

— Pas de problème.

Nouveau battement de cils. On aurait dit deux tarentules à l'agonie.

— Bonne journée, ajouta-t-elle de sa voix flûtée.

Le bureau de Win occupait l'angle de l'immeuble et donnait sur la 52e et Park Avenue. Vue imprenable, digne de l'héritier du prestigieux cabinet de courtage Lock-Horne & Co. Myron se laissa tomber dans les bras de l'un des profonds fauteuils en cuir bordeaux. Les murs lambrissés de chêne étaient ornés de gravures originales. Scènes de chasse à courre, avec des dizaines de cavaliers en jaquette carmin, pantalon blanc, bottes noires, entourés de meutes de chiens surexcités, tout ça pour traquer une petite boule de fourrure rousse. Un

sport viril, en effet. Un tantinet suréquipé, peut-être ?
Comme utiliser un lance-flammes pour allumer une
cigarette...

Win pianotait sur le clavier d'un ordinateur portable,
minuscule et perdu au milieu de l'immense surface en
acajou, quasiment déserte, qu'il appelait son « plan de
travail ».

— J'ai trouvé un truc intéressant sur les disquettes
que j'ai copiées chez Downing, dit-il.

— Ah oui ?

— Apparemment, ton pote Greg a une adresse sur
America Online. Il a reçu ce message le samedi de sa
disparition.

Win fit pivoter l'écran vers Myron.

```
Objet: Sexe !
Date:  11 mars — 14:51:36 Est
De:    Sepbabe
A:     Downing22
Rendez-vous à 22 heures à
l'endroit convenu. Je te
promets la nuit d'extase la
plus fantastique de ta vie.
F.
```

Myron releva la tête, perplexe :

— La nuit d'extase la plus fantastique de sa vie ?

— Quel style, n'est-ce pas ?

Devant la grimace de Myron, Win eut du mal à garder
son sérieux. La main sur le cœur, il déclara :

— Même si notre pauvre pécheresse n'a pu tenir sa
promesse, nous devons rendre hommage à sa conscience
professionnelle.

— Ouais... A ton avis, c'est qui, cette « F » ?

— J'ai essayé de faire des regroupements sur le site
mais aucun profil ne correspond à « Sepbabe ». C'est

218

normal, remarque. Si les gens prennent un pseudo, c'est bien pour préserver leur anonymat ! Mais je te parie que « F » n'est autre que notre regrettée Carla.

— Or nous connaissons la véritable identité de Carla, annonça Myron.

— Tu plaisantes ?

— Pas du tout. C'est Liz Gorman.

Win leva un sourcil.

— Pardon ?

— Liz Gorman. La Brigade Raven, ça ne te dit rien ?

Alors Myron lui parla du coup de fil de Fred Higgins. Win se laissa aller contre le dossier de son fauteuil et, comme chaque fois qu'il réfléchissait, joignit le bout de ses doigts pour former un « V » inversé qu'il contempla en silence. Comme d'habitude, son visage ne trahissait pas la moindre émotion.

Quand Myron eut terminé, Win dit simplement :

— Bizarre.

— Ce que je ne comprends pas, reprit Myron, c'est quel rapport il peut y avoir entre Greg et Liz Gorman.

— C'est là que tu te trompes, dit Win en désignant l'écran du portable. « La nuit d'extase la plus fantastique »…

— Je suis désolé, mais avec Liz Gorman ?

— Pourquoi pas ? Hyperbole contre litote, mon grand. Tu es pétri de préjugés. Qu'importe l'âge ? Ou les implants ? Tu n'es qu'un pauvre petit bourgeois à l'esprit étroit.

Parce que Win, lui, parlait au nom des prolétaires, peut-être ?

— Ce n'est pas ce que je voulais dire, et tu le sais très bien, protesta-t-il. Admettons que Greg ait flashé sur Liz Gorman, même si ce n'était pas franchement une bombe…

— Toujours le sens de l'humour, Myron.

219

— Bon, excuse-moi. Admettons qu'il ait eu envie de…

— D'une paire d'énormes nibards ?

— Arrête, ce n'est même plus drôle. Je suis sérieux, Win. Peu importe ce qu'ils faisaient ensemble. La vraie question, c'est comment et pourquoi leurs chemins se sont croisés.

Win se frotta le menton.

— Hum…

— Comme tu dis. D'un côté, on a une nana qui vit underground depuis plus de vingt ans, sans jamais rester très longtemps au même endroit. Il y a deux mois, elle braque une banque dans l'Arizona. Par ailleurs, elle bosse comme serveuse dans un bouge sur Dyckman Street. Comment tu relies ça avec Greg Downing ?

— Ce n'est pas évident, concéda Win, mais pas impossible. Il y a pas mal de détails qui concordent.

— Ah oui ? Et lesquels ?

Win pointa l'index sur l'écran.

— Cet e-mail, par exemple. Tu as vu la date ? Samedi dernier. Le jour où Downing et Liz Gorman se sont retrouvés dans un bar, à New York.

— Tu parles d'un bar ! Pas vraiment classe, pour des amoureux. Pourquoi ne se sont-ils pas donné rendez-vous dans un hôtel, ou chez elle ?

— Peut-être parce qu'elle préférait un endroit discret, justement.

Win se mit à pianoter distraitement sur son bureau.

— Il y a tout de même une chose que tu oublies, mon cher.

— Ah bon ? Et quoi ?

— Les vêtements de femme qu'on a trouvés chez Greg. Tu en avais conclu qu'il avait une liaison qu'il tenait à garder secrète. La question que l'on est en droit de se poser, c'est : pourquoi ? Pourquoi Downing se donnerait-il autant de mal pour cacher son nouvel amour ?

Il y a une explication possible. Si ta maîtresse s'appelait Liz Gorman, tu aurais envie que tout le monde soit au courant ?

Myron ne savait plus trop quoi penser. Audrey avait vu Greg dans un restaurant en compagnie d'une femme dont la description ne correspondait pas vraiment avec celle de Liz Gorman. D'un autre côté, ça ne voulait pas dire grand-chose. Il avait le droit de dîner avec d'autres filles, non ? Avec une simple copine. Ou avec une autre maîtresse, qui sait ? Malgré tout, Myron avait du mal à imaginer Greg amoureux de Liz Gorman. Il y avait quelque chose qui clochait, quelque part.

— Il doit bien y avoir un moyen de retrouver l'identité de Sepbabe, dit-il. Il faut qu'on soit sûrs qu'il s'agit bien de Liz Gorman.

Win acquiesça.

— Je vais voir ce que je peux faire. Je ne connais personne chez America Online, mais j'ai quelques autres relations qui me doivent deux ou trois retours d'ascenseur...

Win pivota sur son fauteuil, ouvrit la porte du frigo (lambrissé de chêne, lui aussi), lança une canette de Yoo-Hoo à Myron et se servit une blonde de Brooklyn. Win ne buvait jamais de vraies bières, il n'aimait que le pipi de chat.

— J'ai eu du mal à retracer les transactions financières de Downing, dit-il. Mais je crains que ton copain ne soit réellement dans la dèche.

— Ça confirme ce que m'a dit Emily.

— Il y a tout de même un retrait qui m'intrigue. Et ce n'est pas de la petite monnaie, crois-moi.

— Combien ?

— Cinquante mille dollars, en liquide. Ça m'a donné du fil à retordre, parce que c'est sorti d'un compte géré par Martin Felder.

— Ça date de quand ?

— Quatre jours avant sa disparition.

— Tu crois qu'il voulait rembourser une dette de jeu ?

— Possible.

A cet instant, la ligne privée de Win sonna. Il décrocha, puis dit :

— Articulez, je vous prie. Bon, d'accord, passez-le-moi.

Deux secondes plus tard, il tendait le combiné à Myron.

— C'est pour moi ? s'étonna ce dernier.

— Qu'est-ce que tu crois, ma poule ? Que je te passe le téléphone parce qu'il est trop lourd pour moi ?

Bon, d'accord. Mais tout le monde a le droit à sa minute de bêtise, non ?

— Allô ?

— Si vous ne descendez pas illico, mes hommes viennent vous chercher, Bolitar. J'ai une voiture qui vous attend et vous avez intérêt à ramener vos fesses vite fait !

C'était la douce voix de Dimonte.

— Hein ? Quoi ? Qu'est-ce qui se passe ?

— Je suis chez Downing, voilà ce qui se passe. J'ai pratiquement dû me mettre à genoux devant le juge pour obtenir ce putain de mandat de perquisition.

— Désolé, Rolly. C'est un peu dur à avaler, j'imagine ?

— Ça va, Bolitar. Vous aviez dit qu'y avait du sang partout dans cette baraque ?

— Non. Seulement dans le sous-sol.

— Ouais, ben j'y suis, dans ce foutu sous-sol. Et il est plus clean que le cul d'un nouveau-né qui sort de son bain !

21

Le sous-sol était nickel, en effet. Pas la moindre tache de sang.

— Il doit bien en rester des traces, dit Myron.

Le cure-dent de Dimonte était sur le point de craquer entre ses incisives surmenées.

— Comment ça, des traces ?

— Eh bien, je ne sais pas, moi. Vous avez des microscopes, des moyens d'investigation. La police scientifique, c'est un mythe, ou quoi ?

— Un microscope ? Et quoi encore ?

Le visage de plus en plus rouge, Dimonte leva les bras, les rabaissa, tel un coq qui bat des ailes pour exprimer sa colère.

— Qu'est-ce que vous voulez que j'en fasse, de vos traces à la con ? Ce que je veux, moi, ce sont des preuves !

— Mais justement, des traces de sang, ce sont des preuves.

— Des preuves de quoi, pauvre abruti ? On passe n'importe quelle maison américaine au peigne fin et on y trouve forcément des traces de sang ! Et ça prouve quoi ?

— Je n'ai rien à ajouter, Rolly. Il y avait du sang

ici, point final. Maintenant, vous en faites ce que vous voulez. C'est votre problème, pas le mien.

Il y avait quatre ou cinq experts – sans uniforme mais gants en latex – qui officiaient dans toute la maison. Krinsky était là aussi, avec sa caméra vidéo. Myron désigna le dossier coincé sous son bras gauche :

— C'est le rapport du légiste ?

Roland Dimonte s'interposa entre eux deux.

— C'est pas vos oignons, Bolitar.

— Relax, Rolly. Je suis au courant, pour Liz Gorman.

Dimonte en lâcha son cure-dent, qui chut discrètement sur le sol.

— Comment avez-vous…

— Aucune importance.

— Bordel de merde ! J'y crois pas ! Qu'est-ce que vous savez d'autre ? Si jamais vous me cachez quelque chose, Bolitar, je…

— Je ne vous cache rien, mais je crois pouvoir vous aider.

Dimonte plissa les yeux. Façon flic suspicieux.

— M'aider, hein ? Et comment ?

— Tout ce que je vous demande, c'est le groupe sanguin de Liz Gorman.

— Et pourquoi je vous le dirais ?

— Parce que vous n'êtes pas totalement idiot, Rolly.

— Très drôle, Bolitar. Mais avec moi, ça ne marche pas. Et je peux savoir pourquoi ce genre de détail vous intéresse ?

— Bien sûr. Vous vous souvenez que je vous ai dit avoir trouvé du sang dans ce sous-sol ?

— Bon, ça commence à bien faire.

— J'ai juste oublié de vous préciser une chose…

Soudain, Dimonte devint attentif.

— Ah bon ? Laquelle ?

— Nous avons fait analyser quelques échantillons.

— « Nous » ? Ça veut dire quoi, « nous » ? Oh non !

C'est pas vrai ! Ne me dites pas que cette espèce de sno-binard psychopathe est avec vous dans cette affaire !

Win était comme ça : sa réputation le précédait et il avait l'art de se faire des amis.

— J'ai un marché à vous proposer, Rolly.

— Ah oui ? Je vous écoute.

— Vous me dites quel groupe sanguin figure dans le rapport du légiste, et moi je vous dis celui qu'on a trouvé dans le sous-sol de Downing.

— Allez vous faire voir, Bolitar ! Je peux vous faire arrêter pour obstruction et détention de preuves lors d'une enquête de police.

— Quelle obstruction ? Quelles preuves ? Il n'y avait pas encore d'enquête.

— Alors pour effraction.

— Ah oui ? Encore faudrait-il que Greg porte plainte. Ecoutez, Rolly…

— AB, rhésus positif, dit Krinsky.

Ignorant le regard assassin de son chef, il poursuivit :

— Assez rare. Quatre pour cent de la population.

Dimonte en resta sans voix et se tourna vers Myron. Krinsky aussi.

— AB positif. Oui, ça colle.

Dimonte leva les mains en l'air comme s'il était accusé d'un crime. Puis il se ressaisit.

— Hé, une seconde ! Qu'est-ce que vous êtes en train de dire ? Qu'elle a été tuée ici et qu'ensuite on a enlevé le corps ?

— Moi ? Je n'ai rien dit du tout, Rolly.

— Parce que mes gars n'ont trouvé aucune preuve que le corps ait pu être transporté, poursuivit Dimonte. Strictement aucune. C'est vrai, ils n'ont pas tellement cherché, mais franchement, si elle avait été tuée ici, pourquoi y aurait-il eu autant de sang dans son appartement ? Vous avez vu à quoi ça ressemblait là-bas, n'est-ce pas ?

Myron hocha la tête.

Les yeux de Dimonte allaient de droite et de gauche, tels des papillons de nuit affolés par la lumière. Myron pouvait visualiser les rouages de son cerveau s'arrêtant les uns après les autres.

— Vous savez ce que cela signifie, Bolitar ?

— Non, Rolly, pas vraiment. Mais je suis sûr que vous allez vous faire un plaisir de me l'expliquer.

— Ça veut dire que le tueur est revenu ici après le meurtre. C'est la seule explication. Et vous savez qui devient le principal suspect ? Votre copain Downing. D'abord on trouve ses empreintes dans l'appartement de la victime...

— Ah bon ?

— Oui. On a relevé ses empreintes sur la porte.

— A l'extérieur ?

— A l'intérieur aussi.

— Mais pas ailleurs ?

— Non, mais quelle importance ? Les empreintes prouvent qu'il était sur place. Que demander de plus ? A mon avis, voilà comment ça s'est passé.

Il se fourra un cure-dent tout neuf dans la bouche : un nouveau cure-dent pour chaque nouvelle théorie.

— Downing tue cette fille. Puis il retourne chez lui pour faire ses valises. Il est pressé, alors il ne fait pas attention et laisse des traces dans le sous-sol. Il s'enfuit, mais quelques jours plus tard, il se rend compte qu'il a fait une erreur, alors il revient chez lui et fait le ménage.

— Mais pourquoi serait-il descendu au sous-sol la première fois ? objecta Myron.

— La buanderie, suggéra Dimonte. Il aura voulu laver sa chemise tachée de sang.

— Non. La machine à laver et le sèche-linge sont au

226

rez-de-chaussée, dans la pièce à côté de la cuisine, dit Myron.

Dimonte réfuta l'argument d'un haussement d'épaules.

— Alors il est descendu chercher une valise.

— Non. Toutes les valises sont rangées dans le dressing, près de la chambre. Le sous-sol est réservé aux enfants, Rolly. Donc, pour quelle raison y serait-il allé ?

Dimonte parut désarçonné, l'espace d'un instant. Myron aussi, d'ailleurs. Car, même s'il eût préféré mourir sur place plutôt que de l'admettre devant Dimonte, il devait bien se l'avouer : son scénario ne tenait pas debout. Pourquoi aurait-on assassiné Liz Gorman chez Greg pour ensuite transporter son corps jusqu'à son propre appartement, à Manhattan ? Ou bien l'avait-on blessée ici pour l'achever là-bas ? Et pourquoi ?

Sacrée prise de tête. Myron tenta de visualiser la scène. Au fond, oui, c'était peut-être cela. Il y avait eu une bagarre dans ce sous-sol. Elle avait été blessée, elle avait saigné. Mais ensuite ? Le tueur l'avait mise dans sa voiture et emmenée jusqu'à Manhattan ? Possible. C'était après que cela devenait invraisemblable. Le type se serait garé dans cette rue très passante, l'aurait montée jusqu'à chez elle en la soutenant à bout de bras sans se faire remarquer, pour enfin l'achever tranquillement ?

Non, ça n'avait aucun sens.

Myron en était là de ses cogitations lorsqu'une voix cria, depuis le rez-de-chaussée :

— Hé ! Monsieur l'inspecteur ! Venez vite ! On a trouvé quelque chose !

Dimonte se lécha les babines.

— Branchez la vidéo, ordonna-t-il à Krinsky.

Il est essentiel de tout filmer. C'était bien l'un des rares points sur lesquels Myron était d'accord avec Rolly.

— Vous, Bolitar, vous ne bougez pas ! C'est un ordre.

Je n'ai pas envie d'expliquer à mes supérieurs ce que vous foutiez là !

Dimonte et Krinsky grimpèrent quatre à quatre l'escalier qui menait à la cuisine. Myron les suivit, à distance respectueuse. Ils tournèrent à gauche, s'arrêtèrent sur le seuil de la lingerie. Enfin, la pièce réservée au lavage, séchage, repassage. Tapissée de jaune avec des petits poulets blancs, du sol au plafond. Très champêtre. Le goût d'Emily ? Sûrement pas. La connaissant, Myron était prêt à parier qu'elle n'avait jamais mis les pieds dans cette pièce. Une tache sur sa robe ? Emily la mettait à la poubelle. Elle n'aurait même pas eu l'idée de la porter au pressing.

— Par ici ! dit quelqu'un.

Myron resta en retrait. De l'endroit où il se tenait, il pouvait voir que le séchoir avait été éloigné du mur. Dimonte se pencha pour voir ce qui était caché derrière. Krinsky se pencha à son tour, caméscope au poing.

Puis Dimonte se redressa. Compte tenu des circonstances, un sourire eût été malvenu, surtout face à la caméra. Mais Myron vit bien qu'il avait du mal à contenir sa jubilation.

Enfin, il leva l'objet, assez haut pour que tout le monde puisse en profiter.

Une batte de base-ball couverte de sang.

22

Quand Myron revint au bureau, Esperanza jouait les hôtesses d'accueil.

— Où est passée la grosse Cyndie ? demanda Myron.

— Partie déjeuner.

L'espace d'une seconde, Myron visualisa Fred Pierre-à-feu dont la voiture se renverse sous le poids des côtes de brontosaure qu'il ramène à la maison.

— Win m'a briefée, dit Esperanza.

Elle portait un chemisier bleu pâle largement échancré. Un petit cœur en or se balançait au bout d'une fine chaîne et venait se lover entre ses seins couleur de caramel dès qu'elle se redressait. Ses cheveux, touffus, moussus, venaient s'emprisonner dans ses boucles d'oreilles façon gitane. Bref, elle était belle à mourir, comme d'habitude. Elle repoussa une mèche du bout de l'index et demanda :

— Alors, qu'est-ce qui s'est passé, chez Greg ?

Myron lui raconta le coup du sang parfaitement nettoyé, puis celui de la batte de base-ball. En temps normal, Esperanza détestait perdre son temps et pianotait sur l'ordinateur ou répondait au téléphone tout en écoutant Myron. Cette fois, elle resta bouche bée, parfaitement immobile. Son regard était si intense que Myron en fut presque gêné.

— Attendez, dit-elle quand il eut fini. Je ne suis pas sûre d'avoir tout compris. D'abord, Win et vous découvrez plein de sang dans le sous-sol de Greg. C'était il y a deux jours. D'accord ?

— Tout à fait.

— Ensuite, quelqu'un revient sur place pour nettoyer tout ce sang mais ne se donne même pas la peine de faire disparaître l'arme du crime. C'est bien ça ?

— Oui.

— Vous avez une idée ?

— Plus ou moins. J'ai l'impression que quelqu'un essaie de piéger Greg. C'est la seule explication plausible.

Elle ne répondit pas tout de suite. Visiblement, elle était sceptique.

— Mais tout de même, dit-elle enfin, c'est un peu gros, non ? Si j'avais envie de piéger quelqu'un, je m'y prendrais un peu mieux !

— Ça dépend. Faut reprendre toute l'histoire depuis le début.

Il attrapa une chaise et s'assit en face d'elle, à califourchon. Il avait ressassé toute cette histoire durant le trajet de retour, et il avait envie d'en discuter avec Esperanza. Elle était toujours de bon conseil.

— O.K., dit-il. Admettons que le tueur ait su que Greg serait avec Liz Gorman ce soir-là. Qu'il les ait suivis ou qu'il l'ait surveillée, peu importe : il sait qu'ils seront ensemble.

Esperanza acquiesça, puis se leva pour aller chercher un fax qui arrivait sur le télécopieur. Myron poursuivit :

— Après le départ de Greg, le tueur trucide Liz Gorman. Sachant que Downing ferait un excellent suspect, il récupère du sang et va le répandre dans sa maison. Et, la cerise sur le gâteau, il en profite pour cacher l'arme du crime derrière le sèche-linge.

— Mais vous venez de dire que le sang avait été nettoyé, objecta Esperanza.

— C'est là que ça se corse. Supposons que je veuille protéger Greg Downing. J'arrive chez lui et je découvre les taches de sang. Qu'est-ce que je fais ?

— Vous faites le ménage, répondit-elle tout en jetant un coup d'œil au fax.

— Bingo.

— Qu'est-ce que je gagne ?

— Je ne plaisante pas. C'est à partir de là que ça devient intéressant. Je nettoie le sang, mais je ne vois pas la batte de base-ball. Ce n'est une simple hypothèse : Win et moi ne l'avons pas vue non plus.

— Attendez, vous voulez dire que quelqu'un a voulu protéger Greg en faisant disparaître le sang, mais n'était pas au courant à propos de la batte ?

— Exact.

— Vous avez une idée de qui ça pourrait être ?

— Non.

Esperanza revint s'asseoir à son bureau et tapa quelque chose sur le clavier de son ordinateur.

— Ça ne colle pas, dit-elle.

— Pourquoi ?

— Admettons que je sois raide dingue amoureuse de Greg Downing. Pour je ne sais quelle raison, je me retrouve dans la salle de jeu de ses enfants. Ou ailleurs, peu importe.

— D'accord.

— Je vois du sang par terre, ou sur les murs. A votre avis, j'en tire quelle conclusion ?

— Où voulez-vous en venir ?

— Bon, prenons un autre exemple. Vous quittez ce bureau pour retourner chez cette garce de Jessica.

— Je vous interdis de l'appeler comme ça !

231

— Maintenant, supposons que vous découvrez du sang sur les murs de son loft. Quelle est votre première réaction ?

Myron commençait à saisir.

— Je m'inquiète pour elle.

— Et ensuite, une fois que vous êtes rassuré ?

— Je me demande ce qui s'est passé, à qui appartient ce sang...

— Vous ne vous dites pas : « Mon Dieu, il faut vite que je nettoie tout ça avant qu'on accuse cette garce d'avoir assassiné quelqu'un ! »

— Arrêtez de l'appeler comme ça, à la fin !

Esperanza ignora la remarque.

— Vrai ou faux ?

— Vous avez raison, reconnut-il. Donc, pour que ma théorie tienne la route...

— Il faudrait que le mystérieux « protecteur » ait été au courant du meurtre, conclut-elle à sa place. Et qu'il ou elle ait su que Greg était impliqué.

Toutes sortes d'hypothèses se télescopèrent dans le cerveau de Myron.

— Vous pensez que c'est Greg qui l'a tuée, n'est-ce pas ? Vous pensez qu'il est retourné chez lui après le meurtre. Puis il s'est rendu compte qu'il avait laissé des traces compromettantes derrière lui, alors il a envoyé quelqu'un pour les effacer.

Esperanza fit la grimace.

— Où êtes-vous aller chercher tout ça ?

— Je...

Elle l'interrompit :

— Si Greg avait chargé quelqu'un de faire disparaître les preuves, il lui aurait parlé de la batte.

— C'est vrai. Donc, ça nous ramène à la case départ.

Esperanza entoura une ligne du fax au feutre rouge.

— C'est vous le super-détective, dit-elle. A vous de cogiter.

Myron réfléchit un instant.

— Il y a une autre possibilité.

— Laquelle ?

— Clip Arnstein.

— Ah oui ?

— Je lui ai parlé du sang dans le sous-sol.

— Quand ?

— Il y a deux jours.

— Comment a-t-il réagi ?

— Il a eu l'air paniqué, dit Myron. En fait, il a toutes les raisons de vouloir étouffer l'affaire : si un scandale éclatait, il pourrait dire adieu aux Dragons. C'est précisément pour ça qu'il m'a engagé ! En plus, personne d'autre n'était au courant, à propos du sang…

Myron se tut, s'efforçant de reconstituer le puzzle.

— D'un autre côté, je ne lui ai pas parlé de Liz Gorman – et pour cause ! Et il ignorait que le sang n'était pas celui de Greg. Pourquoi se serait-il mêlé d'une histoire aussi vaseuse ?

Esperanza lui lança un petit sourire légèrement ironique.

— Peut-être qu'il en sait plus que vous ne le croyez.

— Qu'est-ce qui vous fait dire ça ?

Elle lui tendit le fax.

— Voici la liste des appels longue distance passés depuis le téléphone du Parkview. Je viens de comparer avec les numéros enregistrés sur mon ordinateur. Regardez celui que j'ai entouré en rouge.

Myron examina la feuille. Une communication de douze minutes, quatre jours avant la disparition de Greg Downing. Le numéro était celui de Clip Arnstein.

23

— Donc, Liz Gorman a appelé Clip… Qu'est-ce que ça veut dire, à votre avis ?

Esperanza haussa les épaules.

— C'est à lui qu'il faut le demander.

— Je sentais bien qu'il me cachait quelque chose. Mais je ne vois toujours pas ce qu'il vient faire là-dedans.

Elle se mit à classer les papiers étalés sur son bureau.

— Ecoutez, on a des tonnes de boulot en retard. Je veux dire, du vrai travail. MB Sports, ça vous rappelle quelque chose ? Vous savez, cette agence que vous avez fondée et que vous êtes censé diriger… En plus, il me semble que vous avez un match, ce soir.

Penaud, Myron hocha la tête.

— Alors quand vous serez en face de Clip, profitez-en pour le sonder. En attendant, ici on tourne en rond, alors si vous voulez bien m'excuser…

Myron passa la liste en revue, rapidement.

— D'autres numéros intéressants ?

— Je n'ai pas eu le temps de tous les ausculter. Mais il y a un truc dont je voudrais vous parler, si vous avez une minute.

— Oui ?

— On a un problème avec un de nos clients.

— Lequel ?

— Jason Blair.

— Qu'est-ce qui ne va pas ?

— Il pique sa crise. Il en a marre que ce soit moi qui négocie ses contrats. Il dit que c'est avec vous qu'il a signé, et non avec – je cite : « une pouffe, même si elle a un joli petit cul ».

— Il a dit ça ?

— Texto. Il n'a même pas remarqué mes jambes !

Myron ne put s'empêcher de rire.

— Et alors ? Qu'avez-vous répondu ?

Derrière eux, le petit « cling » de l'ascenseur retentit, les portes coulissèrent en douceur. Elles s'ouvraient directement face à la réception. Très convivial.

Deux hommes sortirent de la cabine. Myron les reconnut immédiatement (sans être très physionomiste, comment oublier de telles tronches ?). Ils pointèrent leurs flingues sur Myron et Esperanza. Les écartant d'un geste, Mister B s'avança, tout sourires.

— Comment va votre genou, cher Myron ?

— Un peu mieux que votre fourgonnette.

— Très drôle. Sacré Win, il me surprendra toujours ! De vous à moi, comment a-t-il su où nous trouver ?

L'heure n'était plus aux cachotteries.

— Les téléphones portables n'ont pas que des inconvénients.

— Ingénieux, en effet. Mes compliments.

Le Big Boss arborait l'un de ces costumes un peu trop immaculés, et une cravate un peu trop rose. Chemise à poignets mousquetaire avec boutons de manchettes en or. Monogramme brodé sur le cœur : un très joli « B », évidemment. Une gourmette en or épaisse comme un câble ornait son poignet droit.

— Comment êtes-vous parvenus jusqu'ici ? demanda Myron.

— Vous ne pensiez tout de même pas qu'une poignée de flics à la manque allaient m'en empêcher ?

— Non, mais ça m'intéresse.

Mister B haussa les épaules.

— Un jeu d'enfant. J'ai appelé la Lock-Horne et leur ai dit que je cherchais un nouveau conseiller pour investir quelques millions de dollars. Un jeune employé fort zélé m'a dit de m'adresser au quinzième étage. J'ai appuyé sur le douze au lieu du quinze, et me voici !

Il sourit à Esperanza. Il faudra que je lui demande l'adresse de son dentiste, songea Myron.

— Et qu'attendez-vous pour me présenter à cette divine créature ? ajouta Mister B avec un clin d'œil.

— Mon Dieu, dit Esperanza, enfin un gentleman qui sait parler aux femmes ! C'est sûr que nous rêvons toutes d'être traitées de « créatures » !

Mister B s'esclaffa.

— Ah ! La jeune dame a de la repartie ! J'adore ça. Oui, j'adore.

— Tu sais ce qu'elle te dit, la jeune dame ?

— Merveilleux ! Myron, puis-je vous emprunter un moment votre James Bond girl ?

— Non, vous faites erreur, susurra Esperanza. Moi c'est la fée Clochette.

Elle avait prononcé ça d'une voix tellement fluette que même Myron en resta coi.

— N'est-elle pas délicieuse ? s'exclama Mister B avec son rire de hyène. Mais ça suffit, ma jolie. Voudriez-vous avoir l'obligeance de convoquer Win ? Branchez le haut-parleur, je vous prie. Et dites-lui d'oublier l'artillerie.

Esperanza lança un regard interrogateur vers Myron, lequel hocha la tête. Elle appuya sur deux touches en même temps : la ligne directe de Win et celle du haut-parleur.

— Win, nous avons ici un blond oxygéné et bronzé aux UV qui désire vous parler…

236

— Ah, oui. Comment ça va, Boss ?

— Salut, Win.

— Je suppose que vous n'êtes pas venu les mains vides ?

— On ne peut rien vous cacher, Win. Un pas de travers et votre copain ici présent y passe, avec la fée Clochette en prime.

— D'accord, Peter Pan. Je cours, je vole, j'arrive !

— Pas de flingue, hein ?

— Vous me connaissez, cher ami ! J'ai toujours milité contre la violence !

Clic. Win avait raccroché. Durant quelques interminables secondes, les protagonistes se dévisagèrent, chacun se demandant qui allait parler le premier.

— J'ai pas confiance, dit enfin Mister B à son acolyte. Tu emmènes la fille à côté et tu te planques quelque part avec elle. Au premier coup de feu, tu lui exploses la tronche.

— Compris, patron.

Le Boss se tourna alors vers son autre larbin :

— Toi, tu ne quittes pas Bolitar des yeux. Au moindre geste, tu envoies la purée.

— Cinq sur cinq.

Mister B dégaina lui aussi. Quand retentit le doux « cling » de l'ascenseur, il s'accroupit, bras tendu. Les portes s'ouvrirent. Mais point de Win à l'horizon. La grosse Cyndie émergea de la cabine, un peu comme un bébé dinosaure pointant son nez hors de l'œuf.

— Bon sang ! souffla l'acolyte numéro un. Mais qu'est-ce que c'est que ça ?

Big Cyndie sourit de toutes ses dents. Elle n'en avait plus que trente, ayant dû se faire arracher deux de celles du fond, dites de sagesse. N'empêche, le reste demeurait assez impressionnant.

— Bon Dieu, c'est quoi, ce cauchemar ? marmonna Mister B.

— Ma nouvelle réceptionniste, répondit Myron.

— Dites-lui d'aller dans l'autre pièce.

Myron fit signe à Big Cyndie.

— Allez-y, ma grande. Esperanza y est déjà.

Cyndie émit une sorte de grognement mais obéit. Tandis qu'elle passait devant Mister B, chacun put voir que, face à une telle masse, le revolver du chef semblait aussi menaçant qu'un briquet jetable. Elle ouvrit la porte, poussa un autre grondement et la referma derrière elle.

Silence.

— Doux Jésus ! soupira l'un des deux sbires.

Environ trente secondes plus tard, l'ascenseur s'arrêta de nouveau à l'étage. Mister B reprit sa position de tireur d'élite. Les portes s'ouvrirent et Win sortit de la cabine. Légèrement contrarié par l'accueil qui lui était réservé, il fronça les sourcils.

— Je croyais vous avoir dit que je réprouve la violence, énonça-t-il d'un ton plutôt sec.

Mister B jugea inutile de tourner autour du pot :

— Vous avez des informations qui nous intéressent.

— Je sais. Maintenant, si vous cessiez de braquer ce ridicule engin sur moi, nous pourrions peut-être envisager de bavarder gentiment, entre personnes civilisées ?

— Vous êtes armé ?

— Evidemment.

— Alors, vous d'abord. Posez votre pétard à terre, doucement. Un geste brusque et je tire.

— Impossible.

— J'ai dit...

— Oui, je vous ai entendu. Mon pauvre ami ! Vous ne me facilitez pas les choses !

— Ce qui veut dire ?

— Il est curieux qu'un homme aussi intelligent que vous ait trop souvent tendance à oublier que la force brutale n'est pas la seule arme fatale. Parfois, il faut savoir se maîtriser.

Win prônant la non-violence ! On aura tout vu, se dit Myron. Ce sera quoi, la prochaine fois ? Les stars du X vont se mettre à vanter les vertus de la monogamie ?

— Songez à ce que vous avez accompli jusqu'à présent, reprit Win. Pour commencer, vous faites tabasser Myron par une paire d'amateurs…

Le sbire en pantalon kaki réagit immédiatement :

— C'est de moi que tu causes, Ducon ?

— La ferme, Tony ! ordonna Mister B.

— Non mais vous avez entendu, patron ? Il m'a traité d'amateur !

— Ta gueule, j'ai dit.

Mais le dénommé Tony en avait gros sur la patate.

— Je peux quand même pas laisser passer ça, patron ! C'est une atteinte à mon honneur !

— La ferme, bordel de merde ! Tu veux un pruneau dans la cuisse ? Tu préfères la gauche ou la droite ?

Tony la ferma, illico.

Mister B reporta son attention sur Win.

— Désolé pour cette interruption.

— Je vous en prie.

— Donc, vous disiez ?

— Oui, comme je le disais, tout d'abord vous tentez d'intimider mon ami Myron. Ensuite vous essayez de le kidnapper et vous menacez de l'estropier. Résultat : zéro. Pourquoi vous donner tant de mal ?

— Il faut que je mette la main sur Downing.

— Et qu'est-ce qui vous fait croire que Myron sait où il se cache ?

— Vous êtes allés chez lui, tous les deux. Et puis d'un seul coup, Bolitar fait partie de l'équipe. Mieux que ça : il est censé le remplacer !

— Et alors ?

— Et alors, vous me prenez pour un débile ? Je sais que vous savez des trucs, tous les deux.

— Possible. Mais pourquoi ne pas simplement nous

poser la question poliment ? Il ne vous est jamais venu à l'esprit qu'on pouvait en discuter ? Toute information est négociable.

Le sbire en treillis se mit à sauter sur place, excité comme un chimpanzé.

— Je lui ai demandé, patron ! La première fois, dans la rue. J'ai demandé à Bolitar où était Downing. Il m'a ri au nez.

Win le toisa.

— Avez-vous servi dans l'armée, mon brave ?

— Euh… non, répondit le primate, décontenancé.

— Vous n'êtes qu'une pauvre chiure de mouche, décréta Win d'un ton parfaitement neutre, comme s'il s'adressait aux membres de son conseil d'administration. Un ectoplasme tel que vous devrait avoir honte de porter ce semblant d'uniforme. Vous êtes une insulte ambulante faite aux hommes et aux femmes qui ont combattu et ont donné leur vie pour notre pays. Si jamais je vous retrouve sur mon chemin, vous le regretterez. Définitivement. Suis-je assez clair ?

— Hé ! Je…

— Tu ne connais pas ce mec, Tony, intervint Mister B. Mais moi, si. Alors, un bon conseil : tu la boucles et basta !

Frustré mais prudent, l'apprenti truand écouta son patron et opta pour le profil au ras du gazon. Win se désintéressa de lui et reprit son dialogue avec le Boss.

— Nous pouvons nous aider mutuellement, dit-il.

— Ah bon ?

— Il se trouve que mon associé et moi recherchons également M. Downing. C'est pourquoi j'ai une proposition à vous soumettre.

— Je vous écoute.

— Tout d'abord, je suggère un cessez-le-feu.

— Et pourquoi je vous ferais confiance ?

— Si j'avais voulu vous éliminer, dit Win, je l'aurais fait hier soir.

Mister B réfléchit un instant puis abaissa son arme. D'un signe de tête, il ordonna à son gorille en treillis d'en faire autant.

— Et qu'est-ce qui vous a retenu ? A votre place, je n'aurais pas hésité.

— C'est ce qui nous différencie. La force brutale n'est qu'une perte d'énergie parfaitement stérile. En l'occurrence, nous avons besoin l'un de l'autre. Si je vous avais tué hier, je ne serais plus en mesure de vous proposer aujourd'hui une certaine forme de collaboration, qui risque de s'avérer profitable pour vous et moi.

— Continuez, vous commencez à m'intéresser.

— Je crois savoir que M. Downing vous doit une certaine somme ?

— Un sacré paquet !

— Oui, bon, essayons de ne pas sombrer dans la vulgarité. Voilà ce que je vous propose : vous nous dites ce que vous savez. En échange, nous nous engageons à le retrouver – à nos frais. Vous ne l'abîmez pas et il vous rembourse.

— Et s'il ne paie pas ses dettes ?

Win sourit et leva les mains, paumes vers le ciel en un geste fataliste.

— Loin de nous l'idée de nous immiscer dans la gestion de vos affaires !

Mister B se décida assez rapidement.

— D'accord. Mais je ne veux que deux interlocuteurs : Bolitar et vous.

Il se tourna vers le mec en treillis.

— Toi, tu vas m'attendre à côté.

— Pourquoi ?

— Discute pas. Au moins, si on te passe au chalumeau pour te faire parler, ça t'évitera des états d'âme.

241

La réponse parut satisfaire Tony qui s'éclipsa sans protester.

— Et si l'on s'asseyait ? suggéra Win.

Ce qu'ils firent. Mister B croisa les jambes et attaqua illico :

— Downing est un joueur invétéré. Pendant pas mal de temps, il a gagné gros. C'est très mauvais, pour un type accro. Puis la chance a tourné – comme toujours – et naturellement il a cru qu'il pourrait se refaire. Ils le croient tous. Lorsqu'ils ont autant de fric que Downing, je les laisse creuser leur propre tombe. C'est bon pour le business. D'un autre côté, il faut garder un œil sur eux. On ne veut pas qu'ils creusent jusqu'en Chine, voyez ce que je veux dire ?

— S'ils se retrouvent au fond du trou, vous ne pouvez plus rien en tirer, acquiesça Myron.

— Bingo. Quoi qu'il en soit, Downing s'est mis à perdre de plus en plus gros. Et quand je dis « gros », je ne plaisante pas. Ça lui prenait du temps mais il finissait toujours par payer. Il m'est arrivé de laisser l'ardoise grimper jusqu'à deux cent cinquante, voire trois cents.

— Trois cent mille dollars ?

Mister B sourit.

— Vous ne savez pas de quoi je parle, n'est-ce pas ?

Myron haussa les épaules d'un air blasé. De fait, il n'avait jamais côtoyé un vrai flambeur de toute sa vie. Ce genre d'accoutumance lui était totalement étranger.

— C'est comme l'alcool ou l'héroïne, poursuivit Mister B. Ils ne peuvent pas s'arrêter. C'est même pire, en fait. Les gens boivent ou se shootent pour échapper au désespoir. Avec le jeu, il y a cet aspect-là aussi, mais le danger, c'est qu'ils ne perdent jamais espoir. Plus ils perdent, plus ils sont convaincus que la prochaine fois sera la bonne. L'espoir est un poison.

— Très profond, dit Win. Mais si on en revenait à Greg Downing ?

— Bref, ces derniers temps Greg a cessé de rembourser ses dettes. L'ardoise s'élève à un demi-million. Alors je commence à lui mettre la pression, et il me dit qu'il est fauché mais que je n'ai pas à m'en faire parce qu'il est sur le point de signer pour une pub qui va lui rapporter le pactole.

Le contrat avec Forte, songea Myron. Pas étonnant que Greg ait soudain changé d'attitude à propos des pubs.

— Je lui demande quand il doit toucher le chèque et il me répond dans six mois. Six mois ! Sur cinq cent mille dollars sans compter les intérêts ! Je lui dis qu'il rêve et que je lui donne une semaine, pas plus. Il n'a pas l'argent, qu'il me répète. Alors j'exige une preuve de sa bonne foi.

Myron avait déjà deviné la suite.

— Il a truqué un match.

— Erreur. Il était *censé* truquer un match. Les Dragons étaient donnés favoris contre l'équipe de Charlotte par huit points. Tout ce que Downing devait faire, c'était se débrouiller pour qu'ils gagnent avec moins de huit points de différence. C'était pas la mer à boire, tout de même !

— Il a accepté ?

— Bien sûr. Le match avait lieu dimanche. J'ai misé une fortune sur les gars de Charlotte. Une vraie fortune.

— Et Greg n'a pas joué, conclut Myron.

— Bingo ! Les Dragons l'ont emporté par douze points. Bon, d'accord, les journaux ont dit que Greg était blessé. Ça peut arriver à tout le monde. N'empêche, je ne vois pas pourquoi je devrais casquer pour sa putain de blessure !

Il marqua une pause, espérant des commentaires qui ne vinrent pas.

— Alors j'ai attendu qu'il m'appelle, reprit-il. Et j'attends toujours ! Downing me doit maintenant près de deux millions. Win, vous comprenez bien que je peux pas rester les bras croisés, n'est-ce pas ?

Win opina.

— A quand remonte le dernier versement de Greg ? demanda Myron.

— Ça fait un moment. Cinq ou six mois.

— Rien de plus récent ?

— Non.

Ensuite, Mister B et Win échangèrent des nouvelles de quelques copains qu'ils avaient en commun dans le milieu des arts martiaux. Puis ils rappelèrent Esperanza, Big Cyndie, Tony et son collègue. Après quelques civilités d'usage, le Boss et ses deux hommes prirent congé. Dès que les portes de l'ascenseur se refermèrent, Cyndie se mit à danser une sorte de gigue. Myron interrogea Esperanza du regard.

— L'un des deux types, dit-elle. Le plus balèze.

— Qu'est-ce qu'il a fait ?

— Il lui a demandé son numéro de téléphone !

Big Cyndie continua à sauter d'un pied sur l'autre comme une gamine. Le plancher tremblait tellement que les occupants de l'étage au-dessous durent se croire à San Francisco en plein séisme, l'espace d'un instant.

Myron se tourna vers Win.

— Toi aussi tu as noté que Greg n'a rien remboursé depuis des mois ? Intéressant, non ?

— Ça veut dire que les cinquante mille dollars qu'il a retirés de son compte avant de disparaître n'ont pas servi à éponger une partie de ses dettes de jeu.

— Mais que comptait-il en faire ?

— Financer sa fuite, j'imagine.

— Donc, d'après toi, il avait déjà décidé de se faire la malle ?

— C'est probable.

Myron réfléchit à tout ce qu'impliquait ce nouveau scénario.

— Dans ce cas, ce n'est pas une pure coïncidence si Liz Gorman a été assassinée le jour où il a disparu.

— En effet.

— Tu penses que c'est lui qui l'a tuée ?

— Pas mal d'indices pointent dans sa direction. Je t'ai dit que les cinquante mille dollars provenaient d'un compte géré par Marty Felder. Peut-être que M. Felder a une explication.

— Mais s'il savait que Greg avait l'intention de prendre le large, objecta Myron, pourquoi avoir laissé tous ces messages sur son répondeur ?

— Pour brouiller les pistes. Ou peut-être qu'il ignorait les projets de Greg.

— Je l'appelle, dit Myron. Je vais essayer d'avoir un rendez-vous pour demain.

— Dis donc, mon grand, il me semblait que tu avais un match de basket prévu pour ce soir…

— Ouais.

— A quelle heure ?

— Sept heures et demie, dit Myron en jetant un coup d'œil à sa montre. Faut pas que je traîne, si je veux voir Clip avant.

— Je t'emmène, décréta Win. J'aimerais bien rencontrer ce M. Arnstein.

Après leur départ, Esperanza écouta les messages de la boîte vocale. Puis elle remit un peu d'ordre sur son bureau, dont l'agencement avait été quelque peu bouleversé par la présence en interim de Big Cyndie. Elle replaça à la verticale les deux photos qui l'avaient toujours suivie dans chacun de ses emplois. L'une représentait Chloe, sa chienne colley d'Ecosse, lors de la remise du premier prix au concours canin de Westchester. L'autre avait été prise lorsque Big Cyndie et elle avaient été couronnées reines de la FFL. Esperanza, plus connue sous le pseudo de Petite Pocahontas, y apparaissait vêtue d'un costume à franges plutôt exigu. A côté – ou plutôt au-dessus d'elle –, Cyndie, alias Big Chief Mama, exhibait ses formidables biceps et souriait de toutes ses dents.

Tout en contemplant ces deux portraits – ses photos de famille, en quelque sorte –, Esperanza ne pouvait s'empêcher de penser à la « coïncidence » entre la date du meurtre et la disparition de Greg. Parfait timing, d'accord, mais quid de l'emploi du temps de Liz Gorman ? Personne ne semblait s'intéresser à ce qu'elle avait pu faire avant sa mort. Quand exactement était-elle arrivée à New York, et dans quel but ? L'attaque de la banque de Tucson avait eu lieu deux mois plus tôt. Liz Gorman avait commencé à travailler au Parkview à la même époque. Quand on est en cavale, on s'éloigne le plus possible du lieu du crime, évidemment. Mais pourquoi choisir comme point de chute New York, la ville qui compte la plus forte concentration de flics au mètre carré ? Pourquoi ne s'était-elle pas plutôt réfugiée dans un trou perdu au fin fond du Nebraska ?

Plus elle y songeait, plus Esperanza était convaincue qu'un détail leur avait échappé. Quelque chose qui avait un rapport avec le braquage de cette banque et avait poussé Liz Gorman à venir à New York. Elle réfléchit quelques minutes encore, puis saisit le téléphone et appela l'un des ex-copains de Win et de Myron au FBI.

— Il nous faudrait tout ce que vous avez sur le braquage de Tucson et la Brigade Raven, dit-elle. Vous pouvez nous envoyer une copie du dossier ?

— Je vais voir ce que je peux faire. Mais c'est bien parce que c'est pour Win ! Et cette conversation n'a jamais eu lieu, naturellement.

— Quelle conversation ?

24

Win était homme de parole : il avait promis de déposer Myron en temps et en heure pour son rendez-vous avec Clip Arnstein et il s'y employait. Au milieu des embouteillages, la Jaguar se faufilait telle une anguille. La stéréo était branchée sur 1776, une fréquence réservée aux intellos. Le commentateur s'écria : « Qu'on ouvre la fenêtre, de grâce ! » Suivit un débat sur le cruel dilemme : ouverte ou fermée ? Les partisans de l'ouverture se plaignaient de la chaleur torride qui accablait Philadelphie. Les défenseurs de la fermeture souhaitaient se préserver des mouches et de la pollution.

— Et toi, qu'en penses-tu ? demanda Myron.

— La clim, tu connais ?

Myron regarda défiler derrière la vitre close les immeubles et les voitures qui semblaient se fondre en une masse ondulante, un peu comme un mirage. Il pensa à Jessica. Que faisait-elle, en ce moment ? Il l'aimait. Elle l'aimait. Mieux encore, elle avait fait le premier pas. Pour la première fois de sa vie, sans doute. Et pour la première fois de leur vie à deux. Dans la plupart des couples, l'un des partenaires domine l'autre. C'est une loi de la nature, incontournable. L'équilibre parfait n'est qu'une utopie. Dans leur cas, c'était Jessica la dominante. Myron en était conscient, et si jamais il en avait douté, Esperanza était là pour le lui rappeler. Ça ne voulait pas dire qu'il l'aimait plus ou qu'elle l'aimait moins. Ou peut-être que si, après tout. Va savoir… Ce dont il était sûr, c'est que Jessica était beaucoup moins vulnérable que lui. Que les moments où elle baissait sa garde étaient rares – et d'autant plus précieux. Il avait envie de la prendre dans ses bras, de l'encourager. Il rêvait depuis si longtemps de partager sa vie avec elle. Et pourtant, quelque part, il avait le trac. Peur de l'échec ?

A force de débattre le pour et le contre, il ne savait plus trop où il en était. Il avait besoin d'en discuter avec quelqu'un d'objectif. Oui, mais avec qui ? Esperanza, sa complice, sa confidente ? Elle détestait Jessica. Win ? Non, inutile d'y penser : plus misogyne que lui, ça n'existait pas. Et pendant ce temps-là, Myron ne cessait d'entendre la voix de Jessica qui lui disait : « Viens t'installer chez moi. »

— Combien tu touches ? demanda Win.

— Pardon ?

— Tu viens juste d'être engagé dans l'équipe. Je sais bien que c'est ton métier, mais t'es sûr que tu ne t'es pas fait avoir ?

— Oh, financièrement, tu veux dire ? Y a pas de souci.

Win se contenta de hocher la tête, sans quitter la route des yeux. Le compteur affichait 140, sur une petite route pas du tout conçue pour une telle vitesse. Au fil des années, Myron avait fini par s'habituer à la conduite kamikaze de Win. Il évitait de regarder au-delà du pare-brise, tout simplement.

— Tu comptes assister au match ?

— Ça dépend.

— De quoi ?

— De la dénommée Branleuse. Tu m'as dit qu'elle

cherchait un job. Si elle est là, j'en profiterai peut-être pour lui poser deux ou trois questions.

— Ah bon ? Je peux savoir lesquelles ?

— On a le choix, mon grand. Ou c'est toi qui lui demandes ce que lui a dit Downing, et tu bousilles notre couverture. Ou alors c'est moi, et elle va se demander de quoi je me mêle. Dans tous les cas de figure, elle va se poser des questions, à moins d'être totalement débile. En outre, si jamais elle sait quoi que ce soit, elle va nous raconter des craques.

— Alors, qu'est-ce que tu suggères ?

Win fit mine de réfléchir.

— Je pourrais la faire s'allonger. La dame se pâme et finit par accoucher.

— Elle ne couche qu'avec les Giants ou les Dragons, objecta Myron.

Puis il fronça les sourcils, un peu inquiet.

— Qu'entends-tu exactement par « la faire s'allonger » ?

Win haussa les épaules.

— Bof, juste une variante. A moins qu'elle ne préfère les menottes et le fouet.

— Tu n'as rien de plus intelligent à suggérer ?

— J'y songe.

Win tourna à droite, en direction du complexe sportif de Meadowlands.

— En ce qui concerne Jessica, dit-il, tu me connais, je ne suis pas du genre à…

— Oui, je sais.

— La dernière fois qu'elle t'a largué, je t'ai ramassé à la petite cuillère, mon pote. Je n'ai pas envie que ça recommence.

Myron le regarda bien en face.

— En es-tu sûr ?

Win ne répondit pas.

— En fait, t'es jaloux. Ça t'emmerde, hein, que je sois heureux avec elle ?

— Oh, mon Dieu ! s'exclama Win en se masquant le visage en un geste mélodramatique. En vérité, je le confesse, j'envie mon tendre ami. Car jamais ne connaîtrai les affres qui furent siennes lorsque Jessica le quitta.

Win baissa son bras et regarda Myron droit dans les yeux.

— Amis, ayez pitié de lui et de moi aussi ! Sa peine est vraie et telle est aussi la mienne. Car tout ceci n'est qu'illusion.

— Blague à part, c'est vraiment ce que tu penses ? demanda Myron.

— Evidemment.

— Et pour toi ça s'applique à toutes les relations ?

— Je n'ai jamais dit ça.

— Notre amitié, par exemple. Ce n'est qu'une illusion ?

— Ça n'a rien à voir avec nous, dit Win.

— J'essaie seulement de comprendre…

— Il n'y a rien à comprendre. Tu fais du mieux que tu peux et basta. Et puis, je te l'ai déjà dit : je ne suis pas ton psy !

Silence. Le stade se profilait devant eux. Durant des années, il s'était appelé le Brendan Byrne, comme le gouverneur – relativement impopulaire – qui était en poste à l'époque de sa construction. Par la suite, les autorités locales ayant besoin de fonds privés, l'ensemble avait été rebaptisé le Continental Airlines Arena. Pas très vendeur non plus, mais pas pire que Brendan Byrne. Lequel, par le biais de ses avocats et au nom de ses ayants droit, cria au scandale. La « CAA » contre la « BB » ! Quelle importance ? songeait Myron. Entre taxer les travailleurs pour se mettre vingt-sept millions de dollars dans la poche ou écorner l'ego d'un politicien véreux… Quelle différence, franchement ?

Myron risqua un œil en direction de Win. Impeccable,

le conducteur. Regard fixé sur l'horizon, mains cool sur le volant. Du coup, Myron s'autorisa un petit flash-back. Ou, soyons honnêtes, un bond de cinq ans en arrière. La veille, Jessica l'avait quitté. Il se traînait chez lui, aussi enthousiaste qu'une serpillière, lorsque Win avait frappé à la porte.

— Ah, c'est toi ? Fous-moi la paix !

— Bouge ton cul, mec. J'ai ce qu'il te faut. Une blonde super qui n'attend que toi.

— Nan.

— T'es sûr ?

— Ouais.

— Alors fais-moi plaisir : ne te soûle pas la gueule ! Noyer son chagrin dans l'alcool, c'est vulgaire !

— Et se taper une blonde, c'est plus distingué ?

— C'est plus sain, en tout cas.

Et voilà. Fin de l'histoire. Win était reparti et ils n'avaient plus jamais reparlé de Jessica. Jusqu'à ce soir. Myron savait que le sujet était tabou. Pourquoi l'avoir mentionnée, après tout ce temps ?

Win était un peu spécial, mais ce n'était pas sa faute. Soudain – et pour la première fois –, Myron eut pitié de lui. Au fond, sa vie n'avait été qu'un pénible apprentissage de la survie. Le résultat était parfois contestable d'un point de vue strictement « moral », mais toujours efficace. Win n'avait pas réellement renoncé à toute émotion et n'était pas le robot que certains voyaient en lui. Mais il avait appris à se méfier de tout le monde et à ne dépendre de personne. Peu de gens comptaient à ses yeux, mais pour ceux-là, il était prêt à donner sa vie. Quant aux autres, il s'en foutait royalement.

— D'accord, je vais essayer de te dégoter une place à côté de la Branleuse, promit Myron.

Win hocha la tête et gara la Jaguar sur un emplacement réservé aux VIP. Myron déclina son identité et la secrétaire de Clip les guida vers la salle de conférences.

Calvin était déjà là, debout à la droite de Clip, lequel était assis derrière son sous-main et sa carafe d'eau. Il avait vieilli. Ses cheveux avaient blanchi, ses joues et son cou étaient fripés, pâles et fragiles. En un mot : parcheminés. Il se leva, ce qui sembla lui coûter un immense effort.

Puis, ayant survolé l'assistance, son regard implacable s'arrêta sur Win.

— Monsieur Lockwood, je présume ?

« Non, lui c'est le Dr Livingstone », faillit répondre Myron. Et moi je compte pour des prunes ? Mais il se maîtrisa.

— En effet, dit-il très poliment. Je vous présente mon associé, Windsor Lockwood, troisième du nom.

— Et il est ici pour nous aider à résoudre un petit problème ?

— C'est du moins ce que nous espérons.

Et va te faire voir, espèce de vieillard débile !

Des mains furent serrées, des compliments furent échangés, d'augustes fessiers furent installés dans des fauteuils d'époque. Fidèle à sa stratégie en de pareilles circonstances, Win demeura parfaitement discret. Il scannait la pièce, enregistrant chaque détail. En bon prédateur, il aimait étudier la faune avant de sauter sur sa proie.

— Myron ! s'exclama Clip, comme s'il venait de retrouver un vieil ami perdu de vue depuis une vingtaine d'années. Alors, quoi de neuf ?

— C'est plutôt à moi de vous poser la question.

Clip s'esclaffa, pour la galerie. Puis il ajouta, à mi-voix :

— Très drôle, Myron. Mais si j'avais la réponse, vous croyez que j'aurais engagé un ringard tel que vous dans l'équipe ?

— Non, Clip, ça ne marche plus.

— Quoi ?

— Je sais que Greg s'est déjà fait la malle auparavant.

— Et alors ?

— Ça ne vous a jamais inquiété. Pourquoi avoir paniqué cette fois ?

— Je vous l'ai dit, les administrateurs doivent voter
très bientôt.

— C'est votre seul souci ?

— Bien sûr que non. Je pense aussi à Greg.

— Mais vous n'aviez encore jamais engagé quelqu'un
pour le retrouver. De quoi avez-vous peur ?

Clip haussa les épaules.

— Je n'ai pas peur, j'assure mes arrières. Pourquoi ?
Vous avez découvert quelque chose ?

— Ce n'est pas votre genre, Clip. Vous avez toujours
aimé prendre des risques. Je vous ai vu laisser tomber
des valeurs sûres, des champions adulés du public, pour
tout miser sur des bleus auxquels personne ne croyait.
Vous êtes un attaquant, vous ne vous contentez pas
d'espérer que votre défense tiendra le coup. Vous n'avez
jamais eu peur de tout risquer.

— Le problème avec cette stratégie, dit Clip avec un
sourire désabusé, c'est qu'on peut aussi se planter. Et
dans ces cas-là, on peut perdre gros.

— Qu'avez-vous perdu, cette fois ?

— Rien, pour l'instant. Mais si Greg ne revient pas,
ça risque de nous coûter le championnat.

— Je ne pensais pas à ça, dit Myron. Il y a autre
chose en jeu.

— Désolé, je ne vois pas de quoi vous voulez parler.
Je vous ai engagé parce que c'était logique. C'est vrai
que Greg a déjà disparu sans prévenir, mais jamais aussi
tard dans la saison, et jamais alors qu'on préparait un
championnat. Ça ne lui ressemble pas.

Myron lança un coup d'œil vers Win. Ce dernier
paraissait s'ennuyer ferme.

— Connaissez-vous une certaine Liz Gorman ? lança Myron à tout hasard.

— Non. Je devrais ?

— Et une dénommée Carla ? Ou Sally ?

— Je ne comprends pas.

— Savez-vous si Greg a côtoyé récemment l'une de ces trois femmes ?

Clip fit signe que non. Myron se tourna alors vers Calvin, lequel secoua également la tête, mais beaucoup plus discrètement.

— En quoi cela vous intéresse-t-il ? demanda Clip.

— Parce que c'est avec elle que se trouvait Greg le soir où il a disparu, dit Myron.

Clip se redressa et les mots fusèrent comme des balles de mitraillette.

— Vous avez retrouvé sa trace ? Vous savez où elle est ? Peut-être qu'ils sont encore ensemble…

De nouveau, Myron glissa un œil vers Win qui, cette fois, réagit imperceptiblement : Clip était tombé dans le piège.

— Elle est morte, annonça Myron.

Clip blêmit. Calvin ne dit rien mais cligna des yeux – ce qui, pour lui, était le signe d'une extrême agitation.

— Morte ? s'exclama Clip.

— Assassinée, pour être précis.

— Oh, mon Dieu !

Le regard de Clip passa de Myron à Win puis à Calvin et revint sur Myron comme s'il cherchait une explication. Qu'il ne trouva pas.

— Vous êtes sûr que les noms de Liz Gorman, Carla ou Sally ne vous disent rien ? insista Myron.

Clip ouvrit la bouche, la referma sans réussir à émettre le moindre son. Sa deuxième tentative fut plus fructueuse.

— Assassinée ?

— Oui.

— Et elle était avec Greg ?

— A notre connaissance, il est le dernier à l'avoir vue vivante. Et on a relevé ses empreintes sur la scène du crime.

— La scène du crime ? répéta-t-il d'une voix tremblante. Mon Dieu ! Le sang que vous avez trouvé dans le sous-sol... Le corps était chez Greg ?

— Non. Elle a été tuée dans son propre appartement, à New York.

Clip parut décontenancé.

— Mais je croyais que vous aviez trouvé du sang dans la maison de Greg ? Dans la salle de jeu, au sous-sol.

— En effet. Mais il n'y en a plus.

— Mais c'est impossible ! s'exclama Clip, à la fois perplexe et contrarié.

— Quelqu'un s'est chargé de le nettoyer, expliqua Myron en le regardant droit dans les yeux. Quelqu'un a pénétré chez Greg au cours de ces deux derniers jours et a essayé d'effacer les traces d'un scandale plutôt fâcheux.

Piqué au vif, Clip contre-attaqua :

— Et vous pensez que c'est moi ?

— Vous êtes le seul à qui j'ai parlé de ces taches de sang, et vous ne vouliez pas que ça s'ébruite.

— Je n'ai fait que vous donner mon avis, protesta l'entraîneur. Pour le reste, je m'en remettais à vous. Bien sûr, je pensais qu'il valait mieux éviter tout scandale. Mettez-vous à ma place ! Mais jamais je n'aurais eu l'idée d'intervenir comme vous semblez le suggérer. Vous me connaissez mieux que ça, Myron.

— Clip, j'ai les relevés téléphoniques de cette femme. Elle vous a appelé quatre jours avant sa mort.

— Qu'est-ce que c'est que cette histoire ?

— Le numéro de votre bureau figure sur le relevé.

Clip faillit dire quelque chose, se ravisa, se décida enfin.

— Même si elle a appelé ici, ça ne veut pas dire qu'elle m'a eu au bout du fil. Peut-être qu'elle a parlé à ma secrétaire.

Le ton n'était guère convaincant. Win, qui n'avait pas prononcé un mot depuis le début de l'entrevue, s'éclaircit la gorge et prit la parole.

— Monsieur Arnstein ?

— Oui ?

— Malgré tout le respect qui vous est dû, vos mensonges commencent à être lassants.

Clip en resta bouche bée. Il avait l'habitude qu'on lui lèche les bottes, certainement pas qu'on le traite de menteur.

— Pardon ?

— Comme je le disais, continua Win, mon ami et associé Myron a le plus grand respect pour vous, mais cela n'engage que lui. Vous connaissiez la femme qui a été assassinée. Vous lui avez parlé au téléphone. Nous en avons la preuve.

Clip fronça les sourcils.

— Quelle preuve ?

— Tout d'abord, le relevé téléphonique.

— Mais je viens de vous dire que…

— Deuxièmement, vous venez de vous trahir vousmême.

— Mais qu'allez-vous encore inventer ? soupira Clip, excédé.

Win prit son temps, adoptant le ton patient d'un adulte s'adressant à un enfant.

— Tout à l'heure, Myron vous a demandé si vous connaissiez une femme du nom de Liz Gorman, ou bien une certaine Carla, ou encore une Sally. Vous vous en souvenez ?

— Evidemment. Je lui ai répondu que non.

— En effet. Et lorsqu'il vous a annoncé que c'était avec « elle » que se trouvait Greg le soir de sa disparition, vous rappelez-vous quelle a été votre réaction, monsieur Arnstein ?

Clip parut désarçonné.

— Euh…

— Vous avez demandé – je vous cite : « Avez-vous retrouvé *sa* trace ? »

— Oui, et alors ?

— Vous avez employé le singulier. Or, Myron avait mentionné trois noms. Liz Gorman, Carla et Sally. Logiquement, vous auriez dû penser qu'il s'agissait de trois femmes différentes et que c'était avec elles trois que se trouvait Greg lors de sa disparition. Cependant, vous n'avez pas hésité une seconde, vous avez demandé si on avait retrouvé *sa* trace, et non *leur* trace. Vous saviez que ces trois noms désignaient une seule et même personne. Vous ne trouvez pas ça étrange, monsieur Arnstein ?

— Quoi ? Vous appelez ça une preuve ?

Le ton agressif de Clip cachait mal son désarroi. Win se pencha en avant et conclut :

— Myron est correctement rémunéré pour ses services. C'est pourquoi je serais d'avis qu'il continue à travailler pour vous. C'est-à-dire à empocher votre argent tout en se mêlant de ses affaires. Si vous avez envie de saboter votre propre enquête, après tout, qui sommes-nous pour vous en empêcher ? Cependant, je doute que Myron suive mon conseil. Il a tendance à fourrer son nez partout, c'est plus fort que lui. Pis encore, il se croit toujours obligé de jouer les justiciers, même quand on ne lui en demande pas tant.

Win s'appuya contre le dossier de son fauteuil et joignit le bout de ses doigts pour former une pyramide. Les trois autres attendaient la suite, les yeux braqués sur lui.

— Le problème, reprit-il, c'est qu'une femme a été assassinée. Quelqu'un a tenté d'effacer les preuves. En outre, nous avons un disparu qui peut être soit le meurtrier, soit une seconde victime. En d'autres termes, cette affaire est devenue trop dangereuse pour que nous fermions les yeux. Le jeu n'en vaut pas la chandelle, si vous me permettez l'expression. En tant qu'homme d'affaires, je suis sûr que vous me comprenez, monsieur Arnstein.

Clip demeura silencieux.

— Si nous mettions cartes sur table ? suggéra Win. Nous savons que vous avez parlé avec la victime. Alors, ou bien vous nous faites part du contenu de cette conversation, ou mon associé et moi prenons congé définitivement.

— C'est à moi qu'elle s'est adressée en premier, intervint Calvin.

Il évitait soigneusement le regard de Clip, ce qui était parfaitement inutile : effondré sur son siège, l'entraîneur ressemblait à une baudruche achevant de se dégonfler.

— Elle s'est présentée sous le nom de Carla, poursuivit Calvin.

Win hocha légèrement la tête et se carra dans son fauteuil. Sa prestation étant terminée, il passait les rênes à Myron.

— Que voulait-elle ? demanda ce dernier.

— Elle a dit qu'elle en savait de belles sur Greg. De quoi mettre un terme à sa carrière et aux contrats de pub.

— Et que savait-elle au juste ?

Clip se ressaisit et prit le relais.

— On n'a jamais pu le découvrir.

Il hésita quelques secondes – pour gagner du temps ou parce qu'il était réellement honteux ? Difficile à dire.

— Je suis désolé, Myron. Je ne voulais pas vous mentir. J'essayais seulement de protéger Greg.

— Donc, elle vous a contacté aussi ?

— Oui. Après le premier coup de fil, Calvin est venu

me voir. Quand elle a rappelé, j'étais à côté de lui. Elle a dit qu'elle voulait de l'argent en échange de son silence.

— Combien ?

— Vingt mille dollars. On devait lui verser la somme le lundi soir.

— Où ?

— Je ne sais pas, dit Clip. Elle était censée nous indiquer l'endroit lundi matin, mais elle n'a jamais rappelé.

Les cadavres rappellent rarement, songea Myron. Déjà qu'ils ne parlent pas et ne paient pas leurs dettes, alors pourquoi répondraient-ils au téléphone ?

— Donc, elle n'a pas eu l'occasion de vous révéler l'infâme secret ?

Clip et Calvin se consultèrent du regard. Calvin acquiesça d'un signe de tête et Clip se tourna vers Myron.

— Ce n'était pas la peine, dit-il d'un ton résigné. Nous étions déjà au courant.

— Au courant de quoi ?

— Greg était un flambeur. Il devait énormément d'argent à des types pas très recommandables.

— Vous saviez qu'il était joueur ?

— Oui.

— Comment l'avez-vous appris ?

— C'est lui qui me l'a dit, répondit Clip.

— Quand ?

— Il y a environ un mois. Il avait besoin d'aide. Je... Il... Enfin, il me considérait un peu comme son père. Je tiens beaucoup à lui.

Au bord des larmes, Clip leva les yeux vers Myron :

— Je tiens beaucoup aussi à vous, Myron. C'est ce qui rend les choses encore plus difficiles.

— Quelles choses ?

Clip haussa les épaules. Visiblement, il regrettait déjà de s'être un peu trop épanché.

— Je voulais aider Greg, alors je l'ai poussé à consulter un psy.

— Il a accepté ?

— Il a eu sa première séance la semaine dernière. Avec un psychothérapeute spécialiste des joueurs. Et on a aussi discuté à propos de cette pub, qui pouvait lui permettre de rembourser ses dettes.

— Est-ce que Marty Felder savait que Greg était accro au jeu ? demanda Myron.

— Je n'en suis pas sûr. Le psy m'a dit que les joueurs sont comme tous les drogués : très doués pour cacher leur passion à leur entourage. Mais dans la mesure où Marty gérait pratiquement tout les comptes de Greg, il devait bien se douter de quelque chose.

Sur le mur juste derrière Clip, un poster de l'équipe de cette année était affiché. Myron le contempla, songeur. Les deux cocapitaines, TC et Greg, posaient au premier plan, un genou en terre. Greg souriait jusqu'aux oreilles. TC arborait son étrange grimace, mi-figue, mi-raisin.

— Donc, quand vous m'avez engagé, dit-il, vous saviez déjà que la disparition de Greg avait un rapport avec ses dettes de jeu ?

— Non. Enfin, pas au sens où vous l'entendez. Je n'ai jamais pensé que le book de Greg s'en prendrait à lui. Je savais qu'en signant avec Forte, il pouvait s'en sortir.

— Alors dans quel sens l'entendiez-vous ?

— Je m'inquiétais pour son équilibre.

Clip se retourna et pointa l'index sur la photo de Greg, sur le poster.

— Greg n'a jamais été très solide, psychologiquement parlant. Alors je craignais que la pression due à ses dettes de jeu ne le fasse basculer. Il tient plus que tout à son image, vous savez. Plus que l'argent, c'est l'admiration de ses fans qui le motive. Alors s'ils apprenaient la vérité, il tomberait de son piédestal. Et que deviendrait-il ? C'est ça qui me faisait peur. J'ai pensé qu'il avait choisi de disparaître pour échapper à tout ce stress. Qu'il avait finalement pété les plombs, en quelque sorte.

— Et maintenant que nous avons un meurtre sur les bras, qu'en pensez-vous ?

Clip secoua la tête avec véhémence.

— Je connais Greg mieux qu'aucun de vous. Quand il se sent piégé, il va se cacher dans un coin. Jamais il ne serait capable de tuer qui que ce soit. J'en mets ma main au feu. Ce n'est pas un violent. Il a suffisamment souffert de la violence, autrefois. Croyez-moi !

Cela jeta comme un froid. Myron et Win attendirent que Clip s'explique. Puis, ne voyant rien venir, Win reprit la direction des opérations :

— Avez-vous autre chose à nous dire, monsieur Arnstein ?

— Non. J'ai fini.

Win se leva et se dirigea vers la sortie, sans un mot. Myron esquissa une sorte de haussement d'épaules et le suivit.

— Myron ?

Myron se retourna. Clip était debout, les bras ballants, les yeux humides.

— Bonne chance, pour le match, dit-il doucement. Ce n'est qu'un jeu, ne l'oubliez pas.

Myron acquiesça, étonné une fois de plus par l'étrange comportement du bonhomme. Ange ou démon ? Il pressa le pas pour rattraper Win qui traçait loin devant.

— Tu as mon billet ? demanda Win.

Myron le lui tendit.

— Et si tu me disais à quoi ressemble cette Branleuse ?

Myron tenta de la lui décrire. Quand ils furent devant l'ascenseur, Win décréta :

— Ton pote Arnstein te mène en bateau.

— C'est juste une impression, ou tu as des preuves ?

— Peu importe. Tu crois à ce qu'il te raconte ?

— Euh… Je ne sais pas trop.

— Tu l'aimes bien, n'est-ce pas ?

— Oui.

— Même maintenant qu'il admet t'avoir menti ?

— Oui. Il avait ses raisons.

— Bon. Quand on est con, faut croire que c'est pour la vie. Maintenant, laisse-moi te présenter une autre version de l'histoire. Qui, à part Greg, avait tout à perdre si jamais son goût immodéré du jeu venait à être connu du public ? Qui, à part Greg, avait intérêt à faire taire Liz Gorman ? Et, pour corser le tout… qui, à part Greg Downing, risquait de bousiller les chances de Clip Arnstein en tant que patron des Dragons ?

A quoi bon rétorquer ? Myron savait, hélas, que Win avait raison.

Comme toujours.

25

Le siège à côté de Maggie alias la Branleuse était vacant. Win s'y installa et gratifia sa voisine d'un sourire classé X.

— Bonsoir, dit-il.

— Je vous en prie, asseyez-vous, répondit-elle.

— Mademoiselle Mason, je présume ?

— On ne peut rien vous cacher. Et vous êtes le fameux Windsor Horne Lockwood, troisième du nom ? Non, je ne suis pas voyante. Votre portrait fait la une de tous les magazines.

Ils échangèrent une franche poignée de main et un regard nettement plus équivoque.

— Ravi de vous rencontrer, mademoiselle Mason.

— Mes amis m'appellent Maggie.

— Enchanté, Maggie.

Le buzzer résonna, annonçant la fin du premier quart-temps. Win aperçut Myron qui se levait du banc des remplaçants pour laisser la place à un coéquipier. C'était à lui de jouer. Le voir ainsi, arborant un maillot de la NBA, c'était dur. Win préféra ne pas être témoin du massacre et se tourna vers Maggie. Elle n'attendait que cela.

— J'ai cru comprendre que vous caressiez l'idée d'être embauchée au sein de ma société ? dit-il.

— Vous avez parfaitement compris.

— Dans ce cas, vous ne serez pas choquée si je vous pose deux ou trois questions ?

— Mais je vous en prie. Je suis toute à vous.

— Vous êtes actuellement salariée chez Kimmel Brothers, n'est-ce pas ?

— Exact.

— Combien de courtiers ?

— Moins de dix. Ce n'est encore qu'une petite entreprise.

— Je vois. Et vous travaillez pour eux durant les week-ends ?

— Cela m'arrive.

— Y compris la nuit ?

Elle évita son regard, l'espace d'une seconde, puis se ressaisit.

— Quand il le faut.

— Comme samedi dernier, par exemple ?

— Je vous demande pardon ?

— Vous connaissez Greg Downing, n'est-ce pas ?

— Oui, bien sûr, mais...

— Comme vous le savez sans doute, poursuivit Win, on n'a aucune nouvelle de lui depuis samedi dernier. Or ce qui m'intéresse, moi, c'est que le dernier numéro qu'il ait appelé depuis chez lui, c'était celui de Kimmel Brothers. Vous vous souvenez de ce coup de fil ?

— Monsieur Lockwood...

— Mes amis m'appellent Win.

— Je ne vois pas où vous voulez en venir, Win. Je...

— C'est très simple, l'interrompit Win. Hier soir, vous avez dit à mon associé, M. Bolitar, que vous n'aviez pas adressé la parole à Greg Downing depuis quelques mois. Or je suis en mesure de prouver le contraire. Donc, nous avons un léger problème, Miss Mason. Un problème qui me met en droit de mettre en doute votre intégrité. Or ceci est absolument exclu au sein de ma société. Mes employés doivent être au-dessus de tout soupçon. C'est pourquoi, chère mademoiselle, j'attends vos explications.

Win sortit un paquet de cacahuètes de sa poche. Il en décortiqua quelques-unes, délicatement, déposa les coques dans un cendrier puis croqua les arachides, l'une après l'autre.

— Comment savez-vous que Downing a appelé mon bureau ? demanda Maggie Mason.

— Je vous en prie, ne perdons pas notre temps avec de telles trivialités ! Nous savons qu'il a appelé, vous le savez aussi. Ne pourrions-nous pas en venir aux choses sérieuses ?

— J'étais en congé, samedi dernier. Il a dû appeler quelqu'un d'autre.

— Il suffit, chère demoiselle. Comme vous venez de l'admettre, Kimmel Brothers est une « petite entreprise ». J'appelle votre employeur, si vous le souhaitez. Je suis sûr qu'il sera fort heureux de dire à Windsor Horne Lockwood, troisième du nom, si oui ou non vous étiez présente ce soir-là.

Maggie croisa les bras et se concentra sur le match. Les Dragons menaient de peu – 24 à 22. Elle suivait le ballon des yeux, attentive en apparence.

— Je n'ai rien à vous dire, monsieur Lockwood.

— Ah bon ? Vous n'êtes donc plus demandeuse d'emploi ?

— Exact.

— Je crains que vous ne m'ayez pas bien compris, précisa Win. Je ne parlais pas d'un poste au sein de la Lock-Horne. Je voulais dire un job, point barre. Chez n'importe qui, y compris votre actuel employeur.

— Quoi ?

— Vous avez le choix entre deux solutions. Et comme

vous n'avez pas l'air d'être tout à fait consciente de la situation, je vais vous l'exposer un peu plus clairement afin que vous puissiez vous décider en connaissance de cause. Un, vous me dites pourquoi Greg Downing vous a appelée samedi dernier et pourquoi vous avez menti à Myron. Bref, vous me dites tout ce que vous savez à propos de sa disparition.

— Quelle disparition ? Je croyais qu'il était blessé.

Win ignora l'interruption.

— Deuxième option : vous continuez à vous taire ou à me mentir, auquel cas vous pouvez compter sur moi pour vous tailler une sacrée réputation dans le métier. Pour être plus précis, je ferai en sorte que tout le monde sache que le FBI est sur le point de vous arrêter pour détournement de fonds.

— Mais… c'est faux ! Vous n'avez pas le droit !

— Je vais me gêner ! Dois-je vous rappeler qui je suis ? Entre ma parole et la vôtre, à votre avis, qui croira-t-on ? Quand j'en aurai fini avec vous, vous pourrez vous estimer heureuse si l'on accepte de vous embaucher en tant que serveuse de frites dans un bled pourri.

Il sourit et lui tendit son sachet de cacahuètes :

— Servez-vous, je vous en prie.

— Vous êtes complètement barge.

— Et vous complètement normale.

Win reporta son attention sur les joueurs.

— Vous avez vu, ce jeune garçon qui éponge la sueur de ses idoles sur le plancher ? C'est trop mignon ! Au tennis, ils courent pour ramasser les balles. Ici, c'est plus délicat. Ils sont payés comment, à votre avis ? Une petite pipe dans les vestiaires ?

Maggie se leva.

— Bonsoir, monsieur Lockwood, troisième du nom.

— Attendez, nous n'allons tout de même pas nous quitter ainsi ! Voulez-vous coucher avec moi ?

— Je vous demande pardon ?

266

— Etes-vous d'accord pour baiser avec moi ? Si vous êtes bonne au lit, je pourrais envisager de vous embaucher à la Lock-Horne.

Elle serra les dents puis lui susurra :

— Tu peux toujours rêver, connard ! Je ne suis pas à vendre.

— Exact, vous n'êtes pas assez douée pour être une pute, rétorqua Win, d'une voix suffisamment forte pour qu'on l'entende alentour. Mais côté hypocrisie, vous êtes une vraie professionnelle.

— Pardon ?

— Asseyez-vous, ordonna-t-il.

— Non, merci.

— Bon, comme vous voudrez. Vous préférez sans doute que je hurle ce que j'ai à vous dire ?

Résignée, elle se rassit.

— Que voulez-vous ?

— Vous me trouvez plutôt séduisant, n'est-ce pas ?

Elle fit la grimace.

— Vous êtes le mec le plus répugnant que j'aie jamais…

— Non, je parlais uniquement du physique, l'interrompit Win. Le sexe à l'état pur. C'est bien ce que vous disiez à Myron, hier soir ? Baiser, c'est comme échanger une poignée de main, n'est-ce pas ? Quoique, si pour vous ça se résume à cela, j'ai des doutes quant aux prouesses de vos partenaires. Maintenant, soyez honnête, pour une fois. En toute modestie, je sais que je suis plutôt joli garçon. Si vous faites le bilan, je suis sûr que parmi tous vos anciens amants, entre les Dragons et les Giants, il y en a eu au moins un qui était moins baisable que moi.

— C'est possible, concéda-t-elle, à la fois vexée et intriguée.

— Et pourtant, vous refusez de coucher avec moi. N'est-ce pas le comble de l'hypocrisie, chère amie ?

— Non, je ne suis pas d'accord. Je suis une femme indépendante, je choisis qui je veux.

— J'entends bien, dit Win. Mais pourquoi limiter votre choix aux Giants ou aux Dragons ? Il y a tant de poissons dans l'océan.

Elle hésita, et Win en profita.

— Vous devriez être honnête envers vous-même, à défaut de l'être envers les hommes.

— Mais qui êtes-vous, pour me dire ce que je dois faire ? Quand j'aurai besoin d'un psy, je vous ferai signe.

— D'accord, je vais vous dire ce qui me tracasse. Pour commencer, vous criez haut et fort que seuls les Dragons ou les Giants vous intéressent. Vous vous imposez des limites, contrairement à moi. Si une femme me plaît, cela me suffit. Mais vous, vous avez besoin de cette espèce d'esprit d'équipe, si je puis dire. Comme une barrière pour vous démarquer.

— De quoi ?

— Pas de quoi mais de qui. Des « salopes ». Vous n'êtes pas une prostituée puisque vous n'êtes pas à vendre, comme vous venez de me le dire. Et, dans la mesure où vous sélectionnez vos amants, vous n'êtes pas non plus une salope, mais une femme libre.

— Exact.

Il sourit.

— Mais quelle est la définition d'une salope ? Une femme qui collectionne les amants ? Bien sûr que non. C'est votre cas et il ne vous viendrait pas à l'idée de critiquer vos consœurs qui font la même chose que vous. Donc, qu'est-ce qu'une salope ? Selon vos critères, ça n'existe pas. Sauf que vous vous défendez d'en être une. Pourquoi ?

— C'est beaucoup plus simple que ça, docteur Freud. Le terme « salope » est péjoratif. C'est la seule raison pour laquelle je me suis sentie agressée.

— Mais pourquoi serait-ce péjoratif ? Si, par définition, une salope est une femme libérée, vous devriez
revendiquer l'étiquette, au contraire. Pourquoi avoir créé
ce club privé réservé aux Dragons et aux Giants ? En
couchant avec eux, vous croyez clamer votre indépen-
dance alors que vous ne faites que prouver votre manque
de confiance en vous.

— Et c'est pourquoi je suis une hypocrite ?

— Absolument. Voyez votre réaction quand je vous
ai proposé de coucher avec moi. Ou bien le sexe est un
acte purement physique, auquel cas mon attitude un peu
brusque ne devrait avoir aucune importance. Ou le sexe
signifie quelque chose de plus qu'un exercice hygiénique
et agréable. Quelle est la réponse ?

Elle sourit, hocha brièvement la tête.

— Vous êtes un homme intéressant, monsieur Lockwood. Peut-être vais-je accepter votre proposition, finalement.

— Non.

— Quoi ?

— Vous le feriez uniquement pour me prouver que
j'ai tort. Ce qui, ma chère, serait tout aussi pathétique
que vos parties de jambes en l'air avec vos footballeurs
ou vos basketteurs. Mais nous nous éloignons du sujet.
C'est ma faute, veuillez m'en excuser. Allez-vous me
révéler ce que Greg Downing vous a dit, ou vais-je être
contraint de ruiner votre réputation ?

Elle parut décontenancée. C'était exactement le but
recherché.

— Evidemment, il y a une troisième option, qui est
la suite logique de la deuxième. En l'occurrence, vous
serez accusée de complicité de meurtre.

— Quoi ?

— Greg Downing est le principal suspect dans une
enquête criminelle. Si l'on découvre que vous l'avez
aidé d'une manière ou d'une autre, cela fait de vous sa

complice. En attendant que le procureur s'intéresse à vous, je vais m'occuper de votre réputation. Ensuite nous aviserons.

Elle le regarda droit dans les yeux, calmement.

— Monsieur Lockwood ?

— Oui ?

— Allez vous faire foutre.

Win se leva et s'inclina fort civilement.

— Avec plaisir, très chère. Ce sera sans conteste plus agréable que ces brefs instants passés en votre compagnie. Bonsoir.

Il s'éloigna, très digne. Elle ne parlerait pas. Il l'avait pressenti presque immédiatement. Elle était à la fois intelligente et loyale, une combinaison dangereuse bien qu'admirable. Mais il était à peu près sûr de l'avoir déstabilisée, ce qui devrait normalement la pousser à agir. Il n'avait plus qu'à attendre à l'extérieur et à la prendre en filature.

Il jeta un coup d'œil vers le panneau électronique. Milieu du deuxième quart-temps. Il n'avait aucune envie d'assister à la suite du match. Mais, alors qu'il se dirigeait vers la sortie, le haut-parleur buzza et une voix annonça : « Changement de joueurs chez les Dragons. Troy Erickson est remplacé par Myron Bolitar. »

Win hésita deux secondes. Mais non, il préférait ne pas voir ça. Il avait pratiquement atteint la porte lorsqu'il s'arrêta de nouveau et se retourna vers la fosse aux lions.

26

Myron était assis à l'extrémité du banc. Il savait qu'il ne jouerait pas, ce qui ne l'empêchait pas d'avoir le trac. Les mains moites, l'estomac noué, l'étau qui vous enserre la poitrine… il avait connu cela, autrefois. Il adorait le stress des matchs de championnat, qui le paralysait littéralement et disparaissait comme par miracle à la minute où il mettait le pied dans l'arène. Dès qu'il se retrouvait face à un attaquant, devait intercepter une passe ou dévier un tir de l'équipe adverse, plus rien d'autre n'existait. Même les encouragements ou les huées du public devenaient une sorte de bruit de fond, comme celui de la mer qu'on est censé entendre quand on pose l'oreille contre un coquillage.

Myron n'avait plus connu ce genre de trac depuis une bonne dizaine d'années et à présent, il avait la confirmation de ce qu'il avait toujours soupçonné : seul le basket pouvait le plonger dans un tel état d'angoisse et d'excitation. Jamais il n'avait éprouvé quoi que ce soit de comparable dans sa vie professionnelle ou personnelle. Son existence n'avait pas vraiment été un long fleuve tranquille, il avait frôlé la mort et été amoureux plus d'une fois. Pourtant, rien ne ressemblait à cette transe parfaitement irrationnelle, qui faisait battre son cœur à trois cents pulsations à la minute. Il avait cru avoir décroché, l'âge et la maturité aidant. Quand on a dix-huit ans, on n'a pas le sens des proportions. Un match de basket perdu ou gagné fait de vous un raté ou le roi du monde. C'est normal. Et voilà que Myron, confortablement installé dans la trentaine, se redécouvrait une âme d'adolescent quasiment vierge. Les émotions resurgissaient, plus vivaces qu'autrefois. En fait, elles n'avaient jamais disparu, elles avaient simplement hiberné. Calvin l'avait mis en garde : mieux vaut ne pas réveiller l'ours endormi. C'était effrayant. Peut-être que ses amis avaient raison. Il aurait mieux fait de rester bien peinard dans son coin, avec son genou niqué.

Levant les yeux vers le public, il aperçut Jessica dans les tribunes. Elle suivait le match avec attention, sourcils froncés. Curieusement, elle était la seule à n'avoir fait aucun commentaire à propos de son come-back. Peut-être parce qu'elle s'en fichait comme d'une guigne. Après tout, elle ne l'avait pas connu du temps de sa splendeur. Il prit soudain conscience du fait que la femme qu'il aimait pouvait ne pas comprendre ce qui le motivait. Dans ce cas, était-ce bien lui qu'elle prétendait aimer ?

Il préféra ne plus s'interroger : ce n'était vraiment pas le moment.

Quand on est assis sur le banc des remplaçants, on est au centre d'un microcosme. On voit tout. Par exemple, il voyait Win en train de discuter avec Maggie la Branleuse. Il voyait Jessica. Il voyait les épouses et les petites amies des autres joueurs. Et puis, soudain, émergeant de l'une des portes d'entrée, juste en face de lui, il aperçut ses parents. Pris de panique, il détourna les yeux et se mit à encourager les Dragons avec un enthousiasme légèrement surfait. Son papa et sa maman étaient là ! Ils avaient dû écourter leurs vacances pour assister au triomphe du fiston ! Mon Dieu !

Il risqua un œil dans leur direction. Ils étaient assis près de Jessica, à présent, dans la tribune réservée aux familles et amis des joueurs. Et sa mère le regardait. Même à cette distance, il pouvait lire le désarroi dans ses prunelles délavées. Son père, comme d'habitude, avait un train de retard – du moins en apparence. Il cherchait ses repères, survolant l'assistance, évitant soigneusement de zoomer sur l'endroit où il était sûr de trouver son fils. Question de pudeur. Myron le comprenait : c'était dur pour lui aussi. Comme de visionner un vieux film de famille en noir et blanc, où tout le monde a vingt ans et des milliers d'illusions en plus.

Leon White sortit du jeu et vint s'asseoir près de Myron. L'un des gamins préposé aux serviettes-éponges, apprenti soigneur, se précipita vers lui, lui couvrit les épaules et lui tendit une bouteille d'eau minérale avec un embout spécial sportif, façon paille. Leon, ruisselant de sueur, aspira quelques gorgées spartiates.

— Je t'ai vu parler avec la Branleuse, hier soir, dit-il à Myron.

— Ouais.

— Alors, ça t'a plu ?

— Ça aurait pu. Mais, désolé, ce n'est pas ma tasse de thé.

Leon gloussa.

— On t'a dit pourquoi on l'appelle comme ça ?

— Non.

— Quand elle a pris son pied, qu'elle a pas fait semblant, tu vois ce que je veux dire ? eh bien, elle en redemande. T'es à plat sur le matelas, tu viens de la troncher grave, t'as même pas repris ton souffle, mais elle en veut encore. Alors elle te remet en condition. Et elle est drôlement douée. Tu vois ce que je veux dire ?

Myron voyait.

— Mais si t'as pas assuré au moins quatre ou cinq

273

fois de suite, dès le lendemain tout le monde est au courant. Je te dis pas la honte.

— Oui, j'imagine. Et toi, Leon ? Tu as assuré ?

— Ben, oui. Mais c'était avant que je me marie, s'empressa-t-il d'ajouter.

— Et tu es marié depuis longtemps ?

— Moi et Fiona ? Ça fait un peu plus d'un an.

Myron sentit son cœur s'accélérer. Fiona. La femme de Leon s'appelait Fiona. Il leva les yeux vers la tribune, vers la jolie blonde bien roulée. Fiona comme « F », alias Sepbabe…

— Bolitar !

Myron sursauta. C'était le coach Donny Walsh qui le rappelait à l'ordre.

— Euh, oui ?

— Tu remplaces Erickson, je te signale. Mais si Môssieu a mieux à faire…

— Non, coach. Pas de problème.

— Alors tu prends la défense, à droite. Et tu te démerdes pour que Riley puisse marquer, compris ?

Myron avait l'impression que le coach lui parlait en chinois, voire en swahili. Deuxième quart-temps, score très serré.

— Bon, qu'est-ce que tu fous, Bolitar ? En piste !

Leon lui donna une grande tape dans le dos.

— Vas-y, mon vieux !

Myron se leva. Jambes en coton hydrophile, gorge plus sèche qu'un parchemin de l'Egypte ancienne. Le plancher vacillait sous ses pieds comme le pont d'un trois-mâts en pleine tempête. Ses coéquipiers avaient l'air aussi surpris que lui. Avant de partir, Erickson lui souffla à l'oreille : « T'as Wallace. Bon courage ! »

Reggie Wallace… L'un des meilleurs shooters au monde ! Myron s'aligna, ferma les yeux pour mieux se concentrer. Wallace l'observait, goguenard.

— Bon, c'est parti, les gars ! Alerte PB. Je répète, PB à l'horizon !

Myron se tourna vers TC.

— C'est quoi, ce code ? C'est nouveau ?

— Ben… pas si nouveau que ça, dit TC, un peu gêné. PB, c'est pour « Petit Blanc ».

— Ah, je vois.

— En fait, c'est pas vrai, rectifia Wallace. PB, c'est pour « Petite Bite ».

— On compare ? dit simplement Myron.

Tous les joueurs étaient hors d'haleine et couverts de sueur. Myron n'avait pas eu le temps de s'échauffer, il se sentait mal préparé, les articulations nouées. Le jeu allait reprendre lorsque quelque chose attira son regard : Win se tenait debout près de l'une des sorties, les bras croisés. Durant une brève seconde, leurs regards se croisèrent. Win hocha la tête, imperceptiblement. Un coup de sifflet de l'arbitre annonça la reprise.

D'emblée, Reggie Wallace se mit à injurier Myron.

— Qu'est-ce que tu crois, sale PB ? Oh, désolé, ma langue a fourché. Je voulais dire sale PD ! Je vais te faire ta fête, tu vas voir !

— D'accord, mais pas avant le dîner et le cinéma ! rétorqua Myron d'une voix de fausset.

— Pauvre nul ! Tu te crois drôle ?

La brute n'avait pas totalement tort, dut s'avouer Myron. Il aurait pu trouver mieux, comme réplique.

Wallace plia les genoux et se pencha en avant, prêt à réceptionner le ballon.

— Tu parles d'une couverture ! C'est comme si je comptais sur ma grand-mère pour assurer mes arrières !

— Au moins, elle te fera ça en douceur, dit Myron.

Wallace hocha la tête :

— Pas mal, Bolitar, concéda-t-il.

L'équipe adverse se repassait la balle, tandis que Wallace faisait obstruction, cantonnant Myron juste sous le panier. Une bonne chose, finalement : rien de tel que le contact physique pour resserrer les liens ! Tous deux ne cessaient de se cogner, comme par inadvertance. Totalement interdit, mais l'arbitre avait les yeux ailleurs, apparemment. A six-quatre, deux-vingt, Myron sentit qu'il avait le dessus. Wallace tenta une dernière manœuvre pas très catholique et lui planta un coup de genou perfide là où ça fait mal, ni vu ni connu. Myron lança le ballon vers le panier.

— O.K., man. Tu veux la guerre ?

Sans préavis, l'enfoiré riposta, si vite que Myron n'eut pas le temps de réagir. Le croche-pied l'envoya à terre. Le cul sur le plancher, Myron ne put qu'admirer les mains tendues de Wallace vers le ballon juste avant qu'il ne vienne heurter le bord métallique du panier pour rebondir dans les airs. Wallace sembla se figer à un mètre du sol, muscles tendus, défiant les lois de la gravité. Et, miracle, il le renvoya direct dans le filet puis atterrit, bras levés en signe de triomphe, sous les hourras de la foule.

— Bienvenue à la NBA ! souffla-t-il à Myron. Espèce de has been ! Ou has-never-been ! T'as apprécié, j'espère ? C'était beau, non ? Allez, avoue, t'as bien aimé reluquer la semelle de mes pompes, pas vrai ? Sacré spectacle, hein ? Ça t'a fait quoi, quand je t'ai niqué ?

Myron s'efforça de l'ignorer. Les Dragons repassèrent à l'attaque et ratèrent un tir. Les Pacers s'emparèrent du ballon au rebond et regagnèrent du terrain. Feignant de revenir vers le centre, Wallace changea de tactique au dernier moment, intercepta une passe et marqua dans la foulée. Trois points.

— Putain, man, t'as entendu ce bruit ? Y a rien de plus fantastique que le bruit de la balle qui rentre dans le panier. Ouais, rien de plus fantastique, pas même les cris d'une meuf qui prend son pied.

— Parce que tu as déjà réussi à faire jouir une femme ? s'étonna Myron.

Wallace s'esclaffa.

— Pas mal, vieux. Tu t'améliores !

Myron jeta un coup d'œil à la pendule. Il remplaçait Erickson depuis seulement trente-quatre secondes et Reggie avait déjà marqué cinq points. Il se livra à un rapide calcul mental : à ce rythme-là, l'autre allait atteindre un score de six cents points d'ici la fin du match !

Les spectateurs commencèrent à manifester peu de temps après. Ce n'était pas le brouhaha des fans, qui vous porte comme la vague porte un surfer. Ni les sifflets auxquels on s'attend quand on joue en dehors de sa ville, et qui vous galvanisent. Non, ce n'était pas une rumeur indistincte que Myron pouvait ignorer aussi facilement que les sarcasmes de Wallace. Car les huées émanaient des supporters des Dragons et s'adressaient à lui. C'était la première fois que cela lui arrivait et c'était horrible. Il parvenait à distinguer clairement telle ou telle voix qui l'insultait : « T'es nul, Bolitar ! » « Dehors, Bolitar ! » « Pète-toi l'autre genou et va t'asseoir ! » Chacune de ces phrases l'atteignait comme autant de coups de poignard en plein cœur.

Son orgueil prit le dessus. Il n'allait tout de même pas laisser Wallace le ridiculiser ! Mais si le mental résistait, il dut hélas très vite admettre que son genou, lui, ne suivait pas le mouvement et le ralentissait. Reggie Wallace marqua encore six points durant cette période, contre deux pour Myron. Celui-ci opta alors pour une tactique qu'il appelait « l'appendicectomie ». Certains joueurs sont comme votre appendice : au mieux ils ne servent à rien, au pis ils vous gênent ou vous font mal. Il s'efforça donc de les éviter, se contentant de passer le ballon à ses coéquipiers dès qu'il l'avait en main. Toutefois, vers la fin du quart-temps, il vit une brèche dans la défense des Pacers et tenta sa chance. En vain. Leur ailier, un gigantesque gaillard, fit dévier la balle et l'envoya dans les gradins. Le public protesta bruyamment. Myron leva les yeux et aperçut ses parents, littéralement statufiés. Un box au-dessus, un groupe de gentlemen en costume-cravate, debout, les mains en porte-voix, scandaient un chant de guerre : « Bolitar, ringard ! Bolitar, tocard ! » Myron vit Win se diriger vers eux d'un pas souple et tendre la main au chef des choristes. Ce dernier saisit la main offerte… et se retrouva par terre.

Myron était conscient d'avoir été lamentable aussi bien en attaque qu'en défense mais, curieusement, il ne perdait pas espoir. Il voulait rester dans le jeu, se battre encore, trouver des ouvertures. Refusant de se laisser décourager par une foule de 18 812 spectateurs (d'après le haut-parleur), il était convaincu que la chance allait tourner. Il manquait un peu d'entraînement, voilà tout. Mais il savait que, très vite, il allait retrouver ses moyens et renverser la situation.

Il n'était pas totalement inconscient, cependant, et se rendait bien compte qu'il se comportait exactement comme les joueurs pathologiques décrits par Mister B.

Le buzzer annonça la fin de la première mi-temps. En se dirigeant vers le banc, Myron leva de nouveau les yeux vers ses parents. Ils étaient debout et lui sourirent. Il leur fit un petit signe de la tête. Puis il chercha du regard son groupe de détracteurs en costume. Ils avaient disparu. Win aussi, d'ailleurs.

Personne ne lui adressa la parole pendant la pause. A la reprise, il fut remplacé. Myron se doutait bien que c'était à Clip qu'il devait d'avoir eu une chance de jouer, même pour si peu de temps. Pourquoi l'avoir envoyé au front ? Qu'avait voulu prouver l'entraîneur ?

Le match se termina par une victoire des Dragons, par deux points. Quand les joueurs se retrouvèrent sous la douche puis dans les vestiaires pour se changer, tout le monde avait oublié la piètre prestation de Myron. Les médias se massèrent autour de TC, qui avait été brillant, avec un score de trente-trois points et dix-huit rebonds interceptés. En passant devant lui, TC lui donna une tape amicale dans le dos mais ne dit rien.

Tout en délaçant ses baskets, Myron se demanda si ses parents allaient l'attendre à la sortie. Probablement pas. Ils pensaient sûrement qu'il préférerait être seul. Bien qu'hyperprotecteurs, ils savaient se montrer discrets quand il le fallait. Ils l'attendraient à la maison, quitte à veiller toute la nuit. Malgré les trente-deux ans de son fiston, M. Bolitar restait encore devant la télévision jusqu'au retour de l'enfant prodigue. Dès qu'il entendait le bruit de la clé dans la serrure, il feignait de dormir, ses lunettes perchées sur le bout de son nez et son journal étalé sur les genoux. C'était ridicule, bien sûr, mais Myron n'avait jamais réussi à faire comprendre à ses géniteurs qu'il n'était plus un petit garçon.

Audrey passa la tête par la porte entrebâillée et attendit timidement. Quand Myron lui fit signe d'entrer, elle rangea son bloc et son stylo dans son sac et s'approcha.

— Regarde le bon côté des choses, dit-elle.

— Tu en vois un, toi ?

— Tu as toujours un très joli petit cul.

— C'est dû au slip qu'on porte sous le short. Les textiles modernes, ça maintient bien.

— Mais où y a de la gaine y a pas de plaisir ! conclut-elle avec un sourire taquin.

— Au fait, bon anniversaire !

— Merci, Myron.

— « Prends garde aux ides de mars », déclama-t-il d'un ton mélodramatique.

— C'était le 15. Aujourd'hui on est le 17.

— Oui, je sais, mais chaque fois que j'ai l'occasion de citer Shakespeare, je ne peux pas résister. Ça me donne l'illusion d'être intelligent.

— Des fesses bien fermes et un cerveau en prime ! Que demande le peuple ?

— Le peuple et le public peuvent aller se faire voir, tant que Jessica ne se plaint pas.

— Du moins pas en face ! rétorqua Audrey en riant. En tout cas, c'est sympa de t'entendre plaisanter.

Il sourit et haussa les épaules avec fatalisme.

Audrey jeta un coup d'œil alentour pour s'assurer que personne ne pouvait les entendre.

— J'ai des infos pour toi, murmura-t-elle.

— A quel propos ?

— Le détective qui a enquêté sur le divorce.

— Greg en a engagé un ?

— Soit lui, soit Felder. L'une de mes sources bosse chez le sous-traitant de ProTec Investigations pour tout ce qui concerne l'électronique. Il se trouve que Marty Felder est l'un des clients de ProTec. Mon informateur n'a pas tous les détails mais il a aidé à installer une caméra vidéo à l'hôtel Glenpointe, il y a deux mois. Tu connais le Glenpointe ?

— Sur la Route 80, à dix bornes d'ici ?

— C'est ça. Mon pote ignore qui était visé et si ça a donné quelque chose, mais il sait que ça avait un rapport avec le divorce des Downing. Sans compter le fait que ce genre d'opération a généralement pour but de surprendre une épouse en flagrant délit d'adultère.

Myron fronça les sourcils.

— Ça remonte à deux mois, dis-tu ?

— Oui.

— Mais Greg et Emily étaient déjà séparés depuis longtemps, à l'époque. Le divorce était quasiment prononcé. Quel intérêt ?

— Le divorce, oui. Mais la bataille pour la garde des enfants venait juste de commencer.

— Oui, et alors ? Une femme qui ne vit plus avec son futur ex-mari depuis des mois s'offre un caprice. Ça ne

280

fait pas d'elle une mauvaise mère, que je sache. On est au XXIᵉ siècle, tout de même !

Audrey secoua la tête.

— Tu es vraiment naïf !

— C'est-à-dire ?

— Une bande vidéo montrant une mère de famille en train de s'envoyer en l'air avec un inconnu dans une chambre d'hôtel, tu crois sincèrement que ça ne risque pas d'influencer le juge ? Nous vivons encore dans une société parfaitement sexiste, Myron, que ça te plaise ou non.

Myron réfléchit. Non, il n'était pas d'accord.

— D'abord, ça suppose que le juge en question sera un homme. Néandertalien, en plus. Deuxièmement, les mentalités ont évolué, depuis l'époque où les féministes brûlaient leurs soutiens-gorge ! Une femme a le droit d'avoir un amant sans que la planète s'arrête de tourner !

— Je ne sais pas quoi te dire, Myron.

— Tu as d'autres infos ?

— Pas pour l'instant. Mais j'y travaille.

— Connais-tu Fiona White ?

— La femme de Leon ? De vue, oui. Mais pas plus que ça. Pourquoi ?

— Elle a posé pour des photos ?

— Si elle a « posé » ? Euh, oui, on peut dire ça comme ça.

— En double page, façon calendrier ?

— Oui.

— Pour quel mois ?

— Aucune idée. Pourquoi ?

Myron lui parla de l'e-mail. Il était pratiquement sûr, à présent, que Miss F. était Fiona White, que Sepbabe était le diminutif de September Baby, et qu'elle était la fille du mois de septembre, en tenue d'Eve sur la page centrale du magazine, avec les agrafes au milieu du nombril. Audrey l'avait écouté sans l'interrompre.

— Je peux me renseigner, dit-elle. Si c'est elle la playmate de septembre, c'est facile à vérifier.

— Merci, Audrey. Ça m'aiderait beaucoup.

— Et ça expliquerait pas mal de choses, enchaîna-t-elle. La tension entre Downing et Leon, par exemple.

— C'est vrai. Mais, bon, excuse-moi, faut que j'y aille. Jess doit m'attendre à l'extérieur, et on n'a pas le droit de se garer en double file. Tu me tiens au courant, d'accord ?

— Promis. Passez une bonne soirée, tous les deux.

Il finit de s'habiller, tout en songeant à la petite amie secrète de Greg, celle qui avait habité chez lui. Pouvait-il s'agir de Fiona White ? Si oui, cela pouvait expliquer pourquoi leur liaison devait rester secrète. Mais si Leon avait découvert le pot aux roses ? Possible. Et même logique, compte tenu de son hostilité à l'égard de Greg. Mais ça ne résolvait pas le problème. Quel rapport avec les dettes de jeu de Greg et le chantage de Liz Gorman ?

Bon, on se calme.

Pour l'instant j'oublie les écarts de Greg sur le tapis vert, se dit Myron. Supposons que Liz Gorman ait eu quelque chose de bien plus juteux à monnayer. Imaginons qu'elle ait découvert que Greg avait une liaison avec la femme de son meilleur ami. Donc, elle décide de faire chanter Greg et Clip à cause de cette liaison, bien plus intéressante pour la presse people. Combien Greg serait-il prêt à payer pour éviter que ses fans apprennent la vérité ? Et Clip ? Au beau milieu de la course au championnat ? Ça valait le coup de se pencher sur la question.

27

Myron s'arrêta au feu rouge entre South Livingston Avenue et JFK Parkway. Ce carrefour n'avait pratiquement pas changé au cours des trente dernières années. Sur sa droite, la façade en brique du restaurant Nero. Autrefois, c'était Jimmy Johnson le propriétaire, et il ne servait que des steaks. Eh oui, les temps changent... La station-service Gulf était toujours là, de l'autre côté, face au terrain vague, toujours aussi vague depuis toutes ces années.

Hobart Gap Road... La famille Bolitar avait emménagé dans ce quartier quand Myron avait tout juste six semaines. Par rapport au reste du monde, rien n'avait changé. Revoir ce même endroit, trente ans plus tard, ce n'était pas rassurant mais effrayant, quelque part. Tout était à la fois identique et différent. Beaucoup plus petit.

Tandis qu'il s'engageait dans la rue où son père lui avait appris à faire de la bicyclette sans les petites roues, Myron tenta de se remémorer le voisinage, les maisons et les gens qui avaient meublé son enfance et son adolescence. Les choses avaient changé, bien sûr, mais dans sa tête on était toujours en 1970. Ses parents parlaient encore des maisons voisines en disant « chez les Untel », du nom des précédents propriétaires, un peu comme s'il s'agissait de planteurs du fin fond de la Georgie. Les Rackin, par exemple, qui avaient vendu leur demeure dix ans auparavant. Ou les Kirschner, les Roth, les Parker. Tout comme les Bolitar, ces gens-là s'étaient installés dans ce quartier à l'époque où le terrain ne valait pas un clou au mètre carré. C'était la zone, la banlieue, à mille lieues de New York ou de la très huppée Pennsylvanie, côté ouest. Les Rackin, les Kirschner et les Roth avaient vécu une bonne partie de leur vie dans cette banlieue. Ils s'y étaient installés avec leurs enfants en bas âge, les y avaient élevés, leur avaient appris à faire du vélo dans ces mêmes rues où Myron avait fait ses premiers pas, lui aussi. Ensuite, ils avaient inscrit leurs gamins à la maternelle, à l'école municipale (Burnett Hill), puis au collège (Heritage Junior High) et enfin au lycée (Livingston High School). A dix-huit ans, ils avaient tous quitté le giron familial pour l'université, ne revenant voir leurs parents que pour les vacances de Thanksgiving, Noël ou Pâques. Et, très vite, plus tôt que prévu, on recevait les cartons d'invitation pour le mariage. Quelques-uns eurent l'occasion d'exhiber les photos de leurs petits-enfants, étonnés de constater à quel point le temps passe vite. Et puis, peu à peu, les Rackin, les Kirschner et les Roth commencèrent à se sentir mal à l'aise, dans cet environnement qu'ils avaient conçu pour élever leurs enfants. Leurs maisons leur semblèrent soudain trop grandes et très vides, alors ils les mirent en vente. De jeunes couples les achetèrent, s'y installèrent avec leurs enfants en bas âge. Qui, à leur tour, fréquentèrent la maternelle, puis Burnett Hill, puis Heritage Junior High, puis Livingston High School. Et voilà, la boucle était bouclée, et en avant pour une nouvelle génération...

Finalement, se dit Myron, la vie est aussi déprimante qu'une pub pour une assurance-vie : on s'assure pour être sûr que ses descendants auront les moyens de reproduire le même schéma. Un peu comme les fourmis.

Quelques-uns des voisins de la première heure avaient tenu bon. Il était facile de les repérer parce que, même si leurs enfants les avaient quittés depuis longtemps, ils avaient agrandi le nid, construit des vérandas… Et, surtout, ils tondaient la pelouse très régulièrement. Les Braun et les Goldstein faisaient partie de cette catégorie. Al et Ellen Bolitar aussi, naturellement.

Myron s'engagea dans l'allée, les phares de sa Ford Taurus illuminant le jardin tels des projecteurs braqués sur un prisonnier en train de s'évader. Il s'arrêta juste devant le panier de basket fixé au-dessus du garage et coupa le moteur. Durant quelques instants, il demeura immobile, les yeux rivés sur ce cercle de métal et le filet un peu mité qui se balançait au gré du vent. Il revit son père qui le soulevait à bout de bras pour qu'il puisse toucher cet objet magique. Etait-ce un réel souvenir, ou le fruit de son imagination ? Il n'aurait su le dire. Et, au fond, quelle importance ?

Tandis qu'il s'approchait de la maison, les lumières extérieures s'allumèrent automatiquement, grâce à un détecteur de mouvement. Myron avait fait installer ce système trois ans auparavant, mais ses parents ne s'y étaient toujours pas habitués. Pour eux, cette nouvelle technologie avait quelque chose de satanique, un peu comme la découverte du feu.

Au début, incrédules, ils avaient passé des heures exaltantes à tester les détecteurs, tentant de rentrer chez eux courbés en deux pour échapper à l'œil de la caméra ou bien marchant très lentement pour prendre le mécanisme en défaut. Quand on prend de l'âge, un rien vous amuse – ou vous perturbe.

M. et Mme Bolitar étaient assis dans la cuisine. Dès que leur fils pénétra dans la pièce, ils firent semblant d'être extrêmement affairés.

— Salut ! dit-il.

Ils le regardèrent d'un air navré qui se voulait enjoué.

— Bonsoir, mon grand, dit maman.

— Salut, Myron, dit papa.

— Vous êtes revenus d'Europe plus tôt que prévu.

Tous deux hochèrent la tête comme s'ils avaient commis un crime.

— On voulait te voir jouer, avoua Mme Bolitar d'un ton prudent.

— Et alors, ce voyage, c'était comment ?

— Fantastique, dit M. Bolitar.

— Merveilleux, renchérit son épouse. La nourriture était superbe.

— Oui, mais les portions étaient un peu chiches.

— Mais qu'est-ce que tu racontes ? C'était parfait.

— Je ne fais que constater, Ellen. On a très bien mangé, mais les portions étaient souvent mesquines.

— Comment peux-tu dire ça ? Tu as pesé ce qu'il y avait dans ton assiette, peut-être ?

— Je sais ce que je dis. Parfois je suis resté sur ma faim.

— Evidemment ! Il faut toujours que Monsieur critique ! Tu manges trop, de toute façon. Ça ne te ferait pas de mal de perdre quatre ou cinq kilos, Al.

— Moi ? C'est totalement faux ! Je ne suis pas trop gros.

— Ah oui ? Tu as vu ton pantalon ? Il te boudine tellement qu'on dirait que tu veux faire concurrence à Travolta dans *La fièvre du samedi soir.*

Al Bolitar lança un clin d'œil à sa femme.

— Ça n'a pas eu l'air de trop te gêner durant ce voyage, ma chérie. Si je me souviens bien, tu n'avais aucun problème pour me l'enlever !

— Al, tu n'as pas honte ? Devant ton propre fils !

Mais il y avait au fond de ses prunelles une petite

étincelle complice. Al se tourna vers Myron, bras écartés en signe d'excuse.

— On était à Venise, et…

— Epargne-moi les détails, p'pa, s'il te plaît.

Ils éclatèrent de rire tous les trois. Puis, quand ils furent calmés, Mme Bolitar demanda à mi-voix :

— Tu vas bien, mon grand ?

— Oui, m'man.

— Vraiment ?

— Vraiment.

— J'ai trouvé que tu avais réussi de superbes passes, intervint le papa. Sans toi, TC ne s'en serait pas aussi bien tiré. Oui, tu t'es débrouillé comme un chef.

On pouvait toujours compter sur Al Bolitar pour vous remonter le moral, au mépris de tout réalisme.

— Sauf que j'ai complètement foiré, dit Myron.

— Tu penses que je dis ça pour te faire plaisir ?

— Je *sais* que tu dis ça pour me faire plaisir, p'pa.

— Ça n'a aucune importance, fiston. Je t'aime et c'est tout ce qui compte.

Myron n'en avait jamais douté. Il avait vu tellement de ses copains tyrannisés par des pères ambitieux qui souhaitaient réaliser leurs propres rêves par procuration, obligeant leur progéniture à supporter un fardeau qu'eux-mêmes avaient été incapables d'assumer. Mais lui, Myron, n'avait jamais eu à subir ce genre de pression. Jamais son père ne l'avait bassiné avec ses grandioses prouesses sportives d'autrefois. Jamais il n'avait entendu la phrase fatidique : « Moi, à ton âge… » Son père possédait cette rare et précieuse intelligence du cœur qui permet de feindre l'indifférence tout en s'assurant que ceux qu'on aime savent parfaitement qu'on tient à eux plus qu'à tout au monde. Etrange contradiction. Savoir aimer sans le montrer : un art difficile que maîtrisait Al Bolitar. Certains appellent cela de la pudeur. C'est triste à dire, mais ce genre de relation parents-enfants tend à disparaître. Myron faisait partie de cette génération mal définie, née entre deux extrêmes, entre les beatniks de Woodstock et le porno de MTV. Trop tôt pour *Happy Days*, trop tard pour *Melrose Place*. Quelque part, Myron avait le sentiment d'appartenir à la génération des jamais contents, pour lesquels la vie n'était qu'une succession de réactions et de contre-réactions. Tout comme les pères abusifs avaient autrefois fait peser sur les épaules de leurs fils le poids de leurs propres échecs, les fils, à présent, avaient tendance à blâmer leurs aînés pour leur avoir légué une planète pourrie et un futur sans avenir. Ce qui, évidemment, les dispensait de tout effort. On avait appris aux trentenaires tels que lui à rejeter la faute sur leurs aînés. Ce n'était pas le cas de Myron. Quand il lui arrivait de s'interroger sur le passé – sur son enfance et l'éventuelle responsabilité de ses parents –, c'était pour les admirer, les remercier et leur demander leur secret, afin de s'en inspirer quand il aurait lui-même des enfants.

— Je sais que j'ai été nul, dit-il, mais ce n'est pas si grave que ça.

Sa mère, les yeux rougis, ravala ses larmes.

— Oui, mon chéri. Nous le savons.

— Alors pourquoi tu pleures, m'man ?

— Tu es grand, maintenant. Ton père et moi en sommes conscients. C'est juste que… Quand on t'a vu le ballon à la main, au milieu de l'équipe, pour la première fois depuis si longtemps…

Sa voix se mit à trembler, elle ne put continuer. Son mari détourna le regard. Ils se ressemblaient, tous les trois. Accros à la nostalgie, comme des starlettes aux paparazzi.

Myron attendit quelques secondes, le temps de surmonter l'émotion.

— Jessica voudrait que j'emménage chez elle, annonça-t-il enfin.

288

Il s'était attendu à des protestations, du moins de la part de sa mère. Mme Bolitar n'avait jamais pardonné à Jessica d'avoir osé quitter son fils. L'outrage resterait gravé dans les annales et dans le cerveau de sa chère mère poule, jusqu'à la nuit des temps. Quant à son père... il était resté neutre, tel un bon journaliste. Impossible de savoir ce qu'il en pensait vraiment.

Prise au dépourvu, m'man regarda p'pa. Lequel la regarda et posa une main sur son épaule.

— Tu sais que tu pourras toujours revenir à la maison, dit-elle.

Myron faillit demander ce qu'elle entendait par là, puis décida que c'était une mauvaise idée. Ils s'assirent autour de la table de la cuisine et se mirent à bavarder de tout et de rien. Au bout d'un moment, Myron se leva et se prépara un sandwich au fromage. Sa mère le laissa se débrouiller tout seul et il en fut ravi.

Ensuite, ses parents lui racontèrent leurs vacances en Europe. De son côté, il tenta de leur expliquer vaguement pourquoi il avait repiqué au basket en tant que professionnel. Fort heureusement, ils ne posèrent pas trop de questions.

Une heure plus tard, il regagna sa chambre, au sous-sol. Il s'y était installé dès l'âge de seize ans, l'année où sa sœur était partie pour l'université. Le sous-sol en question était divisé en deux zones – une sorte de salon où il ne mettait pratiquement jamais les pieds sauf quand il invitait quelqu'un, d'où l'ordre et la propreté qui y régnaient – et sa chambre, un vrai capharnaüm. Il se coula sous la couette et admira les posters qui ornaient les murs. La plupart d'entre eux dataient de son adolescence, les couleurs en étaient fanées et les quatre coins déchirés par trop de punaises ajoutées au fil des années.

Myron avait toujours été un fan des Celtics – son père avait grandi près de Boston. Ses deux posters favoris représentaient donc John Havlicek, la star des Celtics des années 60 et 70, et Larry Bird, leur champion des années 80. Il regarda tour à tour ces deux idoles, Havlicek et Bird. Normalement, il aurait dû être le troisième affiché sur le mur. C'était son rêve, depuis qu'il était tout gosse. Quand il avait été sélectionné pour faire partie des Celtics, il n'avait pas été surpris. Une puissance supérieure en avait décidé ainsi. Lui, Myron, avait été programmé pour devenir la prochaine légende des Celtics.

Et puis Burt Wesson lui était rentré dedans.

Myron croisa les mains derrière sa nuque. Peu à peu, ses yeux s'habituaient à la lumière tamisée et il discernait les détails de ces deux posters qu'il connaissait par cœur. Quand le téléphone sonna, il décrocha automatiquement, l'esprit ailleurs.

— Nous avons ce que vous voulez, dit une voix déformée électroniquement.

— Pardon ?

— Nous avons ce que Downing voulait nous acheter. C'est cinquante mille dollars. On vous rappelle demain soir pour vous dire où déposer le fric.

L'interlocuteur raccrocha. Myron appuya sur étoile-six-neuf, en vain : l'appel venait d'un numéro non répertorié. Il laissa retomber sa tête sur l'oreiller, regarda une dernière fois ses deux posters favoris et ferma les yeux. Il était trop fatigué pour réfléchir.

28

Le siège social de Martin Felder était situé sur Madison Avenue, non loin de celui de Myron. Sa société s'appelait Felder Inc. Très imaginatif. Au moins, on savait d'emblée qu'on n'avait pas affaire à Bill Gates. Une réceptionniste très pimpante se fit un plaisir d'accompagner Myron jusqu'au bureau directorial. La porte était ouverte.

— Marty, Myron souhaiterait vous voir...

« Marty ». « Myron ». Bon, c'était l'un de ces endroits modernes où tout le monde s'appelle par son prénom. Tous affichaient le look décontracté, cool mais chic, façon boîte de pub. Marty, la cinquantaine fringante, était vêtu d'une chemise en toile de jean et d'une cravate orange quasiment fluorescente. Ses cheveux gris – peu nombreux – étaient soigneusement plaqués vers l'arrière. Pas vraiment gominés mais limite. A part ça, pantalon d'un vert plutôt agressif, au pli impeccable, et chaussettes orange assorties à la cravate. Les chaussures, n'en parlons pas. Des Hush Puppies en daim, comme on en portait dans les années 70.

— Myron ! s'exclama-t-il en lui secouant la main comme s'il voulait la lui détacher du poignet. Quel plaisir de vous revoir !

— Merci d'avoir accepté de me recevoir aussi rapidement, dit Myron.

— Mais je vous en prie, mon cher ! Pour vous, j'aurai toujours un petit créneau de libre !

Ils s'étaient croisés à deux ou trois reprises lors d'événements sportifs, inaugurations de stades, etc. Myron le connaissait surtout de réputation. Dur en affaires mais « réglo », comme on dit. Marty était surtout réputé pour son art d'attirer l'attention des médias sur lui-même et ses poulains. Il avait commis quelques bouquins du genre *Comment réussir dans la vie*, qui s'étaient fort bien vendus et lui avaient assuré une certaine notoriété plus quelques substantiels droits d'auteur. En outre, Marty était sympathique. Le tonton qui comprend tout et qu'on a tous rêvé d'avoir. Tout le monde l'adorait.

— Myron, que puis-je vous offrir ? Café ? Thé ? Scotch ?

— Non, merci.

Il sourit, secoua la tête.

— Je comptais vous appeler, Myron. Mais vous savez ce que c'est… Le temps passe, le temps passe… Mais asseyez-vous, je vous en prie.

Les murs étaient parfaitement nus, à part quelques étranges sculptures faites de tubes de néon. Le bureau était constitué d'une plaque de verre posée sur de minces tréteaux en acier. Pas un dossier n'y traînait. Pas même une simple feuille de papier, ni même un agenda. Tout était nickel, on se serait cru à l'intérieur d'un vaisseau spatial. Felder fit signe à Myron de s'asseoir dans un fauteuil très design et posa ses fesses dans un siège jumeau. D'égal à égal. Pas question d'intimidation, du genre « c'est moi qui suis derrière le grand bureau et vous n'êtes que le visiteur sur la petite chaise inconfortable, c'est-à-dire le demandeur ». Non, ils se retrouvèrent assis de façon fort conviviale et égalitaire. Néanmoins, ce fut Felder qui prit la parole.

— Je n'ai pas besoin de vous dire, Myron, que vous vous êtes rapidement fait un nom dans notre métier. Vos clients ont une absolue confiance en vous. Les actionnaires et les entraîneurs vous respectent et vous craignent.

Il mit l'accent sur ce dernier mot, marqua une pause, puis se pencha en avant et reprit :

— C'est rare, Myron. Très rare. Aimez-vous ce métier ?

— Bien sûr.

— Parfait. C'est important d'aimer ce que l'on fait. Le choix d'une profession est sans doute la décision la plus importante que l'on ait à prendre dans la vie. Plus grave encore que le choix d'une épouse.

Il leva les yeux vers le plafond, qu'il fixa durant quelques secondes.

— Qui donc a dit que l'on se lasse même des gens que l'on aime, mais jamais d'un métier qui vous passionne ?

— Jésus-Christ ? suggéra Myron.

Felder esquissa un sourire, légèrement penaud.

— Excusez-moi, Myron. J'imagine que vous n'êtes pas venu jusqu'ici pour m'écouter radoter à propos de ma philosophie personnelle. J'irai donc droit au but. Que diriez-vous de travailler pour Felder Inc. ?

— Je vous demande pardon ?

(Règle numéro un lors d'une entrevue d'embauche : les éblouir par votre sens de la repartie…)

— Voici ce que j'avais en tête, poursuivit Felder, pas du tout démonté par le manque d'enthousiasme de Myron. J'aimerais vous engager en tant qu'associé, sachant qu'à terme vous pourriez devenir vice-président. Votre rémunération serait plus que confortable. Et, cela va sans dire, vous gardez vos clients actuels, auxquels vous pourrez garantir les mêmes prestations « personnalisées », plus toute la logistique et les moyens financiers offerts par Felder Inc. Pensez-y, Myron. J'emploie plus de cent personnes. Nous avons notre propre agence de voyages qui s'occupe de tous les déplacements dans le monde entier. Et nous avons aussi des services spéciaux chargés de... enfin, du « nettoyage ». Tâche ingrate dont vous n'auriez plus à vous préoccuper.

Il leva la main pour empêcher Myron de l'interrompre, alors que celui-ci n'avait même pas soulevé un cil.

— Oui, je sais ce que vous allez me dire, Myron. Vous avez une associée, Mlle Esperanza Diaz. Elle est la bienvenue également, cela va sans dire. Avec un salaire nettement plus attrayant. En outre, je crois savoir qu'elle passe sa licence de droit cette année. Elle aura donc d'énormes possibilités d'avancement au sein de notre entreprise.

Il fit un large geste qui englobait la pièce, les gratte-ciel derrière lui et les nuages au-delà, et conclut :

— Alors, qu'en pensez-vous, cher Myron ?

— Je suis très flatté...

— Stop. Je ne veux pas entendre de « mais ». Il s'agit de ma part d'une décision parfaitement réfléchie. Je sais faire la différence entre un crack et un tocard, mon garçon. Vous n'avez pas les moyens dignes de votre talent. Vous avez du flair, alors laissez à d'autres les basses besognes !

On a beau être incorruptible, honnête jusqu'à la bêtise, on n'est jamais totalement immunisé contre le chant des sirènes.

— J'ai un petit peu de temps pour y réfléchir ? demanda Myron.

Felder leva les mains tel le pape donnant la bénédiction, déjà certain de la victoire.

— Mais bien sûr ! Je ne veux pas vous mettre la pression, Myron ! Prenez tout votre temps ! Je ne m'attendais certes pas à ce que vous me donniez votre réponse dès aujourd'hui !

— Je vous en remercie, très sincèrement. Mais, à dire

vrai, ce n'est pas du tout pour ça que j'étais venu vous voir.

— Ah…

Martin Felder se laissa aller contre le dossier de son fauteuil, croisa les mains sur ses genoux et sourit.

— Je vous écoute, Myron.

— Je suis venu pour vous parler de Greg Downing.

Le sourire sembla se figer sur les lèvres de Felder.

— Greg Downing ?

— Oui. J'aurais deux ou trois questions à vous poser.

Toujours souriant, Felder accusa le coup :

— Vous savez, naturellement, que je suis tenu au secret professionnel ? Enfin, moralement.

— Oui, bien sûr, dit Myron. Mais ma question était très simple. Je me demandais seulement si vous pouviez me dire où il se cache actuellement.

Le sourire de Martin Felder disparut comme par enchantement. Il venait de comprendre, d'un seul coup, qu'il avait en face de lui un réel adversaire avec lequel il allait devoir négocier sérieusement. Contrairement à ce qu'il avait cru, Myron n'était pas un gamin qu'on pouvait acheter en lui agitant un hochet sous le nez. Bon, très bien. On allait voir qui était le plus fort à ce jeu-là. Dans toute négociation, il faut être patient. Il faut écouter l'autre, le faire parler.

Après quelques secondes de silence, Felder demanda :

— Pourquoi voulez-vous retrouver Downing ?

— Parce que j'ai besoin de lui parler.

— Et de quoi voulez-vous lui parler ?

— Je voudrais pouvoir vous le dire, mais, désolé, c'est confidentiel.

Ils se regardèrent, les yeux dans les yeux, sans aucune hostilité, comme deux adversaires qui ne sont pas du même bord mais qui se respectent.

— Ecoutez, Myron, ma position est délicate et vous le

savez. Je n'ai pas l'intention de vous dire quoi que ce soit tant que je ne saurai pas pourquoi vous voulez le voir. C'est donnant, donnant.

Myron décida qu'il était peut-être temps de lâcher un peu de lest.

— Je n'ai pas rempilé chez les Dragons pour le plaisir, dit-il. Clip Arnstein m'a engagé pour retrouver Greg.

Felder blêmit, les sourcils en berne.

— Comment ça, le retrouver ? Je croyais qu'il était au vert à cause de sa cheville.

— Oui, c'est ce que Clip a raconté aux journalistes.

— Je vois, dit Felder. C'était du pipeau. Et maintenant, vous essayez de savoir où se planque ce petit connard.

— On peut dire ça comme ça.

— C'est Clip Arnstein qui vous paie ? C'est lui qui vous a choisi et engagé pour ce job ?

— Oui.

Felder sourit, comme s'il appréciait une plaisanterie que lui seul pouvait comprendre.

— J'imagine que Clip vous a prévenu ? Greg est assez coutumier du fait. Quand la pression devient trop forte, il se tire. Vous êtes au courant, n'est-ce pas ?

— Oui.

— Alors je ne vois pas ce que vous venez faire là-dedans. C'est très sympathique de votre part, Myron, mais votre intervention est totalement superflue.

— Pourquoi ? Vous savez où il est ?

Felder hésita.

— Une fois encore, Myron, je vous demande de vous mettre à ma place. Si l'un de vos clients avait envie qu'on l'oublie pour quelque temps, que feriez-vous ?

Myron flaira le bluff.

— Ça dépend, dit-il. Si mon client était vraiment

dans de sales draps, je ferais sans doute tout mon possible pour l'aider.

— Quel genre de draps ? demanda Felder.

— Le jeu, par exemple. Je sais que Greg doit beaucoup d'argent à des individus pas très coopératifs.

Aucune réaction de la part de Felder. Etonnant. Ou inquiétant. On vous annonce qu'un de vos clients doit une fortune à la Mafia et ça ne vous fait ni chaud ni froid ? A priori, ça devrait plutôt vous faire froid dans le dos.

— Vous saviez que Greg était un flambeur, n'est-ce pas, Marty ?

Felder prit son temps. Il choisit ses mots, les distilla un par un.

— Vous êtes encore très jeune dans le business, Myron. Et la jeunesse va de pair avec un certain enthousiasme qui n'est pas toujours très bien venu. Je suis l'agent de Greg Downing, ce qui me confère certaines responsabilités professionnelles mais ne m'engage en aucune manière vis-à-vis de sa vie privée. Ce qu'il fait en dehors du basket ne me regarde pas. C'est vrai aussi pour vous, Myron, et c'est une très bonne chose. Nous sommes payés pour veiller sur les intérêts financiers de nos clients, mais nous ne sommes pas des parents de substitution, ni des baby-sitters, ni des psys. Mieux vaut le savoir dès le début.

Donc, conclut Myron, Marty savait « dès le début » que Greg était un joueur.

— Mais pourquoi Greg a-t-il retiré cinquante mille dollars de son compte, il y a dix jours ? insista-t-il.

Là encore, Felder resta de marbre. Ou bien il était tellement plus fort que Myron que rien ne pouvait le surprendre, ou alors c'était un excellent acteur, capable de déconnecter ses émotions personnelles de ses expressions faciales.

— Vous savez fort bien que je n'ai pas le droit de

discuter de cela avec vous, dit Felder. Ni avec qui que ce soit. Le secret professionnel, ça vous dit quelque chose ? Ecoutez, Myron, soyez gentil, et faites-nous une faveur à tous les deux. Acceptez mon offre et oubliez Greg Downing. Faites-moi confiance, il va resurgir un de ces jours. Comme d'habitude.

— Cette fois, je n'en suis pas si sûr, dit Myron. Je ne sais pas pourquoi, mais j'ai l'impression qu'il est vraiment dans de sales draps.

— Si vous faites allusion à ses prétendues dettes de jeu...

— Non, ce n'est pas à cela que je pensais.

— Alors quoi ?

Jusqu'à présent, Felder n'avait rien révélé de bien intéressant. Admettre qu'il était au courant des problèmes de Greg avec le jeu n'avait été qu'un leurre, puisqu'il avait déjà compris que ce n'était pas une surprise pour Myron. Faire semblant de ne pas savoir, c'était admettre son incompétence ou son hypocrisie. Marty Felder était loin d'être idiot et avait dû lâcher ce tout petit morceau. D'accord. Myron décida donc d'abattre une autre carte.

— Pourquoi avez-vous fait suivre et filmer la femme de Greg ?

Felder accusa le coup, mais beaucoup moins bien, cette fois.

— Pardon ?

— ProTec. C'est le nom de l'agence que vous avez engagée pour installer des caméras à l'hôtel Glenpointe. J'aimerais bien savoir pourquoi.

Felder avait eu le temps de se maîtriser. Il sourit, goguenard :

— Alors là, Myron, j'aimerais bien comprendre quel est votre problème. Paranoïa ou schizophrénie ? D'abord vous me dites que mon client est en danger et vous prétendez vouloir l'aider. Ensuite vous me parlez d'une prétendue vidéo. J'ai du mal à vous suivre, je l'avoue.

— J'essaie d'aider votre client, en effet.

— Alors si tel est votre but, le mieux que vous puissiez faire, c'est de me dire tout ce que vous savez à propos de Greg. Je suis son agent, ne l'oubliez pas. Donc pratiquement son avocat. Qui, mieux que moi, peut défendre ses intérêts ? Je pense à lui avant tout, Myron. Peu m'importent les Dragons, ou Clip Arnstein, ou qui que ce soit d'autre. Greg est comme un fils, pour moi. Vous pensez qu'il a des problèmes, alors dites-moi ce que vous savez !

— Non. Vous d'abord. Parlez-moi de cette bande vidéo.

— Hors de question.

Et voilà. Négociation au point mort. Blocage total. Chaque partie retranchée dans ses retranchements. Et après on s'étonne qu'il y ait des guerres un peu partout dans le monde, à défaut de guerre mondiale. Mais pour l'instant, on n'en était pas encore là. Myron Bolitar et Martin Felder étaient assez intelligents pour ne pas se tirer la langue comme des gamins dans la cour de récréation. Non. Ils demeuraient civilisés, s'observaient à la dérobée. Ils se la jouaient façon diplomate. Je te tiens, tu me tiens, le premier qui rira…

Myron essaya d'analyser la situation. Se remémora la règle d'or de toute négociation. Ne jamais perdre de vue ce que l'on veut obtenir in fine, et ne jamais oublier ce que veut l'adversaire. Bon, bref, que possédait Felder ? Des renseignements sur les cinquante mille dollars, sur la bande vidéo et peut-être deux ou trois autres trucs. En échange, que possédait Myron ? Pas grand-chose, hélas ! Rien que du bluff.

Myron avait réussi à inquiéter Felder en lui révélant que Greg était « dans de sales draps ». Mais, en fin de compte, cette expression assez désuète n'était qu'une façon polie de dire que Greg se trouvait dans la merde jusqu'au cou. Notion toute relative. Qu'avait compris

Martin Felder ? Fin de l'analyse : Felder en savait plus long que lui et il était urgent d'agir. Enfin, de réagir.

— Ce n'est pas à moi de vous poser les questions, dit-il.

— Ah bon ? Je peux savoir ce que vous insinuez ?

— Vous préférez me parler ici, en privé, ou raconter toute l'histoire à la brigade criminelle, menottes aux poignets ?

Felder demeura impassible, mais son regard le trahit.

— Vous pourriez être un peu plus précis ?

— Il se trouve qu'un inspecteur de police est sur le point de lancer un avis de recherche à l'encontre de Greg. Pour homicide.

— Quoi ? Mais vous délirez, Myron !

— Pas du tout.

— D'abord, pour que la brigade criminelle s'en mêle, encore faudrait-il qu'on ait un cadavre !

— Pas de problème : nous en avons un.

— Mais qu'est-ce que vous racontez ? Quelqu'un est mort ? Qui donc ?

— Donnant, donnant, dit Myron. Vous me montrez la vidéo, je vous briefe.

Felder n'était pas homme à se décider sur un coup de tête. Il croisa les bras, les décroisa, posa ses mains à plat sur ses cuisses, leva les yeux au ciel, tapota le plancher du bout du pied. En résumé, il prit son temps, pesa le pour et le contre, les avantages et les inconvénients, et tout le reste. Puis, finalement, il se décida :

— Vous n'avez jamais plaidé en tant qu'avocat, Myron ?

— Je suis membre du barreau mais je n'ai jamais exercé.

— Vous avez eu raison, dit-il, ponctuant sa phrase avec un profond soupir. Vous savez pourquoi les gens racontent toutes ces blagues à propos des avocats véreux ? C'est parce qu'ils le sont. Mais ce n'est pas

300

leur faute. Pas vraiment. En fait, c'est le système qui est en cause. Notre système judiciaire encourage la tricherie, le mensonge et la corruption. Supposons que vous soyez l'entraîneur d'une petite équipe de juniors. Et vous leur dites qu'il n'y a pas d'arbitre, qu'ils sont leur propre arbitre. Vous imaginez ce que ça donnerait, assez rapidement ? Des comportements éthiquement pas très corrects. Vous êtes d'accord ? D'un autre côté, vous dites à ces mêmes gamins qu'ils doivent gagner coûte que coûte, que leur seul but dans la vie est de gagner, même s'ils doivent oublier des notions telles que la loyauté… C'est ainsi que fonctionne notre système judiciaire, Myron. Nous acceptons les petites injustices au nom d'une abstraction que nous qualifions de Justice.

— Je réfute l'analogie, dit Myron.

— Et pourquoi ?

— Parce qu'il y a toujours des arbitres. Les avocats se retrouvent face à un jury ou un juge, tôt ou tard.

— Vous savez bien que chez nous, aux Etats-Unis, c'est faux. La plupart des cas sont réglés avant même de passer au tribunal. Mais peu importe, je suis sûr que vous avez compris où je voulais en venir. Ce système encourage les avocats à mentir ou à déguiser la vérité puisqu'ils ont été programmés pour défendre leur client, coûte que coûte. Et cette course au succès, cette obsession de la victoire a complètement gangrené nos valeurs, y compris notre sens de la justice.

— Fascinante théorie, dit Myron. Mais, si je puis me permettre, je ne vois pas le rapport avec la cassette vidéo dont je vous parlais…

— Vous allez très vite comprendre, mon jeune ami. L'avocat d'Emily Downing a menti et a déguisé la vérité. Pour défendre les intérêts de sa cliente.

— Vous parlez de la garde des enfants ?

— En effet.

— Et alors ? Qu'est-ce qu'on lui reproche ?

Felder sourit, mais sans gentillesse. Cela s'apparentait plutôt au rictus de la hyène qui vient de renifler l'odeur du sang.

— Je vous laisse deviner. Si je vous dis qu'actuellement, aux Etats-Unis, c'est, une fois sur trois, l'argument invoqué pour la garde des enfants, ça vous met sur la piste ? C'est pratiquement devenu une coutume, comme les grains de riz qu'on lançait autrefois sur les mariés. Sauf que c'est beaucoup moins festif.

— Abus sexuel ?

Felder ne jugea pas utile de répondre.

— Compte tenu des charges qui risquaient de priver Greg de ses enfants – et de l'envoyer en prison pour une vingtaine d'années –, nous avons pensé qu'il n'était pas inutile de préparer sa défense. Pour rééquilibrer les plateaux de la balance, en quelque sorte. J'avoue n'être pas très fier de la méthode employée. Lui non plus n'était pas franchement enthousiaste. Mais, compte tenu de l'enjeu, je ne regrette rien. Quand votre adversaire vous attaque au-dessous de la ceinture, vous faites pareil, même si ce n'est pas très élégant.

— Alors, qu'est-ce que vous avez fait de si inélégant ?

— Nous avons filmé Emily Downing dans une situation… délicate.

— Qu'entendez-vous exactement par « délicate » ?

Felder se leva, sortit une clé de sa poche, se dirigea vers un placard parfaitement intégré dans le décor, l'ouvrit et en sortit une cassette vidéo. Puis il ouvrit un autre placard, tout aussi invisible, démasquant un téléviseur grand écran avec magnétoscope et tout un tas de trucs électroniques. Il inséra la cassette dans une des fentes et saisit la télécommande.

— Maintenant je vous écoute. Vous disiez donc que Greg était « dans de beaux draps » ?

Au pied du mur, le Bolitar. Que faire, dans ces cas-

302

là ? Se référer à la bible des négociations rédigée par Win. Règle numéro deux : « Quand tu es acculé, donne du mou, tu le récupéreras tôt ou tard ».

— Nous pensons qu'une femme faisait chanter Greg, dit-il. Elle avait plusieurs pseudonymes. Carla, le plus souvent, mais elle se faisait aussi appeler Sally, ou Liz. Elle a été assassinée samedi dernier.

Cette fois, Marty Felder parut surpris. Ou alors, c'était rudement bien imité.

— Mais la police ne suspecte pas Greg, tout de même ?

— Hélas, si.

— Pourquoi ?

Myron préféra flotter dans le flou artistique.

— Greg est la dernière personne que l'on ait vue avec elle la nuit du meurtre. On a relevé ses empreintes sur la scène du crime. En plus, la police a retrouvé l'arme chez Greg.

— Quoi ? Ils ont fouillé sa maison ?

— Oui.

— Mais ils n'avaient pas le droit de pénétrer chez lui !

Il aurait dû faire avocat, celui-là. Il avait vraiment la vocation ! Myron tenta de le calmer :

— Ils avaient un mandat, Marty. Maintenant, dites-moi la vérité. Connaissiez-vous cette femme ? Cette Carla, alias Sally ?

— Non.

— Avez-vous une idée de l'endroit où se cache Greg ?

— Aucune.

Myron scruta son visage. Impossible de dire s'il mentait ou non. De toute façon, on a une chance sur deux de se faire avoir. Les gens nerveux peuvent être de bonne foi alors que les menteurs professionnels demeurent imperturbables. Ce n'est pas pour les chiens qu'on a inventé le détecteur de mensonges.

303

— Pourquoi Greg a-t-il retiré cinquante mille dollars en liquide ? demanda Myron.

— Je n'en sais rien, répondit Felder. Comme je vous l'ai dit, ça ne me regardait pas. Je ne me suis jamais mêlé de sa vie privée.

— Mais vous saviez qu'il était joueur.

De nouveau, Felder ne daigna pas répondre et leva les yeux au ciel. Puis il décida de reprendre le dialogue.

— Vous avez dit qu'une femme le faisait chanter ?

— Oui.

Felder regarda Myron droit dans les yeux.

— Savez-vous pourquoi elle le tenait ?

— Pas vraiment. Le jeu, je suppose. Un basketteur idole des jeunes et flambeur, ça fait mauvais genre.

Martin Felder se contenta de lever la main et d'appuyer sur quelques boutons de la télécommande. L'écran se recouvrit de neige, puis une image apparut, en noir et blanc. Une chambre d'hôtel. Banale. Et déserte. Sur un coin de l'écran, les secondes défilaient. A tous les coups, quelqu'un allait entrer dans cette chambre anonyme et sortir l'attirail. La seringue, la petite cuillère… Bingo. Se payer un mec hors mariage ne faisait pas de vous une mère indigne, mais l'héroïne, sûrement. Devant un juge, ça ferait plutôt mauvais genre, en effet.

Myron croyait en avoir assez vu et allait demander à Felder d'arrêter la bande lorsque la porte de la chambre s'ouvrit et Emily apparut. Seule. Elle regarda autour d'elle, s'assit sur le lit. Puis se releva, arpenta la pièce, se rassit, consulta sa montre. Ensuite elle alla dans la salle de bains, disparut du champ de la caméra, réapparut. Elle se mit à tripoter tout ce qui lui tombait sous la main – brochure vantant les louanges de cet hôtel minable, programme de télé, règlement intérieur (plastifié).

— On ne pourrait pas avoir le son ? demanda Myron.

Marty Felder fit signe que non. Lui-même, d'ailleurs, tournait le dos à l'écran.

Myron continua d'admirer Emily qui semblait de plus en plus nerveuse. Et, soudain, elle se figea, puis se précipita vers la porte. Quelqu'un avait frappé. Mister Grossebite, sans doute. Elle s'arrêta à mi-chemin, comme une jeune fille timide. Puis alla ouvrir.

Et là, Myron s'aperçut qu'il avait tout faux. Ce n'était ni un dealer ni un gigolo qui venait d'entrer dans la pièce, mais une femme.

Elles ouvrirent le minibar et se servirent un verre tout en discutant. Puis elles s'embrassèrent tendrement. Et commencèrent à se déshabiller mutuellement. Myron en fut tout retourné. Quand elles s'allongèrent sur le lit, il décida qu'il en avait assez vu.

— Vous pouvez arrêter ça ? demanda-t-il à Felder.

Clic. L'écran se recouvrit de neige.

— Comme je vous le disais, nous ne sommes pas très fiers de la méthode, mais... à la guerre comme à la guerre !

— Oui, on peut dire ça comme ça, répondit Myron.

Règle numéro trois : « Ne jamais exprimer une opinion personnelle face à un militaire. »

A présent, Myron comprenait mieux l'hostilité d'Emily. Elle avait été filmée en flagrant délit d'adultère... avec une femme. Rien d'illégal, mais ça risquait de défriser les juges, pour la garde des enfants.

D'autant que Myron avait reconnu l'autre femme, sur la vidéo.

Son surnom, c'était la Branleuse.

29

Myron regagna son bureau à pied, légèrement perturbé. Ça tournicotait, dans sa tête. Primo, Maggie n'était plus un simple accessoire érotique et inoffensif, elle faisait désormais partie de l'imbroglio. Mais quel rôle jouait-elle réellement ? Avait-elle entraîné Emily dans cette histoire, ou avait-elle été manipulée ? D'ailleurs, étaient-elles ensemble depuis longtemps ou n'était-ce qu'une passade, juste pour la nuit ? Felder prétendait n'en rien savoir. Il est vrai que sur la vidéo, les deux femmes n'avaient pas l'air de deux amantes éperdument amoureuses. Emily ne s'était pas jetée à son cou dès son arrivée. Elles avaient pris le temps de boire un verre avant de passer à l'action. D'un autre côté, c'était peut-être justement le signe d'une liaison de longue date. Myron manquait d'expérience en la matière.

Il coupa vers l'est, par la 50e Rue. Un Noir albinos coiffé d'une casquette des Mets et vêtu d'un short jaune par-dessus un jean artistiquement déchiré jouait de la cithare indienne. Il chantait un classique des années 70 – *The Night Chicago Died* – d'une voix qui évoqua à Myron les piaillements de vieilles femmes chinoises dans l'arrière-boutique d'une laverie. Sur le trottoir, à côté de lui, le musicien avait placé une chope en aluminium en guise de sébile et une pile de cassettes. Une pancarte indiquait : « Le vrai Benny, le seul le vrai, et sa cithare magique. Seulement 10 dollars ».

Benny sourit à Myron. Quand il en arriva au passage de la chanson où le garçon apprend qu'une centaine de flics sont morts – et peut-être même son propre père –, Benny versa quelques larmes. Très touchant. Myron fourra un billet d'un dollar dans la chope. Puis traversa la rue, songeant de nouveau à la bande vidéo d'Emily avec Maggie la Branleuse. Etonnant, tout de même. Il avait eu l'impression de n'être qu'un voyeur quand il l'avait regardée, et maintenant qu'il se la repassait dans sa tête, c'était encore pire. Quel rapport pouvait-il y avoir entre cette cassette et le meurtre de Liz Gorman ? Il n'en voyait aucun. Pas plus qu'entre Liz et les dettes de jeu de Greg. Que venait faire cette ex-terroriste dans la vie d'Emily, de Greg ou de Maggie ? Ça n'avait aucun sens.

Et pourtant, cette vidéo existait, il l'avait vue, il n'avait pas rêvé. Il y avait de quoi s'interroger, non ? Et outre, il y avait cette accusation contre Greg. Abus sexuel… Myron n'y croyait pas une seconde. Marty Felder avait sûrement raison, c'était l'avocat d'Emily qui avait monté toute cette histoire. D'ailleurs Emily avait dit à Myron qu'elle était prête à tout pour obtenir la garde des enfants. Prête à tout… Y compris à tuer ? Comment avait-elle réagi en apprenant l'existence de cette bande vidéo ? Sous le coup de la fureur, de quoi était-elle capable ?

Myron avait atteint Park Avenue et se retrouva bientôt au pied de son immeuble. Dans l'ascenseur, il échangea un bref sourire avec une jeune femme en tailleur gris et chemisier blanc, très politiquement correcte. La cabine empestait l'eau de Cologne bon marché. Du genre : « J'ai pas le temps de prendre ma douche alors pschitt ! une bonne giclée d'after-shave et ça ira comme ça ! » La jeune femme fronça les narines et dévisagea Myron.

— Non, ce n'est pas moi, dit-il. Je suis allergique à tous les parfums pour homme.

Elle ne parut pas convaincue. Ou peut-être était-elle contre les hommes en général ? Compte tenu de la puanteur qui régnait dans cette cabine d'ascenseur, on pouvait difficilement lui en vouloir.

— Le mieux, c'est d'éviter de respirer, dit-il.

Elle le regarda, les yeux ronds, certaine d'avoir affaire à un extraterrestre.

Myron sortit de l'ascenseur et se retrouva face à Esperanza, laquelle lui sourit et l'accueillit avec un « Bonjour ! » plus que jovial.

— Oh non ! s'exclama-t-il.

— Ben quoi ?

— Jamais vous ne m'avez dit « bonjour » de cette façon !

— Mais bien sûr que si !

— Ma qué no !

— Vous êtes sûr que ça va, patron ? Depuis quand vous parlez italien ?

— Je croyais que c'était de l'espagnol. Mais je sais que vous êtes au courant, pour hier soir. Alors vous essayez d'être… comment dire ? compatissante. C'est trop, Esperanza. Je n'ai que faire de votre pitié.

Elle le fusilla du regard.

— Mais qu'est-ce que vous croyez, Myron ? J'en ai rien à cirer, de votre stupide match. Vous vous êtes pris une belle déculottée, et alors ? Que voulez-vous que ça me fasse ?

— Trop tard, dit-il. Vous venez de vous trahir. Pourquoi y avoir assisté si ça ne vous intéressait pas ?

— Je m'en fiche comme de mon premier biberon. Vous avez été nul, et basta !

— C'est vrai.

— Quoi, c'est vrai ? C'est tout ce que vous trouvez à dire ? Vous avez été plus nul que nul. Lamentable. J'aurais honte, à votre place. Je ne savais plus où me mettre. Je n'osais même pas dire que je vous connaissais.

Myron se pencha vers elle et l'embrassa sur la joue.

— Et maintenant, je n'ai plus qu'à aller me faire vacciner contre la nullité, dit-elle en s'essuyant du revers de la main. C'est plus contagieux que la rage.

— Mais non, la rassura Myron. Seulement si vous jouez au basket.

A cet instant, le téléphone sonna, mettant fin à ce dialogue hautement intellectuel. Esperanza, redevenant très professionnelle, décrocha et annonça d'une voix suave :

— MB Sports, à votre service… Ah… Oui, bien sûr, Jason. Ne quittez pas, je vais voir s'il est là.

Elle posa la main sur le combiné et prévint Myron :

— C'est Jason Blair. Vous le prenez ?

— Ce petit con qui a dit que vous aviez de jolies fesses. C'est bien ce qu'il a dit, n'est-ce pas ?

— Absolument. N'oubliez pas de lui dire que j'ai aussi de jolies jambes !

— Passez-le-moi sur ma ligne privée.

Il allait s'éloigner quand il aperçut une photographie au milieu des papiers étalés sur le bureau d'Esperanza.

— C'est quoi, cette photo ?

— Oh, un vieux truc, dit-elle. La Brigade Raven.

Myron saisit le cliché. En noir et blanc. La seule et unique photo des sept membres du groupe, prise en 1973.

— Je vous l'emprunte, dit-il à Esperanza.

— Pas de problème, chef.

Myron se rendit dans son bureau et prit la communication laissée en attente.

— Salut, Jason, je t'écoute. Quel est ton problème ?

— Bordel de merde, qu'est-ce que vous glandez ?

— Pas grand-chose. Et toi ?

— Vous croyez que j'ai envie de rigoler ? Vous avez confié mon contrat à votre secrétaire au lieu de vous en occuper vous-même et elle a tout foiré. J'ai bien envie de laisser tomber votre agence.

— On se calme, Jason. Qu'a-t-elle « foiré », exactement ?

— Quoi ? Vous n'êtes même pas au courant ?

— Non.

— On est au beau milieu d'une négociation avec les Red Sox, pas vrai ?

— Exact.

— Je veux rester à Boston. Vous le savez. Et pour ça, fallait faire courir le bruit que je voulais me tirer. C'est bien ce que vous aviez dit ? Leur faire croire que j'allais signer ailleurs. Pour faire monter les enchères. C'était bien ce qui était convenu, n'est-ce pas ?

— Exact.

— On ne veut pas qu'ils sachent que j'ai envie de rempiler, pas vrai ?

— Jusqu'à un certain point.

— Tu parles ! L'autre jour, mon voisin reçoit un courrier des Sox, pour renouveler son abonnement pour la saison. Et devinez quelle tronche on voit en première page de la brochure avec l'annonce de mon retour ? Devinez, hein ?

— La tienne, peut-être ?

— Gagné ! Alors j'appelle votre secrétaire, Miss Joli Cul...

— Et Belles Gambettes.

— Quoi ?

— Elle m'a chargé de vous dire qu'elle a aussi de fort jolies jambes.

— Arrêtez de vous foutre de ma gueule, Myron. Ecoutez plutôt la suite. Elle me dit que les Sox l'ont appelée pour demander s'ils pouvaient utiliser ma photo pour leur pub, même si je n'avais pas signé avec eux. Et elle leur dit oui ! Vous vous rendez compte ? Elle leur donne le feu vert ! Alors maintenant, qu'est-ce qu'ils vont penser, à votre avis ? Je vais vous le dire, moi. Ces enfoirés de Red Sox vont penser que je suis d'accord pour signer, même au rabais ! On n'a plus rien à négocier, à cause de cette idiote.

A cet instant, Esperanza ouvrit la porte – sans frapper, comme d'habitude.

— C'est arrivé ce matin, dit-elle en lançant une liasse de papiers sur le bureau de Myron.

Le contrat de Jason. Myron le feuilleta rapidement.

— Mettez ce petit crétin sur haut-parleur, dit Esperanza.

Myron appuya sur la touche idoine.

— Jason... commença-t-elle.

— Ah, vous, ça va, foutez-nous la paix ! Je parle avec Myron, je vous signale !

Elle ignora l'interruption et poursuivit :

— Vous ne le méritez pas, mais je vais vous le dire quand même : la négociation est terminée, j'ai obtenu tout ce que vous vouliez, et davantage encore.

Le garçon se calma illico.

— Quatre cent mille par an ?

— Six cents. Plus un bonus d'un quart de million à la signature.

— Comment... Que... ?

— Les Sox se sont fait avoir, dit-elle. Dès qu'ils ont publié votre photo dans leur brochure, c'était dans la poche.

— Je ne comprends pas.

— Ça ne m'étonne pas. En fait c'est très simple. Leurs bulletins d'abonnement sont partis avec votre photo et les gens se sont inscrits ou réinscrits à cause de vous. Pendant ce temps-là, j'ai téléphoné à leur direction pour leur annoncer que vous aviez décidé de signer avec les Rangers. Je leur ai dit que vous aviez pris un avion pour le Texas, que c'était quasiment fait.

Elle marqua une pause, pour laisser à Jason le temps de tout assimiler. Puis elle poursuivit :

— Maintenant, mettez-vous à la place des Red Sox. Qu'auriez-vous fait ? Comment expliquer à tous ces fans qui ont acheté leurs billets pour voir Jason Blair qu'ils seront privés de leur idole parce que les Texas Rangers ont été plus intelligents et ont su y mettre le prix ?

Myron et Esperanza crurent réellement entendre Jason ravaler sa salive.

— Gloups. Je m'excuse, Esperanza. En fait, vous avez le cerveau le mieux foutu que j'aie jamais vu !

Myron intervint :

— Ce sera tout, Jason ?

— Non. Vous feriez bien de vous entraîner, Myron. D'après ce que j'ai vu hier soir, vous en avez besoin. Maintenant, si vous permettez, je vais régler les détails avec Esperanza.

— Passez-le-moi sur ma ligne privée, dit-elle à Myron.

Il sourit et mit Jason en attente.

— Bien joué ! dit-il. Mes compliments.

— Bof ! Un des petits jeunes du service marketing des Sox a fait une bourde et j'en ai profité, dit-elle. Pas de quoi en faire un fromage !

— N'empêche, bravo, Esperanza ! Et merci !

— A votre service, Monseigneur. Vos compliments me vont droit au cœur.

— Oui, bon, comme vous le disiez, on ne va tout de même pas en faire un fromage. Si vous alliez reprendre ce brave Jason sur votre « ligne privée » ?

— A vos ordres, patron.

Enfin seul, Myron examina la photo de la Brigade Raven. Ayant éliminé Liz Gorman — méconnaissable mais les dés étaient pipés —, il se pencha sur les trois membres du groupe encore en liberté. Gloria Katz, Susan Milano et leur chef, le plus célèbre et le plus énigmatique : Cole Whiteman. Il avait fait la une de tous les journaux. L'ennemi public numéro un ! Myron n'était encore qu'un gamin, à l'époque, mais il se souvenait encore des gros titres. Blond, propre sur lui, on lui aurait donné le bon Dieu sans confession. Tandis que tous les autres sur la photo étaient un peu crades, cheveux longs et mine patibulaire, Cole était rasé de près, belle petite gueule d'ange. Juste quelques boucles sur le front et un soupçon de pattes sur les joues, façon Rastignac. Dans un casting à Hollywood, il n'aurait eu aucune chance d'être embauché pour jouer les terroristes. Mais, comme Myron l'avait appris par la suite, en partie grâce à Win, l'habit fait rarement le moine…

Myron reposa la photo et, la mort dans l'âme, appela Dimonte dans son fief de flics. Il fallait qu'il sache si ce crétin avait avancé dans son enquête.

— Alors, Bolitar, on est partenaires, à présent ?

— Comme Starsky et Hutch, dit Myron.

— Bon sang, ils me manquent, ces deux-là ! Surtout leur bagnole ! Et Fuzzy les bons fuseaux…

— Non. Huggy.

— Pardon ?

— Dans la série, c'était Huggy les bons tuyaux.

— Vous êtes sûr ?

— Absolument. Mais c'est pas pour ça que je vous appelais, Rolly. A propos de tuyaux, justement…

— Vous d'abord, Bolitar.

Et voilà. Encore une négociation… Myron le mit au parfum à propos des problèmes de Greg avec le jeu. Puis, sachant que Rolly, en tant que flic, avait accès à tous les relevés téléphoniques, il lui parla aussi de l'éventuel chantage. Cependant, il garda pour lui l'histoire de la cassette : il devait d'abord en parler avec Emily. Déontologie oblige. Secret professionnel, etc.

Dimonte posa quelques questions. Puis, apparemment satisfait, il accepta la règle du jeu.

— Bon, que voulez-vous savoir ?

— Avez-vous trouvé d'autres indices chez Greg ?

— Non. Absolument rien. Selon vous, il y avait chez lui des objets typiquement féminins, dans la chambre et dans la salle de bains. Des sous-vêtements, des flacons…

— Oui.

— Eh bien, quelqu'un les a fait disparaître. Mes hommes n'ont pas trouvé la moindre trace d'une présence féminine chez Greg Downing.

Donc, se dit Myron, ce ne serait qu'une sordide histoire d'adultère ? La maîtresse revient sur place et nettoie tout le sang pour dédouaner Greg ? Puis elle efface ses propres traces, s'assure que leur liaison demeure secrète…

— Et du côté de chez Liz Gorman ? Elle avait des voisins. Personne n'a rien vu ?

— Non, répondit Dimonte. On a passé le secteur au peigne fin. Personne n'a rien vu, évidemment. Ils dormaient, ou bien ils regardaient la télé. Oh, à part ça : la presse a eu vent de l'affaire. C'est paru dans les journaux ce matin.

— Vous n'avez pas révélé son identité, j'espère ?

— Pour qui me prenez-vous ? Bien sûr que non ! Pour eux, c'est juste un cambriolage avec homicide. Deux lignes à tout casser, dans la rubrique faits divers. Mais il y a plus intéressant. On a eu un appel anonyme ce matin. Quelqu'un qui nous suggérait d'aller voir de plus près du côté de chez Greg Downing.

— Vous plaisantez ?

— Pas du tout. C'était une voix de femme.

— C'est un coup monté, Rolly.

— Y a des chances, Sherlock. Et par une nana. Le meurtre n'a pas vraiment fait la une. Tout juste un entrefilet en dernière page, comme je vous le disais. Entre trois ou quatre autres homicides. C'est monnaie courante, dans cette partie de la ville. Le seul truc intéressant, c'est que ça s'est passé à deux pas de l'université.

— Et vous avez cherché de ce côté-là, n'est-ce pas ? demanda Myron.

— De quel côté ?

— L'université de Columbia. Bon sang, la moitié des mouvements soi-disant révolutionnaires des sixties ont démarré sur ce campus ! Il doit bien y avoir encore dans leurs rangs quelques sympathisants qui auraient pu aider Liz Gorman.

Dimonte poussa un profond soupir.

— Bolitar, vous prenez vraiment tous les flics pour des débiles mentaux ?

— Non, certes non.

— Vous croyez être le seul à avoir eu cette idée ?

— Eh bien, dit Myron, je ne suis pas trop mauvais, quand je m'y mets.

— Pas tant que ça, si j'en crois la page des sports de mes journaux favoris. Ils sont unanimes, pour une fois.

— Touché ! Ça fait mal, quand ça touche à l'endroit sensible. Mais, bon... Alors, qu'avez-vous découvert ?

— Le proprio de son studio est un dénommé Sidney Bowman, prof à Columbia, complètement allumé, fanatique, gauchiste, socialo de mes deux.

— Ça fait beaucoup pour un seul homme, dit Myron. Et j'admire votre ouverture d'esprit, Rolly.

— Désolé, j'ai séché les briefings sur les droits civiques et les libertés individuelles, ces derniers temps. Quoi qu'il en soit, ce socialo ne parlera pas. Il dit qu'il ne la connaissait pas, qu'elle n'était que sa locataire et qu'elle payait cash. Evidemment, nous savons qu'il ment. Les fédéraux l'ont cuisiné mais il a fait venir une flopée d'avocats – tous des pédés de gauche – pour le défendre. Il nous a traités de nazis et de fachistes.

— Ce n'est pas un compliment, Rolly.

— Merci du renseignement ! J'ai chargé Krinsky de le

filer, mais pour l'instant ça n'a rien donné. Ce Bowman n'est pas totalement con, il doit se douter qu'on l'a dans le collimateur.

— Qu'est-ce que vous avez d'autre sur lui ?

— Divorcé. Pas d'enfants. Il enseigne un truc d'existentialisme à la mords-moi le nœud, prise de tête et compagnie. D'après Krinsky, il passe le plus clair de son temps à aider les SDF. Il traîne toute la journée avec des clodos dans les parcs et les foyers. Comme je disais, il est complètement fêlé.

A cet instant, Win fit irruption dans le bureau de Myron comme s'il était chez lui, se dirigea directement vers le placard dont il ouvrit la porte, révélant un miroir en pied. Il vérifia qu'il n'avait pas une mèche de travers – ce qui n'était pas le cas, naturellement. Ensuite, il écarta légèrement les jambes, baissa les bras, joignit les mains comme s'il tenait un club de golf, et mima un swing tout en s'observant dans la glace. Il se livrait à cet exercice très souvent, même dans la rue, admirant son style dans les vitrines. Le syndrome du golfeur, en avait déduit Myron. Un peu comme les culturistes qui ne peuvent s'empêcher de gonfler leurs biceps dès qu'ils croisent leur propre reflet. Ça avait le don d'agacer Myron.

— Bon, Rolly, rien d'autre à signaler ?

— Non. Et de votre côté ?

— Rien. Je vous ferai signe.

— Je ne sais pas si je vais avoir la patience d'attendre, Hutch, déclara Dimonte. Oh, vous savez quoi ? Ce petit jeunot de Krinsky ne se souvient même pas de la série ! C'est triste, non ?

— Ah, les jeunes de maintenant ! compatit Myron. Ils n'ont aucune culture.

Myron raccrocha, tandis que Win continuait de perfectionner son swing devant le miroir.

— Alors, quoi de neuf ?

Myron le mit au courant des derniers événements. Quand il eut fini, Win commenta :

— Cette Fiona, l'ex-playmate, me semble une parfaite candidate pour un interrogatoire à la Windsor Horne Lockwood, troisième du nom.

— Bonne idée, en effet, mais si tu me disais d'abord ce qu'a donné ton « interrogatoire » de la Branleuse ?

Win fronça les sourcils, ajusta sa prise sur son club imaginaire.

— La dame n'est pas bavarde. J'ai donc dû louvoyer.

— C'est-à-dire ?

Win lui fit part de sa conversation avec Maggie. Myron secoua la tête.

— Alors tu l'as suivie au lieu de la sauter ?

— Oui.

— Et ?

— Elle est allée chez TC après le match. Y a passé la nuit. Aucun coup de fil intéressant à signaler.

— Peut-être qu'elle s'est aperçue qu'elle était suivie, suggéra Myron.

De nouveau, Win fronça les sourcils. L'hypothèse émise par Myron devait lui déplaire, ou alors il était mécontent de son swing. La deuxième hypothèse était sans doute la bonne. Il se détourna du miroir et pointa l'index vers la photo qui traînait sur le bureau.

— La Brigade Raven ?

— Oui. L'un d'eux te ressemble, dit Myron en désignant Cole Whiteman.

Win étudia le cliché durant quelques instants.

— Il est vrai que ce garçon n'est pas mal, mais il est loin d'avoir ma classe et ma beauté patricienne.

— Sans parler de ta modestie.

Myron réexamina la photo. Soudain, il se souvint de ce qu'avait signalé Dimonte à propos du professeur Sidney Bowman et de son intérêt pour les SDF. Ce fut comme une illumination. Il imagina Whiteman avec vingt ans de plus, avec éventuellement une ou deux interventions de chirurgie esthétique... Oui, ça pouvait coller. Si Liz Gorman s'était déguisée en modifiant sa principale caractéristique, il y avait des chances pour que Cole Whiteman ait eu la même idée.

— Myron ? Tu rêves ?

— Mon vieux, je crois savoir où se cache Cole Whiteman !

30

Hector ne fut pas ravi de voir Myron se repointer au Parkview.

— Je pense que nous avons trouvé le complice de Sally, dit ce dernier.

Hector passa un coup de torchon sur son comptoir, machinalement.

— Connaissez-vous un certain Norman Lowenstein ?

Hector fit signe que non.

— C'est un sans-abri. Il squatte votre arrière-cour et utilise votre téléphone à pièces.

Hector posa son torchon.

— Vous croyez que je laisserais un clochard traîner dans ma cuisine ? En plus, on n'a même pas d'arrière-cour. Allez voir vous-même, si vous voulez.

Sa réaction ne surprit pas Myron, qui insista :

— Il était assis au comptoir quand je suis venu l'autre jour. Mal rasé, cheveux longs, manteau beige rapiécé.

Hector se remit à frotter son Formica et hocha la tête.

— Pantalon noir ?

— Exact.

— Je crois que je vois de qui vous voulez parler. Il vient souvent ici, mais je ne connais pas son nom.

— Est-ce que vous l'avez déjà vu discuter avec Sally ?

Hector haussa les épaules.

— Possible. Je n'ai pas fait attention.

— Quand l'avez-vous vu pour la dernière fois ?

— Eh bien, ça doit remonter au jour où vous êtes venu.

— Vous avez parlé avec lui ?

— Jamais.

— Vous avez une idée de qui il est ? Ses amis, ses habitudes…

— Non.

Myron griffonna son numéro de téléphone sur une serviette en papier.

— Si vous le voyez, appelez-moi. Il y a mille dollars de récompense.

Hector examina le numéro.

— C'est à votre bureau ? A la Compagnie des téléphones ?

— Non. C'est mon numéro personnel.

— Mon œil, dit Hector. Je les ai appelés après votre départ, l'autre jour. La procédure Y511, ça n'existe pas, et ils n'ont aucun employé qui s'appelle Bernie Worley.

Il n'avait pas l'air particulièrement furieux, mais pas franchement ravi non plus. Il attendit, tout simplement, fixant Myron sans sourciller.

— Je vous ai menti, avoua Myron. Je suis désolé.

— Et c'est quoi, votre vrai nom ?

— Myron Bolitar.

Hector examina la carte que lui tendait Myron.

— Vous êtes agent sportif ?

— Oui.

— Et qu'est-ce que vous avez à voir avec Sally ?

— C'est une longue histoire.

— Vous n'auriez pas dû me raconter des histoires. C'était pas correct.

— Je sais. Mais j'y étais obligé. Je ne l'aurais pas fait si ça n'avait pas été très important.

Hector fourra la carte dans sa poche de poitrine.

— J'ai des clients qui patientent, dit-il en se détournant.

Myron fut tenté de le retenir pour lui donner quelques explications, puis renonça. A quoi bon ?

Win l'attendait sur le trottoir.

— Alors ?

— Cole Whiteman est un pseudo-SDF qui se fait appeler Norman Lowenstein.

Win héla un taxi. Une voiture conduite par un chauffeur enturbanné ralentit et s'arrêta à leur hauteur. Ils grimpèrent à bord et Myron lui dit de rouler droit devant. Le conducteur hocha la tête et son turban heurta le plafond du véhicule. Les enceintes diffusaient de l'authentique musique indienne, des accords étranges et acidulés auprès desquels le vrai Benny et sa cithare magique ressemblaient à de la country made in Texas.

— Whiteman n'a plus du tout le même look que sur la photo, dit Myron. Chirurgie esthétique, en plus il s'est laissé pousser les cheveux et les a teints en noir.

Ils s'arrêtèrent à un feu rouge. Un cabriolet bleu s'avança juste à côté d'eux, le modèle avec toutes les options, surtout la radio réglée hip-hop à fond la caisse, de quoi crever les tympans de la planète entière. Le niveau de décibels était tel que leur taxi indien se mit à trembler sur ses amortisseurs. Enfin, le feu vira au vert et le cabriolet disparut dans un nuage de gaz d'échappement.

— En fait, poursuivit Myron, j'ai pensé à la façon qu'avait choisie Liz Gorman pour se rendre méconnaissable. Elle était plate comme une limande, alors elle s'est fait siliconer. Whiteman, de son côté, était du genre fils à papa, propre sur lui, etc. Donc il se transforme en clodo. Pas bête, hein ?

— En clodo juif, précisa Win.

— Exact. Donc, quand Dimonte m'a dit que le professeur Bowman passait le plus clair de son temps avec des SDF, ça a fait tilt.

— Itinéraire ? aboya l'enturbanné.

— Quoi ?

— Qu'est-ce que vous préférez ? Je passe par Henry Hudson ou Broadway ?

— Hudson, répondit Win.

Puis, se tournant vers Myron :

— Vas-y, continue.

— A mon avis, voilà ce qui s'est passé. Cole Whiteman devait se douter que Liz Gorman avait des problèmes. Peut-être qu'elle ne l'a pas appelé comme convenu, ou qu'elle lui a posé un lapin. Enfin, un truc comme ça. Le problème, c'est qu'il n'avait aucun moyen de s'en assurer par lui-même. S'il a réussi à survivre durant toutes ces années sans se faire prendre, c'est qu'il a oublié d'être con. Il savait que si la police trouvait Liz, il serait piégé. C'est d'ailleurs ce qui se passe actuellement.

— Donc, conclut Win, il décide de t'utiliser.

— Bingo. Il traîne aux alentours du Parkview, dans l'espoir de glaner des infos à propos de « Sally ». Quand il m'entend discuter avec Hector, il se dit que je suis son homme. Alors il me déballe son histoire, comme quoi ils se sont connus à cause du téléphone, et puis ils ont sympathisé, et plus because affinités, etc. C'était cousu de fil blanc mais à ce moment-là j'étais sur une autre piste. Je me suis fait avoir comme un bleu. Bref, il m'emmène chez elle. Une fois que je suis à l'intérieur, il se planque quelque part et observe de loin la suite des événements. Il voit les flics qui débarquent, il les voit probablement enlever le corps. Du coup, il a la confirmation de ce qu'il suspectait déjà : Liz Gorman est morte.

Win réfléchit durant quelques secondes.

— Et maintenant, tu penses que le professeur Bowman va chercher à contacter Whiteman alias Lowenstein via son réseau humanitaire ?

— Oui.

— Donc, c'est à nous de le trouver en premier ?

— T'as tout compris.

— En allant farfouiller parmi cette bande de cloportes, dans ces foyers remplis de poux ?

— Oui.

— Mon Dieu ! soupira Win.

— On pourrait aussi essayer de le piéger autrement, dit Myron. Mais ça prendrait trop longtemps.

— Dis toujours.

— Je suis pratiquement certain que c'est lui qui m'a appelé hier soir, expliqua Myron. Je ne sais pas quel genre de chantage Liz Gorman avait en tête, mais je suis prêt à parier que Whiteman était dans le coup.

— Mais pourquoi s'en prendre à toi ? s'étonna Win. S'il a de quoi faire chanter Greg Downing, pourquoi te contacter ?

Bonne question. Qui turlupinait Myron depuis quelque temps.

— Je n'en suis pas sûr, dit-il au bout d'un moment. A mon avis, Whiteman m'a reconnu, au Parkview. Donc, ne pouvant joindre Greg, il a décidé que je pourrais faire l'affaire.

C'est à ce moment-là que son portable sonna.

— Allô ?

— Salut, Starsky ! lança Dimonte.

— Non, dit Myron. Moi c'est Hutch. Starsky c'est vous, Rolly !

— Peu importe. Vous feriez bien de ramener vos fesses ici, et pronto.

— Pourquoi ? Vous avez du nouveau ?

— Oui, on peut dire ça comme ça. Une photo de

323

l'assassin de Gorman quittant l'appartement, ça vous va, comme scoop ?

Myron faillit lâcher son téléphone.

— Non ! Vous plaisantez ?

— Pas du tout. Et vous ne devinerez jamais.

— Quoi ?

— C'est une femme.

31

— J'ai un deal à vous proposer, annonça Dimonte.

Ils se frayaient un chemin au milieu d'une myriade de flics, de témoins et de mouches du coche. Win était resté à l'extérieur. Il n'aimait guère la gent policière, laquelle le lui rendait bien. Il était donc préférable pour tous qu'il garde ses distances.

— Nous avons une image partielle de la suspecte sur une cassette vidéo, poursuivit Dimonte. Le problème, c'est que c'est insuffisant pour l'identifier. J'ai pensé que vous la reconnaîtriez peut-être.

— Quel genre de vidéo ?

— Il y a un entrepôt sur Broadway, entre la 110e et la 111e, côté est.

Dimonte marchait devant Myron, se retournant de temps à autre pour s'assurer que celui-ci suivait le mouvement.

— Ils stockent du matériel électronique – ordinateurs, lecteurs de DVD, etc. Alors évidemment, il y a de la fauche. Les employés leur piquent des trucs comme si c'était un droit constitutionnel. Donc la direction a installé des caméras de surveillance un peu partout. Tout est filmé, vingt-quatre heures sur vingt-quatre.

Tout en continuant d'avancer, il secoua la tête et

gratifia Myron d'un sourire… inhabituel. Il fallut deux ou trois secondes à Myron pour comprendre ce qui n'allait pas. Rolly avait perdu son cure-dent ! C'était un peu comme s'il lui manquait une incisive. Il n'en avait pas pour autant perdu sa verve légendaire :

— Ce vieux Big Brother a du bon, finalement ! De temps en temps, la caméra chope un criminel au lieu de méchants flics en train de tabasser un suspect. Voyez ce que je veux dire ?

Myron opina du chef.

Ils pénétrèrent dans une petite salle d'interrogatoire dont l'un des murs était orné d'un miroir – sans tain, naturellement, comme aurait pu le deviner n'importe quel quidam ayant vu une seule série policière à la télé ou au cinéma. Myron doutait qu'il y eût qui que ce soit de l'autre côté mais tira la langue à ses hypothétiques vis-à-vis, au cas où. Toujours aussi mature, Bolitar.

Krinsky était debout devant un téléviseur et un magnétoscope. Pour la deuxième fois depuis le début de la journée, Myron allait devoir visionner une bande vidéo. Il espérait que celle-ci serait moins perturbante que la précédente.

— Salut, Krinsky, dit-il.

Krinsky hocha vaguement la tête. Toujours aussi loquace, le petit bleu. Myron se tourna vers Dimonte :

— Je ne comprends toujours pas comment une caméra d'entrepôt a pu filmer l'assassin. Pardon, l'assassine.

— L'une des caméras est située près de la sortie des camions, expliqua Dimonte. Juste pour voir si de la marchandise ne reste pas en rade, si vous voyez ce que je veux dire. Or cette caméra couvre une partie du trottoir. Donc elle filme les passants.

Il s'appuya contre le mur et fit signe à Myron de s'asseoir.

— Regardez, vous allez comprendre tout de suite.

Myron posa le bout de ses fesses sur une chaise tandis

que Krinsky appuyait sur la touche « Play ». Du noir et blanc, comme d'habitude, et pas de bande sonore. Mais cette fois les images étaient prises d'en haut. Myron vit le capot d'un camion et, en arrière-plan, un bout de trottoir. Relativement désert. Les rares passants n'étaient que de vagues silhouettes.

— Comment avez-vous obtenu ce truc ? demanda Myron.

— Quel truc ?

— Cette bande vidéo.

— Le b.a.-ba du métier, répondit Dimonte en remontant son pantalon. Les entrepôts, les parkings... Je commence toujours par eux : ils ont tous des caméras de surveillance.

— Bravo, Rolly. Vous m'impressionnez.

— Ravi de l'apprendre.

Oui, bon... tout le monde n'a pas accès au second degré. Myron reporta son attention sur l'écran.

— Combien de temps dure chaque bande ?

— Douze heures. Ils les changent à neuf heures du matin et du soir. Il y a huit caméras. Ils gardent les enregistrements pendant trois semaines. Ensuite ils les effacent et les réutilisent.

Il s'interrompit et pointa l'index vers les images qui défilaient.

— Là ! La voilà ! Krinsky !

Krinsky appuya sur la touche « Pause » et l'image se figea.

— La femme qui vient juste d'entrer dans le champ, indiqua Dimonte. Sur la droite. Elle se dirige vers le sud, c'est-à-dire qu'elle s'en va.

Myron ne vit qu'une silhouette floue. Pas de visage. Difficile aussi de deviner sa taille. Talons hauts, long manteau, col de fourrure. Corpulence moyenne. Les cheveux, toutefois, lui semblèrent familiers. Il préféra rester neutre.

— Oui, et alors ?

— Regardez sa main droite.

La femme tenait effectivement un objet sombre et long.

— Je ne vois pas très bien ce que c'est, dit Myron.

— On a des agrandissements. Krinsky !

Krinsky tendit à Myron deux clichés en noir et blanc. Sur le premier, le visage de la femme en gros plan. Aucun intérêt. Trop flou. Sur le second, on voyait un peu plus nettement l'objet qu'elle tenait à la main.

— Nous pensons qu'il s'agit de quelque chose qu'elle a enveloppé dans un sac-poubelle, commenta Dimonte. La forme est intéressante, non ?

Myron examina la photo.

— Une batte de base-ball, je parie.

— Bingo. En plus, on a trouvé les mêmes sacs-poubelles dans la cuisine de Liz Gorman.

— Comme dans la moitié des cuisines new-yorkaises, commenta Myron.

— C'est vrai. Mais regardez la date et l'heure de l'enregistrement.

En haut de l'écran, sur la gauche, une horloge digitale indiquait 02:12:32. Le dimanche. Quelques heures plus tôt, le samedi soir, on avait vu Liz Gorman au Chalet Suisse en compagnie de Greg Downing.

— Est-ce que la caméra l'a filmée quand elle est arrivée ? demanda Myron.

— Oui, fit Dimonte, mais l'image n'est pas très claire. Krinsky !

Krinsky appuya sur « Rewind » durant une dizaine de secondes, puis sur « Stop ». A présent l'horloge indiquait 01:41:12, soit environ une demi-heure plus tôt.

— Attention, c'est là, prévint Dimonte.

L'image était furtive. Myron ne reconnut que le long manteau à col de fourrure. Mais cette fois, la femme n'avait rien dans les mains.

— Repassez-moi l'autre partie de la bande.

Sur un signe de Dimonte, Krinsky obtempéra, appuya sur quelques touches. Le visage de l'inconnue n'était pas plus identifiable qu'auparavant, mais Myron crut reconnaître sa démarche. C'est très personnel, la façon de marcher. Ça peut vous trahir autant que vos empreintes digitales. Myron se sentit soudain très mal.

Dimonte l'observait du coin de l'œil.

— Alors, Bolitar, vous la reconnaissez ?

— Non, mentit Myron.

32

Esperanza adorait faire des listes.

Le dossier de la Brigade Raven sous les yeux, elle entra dans l'ordinateur les trois dénominateurs communs, par ordre chronologique :

1) La Brigade attaque une banque à Tucson.

2) Dans les jours qui suivent, au moins l'un des membres (Liz Gorman) est à Manhattan.

3) Peu après, Liz Gorman contacte une star du basket.

Non, ça ne collait pas. Aucune logique dans tout cela.

Elle ouvrit le dossier et relut brièvement l'historique de la Brigade. En 1975, les Raven avaient kidnappé Hunt Flootworth, vingt-deux ans, unique héritier de Cooper Flootworth, géant de la pub. Hunt avait connu quelques membres de la Brigade à l'université de San Francisco – notamment Cole Whiteman et Liz Gorman. Le célèbre Cooper Flootworth, qui ne restait jamais les deux pieds dans le même sabot, avait engagé des mercenaires pour récupérer son fiston. Au cours du raid, le jeune Hunt avait été abattu d'une balle dans la tête tirée à bout portant par l'un des Raven. Personne n'avait jamais su lequel avait appuyé sur la détente. De tous les membres de la Brigade présents ce jour-là, quatre avaient réussi à s'enfuir.

Big Cyndie pénétra dans le bureau avec sa légèreté habituelle, créant de telles vibrations que les crayons roulèrent jusque par terre.

— Désolée, dit-elle.

— Pas de problème.

— Timmy m'a appelée. On sort ensemble vendredi soir.

Esperanza fit la grimace.

— Il s'appelle « Timmy » ?

— Ouais, dit Cyndie. C'est chou, non ?

— Adorable.

— Je suis dans la salle de conf, si on a besoin de moi, précisa Cyndie.

Esperanza replongea le nez dans son dossier. Le feuilleta jusqu'au braquage de la banque de Tucson – première action du groupe après plus de cinq ans de silence. L'attaque avait eu lieu alors que la banque était sur le point de fermer. Le FBI soupçonnait l'un des gardes du service de sécurité d'avoir été complice, mais ils n'avaient rien contre lui, à part ses opinions politiques vaguement à gauche. Environ quinze mille dollars en liquide avaient été dérobés, mais les braqueurs avaient pris le temps de faire sauter la salle des coffres. Plutôt risqué. A l'époque, les fédéraux avaient pensé que la Brigade comptait y trouver de l'argent sale – ce qui n'était pas faux. Les caméras de surveillance n'avaient montré que deux individus vêtus de noir de la tête aux pieds et encagoulés, et qui n'avaient pas laissé la moindre trace. Ni empreintes, ni cheveux, ni fibres textiles. Nada.

Esperanza relut le dossier de A à Z mais rien ne lui sauta aux yeux. Elle tenta d'imaginer ce qu'avait pu être la vie des survivants du groupe durant ces vingt dernières années – toujours en cavale, ne jamais dormir au même endroit, quitter le pays puis y revenir avec un

331

faux passeport, compter sur de vieux potes dont on n'est jamais sûr… Elle prit un bloc et se mit à noter ce qui lui venait à l'esprit :

Liz Gorman → braquage → chantage.

D'accord, se dit-elle, suivons les flèches. Liz Gorman et les Raven ont besoin de liquide, donc ils braquent une banque. Logique. Mais c'est avec la deuxième flèche que ça se corse.

Braquage → Chantage.

Bigre ! Très franchement, quel rapport pouvait-il y avoir entre attaquer une banque sur la côte Est et faire chanter Greg Downing ? Esperanza tenta de coucher sur le papier les différentes possibilités.

1) Downing était impliqué dans le braquage.

Elle releva la tête, perplexe. Oui, c'était possible. Greg avait besoin d'argent pour rembourser ses dettes de jeu. Mis au pied du mur, il aurait pu être tenté de se lancer dans n'importe quelle aventure, légale ou pas. Mais ça ne répondait toujours pas à la question qui la turlupinait : par quel miracle ces deux-là s'étaient-ils rencontrés ? A quel moment le hasard change-t-il de nom pour s'appeler destin ?

Là était toute la question, elle en était sûre.

Sur son bloc, elle écrivit : 2) Et attendit.

Quel rapport entre Liz Gorman et Greg Downing ? Rien ne lui vint à l'esprit. Donc elle décida de prendre les choses à l'envers. Il fallait partir du chantage et remonter la filière à partir de là. Pour faire chanter Downing, Liz Gorman avait dû tomber sur un truc compromettant. Mais quand ? Esperanza ajouta une flèche en sens inverse :

Braquage ← Chantage.

Esperanza sentit comme des piqûres d'épingle qui lui titillaient le cervelet. L'attaque de la banque. Il y avait quelque chose là-dedans qui avait un rapport avec un éventuel chantage.

Elle refeuilleta rapidement le dossier, mais elle savait déjà qu'elle n'y trouverait pas ce qu'elle cherchait. Elle saisit le téléphone et composa un numéro.

— T'as la liste des gens qui louaient des coffres chez vous ? demanda-t-elle.

— Bien sûr, ma belle. Mais pourquoi ? T'en as besoin ?

— Evidemment.

Gros soupir au bout du fil.

— D'accord, mais c'est bien parce que c'est toi. Et dis à Myron que je compte sur lui pour me renvoyer l'ascenseur. Du genre quarante étages non-stop.

— Tu es seule ? demanda Myron quand Emily ouvrit la porte.

— Bien sûr ! répondit-elle avec un sourire ambigu. Pourquoi ? Tu espérais une réunion de famille ?

Ignorant son décolleté provocant, il la repoussa d'un geste et pénétra dans le hall. Surprise et incrédule, elle recula d'un pas. Il se dirigea droit vers la penderie. Et l'ouvrit.

— Mais je t'en prie, fais comme chez toi ! Ne te gêne surtout pas !

Myron ne daigna pas lui répondre. Il passa en revue toutes les tenues, cintre après cintre. Très vite il trouva ce qu'il cherchait : un long manteau avec un col de fourrure.

— La prochaine fois que tu commets un meurtre, tâche de te débarrasser des vêtements que tu portais ce soir-là !

Elle recula encore un peu plus, porta les mains à sa bouche.

— Sors d'ici ! s'exclama-t-elle.

— Je te donne encore une chance de dire la vérité, Emily.

— Je me fous de ce que tu me donnes. Dégage, et tout de suite !

Il souleva le manteau et le brandit sous ses yeux.

— Tu crois peut-être que je suis le seul à savoir ? La police a une cassette de toi sur la scène du crime. Tu portais ce manteau.

Elle sembla s'affaisser comme une poupée de son, avec à peine un soupir.

Myron laissa retomber le manteau.

— Tu as planqué l'arme du crime dans ton ancienne maison, dit-il. Tu as étalé du sang dans le sous-sol.

Tout en parlant, il parvint jusqu'au salon, où traînaient encore des piles de journaux. Il les pointa du doigt.

— Tu as lu tous les articles dans la presse. Quand tu as su qu'on avait retrouvé le corps, tu as appelé la police. Un coup de fil anonyme, évidemment.

Il risqua un coup d'œil vers elle. Elle semblait absente, indifférente.

— Il y a une chose que je ne comprenais pas, reprit Myron. Pourquoi tout ce sang dans la salle de jeu ? Pourquoi Greg y serait-il allé après le meurtre ? Mais, bien sûr, c'était là que résidait toute l'astuce. Le sang pouvait rester là pendant des semaines, personne n'aurait eu l'idée d'inspecter le sous-sol.

Emily serra les poings et sortit enfin de son mutisme :

— Tu n'as rien compris.

— Eh bien, explique-moi !

— Il voulait me prendre mes enfants.

— Alors tu as voulu le piéger. Tu as voulu lui mettre un meurtre sur le dos ?

— Mais pas du tout !

— Ecoute, Emily, ce n'est plus la peine de mentir.

— Mais je ne mens pas ! Je n'ai pas cherché à le piéger !

— Tu as pourtant planqué l'arme du crime chez lui. Tu appelles ça comment ?

— Oui, c'est vrai. Mais je ne l'ai pas piégé.

Elle ferma les yeux, les rouvrit, réfléchit, puis se décida enfin :

— Ce n'était pas un coup monté. On ne peut pas piéger quelqu'un pour un crime qu'il a réellement commis.

Emily le regardait, visage impassible, poings toujours serrés.

— Tu veux dire que c'est Greg qui l'a tuée ?

— Evidemment !

Elle s'avança vers lui, prenant son temps, tel un boxeur au tapis qui écoute l'arbitre égrener les secondes et profite de ce délai pour récupérer. Elle lui prit son manteau des mains et demanda :

— Je peux t'offrir un café ?

— Non, merci. Ce que je veux, surtout, ce sont quelques explications.

— Excuse-moi, mais moi j'en ai besoin. Viens, nous serons mieux dans la cuisine.

Elle sortit de la pièce, la tête haute, avec cette démarche de reine qu'avait remarquée Myron sur la bande vidéo. Il la suivit jusqu'à la cuisine, rutilante, toute carrelée de blanc. La plupart des gens auraient sans doute pensé que le décor était d'une beauté à vous couper le souffle. Myron, pour sa part, trouva que c'était aussi convivial que les toilettes d'un restaurant de luxe.

Emily s'affaira devant la machine à espresso.

— Tu es sûr que tu n'en veux pas ? C'est un excellent mélange, tu sais. Kona hawaïen avec un soupçon d'arabica.

Myron déclina l'offre. Emily avait recouvré tous ses esprits, à présent. Tant mieux : elle finirait peut-être par comprendre qu'elle avait intérêt à dire la vérité.

— Je ne sais pas trop par où commencer, dit-elle en ajoutant de l'eau dans la machine à café.

L'arôme envahit la pièce, pire qu'une pub pour la télé, où tout le monde s'extasie, les yeux fermés et les narines écartées au-dessus d'une tasse fumante.

— Et ne me dis pas de commencer par le début, ou bien je hurle ! ajouta-t-elle.

Myron leva les mains, tel un coupable.

Emily poussa sur le piston, qui résista. Elle insista.

— Elle m'a abordée un jour au supermarché, dit-elle. Comme ça, sans préavis. J'étais en train de choisir mes brocolis et mes haricots verts au rayon bio, et voilà que cette femme me dit qu'elle détient des informations qui peuvent conduire mon mari en prison. Elle ajoute que si je refuse de payer, elle alerte la presse.

— Alors, que lui as-tu dit ?

Emily se mit à rire, cessa de s'occuper de la cafetière.

— J'ai pensé qu'elle plaisantait. Je lui ai dit de surtout ne pas se gêner, qu'elle envoie cet enfoiré ad patres. Elle s'est contentée de hocher la tête et m'a dit qu'elle me tiendrait au courant.

— Et c'est tout ?

— Oui, c'est tout.

— Et ça s'est passé quand ?

— Je ne sais plus. Il y a deux, trois semaines.

— Et ensuite ? Quand t'a-t-elle recontactée ?

Emily ouvrit un placard et en sortit une chope sur laquelle était inscrit « POUR LA PLUS MERVEILLEUSE MAMAN DU MONDE ».

— J'en ai fait assez pour deux, dit-elle. T'es sûr que tu n'en veux pas une petite tasse ?

— Non, merci.

— Vraiment ?

— Oui, sans façon. Mais si tu me disais plutôt ce qui s'est passé après ?

Elle se pencha sur le marc de café comme sur une boule de cristal.

— Quelques jours après ça, Greg m'a fait un sale coup...

Elle s'interrompit. Quand elle reprit la parole, le ton de sa voix avait changé. Elle choisit ses mots avec soin.

— C'est ce que j'ai essayé de te dire la dernière fois qu'on s'est vus. Il a fait quelque chose d'horrible. Mais je n'ai pas envie d'en parler.

Myron décida de se taire, lui aussi. A quoi bon mentionner la cassette ? Mieux valait la mettre en confiance.

Il avait raison : au bout d'un moment, Emily reprit :

— Quand elle est revenue pour m'annoncer que Greg était prêt à payer le prix fort pour qu'elle se taise, je lui ai offert le double pour qu'elle raconte tout ce qu'elle savait. Elle a surenchéri, évidemment. Alors je lui ai dit que l'argent n'était pas un problème. J'ai essayé de faire appel à elle en tant que femme, je suis même allée jusqu'à lui parler de ma situation personnelle, comment Greg avait l'intention de me prendre les enfants... Elle a eu l'air de sympathiser, mais est restée inflexible : elle n'avait pas les moyens de donner dans la philanthropie. Si je voulais des informations, je devais payer.

— Elle a dit combien ?

— Cent mille dollars.

Myron retint un sifflement admiratif. Bigre ! Liz Gorman avait fait fort, en jouant sur les deux tableaux. Ou peut-être avait-elle mis les bouchées doubles parce qu'elle savait devoir bientôt retourner dans la clandestinité. De toute façon, c'était logique : elle avait tenté sa chance tous azimuts. Greg, Clip et Emily. Les maîtres chanteurs ratissent large, comme les politiciens en période électorale.

— Sais-tu ce qu'elle avait contre Greg ? demanda Myron.

— Elle n'a pas voulu me le dire.

— Et pourtant, tu étais d'accord pour lui verser cent mille dollars ?

— Oui.

— Sans savoir ce que tu achetais ?

— Oui.

Myron baissa les bras, incrédule.

— Elle aurait pu te raconter des craques !

— Bien sûr. Mais je ne pensais qu'aux enfants. Bon sang, j'étais désespérée !

Et ça devait se voir, songea Myron. Liz Gorman avait dû le sentir et en avait profité.

— Donc, tu n'as toujours pas la moindre idée de ce qu'elle aurait pu savoir, un truc qui lui aurait permis de le faire chanter ?

— Non.

— Pas même ses dettes de jeu ?

Elle détourna le regard, un peu gênée.

— Tu savais que Greg était joueur, n'est-ce pas ?

— Oui, et alors ?

— Tu savais qu'il jouait gros ? Très gros ?

— Mais non, dit-elle. Il allait à Atlantic City de temps en temps. Il misait cinquante dollars sur une équipe de foot. Rien de bien méchant. Tous les mecs font ça, y a pas de quoi fouetter un chat !

— C'est vraiment ce que tu crois ?

Elle le dévisagea et prit peur, soudainement.

— Qu'est-ce que tu veux dire ?

N'osant la regarder en face, Myron se détourna et contempla le jardin. La piscine était toujours couverte mais les merles migrateurs étaient de retour. Rassemblés autour d'une mangeoire à oiseaux, ils picoraient, tête baissée, battant joyeusement des ailes.

— Greg est un flambeur, dit Myron. Il a perdu des millions de dollars au cours de ces dernières années. Felder n'a fait que le couvrir.

Emily secoua la tête.

— Non, ce n'est pas possible. J'ai vécu avec lui

pendant pratiquement dix ans. Je l'aurais remarqué, tout de même !

— Les vrais joueurs savent très bien cacher leur jeu, si j'ose dire. Ils mentent, ils trichent, ils volent… ils sont capables de tout pour jouer encore et encore. C'est une drogue, Emily. Une maladie.

Une étincelle s'alluma au fond de ses prunelles.

— Alors c'est ça que cette femme a contre Greg ? Le fait qu'il était joueur ?

— C'est ce que je crois, dit Myron. Mais je n'en suis pas sûr.

— D'un autre côté, tu sais que Greg était joueur au point de miser jusqu'à sa dernière chemise ?

— Oui, hélas !

Le visage d'Emily s'éclaira.

— Ça veut dire qu'aucun juge ne lui accordera la garde des enfants ! s'exclama-t-elle. C'est gagné d'avance !

— Je doute qu'un juge accorde la garde des enfants à une meurtrière, dit Myron. Ou à quelqu'un qui a fait un faux témoignage.

— Mais je te l'ai déjà dit : je n'ai pas menti !

— Admettons, dit Myron. Mais revenons-en à la nana qui te faisait chanter. Elle voulait cent mille dollars, si je me souviens bien ?

Emily reporta son attention sur sa machine à café.

— Exact.

— Comment avais-tu l'intention de la payer ?

— Elle m'a dit d'attendre près de la cabine téléphonique du supermarché, ce samedi. J'étais censée y être à minuit, avec l'argent. J'y étais, et elle m'a appelée. Elle m'a donné une adresse sur la 111e Rue. Je devais y être à deux heures du matin.

— Et tu veux me faire croire que tu t'es pointée sur la 111e à deux heures du matin avec cent mille dollars dans ton sac, en liquide ?

— En fait, je n'en avais que soixante mille, corrigea Emily.

— Le savait-elle ?

— Non. Ecoute, je sais bien que ça a l'air complètement fou, mais j'étais désespérée. J'étais prête à tout.

Myron comprenait. Il avait déjà eu l'occasion de constater jusqu'où une mère peut aller pour ses enfants. L'amour – et surtout l'amour maternel – est plus fort que tout.

— Continue, dit-il.

— Quand je suis arrivée au carrefour, j'ai aperçu Greg qui sortait de l'immeuble. Il avait relevé son col mais j'ai pu voir son visage. Ça m'a fait un choc. On a été mariés pendant pas mal d'années, mais je ne lui avais jamais vu une telle expression.

— C'est-à-dire ?

— Il avait l'air terrorisé. Il s'est enfui en courant vers Amsterdam Avenue. J'ai attendu qu'il tourne au coin de la rue et je suis allée jusqu'à la porte. J'ai appuyé sur le bouton de l'interphone qui correspondait à l'appartement de cette femme. Personne n'a répondu. Alors j'ai essayé d'autres boutons au hasard et finalemment quelqu'un m'a ouvert. Je suis montée et j'ai frappé à sa porte, plusieurs fois. Puis j'ai tourné la poignée. Ce n'était pas fermé à clé, alors je suis entrée.

Emily se tut. Porta sa chope à ses lèvres d'une main tremblante et but une gorgée de café.

— Ça va sans doute te paraître horrible, poursuivit-elle, mais je n'ai même pas eu une pensée pour cette femme qui était morte. Non, tout ce que j'ai vu, c'est que je venais de perdre ma dernière chance d'obtenir la garde des enfants.

— Et tu as décidé de trafiquer les preuves ? Pour piéger Greg.

Emily reposa sa chope et leva les yeux vers lui. Son regard était déterminé.

— Oui. Et tu avais raison pour tout le reste. J'ai choisi la salle de jeu parce que je savais que Greg n'y descendrait pas en rentrant chez lui. Je n'ai pas imaginé qu'il prendrait la fuite. Bon, c'est vrai, je suis allée trop loin, mais ce n'est pas comme si j'avais menti. Il l'a tuée.

— Tu n'en sais rien.

— Quoi ?

— Il a très bien pu découvrir le corps tout comme toi.

— Tu plaisantes ? Bien sûr qu'il l'a tuée ! Le sang sur le plancher était encore tout frais. Et puis il avait tout à gagner en la supprimant. Il avait le mobile, l'occasion…

— Toi aussi, lui fit remarquer Myron.

— Pourquoi j'aurais voulu la tuer ?

— Pour faire porter le chapeau à Greg et garder tes gosses.

— C'est ridicule !

— As-tu des preuves pour étayer ta version ?

— Pardon ?

— Ça m'étonnerait que la police te croie sur parole. As-tu des preuves ?

— Mais toi, tu me crois, au moins ?

— J'aimerais bien, mais je suis comme saint Thomas…

— Mais quelles preuves veux-tu donc ? Je n'ai pas pris de photos, figure-toi !

— Mais as-tu des faits, ou des témoins ?

— Pourquoi est-ce que j'aurais voulu la tuer, Myron ? Au contraire, j'avais besoin d'elle. Elle était ma meilleure chance de récupérer définivement les petits.

— D'accord, admettons qu'elle ait détenu quelque chose de compromettant à l'encontre de Greg. Une lettre, par exemple, ou une cassette vidéo…

Il ne la quittait pas des yeux, guettant sa réaction.

— Oui. Continue.

— Et supposons qu'elle t'ait doublée. Qu'elle ait vendu cette preuve à Greg. Tu reconnais qu'il était sur les lieux avant toi ; il est donc possible qu'il ait surenchéri pour la faire changer de camp. Ensuite tu arrives chez elle, tu découvres qu'elle t'a trahie et que tu n'as donc plus aucune chance d'obtenir la garde des enfants. Alors tu décides de la tuer et de faire porter le chapeau à l'homme qui avait tout intérêt à la voir disparaître : Greg.

— C'est ridicule ! protesta Emily.

— Pas tant que ça. Tu le haïssais. Il t'a joué un sale tour, tu lui rends la pareille.

— Je te jure que je n'ai pas tué cette femme !

Myron regarda par la fenêtre. Le jardin était désert, à présent ; les merles s'étaient envolés. Il attendit quelques secondes avant de se tourner de nouveau vers Emily.

— Je suis au courant, pour la cassette avec toi et Maggie.

Un éclair de colère brilla dans ses yeux. Ses doigts se crispèrent sur sa chope et Myron craignit un instant qu'elle ne lui jette le reste de son café à la figure.

— Comment as-tu… (Puis elle se calma et haussa les épaules.) Laisse tomber, ça n'a pas d'importance.

— Tu as dû être furieuse.

Elle secoua la tête et une sorte de petit rire désabusé s'échappa de ses lèvres.

— Tu n'y comprends rien, n'est-ce pas, Myron ?

— Qu'est-ce qu'il y a à comprendre ?

— Je ne cherchais pas à me venger. La seule chose qui comptait, c'était que cette vidéo pouvait me priver de mes gosses.

— Et ce que je sais, moi, c'est que tu aurais fait n'importe quoi pour les garder.

— Je ne l'ai pas tuée.

Myron décida de changer de tactique.

— Parle-moi de tes relations avec la Branleuse.

— Je ne pensais pas que tu étais du genre voyeur, dit-elle avec mépris.

— Ce n'est pas mon genre, en effet.

Elle but une longue gorgée de café et reprit, d'un ton qui oscillait entre la colère et la provocation :

— As-tu visionné la bande du début jusqu'à la fin ? As-tu regardé certains passages au ralenti, Myron ? Es-tu revenu en arrière pour te les repasser, encore et encore, braguette ouverte ?

— Non.

— Qu'as-tu vu, réellement ?

— J'en ai vu assez pour comprendre de quoi il s'agissait.

— Et puis tu as appuyé sur la touche « Stop » ?

— Oui.

Elle l'observa durant quelques secondes.

— Tu sais quoi ? dit-elle enfin. Je te crois. Tu as toujours été tellement bien élevé !

— Emily, j'essaie seulement d'aider.

— D'aider qui ? Greg ou moi ?

— Je veux seulement découvrir la vérité. Je suppose que c'est ce que tu veux aussi ?

Elle ne répondit pas.

— Maggie et toi… euh, ça fait longtemps ? demanda-t-il.

Son ton embarrassé la fit rire.

— C'était la première fois. Ma toute première fois, en fait.

— Je ne te juge pas, Emily.

— Très franchement, je m'en fous. Mais si tu veux savoir ce qui s'est passé… Cette petite pute m'a piégée.

— Comment ?

— Quelle question ! Tu veux les détails ? Combien de verres j'avais bus, à quel point je me sentais seule, à quel moment elle a posé sa main sur ma cuisse ?

— Non, je te remercie.

— Alors je vais te la faire courte. Elle m'a séduite. On avait vaguement flirté auparavant, très innocemment. Et puis, ce soir-là, elle m'a invitée à prendre un verre au Glenpointe. C'était une sorte de défi. J'étais à la fois tentée et dégoûtée. De toute façon, je savais que je n'irais pas jusqu'au bout. Mais, de fil en aiguille... On est montées dans la chambre. Fin de l'histoire.

— D'après toi, elle savait que vous étiez filmées ?

— Bien sûr.

— Elle te l'a avoué ?

— Non, mais je le sais.

— Comment peux-tu en être sûre ?

— Myron, arrête de poser ces questions stupides ! Je le sais, point barre. Comment et pourquoi aurait-on installé une caméra à son insu, justement dans cette chambre ? Elle m'a piégée, c'est clair.

Logique, songea Myron.

— Mais dans quel but ?

— Bon sang, Myron ! soupira Emily, exaspérée par tant de candeur. C'est la pute attitrée de l'équipe. Tu as dû y passer, comme les autres. A moins que... Non, laisse-moi deviner : tu as refusé, c'est ça ?

Elle se dirigea vers le salon et se laissa tomber sur l'un des canapés.

— Tu veux bien aller me chercher de l'aspirine ? Dans la salle de bains. L'armoire à pharmacie, deuxième étagère à droite.

Myron prit deux cachets, remplit un verre d'eau et vint l'apporter à Emily.

— J'ai une autre question à te poser, dit-il en lui tendant l'ensemble.

— Quoi encore ? soupira-t-elle.

— J'ai cru comprendre que tu as formulé de très graves accusations à l'encontre de Greg.

— Pas moi. Mon avocat.

— Sont-elles fondées ?

Emily posa les deux cachets sur sa langue, les avala avec une gorgée d'eau.

— Quelques-unes, dit-elle.

— Tu sais très bien à quoi je fais allusion. Greg est-il coupable de maltraitance ou d'abus sexuel sur vos enfants ?

— Je suis fatiguée, Myron. On en reparlera plus tard, si tu veux bien.

— Non. Dis-moi la vérité.

Emily le regarda droit dans les yeux et il en eut froid dans le dos.

— Greg voulait me voler mes enfants, dit-elle lentement. Il avait l'argent, le pouvoir, le prestige. Il fallait bien trouver quelque chose.

Ecœuré, Myron lui tourna le dos et se dirigea vers la porte.

— Tu n'as aucun droit de me juger ! s'écria-t-elle. Tu ne peux pas comprendre.

— Je ne sais pas comment tu peux encore te regarder dans la glace, dit-il. J'ai honte pour toi.

33

Audrey l'attendait, appuyée contre sa vieille Ford.

— Esperanza m'a dit que je te trouverais ici, dit-elle.
Bigre ! T'as une sale mine. Que s'est-il passé ?

— C'est une longue histoire…

— Que tu vas me raconter jusque dans les moindres
détails, compléta Audrey. Mais moi d'abord. Fiona White
a effectivement été élue Miss Septembre en 1992. Classée
première au hit-parade des pétasses de l'année, selon les
tabloïdes de l'époque.

— Tu rigoles ?

— Pas du tout. D'après les interviews, elle aimait les
promenades au clair de lune le long de la plage et les
soirées à deux devant la cheminée.

Myron ne put s'empêcher de sourire.

— Eh bien ! Quelle originalité !

— Attends de voir ce qu'elle n'aimait pas ! Les
hommes superficiels qui ne s'intéressent qu'au physique.
Et les hommes trop poilus.

— Est-ce que les journaux mentionnent ses films
préférés ?

— Oui. *La Liste de Schindler*, dit Audrey. Et *Cannon-
ball Run* II.

Myron éclata de rire.

— D'accord, très drôle. Mais assez plaisanté. Qu'y a-t-il de vrai dans tout ça ?

— Rien, à part le fait qu'en 1992 Fiona a été élue Miss Septembre, reine des pétasses.

Myron poussa un profond soupir. Ainsi, Greg Downing baisait la femme de son meilleur ami ! D'une certaine façon, ça le soulageait. Sa propre aventure avec Emily – dix ans d'âge, mine de rien – ne lui semblait plus aussi moche. Il savait qu'il n'y avait rien de logique dans tout cela et qu'il était toujours fautif, mais on se console comme on peut...

Audrey pointa le menton vers la villa.

— Alors, quoi de neuf du côté de l'ex ?

— C'est une longue histoire.

— Tu l'as déjà dit, mon vieux. J'ai tout mon temps.

— Pas moi.

Elle leva la main, tel un agent chargé de la circulation.

— Non, ça ne marche pas avec moi, Myron. J'ai été réglo, j'ai fait le sale boulot et j'ai su rester discrète. Sans compter le fait que tu as oublié mon anniversaire. Alors ça commence à bien faire.

Elle avait raison. Myron lui fit un résumé des derniers événements, omettant toutefois de mentionner la vidéo d'Emily avec Maggie (après tout, ça ne regardait qu'elles deux) et le fait que Carla était aussi connue sous le nom de Liz Gorman (c'était trop compliqué, une affaire d'Etat à ne pas mettre sous la plume d'une jeune journaliste).

Audrey écouta attentivement. Sa frange était trop longue et lui tombait dans les yeux. Elle n'arrêtait pas de souffler dessus pour se dégager le front. Réflexe que Myron n'avait pas vu depuis longtemps, à part chez les gamines de onze ou douze ans. C'était trop mignon.

— Tu la crois ? demanda Audrey, désignant une fois encore la villa d'Emily.

— Je ne sais pas. Son histoire tient debout. Elle n'avait aucune raison de tuer cette femme. Sauf, évidemment, si elle voulait mettre Greg dans la merde. Auquel cas, elle a parfaitement réussi.

Audrey hocha la tête.

— Oui, bon, sois plus claire, dit Myron.

— Eh bien, il est possible qu'on ait pris le problème à l'envers.

— Que veux-tu dire ?

— Dès le départ, on a pensé que le maître chanteur en avait après Downing, expliqua-t-elle. Mais si c'était le contraire ? Peut-être qu'il avait des trucs moches à révéler sur Emily.

Myron s'arrêta et se retourna pour contempler la villa – comme si l'auguste façade détenait les réponses –, puis il fit volte-face et affronta Audrey.

— D'après Emily, dit la journaliste, c'est le soi-disant maître chanteur qui l'a contactée. Mais pourquoi ? Elle et Greg ne sont plus ensemble.

— Carla l'ignorait, répliqua Myron. Elle pensait sans doute qu'Emily, en bonne épouse, chercherait à le protéger.

— Possible, convint Audrey. Mais on peut voir les choses autrement.

— Tu veux dire que c'était elle qu'on faisait chanter, et non pas Greg ?

Audrey écarta les mains, paumes vers le ciel.

— Tout ce que je dis, c'est que ça marche dans les deux sens. Personne n'est jamais totalement innocent, et les maîtres chanteurs sont connus pour se vendre au plus offrant.

Myron commençait à fatiguer. Il posa une fesse sur le capot de sa voiture et croisa les bras.

— Mais que fais-tu de Clip ? demanda-t-il. S'ils avaient de quoi faire chanter Emily, que vient faire Clip dans cette histoire ? Pourquoi s'en prendre à Greg ?

— Aucune idée, dit Audrey. Peut-être que Carla en savait plus long qu'on ne le croit, et sur les deux.

— Comment ça, les deux ?

— Un truc qui pouvait détruire à la fois Greg et Emily. Ou bien peut-être que Clip pensait que tout scandale éclaboussant Emily rejaillirait sur Greg et le déconcentrerait.

— Tu as une idée ?

— Pas la moindre, répondit Audrey.

Myron tricota des neurones durant quelques secondes, en vain. Puis une idée lui vint :

— Avec un peu de chance, on devrait trouver la solution ce soir.

— Ah bon ?

— Le maître chanteur m'a appelé. Il est d'accord pour me revendre l'info. Moyennant une surprime, bien sûr.

— Ce soir ?

— Ouais.

— Où ça ?

— Il doit me rappeler. J'ai fait transférer ma ligne sur mon portable.

A cet instant précis, la poche intérieure de Myron se mit à vibrer.

Ce n'était que Win.

— L'emploi du temps de notre cher professeur était affiché sur la porte de son bureau, dit-il. Il donne un cours pendant encore une heure. Après ça, ses étudiants ont quartier libre pour pleurnicher sur leurs déplorables résultats.

— Où es-tu ?

— Sur le campus de Columbia. Au fait, les petites nanas sont plutôt mignonnes, dans l'ensemble. Je veux dire, rien à voir avec Malibu, mais j'ai repéré quelques jolis petits lots.

— Ravi d'apprendre que tu as toujours le sens de l'observation.

— Ça fait partie intégrante du métier, dit Win. Et toi, t'as fini d'emballer le paquet ?

Le paquet en question, c'était Emily. Win se méfiait des téléphones cellulaires, il ne citait jamais de noms.

— Oui, dit Myron.

— Parfait. Je t'attends pour quelle heure ?

— Le temps d'arriver.

34

Win était assis sur un banc, à deux pas de l'entrée de Columbia. Totalement méconnaissable. Veste kaki, pantalon flottant, pas de chaussettes, chemise bleue ouverte jusqu'au nombril.

— J'ai fait un effort, dit-il. Je me fonds dans le paysage, non ?

— Ouais. Comme un coquelicot sur la neige. Bowman est dans les parages ?

— Il devrait sortir de cet endroit d'ici une dizaine de minutes.

— Tu sais à quoi il ressemble ?

Win lui tendit un dossier, plutôt épais.

— Page 210, dit-il. Mais si tu me parlais d'Emily ?

Myron allait répondre quand une grande brune se dandina devant eux, minijupe en cuir, jambes fuselées, quelques livres pressés contre son cœur. Waouh !

L'émotion passée, Myron lui raconta toute l'histoire. Win ne posa pas la moindre question.

— Tu m'excuses ? dit-il en se levant. J'ai un rendez-vous au bureau. A plus !

Myron s'assit, perplexe, les yeux rivés sur la porte de l'université. Dix minutes plus tard, les étudiants commencèrent à sortir. Deux minutes après, le professeur

Sidney Bowman apparut. Même look, même barbe que sur la photo. Il était chauve sur le dessus mais avait laissé pousser les rares cheveux qui lui restaient à l'arrière du crâne. Affublé d'un jean, de bottes de cow-boy et d'une chemise en flanelle à carreaux, il avait l'air d'un authentique Texan sur le retour ou bien d'un militant écolo.

Bowman remonta ses lunettes sur son nez et s'éloigna d'un pas ferme. Myron le suivit, à bonne distance. Apparemment, le professeur se dirigeait vers son bureau. Il traversa cinq cents mètres de gazon et disparut dans l'un de ces multiples bâtiments en briques rouges. Myron trouva un banc à proximité et s'assit.

Une heure s'écoula. Lentement. Observant les étudiants, Myron se sentit soudain très vieux. Il aurait dû apporter un journal. Rester assis sans rien à lire l'obligeait à penser, ce qu'il détestait par-dessus tout. Il ne pouvait s'empêcher d'imaginer des solutions insensées, qu'il réfutait l'instant d'après. Il savait qu'il ne lui manquait qu'un tout petit détail, il l'avait sur le bout du cervelet, et puis, au dernier moment, ça lui échappait.

Soudain, il se souvint que de toute la journée, il n'avait pas vérifié les messages sur le répondeur de Greg. Il sortit son portable de sa poche et composa le numéro puis le 173, le code d'interrogation à distance programmé par Greg. Il n'y avait qu'un message, mais plutôt surprenant.

La voix était déformée électroniquement et disait : « Ne joue pas au plus fin avec nous. J'ai parlé avec Bolitar. Il est d'accord pour payer. C'est vraiment ce que tu veux ? »

Fin du message.

Myron resta assis sur son banc, les yeux fixés sur le mur de briques nues qui lui faisait face. *Il est d'accord pour payer. C'est vraiment ce que tu veux ?* C'était quoi, cette histoire ?

Il appuya sur la touche « Etoile » pour réécouter le message. Puis recommença. Il aurait probablement repassé la bande une quatrième fois si le professeur Bowman n'était ressorti du bâtiment.

Bowman s'arrêta sur le seuil pour discuter avec deux étudiants. La conversation semblait animée, tous trois avaient des visages sérieux, empreints de passion universitaire, comme s'ils étaient en train de refaire le monde. Ah, ces intellectuels ! Tout en poursuivant leur polémique sans nul doute d'importance cosmique, ils sortirent du campus et s'engagèrent dans Amsterdam Avenue. Myron remit son portable dans sa poche et les suivit à distance. Au carrefour de la 112e, le trio se sépara. Les deux étudiants continuèrent vers le sud tandis que Bowman traversait la rue pour se diriger vers la cathédrale Saint-Jean.

Saint-Jean l'Evangéliste est une structure massive – en fait, la plus grande cathédrale au monde en termes de mètres cubes. (Saint-Pierre de Rome, à titre de comparaison, est considérée comme une basilique et non une cathédrale.) L'édifice ressemble à sa ville d'accueil : à la fois impressionnant et décadent. Des colonnes gigantesques et de magnifiques vitraux sont entourés de pancartes telles que : CASQUE OBLIGATOIRE (bien que la première pierre ait été posée en 1892, l'édifice n'est toujours pas terminé), ou encore : POUR VOTRE SÉCURITÉ, LA CATHÉDRALE EST ÉQUIPÉE DE CAMÉRAS DE SURVEILLANCE. Mises en garde propres au recueillement, tout comme les poutres à demi pourries qui émergent de la façade de granit. A gauche de cette merveille architecturale, deux baraques de chantier préfabriquées. A droite, le jardin des Sculptures, dédié aux enfants, dont la pièce maîtresse – une monstruosité baptisée Fontaine de la Paix a de quoi vous inspirer toutes sortes de sentiments, mais sûrement pas la sérénité. Mélange de têtes et de membres entremêlés, pinces de homards géants, mains sortant de terre comme pour échapper à l'enfer, un homme tordant le cou à un cerf, le tout savamment imbriqué pour créer un tableau digne d'un croisement apocalyptique entre Dante et Goya plutôt qu'une image de paix universelle.

Bowman s'engagea dans l'allée sur la droite de la cathédrale. Myron savait qu'il y avait un foyer pour SDF dans les parages. Il traversa la rue et prit le professeur en filature. Lequel croisa un certain nombre d'individus dépenaillés – tous avec l'entrejambe au niveau des genoux, un véritable uniforme! – qui le saluèrent au passage. Visiblement, Bowman était connu et apprécié dans le quartier. Il répondit à ces marques d'amitié puis pénétra dans un immeuble. Myron s'interrogea. Que faire? Il n'avait pas vraiment le choix. Même si ça devait plomber sa couverture, il fallait qu'il y aille.

Il passa devant les clochards jeunes et vieux, leur sourit, un peu gêné. Débonnaires, ils lui adressèrent quelques sourires édentés. L'entrée du foyer – une double porte peinte en noir – était encadrée de deux panneaux. L'un avec une flèche vers la gauche : « ATTENTION : ENFANTS » et l'autre vers la droite : « CATÉCHISME ». Un peu comme les pancartes vertes sur les autoroutes, qui vous mettent en garde contre l'éventuel passage d'animaux sauvages. SDF et gamins... Etrange combinaison, typique des contradictions new-yorkaises...

Myron pénétra dans le foyer. La pièce, relativement spacieuse, était encombrée de matelas et d'hommes posés à même le sol, les uns et les autres en assez mauvais état. L'odeur était plutôt incommodante, pour employer une litote. Myron réprima une grimace. Il aperçut Bowman qui discutait avec quelques-uns de ses protégés, à l'autre bout de la salle. Aucun d'eux ne ressemblait à Cole Whiteman, alias Norman Lowenstein. Myron passa en revue tous ces visages mal rasés et ces yeux hagards.

Soudain, depuis l'autre extrémité de la pièce, leurs regards se croisèrent. L'espace d'une seconde, mais ce fut suffisant. Cole Whiteman se leva et s'enfuit. Myron le suivit, se frayant un chemin au milieu des matelas. De loin, le professeur Bowman vit qu'il y avait un problème et se précipita pour lui barrer la route. Myron se baissa juste à temps, esquivant l'attaque. Il faut bien avouer que trente-deux ans d'un côté, la cinquantaine de l'autre, l'auguste professeur n'avait aucune chance...

Cole Whiteman disparut par une porte de derrière, talonné par Myron. Ils étaient dehors, à présent, en terrain découvert. Mais pas pour bien longtemps. Whiteman gravit une échelle métallique jusqu'à la chapelle principale. Myron le suivit. L'intérieur était à l'image de l'extérieur – des exemples spectaculaires de beauté artistique et architecturale mêlés à des éléments délabrés ou de mauvais goût. En guise de bancs, des chaises pliantes et bon marché. Sur les murs, de magnifiques tapisseries, mais disposées n'importe comment. Des échelles de peintre et quelques échafaudages abandonnés ici et là semblaient devoir faire définitivement partie du décor.

Cole Whiteman se dirigea vers une porte latérale. Myron courut derrière lui, ses talons résonnant sous l'immense voûte de pierre. Les deux hommes se retrouvèrent à l'extérieur. Cole semblait connaître les lieux comme sa poche : il s'engagea dans un étroit passage qui menait au sous-sol, franchit plusieurs portes coupe-feu, traversa une salle qui devait servir pour le catéchisme ou comme garderie, puis longea un couloir tapissé de casiers métalliques déglingués. Enfin, il tourna à droite et disparut.

Quand Myron parvint à la bifurcation, il découvrit une porte en bois. Il l'ouvrit et se retrouva face à un escalier très sombre. Il entendit des pas en contrebas et descendit à son tour. La lumière diminuait à chaque marche. Il s'enfonçait dans les entrailles de la cathédrale, à présent. Les murs étaient en ciment, rugueux au toucher. Allait-il aboutir dans une crypte ou un caveau ou Dieu sait quel endroit tout aussi sympathique ? Au fait, les cathédrales américaines ont-elles des cryptes, ou est-ce réservé à la vieille Europe ? se demanda-t-il.

Quand il atteignit le pied de l'escalier, la faible lueur provenant d'en haut disparut totalement. Super ! Il pénétra dans ce trou noir, penchant la tête de côté comme un chien de chasse aux aguets. Rien. A tâtons, il chercha un interrupteur. En vain. Il régnait dans cet endroit un froid à vous glacer les os et une odeur d'humidité, voire de moisissure. Décidément, Myron n'aimait pas trop le coin. Et même pas du tout.

Il avança d'un pas, à l'aveuglette, les bras tendus devant lui tel le monstre de Frankenstein.

— Cole ! cria-t-il. Je veux seulement vous parler !

L'écho de sa voix revint le narguer avant de s'évanouir peu à peu. Il en vint à regretter ce son, parce que au moins, c'était quelque chose d'humain.

Il risqua un autre pas. La pièce était silencieuse comme… comme un tombeau. Il avait franchi un peu plus d'un mètre lorsque ses doigts tendus se heurtèrent à un obstacle. Il palpa la surface froide et lisse. Sans doute une statue. Sa main reconnut la forme d'un bras, remonta jusqu'à l'épaule, puis explora l'omoplate, d'où semblait naître une aile de marbre. Pensant qu'il devait s'agir d'une décoration funéraire, Myron retira prestement sa main.

Immobile, il tendit de nouveau l'oreille. Le silence n'était troublé que par les battements de son propre cœur qui faisaient vibrer ses tympans. Une sorte de bourdonnement, comme le bruit de la mer que l'on croit entendre au creux des coquillages quand on est gamin. Il fut tenté de rebrousser chemin pour rejoindre le monde des vivants, puis se ravisa. Maintenant que Cole se savait démasqué, il changerait encore une fois d'identité et tout serait à recommencer.

Myron avança encore un peu, se guidant du bout du pied jusqu'à ce que son gros orteil vienne se meurtrir contre une paroi dure et froide. Encore du marbre. Il contourna l'objet. Soudain, un bruit furtif lui fit dresser les cheveux sur la tête. Comme un frottement, sur le sol. Un rat ? Non. C'était plus gros que ça. Il se figea, le cœur battant. Ses yeux commençaient à s'habituer à l'obscurité et il discerna quelques silhouettes. Des statues, la tête penchée. Il imagina l'expression sereine de ces visages de pierre qui le regardaient sans le voir, indifférents aux vicissitudes de ce bas monde. A cet instant précis, Myron eût volontiers échangé sa place contre la leur.

Il risqua un nouveau pas en avant... et des doigts froids lui saisirent la cheville.

Myron poussa un hurlement.

La main le tira vers elle et il s'étala sur le sol en ciment. Il secoua sa jambe pour se dégager et recula en rampant sur les fesses, jusqu'à ce que son dos heurte l'une des statues. A ce moment-là, il entendit un ricanement qui ne semblait pas humain. Puis un autre. Et encore un autre. Comme s'il était encerclé par des extraterrestres.

Il tenta de se lever, mais ses adversaires – ce n'étaient que des hommes, en fin de compte – le plaquèrent au sol. Il ne prit pas le temps de les compter, lança un crochet du droit au hasard, lequel atterrit pile-poil sur l'arête d'un nez. On entendit un sinistre craquement et la chute d'un corps. Mais le vaincu fut vite vengé : Myron se retrouva épinglé sur le béton, pareil à un papillon sur du liège. L'odeur de sueur et d'alcool était suffocante. Une main lui arracha sa montre, une autre s'empara de son portefeuille. Il réussit à lancer deux ou trois coups de poing, sentit qu'il avait fêlé quelques côtes. Grognements, chute d'un autre corps…

Soudain l'un de ses agresseurs alluma une lampe torche et lui braqua le faisceau en plein dans les yeux. Myron eut l'impression qu'une locomotive fonçait sur lui.

— Ça va, les gars. Lâchez-le !

Les mains baladeuses se retirèrent, tels des serpents visqueux. Myron tenta de s'asseoir.

— Avant de jouer au malin, jetez donc un coup d'œil à ce petit bijou, dit la voix derrière la torche.

Surprise, surprise : dans sa main droite, la créature tenait un revolver. Myron en fut presque soulagé.

— Merde ! s'exclama un acolyte. Soixante dollars ! Tout ce boulot pour soixante tickets ?

Le portefeuille de Myron vint le percuter en pleine poitrine. Vide, ce qui limita l'impact.

— Les mains derrière la tête, dit la voix du chef.

Myron obéit. Quelqu'un lui saisit les avant-bras, les ramena brutalement vers l'arrière et le menotta.

— Laissez-nous, ordonna l'homme sans visage.

Myron entendit des bruits de pas, une porte qui s'ouvrait, il sentit un léger courant d'air. Mais, le faisceau de la lampe toujours braqué dans les prunelles, il ne vit strictement rien. Ensuite, ce fut le silence. Puis, au bout d'un moment :

— Désolé, Myron. Ils vont vous relâcher d'ici quelques heures.

— Vous avez l'intention de vous cacher pendant combien de temps encore ?

— Depuis le temps que ça dure, j'ai l'habitude !

— Je ne suis pas venu pour vous, et vous le savez.

— C'est fou ce que ça me soulage, dit Cole. Mais, simple curiosité : comment m'avez-vous retrouvé ?

— Aucune importance.

— Pour moi ça en a sacrément.

— Je me fiche totalement de vos activités et de vos opinions politiques. Tout ce que je veux, c'est que vous répondiez à deux ou trois questions.

Silence. Myron ferma les yeux : le faisceau de la lampe en plein dans les pupilles, ça commençait à bien faire.

— Comment se fait-il que vous soyez mêlé à tout cela ? demanda Cole.

— Greg Downing a disparu. On m'a engagé pour le retrouver.

— Vous ?

— Oui.

Cole Whiteman éclata de rire.

— Qu'est-ce qu'il y a de si drôle ? s'étonna Myron.

— Rien. Vous ne pourriez pas comprendre.

Cole se redressa et l'horrible rai de lumière cessa de martyriser les yeux de Myron.

— Bon, faut que j'y aille. Désolé, mec.

De nouveau plongé dans le noir, Myron l'entendit s'éloigner.

— Vous êtes sûr que vous ne voulez pas savoir qui a tué Liz Gorman ? cria-t-il.

Cole Whiteman ne ralentit pas. Myron entendit un petit clic et une loupiote s'alluma au-dessus de lui. A peine quarante watts – pas de quoi voir la vie en rose, mais c'était mieux que rien. Il cligna deux ou trois fois pour éliminer les étranges petites choses qui flottaient devant lui – séquelles de la lampe torche en pleine figure pendant trop longtemps. Puis, peu à peu, il put découvrir son environnement. La pièce était encombrée de statues de marbre, alignées, empilées ou se chevauchant dans le plus parfait désordre, comme un jeu de Mikado. Ce n'était pas un tombeau, finalement. Juste un entrepôt un peu bizarre.

Cole Whiteman revint vers Myron et s'assit en tailleur, en face de lui. Barbe grisonnante mal taillée, cheveux ébouriffés, clodo plus vrai que nature. Il posa son flingue par terre.

— Je veux savoir comment Liz est morte, dit-il doucement.

— Battue à mort avec une batte de base-ball.

Cole ferma les yeux.

— Qui a fait ça ?

— C'est ce que j'essaie de découvrir. Pour l'instant, Greg Downing est le principal suspect.

— Non. Il n'est pas resté là-bas assez longtemps.

Myron ravala sa salive, tenta de se mouiller les lèvres mais sa bouche était trop sèche.

— Vous étiez sur place ?

— De l'autre côté de la rue, derrière une poubelle. Superbe planque, non ? Personne ne remarque les sans-abri.

Il se releva avec la souplesse d'un chat – ou d'un yogi.

— Une batte de base-ball, hein ?

Il se pinça la base du nez, se détourna et baissa la tête. Myron crut entendre le début d'un sanglot.

— Aidez-moi à trouver celui qui l'a tuée, Cole.

— Mais pourquoi devrais-je vous faire confiance ?

— C'est moi ou la police, dit Myron. A vous de choisir.

— Les flics n'en ont rien à foutre. Ils pensent que c'est une meurtrière.

— Alors aidez-moi !

Cole se rapprocha de Myron et se rassit par terre.

— Nous ne sommes pas des assassins, vous savez. Les politiques nous ont collé cette étiquette sur le dos et maintenant tout le monde le croit, mais c'est faux. Vous comprenez ?

— Oui.

— Inutile de me raconter des craques. Vous comprenez ce que je vous dis, oui ou non ?

— Oui. Enfin, je crois.

— Alors on va jouer cartes sur table.

— D'accord, dit Myron. Et c'est moi qui commence. D'abord, arrêtez ce discours anar-rétro-ringard. « On n'est pas des assassins mais des défenseurs de la liberté ! » *The Times They're A Changin'*, mais Bob Dylan n'a jamais tué personne !

— T'as rien compris, mon vieux !

— Je crains que si, hélas ! dit Myron. Même si vous vous croyez persécutés par un gouvernement totalement corrompu, vous avez tout simplement enlevé et assassiné un homme. Et ça s'appelle un meurtre, quelles que soient les fioritures philosophiques dont vous entourez la chose. Désolé, mec.

Cole esquissa un sourire.

— Et tu crois ce que tu dis ?

Myron le devança :

— Attendez, laissez-moi deviner. J'ai subi un lavage de cerveau, c'est ça ? Toute cette histoire est un coup monté par la CIA afin de coffrer une douzaine d'étudiants qui menaçaient le gouvernement ?

— Bien sûr que non. Mais nous ne sommes pas responsables de la mort de Hunt.

— Alors qui l'a tué ?

Cole hésita. Il leva les yeux vers Myron, qui crut y déceler une sincère émotion.

— Hunt s'est suicidé.

Il attendit une réaction de Myron, qui demeura impassible.

— L'enlèvement était bidon, reprit-il au bout de quelques secondes. C'était Hunt qui en avait eu l'idée. Il voulait se venger de son paternel. Ce n'était pas une mauvaise idée, après tout. Lui piquer du fric et le foutre dans la merde. Sauf qu'au dernier moment, Hunt a pété les plombs et a choisi un autre type de revanche. Il est sorti avec le flingue et il a crié : « Je t'emmerde, papa ! »

Et boom, il s'est fait sauter le caisson. C'est pas du tout ce qu'on avait prévu.

Myron s'abstint de tout commentaire.

— Il faut me croire, dit Cole. On n'avait jamais tué personne. On était juste un petit groupe d'emmerdeurs qui militaient contre la guerre. Contre toutes les guerres. On n'était même pas politisés. Bon, d'accord, on se défonçait un max, mais, justement, on était contre la violence. Aucun de nous n'a jamais possédé une arme, à part Hunt. C'était mon meilleur pote, on partageait la même chambre à l'université. Jamais je n'aurais pu lui faire du mal !

Myron ne savait plus quoi penser. Plus important, il n'avait pas tellement de temps à consacrer à un éventuel homicide vieux de vingt ans. Il attendit que Cole termine sa confession, mais ce dernier se tut. Finalement, Myron tenta de remettre les pendules à l'heure :

— Donc, vous avez vu Greg Downing sortir de l'immeuble de Liz Gorman ?

— Oui.

— Elle le faisait chanter, n'est-ce pas ?

— Si on veut. En fait, c'était mon idée.

— Que saviez-vous à propos de Greg ?

— Aucune importance.

— Mais c'est probablement à cause de ça que Liz a été tuée.

— Oui, mais t'as pas besoin de connaître les détails. Fais-moi confiance.

Myron n'était pas en mesure d'argumenter.

— Parlez-moi de la nuit du meurtre.

Cole se gratta la barbe avec l'insistance d'un chat qui se fait les griffes sur un pied de chaise.

— Comme je l'ai dit, j'étais de l'autre côté de la rue. Quand on est clandestin, il y a deux ou trois règles à respecter, précisa-t-il. C'est bien pour ça qu'on est toujours en vie, après vingt ans de cavale. Notamment, ne jamais rester ensemble après une action. Le FBI nous recherche en tant que groupe, pas en tant qu'individus. Dès notre arrivée à New York, Liz et moi ne nous sommes jamais rencontrés. On communiquait uniquement par téléphone, à partir de cabines publiques.

— Que sont devenues Gloria Katz et Susan Milano ? demanda Myron. Où sont-elles ?

Cole eut un sourire dépourvu de joie ou d'humour, révélant des dents manquantes sur le devant. Myron se demanda si cela faisait partie du déguisement ou si c'était le résultat d'une vie de privations.

— J'ai pas envie d'en parler.

— Entendu. Revenons-en à la mort de Liz.

Les rides qui creusaient le visage de Cole semblaient plus profondes et plus sombres à la lumière du jour. Il prit son temps avant de poursuivre.

— Liz avait fait ses bagages et était prête à partir, dit-il enfin. On avait prévu de quitter New York dès qu'elle aurait récupéré l'argent. J'étais posté de l'autre côté de la rue, attendant son signal.

— Quel signal ?

— Quand elle aurait le fric, elle devait éteindre et rallumer la lumière trois fois. Ça voudrait dire qu'elle serait en bas dix minutes plus tard. On était censés se retrouver sur la 116e Rue et prendre le train. Mais le signal n'est jamais venu. En fait, la lumière ne s'est jamais éteinte. Mais je ne pouvais pas aller voir ce qui se passait, évidemment.

— Qui devait verser l'argent ?

— Trois personnes, dit Cole en levant l'index, le majeur et l'annulaire. Greg Downing (il replia l'annulaire). Sa femme – j'ai oublié son nom…

— Emily.

— Oui, c'est ça (il replia son majeur). Et le vieux type qui est propriétaire des Dragons (il replia son index et serra le poing).

— Clip Arnstein était censé venir ?

— Non, mais il s'est quand même pointé.

Myron sentit un frisson glacé lui parcourir l'échine.

— Vous êtes sûr ?

— Oui.

— Et les deux autres ?

— Ils sont venus tous les trois, les uns après les autres. Mais ce n'est pas ce qui était prévu. En fait, Liz devait retrouver Downing dans un bar en ville pour la transaction.

— Au Chalet Suisse ?

— C'est ça.

— Pourtant Greg est allé chez elle, lui aussi ?

— Oui, plus tard. Mais c'est le vieux qui est arrivé le premier.

Myron se souvint de la mise en garde de Win : « Tu l'aimes bien, n'est-ce pas ? Tu n'es pas objectif. »

— Combien aviez-vous exigé ?

— Trente mille.

— La police n'a trouvé que dix mille dollars dans l'appartement de Liz. Et les billets provenaient du braquage.

Cole haussa les épaules.

— Soit le vieux ne lui a pas remis l'argent, soit le meurtrier l'a pris.

Il réfléchit un instant, puis ajouta :

— Ou alors, c'est Clip Arnstein qui l'a tuée. Mais il n'a pas vraiment l'air d'un tueur.

— Combien de temps est-il resté chez elle ?

— Dix, quinze minutes.

— Qui est arrivé ensuite ?

— Greg Downing. Je me rappelle qu'il avait un sac en papier à la main. J'ai pensé que les billets étaient dedans. Il n'a pas dû rester plus d'une minute. Et il avait toujours le sac en papier en sortant. C'est là que j'ai commencé à m'inquiéter.

— Greg a pu la tuer, dit Myron. Il ne faut pas longtemps pour fracasser un crâne avec une batte de base-ball.

— Sauf qu'il n'avait pas de batte et qu'il lui aurait fallu un peu plus de temps pour trouver celle de Liz. Elle la gardait pour se défendre en cas d'agression, parce qu'elle détestait les armes à feu.

Myron savait qu'on n'avait pas retrouvé de batte chez Liz, ce qui signifiait que le tueur l'avait utilisée – et fait disparaître. Est-ce que Greg aurait eu le temps d'entrer dans l'appartement, de trouver cette fameuse batte, de massacrer Liz et de se tirer vite fait, bien fait ? Myron en doutait.

— Et Emily ? demanda-t-il.

— Elle est arrivée en dernier.

— Combien de temps est-elle restée dans l'appartement ?

— Cinq ou six minutes.

Assez pour effacer les preuves.

— A part eux, vous n'avez vu personne entrer ou sortir ?

— Ben… si, bien sûr. Il y a plein d'étudiants qui vivent dans cet immeuble.

— D'un autre côté, on peut imaginer que Liz était déjà morte quand Greg Downing est arrivé, pas vrai ?

— Oui.

— Donc, la question est simple. Qui est entré entre le moment où elle est revenue du Chalet Suisse et l'instant où Greg est arrivé ? A part Clip Arnstein.

Cole réfléchit.

— Des étudiants, comme d'hab. Mais il y a eu ce type, plus grand que les autres…

— Grand comment ?

— Je ne sais pas, moi. Il était vraiment très grand.

— Je fais un mètre quatre-vingt-douze. Il était plus grand que moi ?

— Oui, je crois bien.

— C'était un Noir ?

— Je ne sais pas. J'étais de l'autre côté de la rue. Il faisait sombre et je n'ai pas fait très attention. En tout cas, je ne pense pas que ce soit lui l'assassin.

— Qu'est-ce qui vous fait dire ça ?

— J'ai surveillé l'immeuble jusqu'au lendemain matin. Il n'est jamais ressorti. Il devait y habiter, ou bien il a passé la nuit chez une copine. Franchement, si vous aviez tué quelqu'un, vous seriez resté dans les parages ?

Argument d'une irréfutable logique. Myron tenta d'analyser froidement tous les éléments du puzzle. Hélas, ses neurones étaient saturés. Trop de données contradictoires sur son disque dur.

— Vous n'avez vu personne d'autre ? Vous êtes sûr ?

Cole se concentra, les yeux fermés.

— Si. Il y a cette femme, qui est arrivée peu de temps avant Greg. Maintenant que j'y pense, elle était déjà repartie quand il s'est pointé.

— Vous pourriez la décrire ?

— Non.

— Elle était blonde ou brune ?

— Aucune idée. Ce qui m'a frappé, c'est qu'elle portait un manteau qui lui descendait presque jusqu'aux pieds. Les étudiants, ici, c'est plutôt parka, doudoune et compagnie. On ne fait pas dans l'élégance. Je me souviens m'être dit qu'elle avait l'air d'une adulte.

— Est-ce qu'elle portait quelque chose ? Je veux dire…

Cole se leva et lança à Myron un regard étrange, presque résigné.

— Ecoutez, je suis désolé, mais faut que j'y aille. J'espère que vous retrouverez ce fils de pute. Liz était une fille bien. Elle n'a jamais fait de mal à personne. Les autres non plus, d'ailleurs.

366

Il allait s'éloigner quand Myron lui posa une dernière question :

— Pourquoi m'avoir appelé hier soir ? Qu'aviez-vous à me vendre ?

La main sur la poignée de la porte, Cole se retourna et lui adressa un sourire d'une infinie tristesse.

— Je suis le dernier, dit-il. Gloria Katz a été blessée lors de notre première mission. Elle n'a pas survécu. Susan Milano a été tuée dans un accident de voiture en 1982. Liz et moi avons tout fait pour que ça ne se sache pas : mieux valait pour nous que les fédéraux continuent de rechercher quatre personnes plutôt que deux. On avait raison. Mais voilà, maintenant, il ne reste plus que moi.

Il avait ce regard vide des survivants qui se reprochent d'être encore là, de n'être pas morts avec leurs compagnons d'armes. Il revint vers Myron et le libéra de ses menottes.

— Allez, dit-il. Tirez-vous, avant que je change d'avis !

Myron se leva, se frotta les poignets.

— Merci. Je ne dirai pas que je vous ai vu.

— Je sais, répondit Cole.

35

Myron courut vers sa voiture et appela Clip. La secrétaire lui dit très poliment que M. Arnstein n'était pas joignable pour le moment mais qu'elle se ferait un plaisir de lui transmettre un message.

— Bon, alors passez-moi Calvin Johnson.

La dame lui dit de patienter et, curieusement, dix secondes plus tard, il avait Calvin au bout du fil :

— Salut, Myron ! Quoi de neuf ?

— Où est Clip ?

— Il devrait être ici dans une heure ou deux. A temps pour le match, en tout cas.

— Mais où est-il en ce moment ?

— Aucune idée. Pourquoi ? C'est si urgent ?

— Trouvez-le, dit Myron. Et rappelez-moi aussitôt.

— Que se passe-t-il ?

— Trouvez-le et rappelez-moi.

Myron raccrocha, ouvrit la vitre et prit une profonde inspiration. Dix-huit heures et des poussières : la plupart des joueurs devaient déjà être sur place, en train de s'échauffer. Il s'engagea sur Riverside Drive, prit le George Washington Bridge tout en composant le numéro de Leon White.

— Allô ?

— Madame Fiona White ? dit-il en déguisant sa voix.

— Oui ?

— Chère madame White, vous avez été sélectionnée et venez de gagner un abonnement gratuit à notre magazine…

— Non merci.

Elle avait raccroché aussi sec. Conclusion : Fiona White, alias Sepbabe et reine des nuits torrides, se morfondait à la maison. Raison de plus pour lui rendre une petite visite.

Il prit la nationale 4 et sortit à Kindermack Road. Cinq minutes plus tard, il s'arrêtait devant une maison façon ranch, faux torchis et fenêtres à petits carreaux. Très à la mode dans les années 70, comme les pantalons pattes d'ef. Ça vieillit assez mal, ces choses-là. Myron se gara à l'entrée de l'allée cimentée, délimitée de part et d'autre par une petite clôture grillagée sur laquelle courait du lierre en plastique. Très classe.

Il sonna. Fiona White entrouvrit la porte. Chemisier vert à petites fleurs négligemment enfilé sur un body blanc. Cheveux oxygénés noués en chignon, avec quelques mèches prétendument rebelles qui lui retombaient sur le front et les oreilles. Elle dévisagea Myron et fronça les sourcils.

— Oui ?

— Salut, Fiona. Je m'appelle Myron Bolitar. On s'est rencontrés à la fête, chez TC.

Elle ne se dérida pas.

— Leon n'est pas là.

— Ça tombe bien, c'est vous que je voulais voir.

Elle soupira et croisa les bras sous ses seins opulents.

— A quel sujet ?

— Puis-je entrer ?

— Non. Je suis occupée.

— Ce serait mieux si nous pouvions parler en privé.

— Vous êtes sur le pas de ma porte, dit-elle d'un ton sec. Ça me paraît suffisamment privé. Que voulez-vous ?

Myron lui décocha son sourire le plus charmeur et comprit immédiatement que cela ne le mènerait pas très loin.

— Je veux savoir ce qu'il y a entre Greg Downing et vous.

Les bras de Fiona lui en tombèrent le long de son corps.

— Quoi ?

— J'ai lu le mail que vous lui avez envoyé, Sepbabe. Vous aviez rendez-vous samedi dernier pour... (Il leva l'index et le majeur des deux mains et mima des guillemets :) « la nuit d'extase la plus fantastique de sa vie ». Vous vous souvenez ?

Fiona White voulut fermer la porte mais Myron plaça son pied dans l'entrebâillement.

— Je n'ai rien à vous dire, rétorqua-t-elle.

— Vous n'avez rien à craindre de moi, Fiona. Je ne cherche pas à vous créer d'ennuis.

Elle poussa la porte contre son pied.

— Allez-vous-en !

— J'essaie seulement de retrouver Greg Downing.

— Je ne sais pas où il est.

— Aviez-vous une liaison avec lui ?

— Non. Maintenant, partez.

— J'ai lu votre e-mail, Fiona.

— Vous pouvez penser ce que vous voulez, je refuse de discuter avec vous.

Myron recula et leva les mains en signe de reddition.

— Parfait. Dans ce cas, je vais m'adresser à Leon.

Elle rougit mais ne faiblit pas.

— Faites ce que vous voulez. Je vous le répète, il n'y a jamais rien eu entre Greg et moi. Je ne l'ai pas vu samedi dernier et j'ignore où il est.

Sur ce, elle lui claqua la porte au nez.

Bigre ! Bravo, Bolitar ! Encore une interview rondement menée !

Alors que Myron regagnait sa voiture, une BMW noire aux vitres teintées arriva sur les chapeaux de roues et s'immobilisa devant l'allée dans un crissement de pneus. La portière s'ouvrit et Leon jaillit de la voiture comme un diable hors de sa boîte.

— Qu'est-ce que tu fous là, Bolitar ?

— Cool, Leon !

Ça ne rimait pas, hélas. Ledit Leon se précipita vers Myron et vint se poster à vingt centimètres de lui, l'air menaçant.

— Qu'est-ce que tu fabriques chez moi ?

— Je suis venu te voir.

— Foutaises ! s'exclama-t-il, projetant une giclée de postillons qui atteignirent Myron en pleine face. On doit être sur le parquet dans une demi-heure, bordel ! Alors je peux savoir ce que tu cherches, espèce de fouille-merde ?

— Rien.

— Tu savais que ma femme était seule, hein ?

— Ce n'est pas du tout ce que tu crois, je t'assure.

Leon se ramassa sur lui-même, prêt à frapper. Myron anticipa le coup et lui bloqua l'avant-bras. Puis il se pencha en avant, lui tordant le poignet. Leon perdit l'équilibre et dut mettre un genou à terre. Myron en profita pour saisir sa main gauche et la remonter derrière l'omoplate, au risque de lui déboîter l'épaule ou de lui briser le coude – voire les deux, en insistant un peu. Leon grimaça.

— Bon, tu es calmé ?

— Espèce d'enfoiré !

— Non. Tu peux faire mieux que ça, Leon. Concentre-toi.

Myron remonta le bras de quelques centimètres.

Ce genre de clé est imparable : plus on tire, plus c'est douloureux, et l'autre ne peut absolument rien faire, à part pleurer comme un nouveau-né. C'est dangereux, cependant. Ça peut vous laisser un homme handicapé à vie. Ce n'était pas le but recherché.

— Greg a disparu, et pour de bon, cette fois, dit Myron. C'est pour ça que je suis dans l'équipe. Mon job, c'est de le retrouver.

Leon était toujours à genoux, un bras dans le dos, bizarrement plié vers le haut.

— Qu'est-ce que j'y peux ?

— Vous vous êtes bagarrés, récemment. Je veux savoir pourquoi.

Leon leva les yeux vers Myron.

— Lâche-moi, mec.

— D'accord. Mais si jamais tu tentes de…

— Non, juré. Mais lâche-moi, putain ! Ça fait mal !

Myron fit durer le plaisir deux ou trois secondes, puis relâcha sa prise. Leon se frotta le bras et se remit debout. Prudent, Myron ne le quittait pas des yeux.

— T'es ici parce que tu penses que Greg et Fiona s'envoyaient en l'air, n'est-ce pas ?

— C'était le cas ?

Leon secoua la tête.

— Non, mais c'est pas faute d'avoir essayé.

— C'est-à-dire ?

— C'était mon meilleur pote, soi-disant. Sauf que c'est du pipeau. C'est rien qu'un enfoiré de superstar qui prend tout ce qui lui plaît.

— Y compris Fiona.

— Il aurait bien voulu. Il a tout fait pour. Mais elle n'est pas comme ça.

Myron préféra éviter tout commentaire.

— Les mecs craquent tous pour Fiona, poursuivit Leon. Parce qu'elle est tellement belle. Et puis il y a cette histoire raciale. Un Black avec une blonde, ça les fascine. Aussi, quand je t'ai vu ici alors que tu savais qu'elle était seule…

Il haussa les épaules et se tut.

— En as-tu parlé avec Greg ?

— Oui. Il y a deux ou trois semaines.

— Qu'est-ce que tu lui as dit ?

Leon plissa les yeux, soudain suspicieux.

— En quoi ça te regarde ? Tu veux me faire porter le chapeau, hein ?

— Quel chapeau ?

— Tu viens de dire qu'il a disparu. Alors il te faut un coupable, et ça t'arrangerait bien si c'était moi. Pas vrai ?

— Pas du tout. Je mène une enquête, c'est tout. J'essaie de retrouver sa trace.

— J'ai rien à voir avec tout ça.

— Je n'ai jamais dit le contraire. J'aimerais seulement savoir ce qui s'est passé quand tu l'as eu en face de toi.

— Qu'est-ce que tu crois ? s'insurgea Leon. Ce fils de pute a tout nié, évidemment. Il m'a fait son cinéma, comme quoi il ne coucherait jamais avec une femme mariée, et encore moins avec celle de son meilleur ami.

— Mais tu ne l'as pas cru ?

— C'est une superstar, Myron.

— Ça ne fait pas de lui un menteur.

— Non, mais il est différent. Les mecs comme Greg, Michael Jordan, Shaq, TC… ils ne sont pas comme nous autres. Ils ont un destin. Rien d'autre n'a d'importance pour eux. La planète entière est à leurs pieds et ils te marchent dessus sans y penser, parce que c'est normal. Tout leur est dû. Tu vois ce que je veux dire ?

Myron voyait très bien, en effet. A l'université, il avait fait partie de ces quelques privilégiés qui se prenaient pour des demi-dieux. Il songea une fois encore aux liens étranges qui les unissaient, bien qu'ils fussent rivaux.

Ce sentiment d'être au-dessus du commun des mortels. Greg et lui n'avaient pas dû échanger plus de cinq mots avant que Greg ne vienne le voir à l'hôpital, après l'accident. Mais d'emblée ils avaient su qu'ils appartenaient au même club privé. Les superstars respirent un air réservé à eux seuls. Comme le lui avait dit TC, ça les isole, et ce n'est pas forcément très bon pour eux.

Soudain Myron eut comme une révélation. Il recula d'un pas.

Il avait toujours pensé que si Greg avait des problèmes, il irait chercher de l'aide auprès de son meilleur ami. Mais il avait tout faux ! Tombant sur un cadavre, Greg est pris de panique. Compte tenu de tous ses problèmes – les dettes de jeu, la peur du scandale, le divorce, la garde des enfants, le chantage, le risque d'être accusé de meurtre… vers qui se tourne-t-il ?

Vers le seul mec qui puisse le comprendre.

Une autre superstar.

36

Myron n'était pas trop sûr de son coup.

En vérité, il avait des soupçons, mais pas l'ombre d'une preuve. Mais cette nouvelle hypothèse tenait la route. Pourquoi, par exemple, Maggie la Branleuse avait-elle coopéré pour piéger Emily sur la vidéo ? Elle n'avait jamais été très copine avec Greg.

Mais très proche de TC.

De nouveau, on en revenait à ce lien entre les superstars. Greg a peur de perdre ses gamins. C'est ce qu'il y a de pire au monde. Donc, vers qui se tourne-t-il ?

TC.

Et la veille, quand Win dit à Maggie qu'il est à la recherche de Greg, qui prévient-elle ?

TC.

Coïncidences ? Peut-être. Mais ça en faisait un peu beaucoup. A tel point que Myron pouvait dorénavant commencer à réunir les pièces du puzzle.

Greg était sous pression. Pas terrible, pour un athlète de haut niveau, mentalement fragile. Qu'avait-il pensé, quand il s'était retrouvé face au cadavre ensanglanté de Liz Gorman ? Il avait dû comprendre immédiatement qu'il serait le suspect numéro un. Comme l'avait dit

Emily, il avait le mobile et en plus il était sur place ! Le parfait coup monté. Il était fait comme un rat.

Il s'en rend compte, alors que fait-il ?

Il s'enfuit.

Le corps de Liz Gorman, c'en est trop. D'un seul coup, Greg comprend qu'il ne peut plus s'en sortir tout seul. Il a besoin d'aide. Alors à qui faire appel ?

Le seul qui puisse le comprendre. Le seul qui sache à quel point il est difficile d'être une superstar.

Myron s'arrêta à un feu rouge. Il comprenait tout, à présent. C'était TC qui avait aidé Greg à s'enfuir et c'était lui qui l'hébergeait, sans doute. Mais le problème n'était pas résolu pour autant. Car une question demeurait d'actualité, et non des moindres :

Qui avait tué Liz Gorman ?

Myron se repassa le film de la soirée dans sa tête, au ralenti. Clip est le premier à arriver sur les lieux. Le suspect idéal. Mais il y avait deux ou trois choses qui clochaient dans le scénario. Le mobile, par exemple. Bien sûr, les informations que s'apprêtait à révéler Liz Gorman risquaient de nuire à l'image de marque des Dragons. Et pouvaient même lui coûter son poste. Mais de là à tuer une femme à coups de batte de base-ball ? Des tas de gens tuent pour de l'argent et pour le pouvoir. Clip faisait-il partie de ceux-là ? A son âge ?

Myron était sûr que c'était plus compliqué que cela. Il y avait là une énigme qui le dépassait. Il savait à présent qu'Emily avait répandu du sang et déposé l'arme du crime dans la maison de Greg. C'était logique et facile à prouver. Bon, d'accord. Mais qui s'était chargé du nettoyage ?

Trois possibilités. 1) Greg Downing. 2) Quelqu'un qui souhaitait protéger Greg. 3) L'assassin.

Ça ne pouvait pas être Greg. En admettant qu'il ait été assez fou pour revenir chez lui, comment aurait-il deviné où étaient les taches de sang ? Il serait allé directement au sous-sol ? Non, c'était ridicule. Sauf s'il l'avait su dès le départ.

Myron sentit son sang se figer dans ses veines.

Bien sûr ! Quiconque avait nettoyé les lieux ne s'était pas trouvé là par hasard et devait savoir ce qu'avait fait Emily. Mais comment ? Emily eût été la dernière à en parler. Alors l'avait-on surprise en pleine action ? Dans ce cas, on aurait également fait disparaître la batte. En outre, le sang aurait été nettoyé immédiatement, avant que Win et Myron ne le découvrent. Le timing était crucial dans cette histoire : les preuves avaient été éliminées *après* leur passage. C'étaient donc eux qui avaient vendu la mèche, sans le savoir.

A qui en avaient-ils parlé ?

On en revenait à Clip Arnstein.

Myron s'engagea sur la nationale 3 et pénétra dans l'enceinte de Meadowlands. De loin, le stade central ressemblait à une immense soucoupe volante posée sur une aire d'atterrissage illuminée. Spectacle magnifique, qui pour une fois le laissa insensible. Une idée le taraudait. Etait-ce Clip qui avait assassiné Liz Gorman ? C'était possible, mais il refusait d'y croire. Comment Clip serait-il entré chez Greg ? Il n'y avait pas eu d'effraction. Avait-il un double des clés ? Improbable. Avait-il engagé un professionnel ? Difficile à imaginer. Clip était assez parano pour avoir refusé qu'un détective privé enquête sur les retraits de cartes de crédit de Greg, par peur de la publicité. A fortiori, il ne risquait pas de confier à un inconnu le soin d'effacer les traces d'un meurtre qu'il aurait commis !

Un autre détail tarabustait Myron : l'absence de vêtements de femme dans la chambre de Greg. Pour quelle raison Clip aurait-il voulu cacher l'existence d'une petite amie ? En fait, qui pouvait avoir intérêt à ce qu'une telle liaison demeurât secrète ?

Différents scénarios se bousculaient dans l'esprit de

Myron. Il décida de se concentrer sur la mystérieuse maîtresse. Fiona White ? Malgré sa réaction bizarre, il n'y croyait pas. Comment Fiona aurait-elle pu vivre une histoire d'amour avec Greg tout en cohabitant avec un mari aussi jaloux que Leon ? Peut-être y avait-il eu entre eux quelques parties de jambes en l'air dans un motel, mais Myron en doutait, à présent. Plus il y pensait, plus le message via Internet, la fameuse « nuit d'extase », lui apparaissait comme un défi et non un dialogue entre amants. Greg était probablement sincère quand il avait dit à Leon que jamais il ne poserait les yeux sur la femme d'un ami. Cette pensée raviva les remords de Myron. La honte de sa vie.

Il éteignit l'autoradio, qui justement passait une pub assez vulgaire sur des matelas... Il se retrouvait avec plus de questions qu'il n'en pouvait gérer. Il saisit son portable pour vérifier les messages sur le répondeur de Greg. Ses doigts tremblaient. Il eut l'impression qu'un étau lui enserrait la poitrine et l'empêchait de respirer. Mais ça n'avait rien à voir avec le trac que connaissent tous les joueurs avant un match. Non, vraiment rien à voir.

37

Myron se précipita vers la secrétaire de Clip.

— Il n'est pas là ! s'exclama-t-elle.

Il l'ignora et se rua vers le bureau d'Arnstein, dont il enfonça littéralement la porte. Les lumières étaient éteintes, la pièce était vide. Penaud, Myron revint vers la gardienne des lieux :

— Où est-il ?

La secrétaire, une brave quinquagénaire qui avait dû accompagner Clip depuis la présidence de Coolidge, se leva et posa les mains sur ses hanches, façon maîtresse d'école.

— M. Arnstein n'est pas disponible. Souhaitez-vous prendre rendez-vous ?

Myron allait perdre patience lorsque Calvin Johnson pointa le nez hors de son propre bureau et lui fit signe de le rejoindre. Refermant la porte derrière lui, Myron laissa exploser sa rage :

— Où est-il ?

— Je n'en sais rien. J'ai essayé de l'appeler chez lui, mais ça ne répond pas.

— Il n'a pas de téléphone dans sa voiture ?

— Non.

Myron secoua la tête et se mit à arpenter la pièce.

— Il m'a menti ! Cette vieille crapule m'a roulé dans la farine !

— Quoi ?

— Il a rencontré le maître chanteur.

Calvin leva un sourcil, puis alla tranquillement s'asseoir derrière son bureau.

— Vous pourriez développer ?

— Le soir du meurtre, Clip est allé chez Liz Gorman, nota Myron.

— Mais on ne devait la voir que le lundi, contesta Calvin.

— C'est elle qui vous l'a dit ?

Calvin se massa le menton du pouce et de l'index. Les néons au-dessus de son bureau faisaient briller son crâne à demi dégarni, mais son visage demeura parfaitement placide.

— Non, admit-il. C'est Clip.

— Il vous a menti.

— Mais pourquoi ?

— Parce qu'il nous cache quelque chose.

— Et quoi donc ?

— Je ne le sais pas encore, mais j'ai bien l'intention de le découvrir dès ce soir.

— Ah bon ? Et comment ?

— Le maître chanteur a toujours quelque chose à vendre, dit Myron. Et je suis le nouvel acquéreur.

Calvin hocha la tête.

— Vous m'aviez dit qu'il était mort.

— Ce n'est pas « il » mais « elle ». Et elle avait un complice.

— Je vois, dit Calvin. Et vous avez rendez-vous ce soir ?

— Oui. Je ne sais pas encore où ni quand. Ils doivent m'appeler.

— Je vois, répéta Calvin.

380

Il plaça poliment sa main devant sa bouche et toussota.

— S'il y a le moindre problème… Je veux dire, en ce qui concerne le vote de demain…

— Je ferai le nécessaire, Calvin.

— Bien sûr. C'est ce que je voulais dire.

Myron se leva.

— Passez-moi un coup de fil dès que Clip sera de retour, d'accord ?

— Comptez sur moi.

Quand Myron pénétra dans les vestiaires, TC était en pleine transe d'avant-match, étalé dans un coin, baladeur sur les oreilles, les yeux mi-clos. Leon était déjà là lui aussi et évita le regard de Myron. Rien d'étonnant.

Audrey s'approcha.

— Comment ça s'est passé avec…

Myron lui fit signe de se taire. Elle saisit le message.

— Ça va ? demanda-t-elle à mi-voix.

— On fait aller.

— Ils nous entendent ?

— Je préfère ne pas prendre le risque.

Audrey regarda à gauche, puis à droite.

— Du nouveau ?

— Plus qu'un peu, dit Myron. En principe, vous aurez votre scoop ce soir, jeune fille. Et même une cerise sur le gâteau.

Les yeux d'Audrey en brillèrent de convoitise.

— Où est-il ?

— Patience…

La porte des vestiaires s'ouvrit et la tête de Calvin apparut dans l'entrebâillement. Il se pencha et échangea quelques mots avec Kipper, le capitaine de l'équipe. Quand il disparut, Myron remarqua qu'il partait vers la droite, c'est-à-dire vers la sortie, et non pas vers la gauche, où se trouvait son bureau.

A ce moment-là, le portable de Myron se mit à sonner dans sa poche. Il leva les yeux vers Audrey, laquelle lui fit signe qu'elle avait compris. Il alla se réfugier dans un coin et décrocha.

— Allô ?

Une voix électronique lui répondit :

— T'as le fric ?

— Vous tombez plutôt mal, dit Myron.

— Réponds, Ducon.

Leon enfilait son short. TC venait de se lever et redescendait sur terre, les écouteurs toujours branchés sur les oreilles.

— Oui, j'ai l'argent. Mais j'ai aussi un match à jouer, je vous signale.

— Oublie le match. Tu connais le parc Overpeck ?

— Près de Leonia ? Oui, je vois.

— Tu prends la bretelle à droite, direction la 95. Cinq cents mètres plus loin, tu tournes encore à droite. C'est un cul-de-sac. Tu te gares et tu attends. Quand tu vois une lampe torche, tu t'approches, les mains derrière la tête.

— Y a pas de mot de passe ? demanda Myron. J'adore les mots de passe, comme dans les séries télé.

— La ferme. T'as quinze minutes, pas une de plus. Et, au cas où tu te ferais des idées, je sais que ton pote, le blondinet superman, est actuellement dans son bureau de Park Avenue. Un de mes hommes l'a à l'œil. Alors si jamais il lui venait à l'idée de s'absenter durant le prochain quart d'heure, le deal est annulé. Et je ne te dis pas ce qu'on fera de ton copain.

Myron éteignit son portable. On approchait du dénouement. D'ici quinze minutes le problème serait résolu – d'une façon ou d'une autre.

— Vous avez entendu ? demanda-t-il à Audrey.

Elle fit signe que oui.

— Il va y avoir de l'action. J'aurais besoin d'un

journaliste indépendant pour tout enregistrer. Ça vous intéresse ?

Elle sourit.

— Question purement rhétorique, n'est-ce pas ?

— Il faudra vous cacher à l'arrière de la voiture. Je ne veux pas que vous couriez le moindre risque.

— Pas de problème. Ça me rappellera mes premiers flirts, au lycée.

Myron se dirigea vers la porte, les nerfs tendus mais l'air nonchalant. Leon était en train de lacer ses baskets. TC demeura impassible mais les suivit des yeux tandis qu'ils quittaient la pièce.

38

La pluie tombait à torrents sur l'asphalte noir et lui-sant. Les voitures commençaient à envahir le parking de Meadowlands. Myron prit la sortie qui menait à l'autoroute du New Jersey, direction nord. Juste avant le péage, il tourna à droite, restant sur la nationale 95.

— Alors, que se passe-t-il ? demanda Audrey.

— L'homme que je dois rencontrer est l'assassin de Liz Gorman.

— Et qui est Liz Gorman ?

— La femme qui faisait chanter Greg et qui a été tuée.

— Je croyais qu'elle s'appelait Carla.

— C'était un pseudo.

— Attends une seconde ! Liz Gorman… Ça me dit quelque chose. Un groupe d'extrémistes qui sévissait dans les années 60 ?

— Exact. C'est une longue histoire, je n'ai pas le temps d'entrer dans les détails. Quoi qu'il en soit, le type avec lequel j'ai rendez-vous était complice du chantage. Les choses ont mal tourné et elle a été tuée.

— Tu as des preuves ?

— Pas vraiment. C'est pourquoi j'ai besoin de toi. Tu as ton magnéto ?

— Bien sûr.

— Passe-le-moi.

Audrey sortit le petit appareil de son sac et le lui tendit par-dessus le dossier du siège avant.

— Je vais essayer de le faire parler, dit Myron.

— Comment ?

— En tirant sur les bonnes ficelles.

— Et tu penses qu'il va tomber dans le panneau ?

— A mon avis, oui.

Il lui montra le téléphone de la voiture et expliqua :

— Je composerai ce numéro à partir de mon portable et laisserai la ligne branchée. Comme ça, tu entendras notre conversation. Je veux que tu enregistres absolument tout. S'il m'arrive quelque chose, contacte Win. Il saura quoi faire.

— D'accord.

La pluie n'avait pas cessé mais avait perdu de sa violence. Les essuie-glaces balayaient le pare-brise avec la régularité d'un métronome, dessinant deux éventails noirs sur une myriade de gouttes de cristal. Au croisement suivant, un panneau avec une flèche vers la droite indiquait : OVERPECK PARK.

— Baisse-toi, dit Myron.

Audrey s'accroupit, la tête sur les genoux. Myron s'engagea sur la route secondaire. Un peu plus loin, une pancarte informait les visiteurs que le parc était fermé. Il l'ignora. Il faisait trop sombre pour qu'il puisse distinguer quoi que ce soit en dehors de la portion de route éclairée par ses phares, mais il savait qu'il y avait une forêt sur sa gauche et des écuries droit devant. Il prit le premier chemin de traverse sur sa droite, qui débouchait sur une aire de pique-nique avec des tables et des bancs en bois, des balançoires, un toboggan. C'était un cul-de-sac. Myron s'arrêta, éteignit les phares et le moteur, prit son portable, composa le numéro du téléphone cellulaire de la voiture et décrocha. Il n'y avait plus qu'à attendre.

Durant quelques minutes, seul le crépitement de la pluie sur la carrosserie troubla le silence. Tapie à l'arrière, Audrey prenait son mal en patience. Myron posa ses mains sur le volant. Elles se crispèrent, bien malgré lui. De même, il s'aperçut qu'il était incapable de maîtriser son rythme cardiaque. Ça cognait trop vite et trop fort, dans sa poitrine.

Soudain, le faisceau d'une lampe torche ouvrit une brèche dans l'obscurité, telle la faux d'un moissonneur dans un champ de blé. Aveuglé, Myron plissa les yeux. Puis il ouvrit sa portière, très lentement. Le vent s'était levé et lui rabattit la pluie en plein visage. Il sortit de la voiture comme dans un film au ralenti.

— Les mains en l'air ! cria une voix d'homme.

Myron obéit.

— Je sais que tu es armé. Pose ton flingue sur le siège de la bagnole.

Trempé comme une soupe, les cheveux plaqués sur le front et la main gauche en l'air, Myron déboutonna sa veste et, à regret, se sépara de son revolver qu'il déposa doucement sur le siège de sa Ford comme un bébé dans son berceau.

— Bien. Maintenant, ferme la portière.

Une fois encore, Myron obtempéra.

— T'as le cash ?

— Je veux d'abord voir la marchandise, dit Myron.

— Pas question.

— Eh, faudrait quand même pas pousser ! Je ne sais même pas ce que j'achète !

Brève hésitation. Puis :

— Approche.

Myron avança vers la lumière – tout symbolisme mis à part.

— Quel que soit le truc que vous avez à me vendre, dit-il, rien ne me prouve que vous n'en avez pas fait des copies.

— Rien, en effet. Question de confiance.

— Qui d'autre est au courant ?

— Je suis le seul. Enfin, le seul encore en vie.

Myron continua d'avancer, mains au-dessus de la tête. Le vent lui fouettait le visage. Ses vêtements lui collaient à la peau, ses chaussures faisaient « flop-flop » à chaque pas.

— Qu'est-ce qui me dit que vous ne parlerez pas, après ?

— Même question, même réponse. Mon silence a un prix, ma parole aussi.

— Sauf si quelqu'un fait monter les enchères.

— Non. Après ça je me retire. Vous n'entendrez plus jamais parler de moi.

Le faisceau de la lampe se dirigea vers le sol.

— Stop !

Myron s'immobilisa. Peu à peu, ses yeux s'accoutumèrent à l'obscurité. A trois mètres de lui se tenait un homme coiffé d'une cagoule. Une torche à la main et une boîte dans l'autre. Il agita la boîte.

— Voilà ce que vous voulez !

— Je peux savoir ce qu'il y a dedans ?

— Non. Le fric d'abord.

— Ah oui ? Et si la boîte est vide ?

— Question de confiance, mec. C'est comme tu veux. Retourne à ta petite voiture et ciao.

Sur ces mots, l'encagoulé tourna les talons et s'éloigna.

— Non, attendez ! cria Myron. J'ai l'argent !

L'homme fit volte-face.

— Pas d'embrouilles, hein ?

— Non, je vous assure, dit Myron. Les billets sont dans le coffre, je vais les chercher.

Il avait à peine franchi deux mètres quand les coups de feu éclatèrent. Trois déflagrations. Il se retourna, juste à temps pour voir s'écrouler son interlocuteur. Puis

Audrey, qui se précipitait vers le corps inerte, une arme à la main. Myron reconnut son propre revolver.

— Il allait te tuer ! cria-t-elle. Je n'avais pas le choix !

Quand elle arriva au pied du cadavre, elle ne lui jeta pas un regard mais s'empara de la boîte. Myron s'avança vers elle, lentement.

— Ouvre-la.

— Allons d'abord nous mettre à l'abri, dit-elle. La police…

— Ouvre cette boîte.

Audrey hésita.

— Tu avais raison, dit Myron.

Elle leva les yeux vers lui, perplexe.

— A quel sujet ?

— J'avais tout faux. Je me suis fait avoir comme un bleu.

— Mais de quoi parles-tu ?

Myron se rapprocha un peu plus.

— Quand je me suis demandé à qui j'avais mentionné les taches de sang dans le sous-sol de Greg, je n'ai songé qu'à Clip et à Calvin. J'ai complètement oublié que je t'en avais parlé, à toi aussi. Quand je ne comprenais pas pourquoi la maîtresse de Greg tenait à garder l'anonymat, j'ai pensé à Fiona White, et même à Liz Gorman. Mais pas à toi. Comment ai-je pu être aussi aveugle ? Pas facile, pour une femme, de gagner le respect des confrères dans un domaine aussi machiste que le monde du sport. Si jamais on découvrait que tu avais une liaison avec l'un des athlètes grâce auxquels tu gagnais ta vie, ta carrière était foutue. Donc, il ne fallait surtout pas que ça se sache.

Elle le regarda, visage blafard, balayé par la pluie.

— Tu es la suspecte idéale, Audrey. Tu étais au courant, à propos du sang dans le sous-sol. Il était essentiel que ta liaison avec Greg demeure secrète. Tu avais un double des clés, donc tu pouvais te rendre chez lui sans problème. Et, surtout, tu avais un mobile. Après tout, tu avais tué pour le protéger. Alors, un peu de nettoyage... Au point où tu en étais !

Elle écarta une mèche de cheveux qui lui tombait devant les yeux et cligna, aveuglée par la pluie.

— Tu ne crois tout de même pas que je...

Myron l'interrompit :

— Ce soir-là, après la fête chez TC, tu m'as dit que tu avais tout compris. J'aurais dû me poser deux ou trois questions. Bien sûr, le fait que je rempile chez les Dragons avait de quoi surprendre. Mais il fallait connaître le contexte pour deviner si vite pourquoi j'étais là. La petite amie secrète de Greg, c'était toi, Audrey. Mais tu ne savais pas où il était. Tu as coopéré avec moi non pour obtenir un scoop, mais parce que tu voulais le retrouver. Parce que tu es amoureuse de lui.

— C'est ridicule !

— La police va passer sa maison au peigne fin et ils vont trouver des cheveux – sans jeu de mots, excuse-moi. Je veux dire les tiens, avec ton ADN.

— Ça ne prouve rien. Je l'ai interviewé plus d'une fois.

— Dans sa chambre ? Dans sa salle de bains ? Sous la douche ? Non, Audrey, désolé, mais ils remonteront jusqu'à toi, tôt ou tard.

Il avança d'un pas. Audrey pointa le revolver sur lui, d'une main tremblante.

— « Prends garde aux ides de mars », dit Myron.

— Quoi ?

— C'est toi qui m'as mis sur la voie. Les ides, c'est le 15 mars. Mais ton anniversaire, c'est le 17. 1-7-3. Le code sur le répondeur de Greg, pour l'interrogation à distance.

Elle braquait toujours le revolver sur lui :

— Arrête le magnéto. Et les téléphones.

Myron obéit. Au point où ils en étaient…

La pluie et les larmes se mêlaient le long de ses joues. Elle avait l'air d'une petite fille très malheureuse.

— Pourquoi a-t-il fallu que tu t'en mêles ? dit-elle en désignant le corps qui gisait à leurs pieds. Tu as entendu ce qu'il a dit ? Personne d'autre ne savait. Ils sont tous morts.

Elle tendit la boîte à bout de bras et conclut :

— J'aurais pu détruire cette chose une bonne fois pour toutes. Je n'aurais pas eu besoin de te faire du mal. On aurait pu tirer un trait là-dessus. Basta, terminé, finito !

— Oui, mais Liz Gorman ?

Audrey émit une sorte de ricanement méprisant.

— Cette fille n'était pas fiable. J'avais prévenu Greg. Elle aurait pu faire des copies et le saigner à blanc. Je suis même allée chez elle, ce soir-là. J'ai dit que j'étais une ex de Greg et que je voulais acheter une copie. Elle a dit qu'elle était d'accord. Tu imagines ? Il n'y avait qu'un seul moyen pour l'empêcher de nuire.

— Je comprends, dit Myron. Tu devais la tuer.

— Ce n'était qu'une criminelle, Myron. Bon sang, elle avait braqué des banques ! Greg et moi… c'était si parfait ! Tu avais raison, à propos de ma carrière. Il ne fallait pas que ça se sache. Mais très bientôt on allait pouvoir vivre notre amour au grand jour. La prod venait de me confier le base-ball : les Mets ou les Yankees. Alors on n'aurait plus eu besoin de se cacher. Tout allait si bien, Myron. Et il a fallu que cette conne vienne bousiller notre rêve !

Elle secoua la tête, comme pour chasser une mouche importune.

— Je devais penser à notre avenir, dit-elle. Pas seulement celui de Greg, ni le mien. Mais celui de notre bébé.

Atterré, Myron ferma les yeux.

— Mon Dieu ! Tu es enceinte ?

— Donc, tu me comprends ?

Son enthousiasme faisait peine à voir. Avant que Myron ne puisse l'en dissuader, elle poursuivit, flottant sur son petit nuage :

— Elle voulait nous détruire. Vraiment, c'est ce qu'elle voulait. Alors je n'avais pas le choix. Je ne suis pas une tueuse mais c'était elle ou nous. Oui, je sais bien, ça peut paraître bizarre, Greg qui s'enfuit sans me dire où il va. Mais il est comme ça. On est ensemble depuis plus de six mois, maintenant. Je sais qu'il m'aime. Il lui faut un peu de temps pour s'habituer, c'est tout.

Myron ravala sa salive.

— C'est fini, Audrey.

Elle secoua la tête. Les mains crispées sur le revolver, elle le tenait en joue.

— Je suis désolée, Myron. Je n'ai pas voulu cela, je te le jure. J'aimerais mieux mourir avant toi, si c'était possible.

— Quelle importance ?

Myron avança d'un pas. Elle recula. L'arme tremblait dans ses mains.

— Ce sont des balles à blanc, dit-il.

Elle regarda à droite et à gauche, un peu perdue. C'est alors que l'homme à la cagoule se releva, tel Bela Lugosi dans un vieux film de Dracula. Dimonte se débarrassa de son passe-montagne et exhiba son badge :

— Police !

Win et Krinsky émergèrent des fourrés. Audrey ouvrit la bouche, mais aucun son n'en sortit.

Win, en tant que maître chanteur, avait parfaitement joué son rôle. De son côté, Myron avait mis le volume de son portable à fond, pour qu'Audrey l'entende. Le reste fut du gâteau.

Dimonte et Krinsky s'occupèrent des formalités d'usage. « Vous avez le droit de garder le silence… », menottes, etc. Myron observa la scène, le cœur un peu serré. Il pleuvait toujours, il était trempé mais il ne s'en aperçut même pas. Quand on eut embarqué Audrey dans la voiture de police, lui appuyant sur la tête pour éviter qu'elle ne se cogne en pénétrant dans l'habitacle, Myron se tourna vers Win :

— Alors, le blondinet superman, ça roule ?

— Comme toujours, ma poule.

39

Esperanza était encore au bureau quand le télécopieur se mit en marche. Elle traversa la pièce et regarda l'engin qui crachait son papier. Le message émanait du FBI et lui était adressé :

Ref. FIRST CITY NATIONAL BANK – TUCSON, ARIZONA
Objet : Location de coffres

Elle attendait ce fax depuis le matin. Sa théorie à propos du chantage était la suivante : la Brigade Raven braque la banque et s'attaque aux coffres des particuliers. Les gens gardent toutes sortes de choses dans ces petites boîtes. Du liquide, des bijoux, des papiers importants. C'est à partir de là que tout avait démarré. En bref, les membres de la brigade avaient dû trouver quelque chose de compromettant pour Greg Downing dans l'un de ces coffres. D'où l'idée de le faire chanter.

Les noms sur la liste étaient classés par ordre alphabétique. Esperanza les lut au fur et à mesure que les feuilles sortaient de l'imprimante. La première page se terminait avec les « L ». Aucun nom ne lui parut familier. A la fin de la deuxième page, on en était aux « T ». Toujours rien d'intéressant. Mais à la troisième, quand arrivèrent les « W », son cœur bondit dans sa poitrine. Elle dut faire un effort pour ne pas sauter de joie.

Il fallut plusieurs heures pour démêler ce sac de nœuds. Dépositions, explications... Myron raconta pratiquement toute l'histoire à Dimonte. Il omit simplement de mentionner la vidéo de Maggie et Emily ; après tout, cet épisode ne regardait personne. Il ne jugea pas non plus utile de parler de son entrevue avec Cole Whiteman. Quelque part, Myron avait le sentiment d'avoir une dette envers lui. Audrey, quant à elle, refusa d'ouvrir la bouche, sauf pour réclamer un avocat.

— Savez-vous où se trouve Downing ? demanda Dimonte à Myron.

— J'ai ma petite idée.

— Que vous ne partagerez pas avec moi, bien sûr ?

— Je ne pense pas que cela vous concerne.

— Ben voyons ! Allez, dégagez-moi le plancher !

Myron et Win quittèrent le poste de police et repartirent à pied. New York by night ! Dans ce quartier, les bâtiments administratifs dominaient le paysage. La bureaucratie moderne dans toute son écrasante horreur... et sa splendeur architecturale.

— C'était un sacré bon plan, commenta Win.

— Audrey est enceinte.

— C'est ce que j'ai cru comprendre.

— Son enfant va naître en prison.

— Et alors ? Ce n'est pas toi le père !

— Elle pensait que c'était le seul moyen qu'elle avait de s'en sortir.

— Bien sûr. Un maître chanteur se dresse entre elle et son rêve, alors elle l'élimine. Au fond, j'aurais peut-être réagi comme elle, à sa place.

— Mais on ne peut quand même pas commettre un meurtre chaque fois que la vie nous joue un sale tour, s'insurgea Myron.

Win ne dit pas le contraire. Il n'acquiesça pas non plus. Ils continuèrent de marcher en silence. Quand ils atteignirent la voiture, Win dit simplement :

— Bon, tu as des projets ?

— Oui. Clip Arnstein. J'ai deux ou trois questions à lui poser.

— Tu veux que je t'accompagne ?

— Pas la peine. Je préfère lui parler seul à seul.

40

Quand Myron regagna l'enceinte de Meadowlands,
le match était terminé. Impossible de pénétrer dans le
parking, impossible de faire demi-tour : embouteillage
total. Il réussit malgré tout à se frayer un chemin à coups
de Klaxon, montra son badge au gardien et se gara sur
l'une des places réservées aux joueurs.

Il se précipita vers le bureau de Clip. Quelqu'un le
héla au passage. Pas le temps pour les autographes ! Il
ne ralentit pas, fonça tête baissée.

La porte du bureau était fermée à clé. Il fut tenté de
l'enfoncer mais le jeune fan l'avait suivi et lui tapa sur
l'épaule.

— Yo, Myron !

— Hein ? Quoi ?

En fait, c'était l'un des gamins préposés aux serviettes-éponges et aux bouteilles d'eau minérale. Myron le
reconnut mais fut incapable de se rappeler son prénom.

— Oui, qu'est-ce qu'il y a ? demanda-t-il.

— Y a ce truc-là qu'est arrivé pour vous, dit le garçon
en lui tendant une enveloppe grand format.

— Ah bon ? Et qui l'a déposée ?

— Votre oncle.

— Mon oncle ?

— Ben, c'est ce qu'il a dit.

Myron examina l'enveloppe. Son nom y était inscrit en lettres majuscules. Il l'ouvrit et en sortit une feuille pliée en deux puis une cassette magnéto. La lettre disait :

Myron,

J'aurais dû vous donner ceci lorsque nous nous sommes vus à la cathédrale. Je suis désolé de ne pas l'avoir fait, mais j'étais trop perturbé par la mort de Liz. Je voulais que vous démasquiez son assassin et je craignais que cette cassette ne vous entraîne sur d'autres pistes. Je pense encore que ça risque d'être le cas mais je n'ai pas le droit de vous cacher ces informations. J'espère seulement que vous n'oublierez pas Liz et que vous coincerez l'ordure qui l'a tuée. Elle mérite qu'on lui rende justice.

Je voulais aussi vous dire que je songe à me constituer prisonnier. Maintenant que Liz n'est plus là, je n'ai plus aucune raison de me cacher. J'ai discuté avec quelques vieux potes avocats. Ils ont commencé des recherches et sont sur le point de retrouver les mercenaires que le père de Hunt avait engagés. Qui vivra verra...

N'écoutez pas cette bande tout seul dans votre coin, Myron. Tâchez d'avoir un ami auprès de vous.

Cole

Perplexe, Myron replia la lettre. Il jeta un œil dans le couloir. Personne. Où était Clip ? Il courut vers la sortie. La plupart des joueurs étaient déjà partis. A commencer par TC, évidemment. Dernier arrivé, premier à se tirer, comme toujours.

Myron sauta dans sa Ford, mit le contact. Puis il inséra la cassette dans le lecteur du tableau de bord.

Esperanza avait essayé de joindre Myron dans sa voiture. En vain. Puis elle avait tenté sa chance sur le portable. Idem. Il ne se séparait jamais de son portable. S'il l'avait éteint, c'est qu'il voulait qu'on lui fiche la paix. Elle appela Win. Ce dernier répondit dès la deuxième sonnerie.

— C'est Esperanza. Vous savez où est Myron ?

— Il est allé au stade.

— Allez-y, Win. Tout de suite !

— Pourquoi ? Y a le feu au lac ?

— Les mecs de la Brigade Raven ont défoncé les coffres de la First City National. C'est là qu'ils ont trouvé de quoi faire chanter Downing.

— Ah oui ? Et qu'est-ce qu'ils ont trouvé ?

— Je ne sais pas encore, mais j'ai la liste des gens qui ont loué des coffres à Tucson.

— Et ?

— L'un d'eux a été loué par M. et Mme B. Wesson.

Silence. Puis :

— Vous êtes sûre qu'il s'agit du même « B. Wesson » ? Celui qui a blessé Myron autrefois ?

— J'ai vérifié, dit Esperanza. Le « B », c'est pour Burt. Trente-trois ans. Ex-basketteur. Pas de doute, c'est lui.

41

Rien.

Myron tripota les boutons mais n'obtint qu'une série de crachotements inintelligibles. A croire que les haut-parleurs avaient rendu l'âme. Finalement, même le bruit de fond s'évanouit.

Au bout de deux minutes de silence, cependant, il crut percevoir des voix. Il dressa l'oreille, mais la bande semblait endommagée. Impossible de comprendre le moindre mot. Puis, soudain, le son devint plus fort et plus net. Myron se pencha vers l'une des enceintes, le cœur battant. Cette fois, une phrase se détacha avec une effrayante clarté : *Tu as l'argent ?*

Myron eut l'impression qu'un étau se refermait sur sa poitrine. Il n'avait pas entendu cette voix depuis dix ans mais il l'aurait reconnue entre mille. Burt Wesson ! Bon sang, qu'est-ce que…

La suite du dialogue lui fit l'effet d'un coup de massue sur la tête. *Seulement la moitié pour l'instant*, disait l'autre protagoniste. *Mille dollars. Tu auras le reste quand il sera out.*

Myron serra les poings. Pour un peu, il en aurait pleuré de rage. Et de tristesse. Dire qu'il s'était demandé pourquoi les maîtres chanteurs l'avaient contacté, lui plutôt qu'un autre ! Il se souvint du rire de Cole White-man et du sourire ironique de Marty Felder quand ils avaient appris qu'il avait été engagé pour retrouver Greg Downing. Et la voix sur le répondeur de Greg ! *Il est d'accord pour payer. C'est bien ce que tu veux ?* Mais le pire de tout, c'était le visage compatissant de Greg, à l'hôpital, après l'accident. Ce n'était pas la solidarité entre joueurs qui l'avait amené au chevet de Myron.

C'était la culpabilité.

Ne l'amoche quand même pas trop, Burt. Je veux seulement que Bolitar reste sur la touche pendant deux ou trois matchs...

Tout en écoutant la suite, Myron crut revivre la période la plus horrible de sa vie. Et s'aperçut qu'il avait eu tort : la trahison faisait encore plus mal dix ans plus tard.

Ecoute, vieux, j'ai vraiment besoin de ce blé. File-moi l'autre moitié dès maintenant. Tu peux me faire confiance, le boulot sera fait...

Myron démarra et écrasa l'accélérateur. Le moteur rugit, la Ford fit un bond en avant, prit de la vitesse. Mâchoires serrées, la gorge nouée, Myron conduisait comme un fou, ivre de fureur, aveuglé par les larmes.

Quand il atteignit la sortie de Jones Road, il s'essuya le visage avec sa manche puis s'engagea dans l'allée de TC. La barrière de sécurité était fermée.

Le gardien sortit de sa cahute. Souriant, Myron lui fit signe d'approcher. Puis brandit son revolver.

— Tu bouges un sourcil et je t'explose la tête.

Ebahi, le préposé leva les mains en l'air. Myron descendit de voiture et estourbit le pauvre gars d'un direct du droit. Juste assez pour l'endormir durant quelques minutes. Puis il alla ouvrir la barrière, remonta dans la Taurus, visa la maison de TC, freina en catastrophe. Redescendit et, sans hésiter, se rua vers la porte qu'il enfonça d'un coup de pied.

TC était en train de regarder la télévision. Il leva les yeux, un tantinet surpris.

— Salut ! Qu'est-ce que… ?

Myron traversa la pièce en trois enjambées, saisit le bras droit de TC et le lui mit dans le dos.

— Hé ! Ça va pas, la tête ? Qu'est-ce qui te prend ?

— Où est-il ?

— Je ne vois pas…

Myron fit remonter le bras de TC vers son omoplate.

— Ne me force pas à te le casser, TC. Où est ce fils de pute ?

— Mais…

Myron le fit taire en tirant un peu plus vers le haut. TC étouffa un cri de douleur, se pencha en avant pour soulager ses tendons.

— C'est la dernière fois que je te pose la question. Où est Greg ?

— Je suis là.

Myron lâcha le bras de TC et se tourna vers la voix qui venait de s'élever, derrière lui. Greg Downing était debout sur le seuil. Myron n'hésita pas. Il laissa échapper une sorte de grondement et fonça.

Greg leva les mains pour se protéger, mais c'était comme tenter d'éteindre un volcan en pleine éruption avec un pistolet à eau. Le poing de Myron vint s'écraser sur l'appendice nasal de Greg. Lequel, sous l'impact, perdit l'équilibre et bascula en arrière. Emporté par l'élan, Myron tomba sur lui, enfonçant un genou dans les côtes de son adversaire. On entendit comme un craquement. Chevauchant Greg, Myron en profita pour lui assener un crochet du gauche plutôt gratiné.

— Stop ! hurla TC. Tu vas le tuer !

Myron ne l'entendit même pas. Il s'apprêtait à balancer son poing droit pour peaufiner le travail, mais TC le ceintura juste à temps. Tous deux roulèrent de côté et le coude de Myron vint s'encastrer dans le plexus de TC. Quand tous deux heurtèrent le mur, en fin de course, TC émit un bruit bizarre, tel un accordéon à bout de souffle, et ses yeux semblèrent lui sortir des orbites. Myron se releva, indemne. Pendant ce temps, Greg tentait de s'éclipser, discrètement. Myron fit un vol plané par-dessus le canapé, l'attrapa par une jambe et le tira vers lui.

— Tu as baisé ma femme ! s'exclama Greg. Tu croyais que je ne le savais pas ? Tu te l'es faite, espèce d'ordure !

L'accusation calma quelque peu l'ardeur de Myron sans pour autant l'inciter à cesser le massacre. Une fois de plus, il abattit son poing sur la face ensanglantée de Greg. Mais alors qu'il allait recommencer, une main de fer lui saisit le bras et l'immobilisa.

— Ça suffit, dit Win.

Myron leva les yeux, étonné et frustré.

— Quoi ?

— Ça suffit, répéta Win. Il a son compte.

— Mais tu te rends compte ? protesta Myron. Ce n'était pas un accident ! Greg a payé Wesson pour me bousiller le genou !

— Je sais. Mais ce n'est pas une raison pour le tuer.

— Qu'est-ce que tu racontes ? Si c'était à toi que...

— Oui, d'accord, je l'achèverais de mes propres mains. Mais tu n'es pas comme moi.

Myron hocha la tête. Win lâcha le poignet de Myron. Lequel, à son tour, libéra Greg Downing.

Greg se redressa, cracha une giclée de sang dans ses mains.

— Ce soir-là, j'ai suivi Emily, dit-il en reprenant son souffle. Je vous ai vus, tous les deux. Je voulais juste me venger. Je ne voulais pas que tu sois blessé si gravement, Myron. Je te le jure.

Myron prit une profonde inspiration. Le flot d'adrénaline qui avait envahi ses veines allait bientôt se retirer, telle une marée descendante, mais pour l'instant la colère couvait encore, prête à rejaillir.

— Donc, tu te cachais ici depuis le début ?

Greg toucha son nez tuméfié puis l'une de ses pommettes, et grimaça.

— J'avais peur qu'on m'accuse d'avoir tué cette femme. En plus, j'avais la Mafia sur le dos, sans compter la bataille pour la garde des gosses. Et ma petite amie qui est enceinte. J'avais juste besoin d'un peu de temps pour me retourner.

— Es-tu sincèrement amoureux d'Audrey ? demanda Myron.

Greg parut surpris.

— Ah, tu es au courant ?

— Oui.

— Bien sûr. Je l'aime.

— Alors tu ferais bien de lui passer un coup de fil. Elle est en prison.

— Quoi ?

Myron ne se lança pas dans les détails. Il avait espéré que balancer la nouvelle à Greg lui procurerait une sorte de plaisir pervers, une juste revanche, en quelque sorte. Mais non. Au contraire, cela ne fit que lui rappeler que lui non plus n'était pas irréprochable dans cette histoire.

Il tourna les talons et s'éloigna.

Clip était assis, tout seul dans ce superbe bureau qui dominait la ville. Là où tout avait commencé. Quand Myron pénétra dans la pièce, il ne bougea pas.

— Vous étiez au courant depuis le début, n'est-ce pas ?

Clip ne répondit pas.

— Vous êtes allé chez Liz Gorman ce soir-là. Elle vous a fait écouter la bande.

Clip serra les mains derrière son dos. Puis il acquiesça d'un signe de tête.

— C'est pourquoi vous m'avez engagé. Vous vouliez que je découvre la vérité tout seul, « comme un grand »...

— Je ne voyais pas de quelle façon te l'annoncer.

Le vieil homme se tourna enfin pour faire face à Myron. Son teint était blafard et son regard lointain. Non pas fuyant mais ailleurs.

— J'étais sincère, tu sais. A la conférence de presse...

Il baissa la tête, se concentra, la releva et poursuivit :

— Toi et moi avons perdu le contact après ta blessure. Cent fois, j'ai failli t'appeler mais je te comprenais. Je savais que tu voulais qu'on te fiche la paix. Les animaux sauvages tels que toi préfèrent panser leurs plaies en silence, dans leur tanière.

Myron ouvrit la bouche mais aucun son n'en sortit. Il se sentait vulnérable, acculé. Clip se pencha vers lui.

— J'ai pensé que ce serait le meilleur moyen pour que tu découvres la vérité. J'espérais aussi que ce serait une sorte de thérapie.

Durant quelques instants, ils demeurèrent silencieux, les yeux dans les yeux.

— Vous avez dit à Walsh de me contrer, lors du match.

— Oui.

— Vous saviez qu'il était plus fort que moi. C'est du sadisme, non ?

— On peut voir ça comme ça.

Myron ne savait plus quoi penser. Il avait honte des larmes qui lui venaient aux yeux et ferma les paupières.

Clip demeura impassible.

— Je voulais t'aider, mon garçon. Mais les raisons qui m'ont incité à t'engager n'étaient pas totalement altruistes. Je savais, par exemple, que tu as toujours eu l'esprit d'équipe. C'est ça que tu as toujours aimé dans le basket, Myron. Les copains d'abord…

— Oui, et alors ?

— C'est là-dessus que je comptais. Je te connaissais assez pour savoir que jamais tu ne trahirais ton équipe.

— Oui, je comprends. Vous pensiez qu'une fois que j'aurais fait corps avec eux, je me sentirais tenu au secret.

— C'est dans ta nature, Myron.

— Peut-être, mais là c'est trop grave. Je ne peux pas me taire.

— Oui, je sais.

— Vous allez sans doute perdre l'équipe.

Clip eut un étrange sourire. Puis il haussa les épaules.

— C'est vrai. Mais il y a des choses pires que ça dans la vie. C'est comme pour toi, fiston : tu sais maintenant que tu ne pourras plus jamais jouer en tant que professionnel, mais ta vie ne s'arrête pas pour autant. Il y a tant d'autres choses à faire.

— Je crois bien que je l'ai toujours su, dit Myron. J'avais juste besoin qu'un vieux singe me le rappelle. Pardon, je voulais dire : un vieux sage.

42

Myron et Jessica étaient assis chez elle, côte à côte sur le canapé. Jess, les bras autour des genoux, se balançait d'avant en arrière et vice versa. Elle était triste.

— C'était mon amie, dit-elle.

— Je sais.

— Je me demande…

— Quoi ?

— Qu'est-ce que j'aurais fait à sa place ? Pour te protéger.

— Je suis sûr que tu n'aurais jamais tué qui que ce soit.

— Oui, tu as sans doute raison.

Myron l'observa du coin de l'œil. Elle était au bord des larmes.

— Tu sais, observa-t-il, je crois bien que j'ai appris quelque chose à propos de nous deux, dans toute cette histoire.

Elle ne dit rien, attendant la suite.

— Win et Esperanza voulaient que j'arrête. Mais toi tu n'as jamais tenté de me faire changer d'avis. A un moment, j'ai pensé qu'ils me comprenaient peut-être mieux que toi. Mais c'était faux. Tu as toujours su voir ce qui leur passait au-dessus de la tête.

Jessica l'examina d'un œil critique, déplia ses jambes et posa ses pieds sur le sol.

— Jusqu'à présent, on n'a jamais vraiment abordé ce problème, remarqua-t-elle.

— En effet.

— En vérité, tu n'as jamais tellement pleurniché à propos de ta carrière avortée. Tu n'as jamais éprouvé le besoin d'aller t'épancher auprès d'un psy, tu as enfoui toutes tes frustrations dans une petite valise personnelle, tu as mis ton mouchoir par-dessus et tu es reparti bille en tête. Tu as ramassé les restes de ta vie, tu les as serrés contre toi et les as défendus comme un ballon de basket. Parce que tu avais peur que ton monde ne soit aussi fragile que ton genou blessé. Alors tu t'es incrit à la fac de droit. Tu t'es associé avec Win. Tu t'es accroché à tout ce qui passait à ta portée.

Elle s'interrompit et il conclut à sa place :

— Y compris toi.

— Oui, y compris moi. Mais pas seulement parce que tu m'aimais. Parce que tu avais peur de perdre plus que ce que tu avais déjà.

— Je t'aimais, dit-il. Et je t'aime encore.

— Je sais. Je n'essaie pas de te faire porter le chapeau. J'ai été stupide. C'était ma faute et je le reconnais. Mais notre amour, à l'époque, avait quelque chose de désespéré. Tu étais mal dans ta peau et j'étais ta bouée de sauvetage. Du coup, tu m'étouffais. Je ne veux pas jouer les psys amateurs, mais j'ai le sentiment que tu avais besoin de faire ton deuil. Il fallait que tu mettes cette blessure derrière toi, plutôt que de la nier. Et cela, c'était au-dessus de tes forces.

— Et tu penses que le fait de rejouer, ça m'a permis de regarder les choses en face ?

— Oui.

— On ne peut pas dire que ça ait beaucoup aidé mon ego !

— C'est vrai, dit Jessica. Mais je suis convaincue que ça t'a soulagé.

— Et c'est pourquoi tu penses que je suis prêt à venir habiter chez toi ?

Jessica avala sa salive.

— C'est comme tu veux. Ce n'est pas un ultimatum.

Il regarda autour de lui et dit :

— Y a pas assez de placards.

— Ça peut s'arranger, murmura-t-elle en se lovant contre lui.

Il la prit dans ses bras et se sentit chez lui. Il se surprit à ronronner, tout content.

* * *

Tucson, Arizona. Matinée étouffante.

Quelqu'un frappa à la porte. Un homme, passablement obèse, vint ouvrir.

— Vous êtes bien Burt Wesson ? demanda l'inconnu.

— Ouais. C'est à quel sujet ?

Win sourit.

— Oh, c'est une vieille histoire ! Puis-je entrer ?

Dans les coulisses
de la gloire

HARLAN
COBEN

Rupture de contrat

POCKET

Thriller

(Pocket n° 12176)

Myron Bolitar est un
ancien membre du FBI
reconverti en agent sportif.
Quand Christian Steele,
débutant à la carrière
prometteuse, découvre
dans une revue porno
une photo de sa petite
amie – considérée
comme morte dix-huit
mois plus tôt –, il mène
l'enquête pour défendre
les intérêts de son protégé.
Plongeant dans les
dessous du monde
sportif et les milieux
interlopes de l'industrie du
X, Myron n'est pas
au bout de ses surprises...

Il y a toujours un Pocket à découvrir

Avantage Bolitar

(Pocket n° 12555)

Qui a tué Valérie Simpson ? La jeune joueuse de tennis s'apprêtait à revenir sur les courts après une longue période de dépression lorsqu'elle a été froidement abattue à bout portant pendant la finale hommes de l'US Open. Myron Bolitar est intrigué, d'autant que la championne avait cherché à le joindre la veille de son assassinat… Qui en voulait à Valérie ? Et quelle était la nature de ses liens avec le protégé de Myron, Duane Richwood, la star montante du tennis américain ?

Il y a toujours un Pocket à découvrir

Passé trouble

HARLAN COBEN

Juste un regard

Thriller

(Pocket n° 12897)

Et si votre vie n'était qu'une vaste imposture ? Si l'homme que vous aviez épousé dix ans auparavant n'était pas celui que vous croyez ? Si tout votre univers s'effondrait brutalement ? Pour Grace Lawson, il aura suffit d'un seul regard sur une vieille photo prise vingt ans plus tôt, et porteuse d'une incroyable révélation, pour que tout s'écroule. Ses souvenirs, son mariage, ses amis : tout n'était qu'un tissu de mensonges. Un cauchemar qui ne fait que commencer...

Il y a toujours un Pocket à découvrir

Impression réalisée sur Presse Offset par

BRODARD & TAUPIN

GROUPE CPI

36823 – La Flèche (Sarthe), le 29-08-2006
Dépôt légal : septembre 2006

POCKET – 12, avenue d'Italie - 75627 Paris cedex 13

Imprimé en France